KB155888

소설의 텍스트와 시점
일본어 서사 양식의 근대적 전환

소설의 텍스트와 시점

일본어 서사 양식의 근대적 전환

박 진 수

역락

머리말

　인간은 이야기하는 동물이다. 이야기는 언어를 매개로 한다. 인간은 언어를 사용하여 이야기를 한다. 그런데 언어를 사용하는 것은 인간만이 아니다. 지금까지 알려진 바로는 모든 동물이 나름의 언어를 구사한다. 벌이나 개미와 같은 곤충도 복잡한 방식으로 의사소통을 하며 먹이의 위치를 서로 알려준다. 호모 사피엔스뿐만 아니라 구석기 시대 이전의 모든 인류를 비롯한 유인원과 원숭이 등 영장류는 특히 목소리를 사용하는 언어를 갖고 있다.[1] 그러나 언어 특히 음성언어를 사용한다고 해서 그 모든 동물이 이야기를 하지는 않는다.

　언어를 가지고 '이야기'를 하는 존재는 현생인류인 호모 사피엔스밖에 없다. 어떠한 다른 동물도 눈앞에 보이지 않는 과거의 지나간 사건이나 미래에 대한 예측, 추상적인 관념, 혹은 생존과 번식에 직접 관련이 없는 '이야기' 같은 것을 하지는 않는다. 인간이 다른 동물과 구별되는 가장 중요한 특징은 바로 이야기를 한다는 것이다. 호모 사피엔스(Homo Sapience, 현명한 인간)는 다시 말해 호모 나란스(Homo Narrans, 이야기하는 인간)라고 할 수 있다. 우리가 이야기에 주목할 수밖에 없는 이유는 오늘날 인문학의 성패가 바로 이러한 '이야기'라는 것을 어떻게 잘 이해하는가에 달려있기 때문이다.

　과거를 기억하여 스스로의 정체성을 확인하고 감각을 통한 자연 현상을 법칙으로 체계화하고 눈에 안 보이는 것을 믿으며 신념으로 수용하는 것이야

---

1) 유발 하라리, 『사피엔스』, 조현욱 역, 김영사, 2015. p.45. 참조.

말로 이야기를 받아들이는 인간적 능력에 기반한 행위이다. 허구를 만들어내고 남의 흉을 보고 자신의 변명을 늘어놓는 것도 이야기하는 능력에 바탕을 둔 중요한 인간적 특성이다. 더 많은 인간들과의 협업이 가능한 것도 현실을 개선 가능한 것으로 보고 끊임없이 노력하는 것도 이러한 이야기 능력이 없이는 애초에 성립될 수 없는 일이다. 그러한 의미에서 이야기는 인간 문명의 원천이다.

이 책은 일본어 이야기(또는 서사) 문학에 있어서 서술양식의 특징을 텍스트에 내재하는 시점을 분석함으로써 해명하려는 시도이다. 왜 하필 일본인가? 지금부터 약 1만 년 전 유라시아 대륙에서 분리되어 동쪽 바다 끝에 위치한 일본 열도에 현생 인류가 살게 된 것은 분리 전인 약 4만 년 전부터로 추정된다. 아프리카 동부에서 약 7만 년 전에 거대한 이동을 시작한 현생 인류는 중동과 중앙아시아를 거쳐 몽골고원 혹은 동남아시아를 지나 중국 만주 한반도 등을 통해 현재의 일본 열도에 도착했다. 그들은 수만 년의 그 기나긴 여정에 있어서 여러 가지 이야기를 세대를 거듭하며 입에서 입으로 전달했다고 본다.

세계의 어느 민족이나 마찬가지이겠지만 특히 일본 열도의 사람들은 매우 긴 이동의 과정을 거쳐 정착하게 되면서 그 나름의 자연과 인간에 대한 이해 방식을 발달시키고 축적했을 것이다. 인류 이동의 역사가 남긴 일종의 퇴적층을 발견하듯이 우리는 일본 열도에 사는 사람들의 이런 저런 이야기를 들어볼 필요가 있다. 일본 민족은 한반도에서 살아온 사람들과 인종적으로나 문화적으로나 역사적으로 매우 깊은 관계를 가진 것으로 생각된다. 오랜 옛날부터 여러 형태의 교류가 있었던 가까운 이웃, 아니 이웃이기 이전에 마치 사촌과 같은 관계 혹은 그 이상의 의미를 갖고 있는, 우리의 일부이거나 약간 다른 모습의 우리인지도 모른다.

더구나 한국과 마찬가지로 한자문화권에 속한 일본은 근대 이후 서구 문화의 영향을 받아들이는 과정에서 한국보다 20, 30년 앞서서 급격한 언어적 변화를 겪으며 새로운 서사 표현의 양식을 확립했다. 한국 역시 그러한 일본의 영향을 받으면서 현대 한국어와 근대적 서사 표현 양식을 만들어냈다. 일본의 전근대적 서사 양식과 근대 이후의 서사 양식을 비교 고찰하는 것은 바로 한국의 그것을 탐구하는 데에 있어서도 중요한 참조항이 아닐 수 없다. 이러한 이유로 필자는 일본의 이야기 문학 양식이 근대적 전환기에 어떤 방식으로 서구를 받아들였고 그 역사적 의미는 무엇인지를 탐구하게 되었다.

여기서는 일본의 서사 문학 작품들을 통시대적으로 고찰함으로써 텍스트가 '무엇을 이야기 하는가'가 아니라 '어떻게 이야기 하는가'를 문제 삼는다. 분석 대상으로 '시점'의 문제를 다룬다는 것은 이야기되는 작중 세계나 사건이 '어떻게 파악되는 것인가'를 찾는 것에 다름 아니다. 방법으로서는 내러톨로지(narratology)적 분석을 위주로 하면서 표현사적 관점에서 접근하려고 한다. '내러톨로지'라는 용어는 프랑스어의 나라톨로기(narratologie)를 영어로 번역한 것이다. 1969년 프랑스 구조주의 문학 이론가인 츠베탕 토도로프(Tzvetan Todorov, 1939~)에 의해 이야기의 서사 구조 일반에 관한 연구를 가리키는 명칭으로 처음 사용된 것에서 유래한다.[2] 한국어로는 '서사이론' '서사학'으로 번역되기도 하고 일본에서는 '모노가타리학(物語学)' 또는 '모노가타리론(物語論)'이라고 한다.

내러톨로지는 소설뿐만 아니라, 영화, 연극, 만화, 회화에 이르기까지 모든 이야기 장르의 예술 작품을 연구 대상으로 한다. 경우에 따라서는 일반적으로 예술 작품의 범주에 들어가지 않는 역사서술과 신문기사 및 스포츠중계 카메라의 이동 과정도 연구대상이 될 수 있다. 그런데 내러톨로지는 주로 이야기의 내용 자체보다는 전달 방법에 관련된 형식과 기능을 탐구하는 학문

---

2) ジェラルド プリンス, 『物語論辞典』, 遠藤健一訳, 東京, 松柏社, 1991. p.129 참조. Onega, Susana, Jos Angel Garcia Landa, *Narratology*, London & New York: Longman, 1996. p.1.

분야이다. 그러므로 텍스트의 언어적 특성이나 의미가 생산되는 구조를 설명
하려고 할 때에 매우 유효하다. 텍스트의 내부구조에 대한 면밀한 고찰을 통
해 시점의 문제를 중심으로 한 이야기의 서술양식을 탐구하려는 이 책에서는
이러한 내러톨로지의 담화 분석에 방법론적 기반을 둔다.

한편, 위에서 말하는 표현사적 관점이란 이야기의 역사적 계보를 거슬러
올라가 근대 이전과 근대 이후를 비교하면서 이야기 장르에 있어서 시점의
역사적 변천을 더듬는 것을 의미한다. 원래 이야기 자체가 역사의 산물이며
'근세 소설' '근대소설' 등의 표현이 역사적인 입장을 전제로 한 것인 이상
장르 그 자체의 성립을 둘러싼 시대적 문맥 및 그 전개 경로 등을 고려해야
하는 것은 당연하다. 내러톨로지에 입각한 텍스트 분석방법을 채용하면서도
한편에서는 '표현의 역사'라는 관점을 취하는 것은 그러한 이유이다. 이를테
면 근대소설의 양식적 특징을 파악하기 위해서 근대 이전 것과의 차이를 비
교하는 관점이 필요하다.

또 한 가지 본격적인 논의에 들어가기 전에 시점(視點, point of view)이라
는 용어의 애매함을 지적해 두지 않을 수 없다. 문학용어 특히 소설론의 용
어로서 이미 정착되어 있는 이 말에는 다소 문제가 있다. 초점화(焦點化,
focalisation)나 필터(filter), 슬랜트(slant, 관점) 등 대체 용어의 등장을 봐도 알 수
있듯이 시점의 개념에는 하나의 단어로 표현할 수 없는 복잡한 측면이 있
다.[3] 작중 세계를 어떻게 파악하는가 하는 것은 이야기 텍스트의 창작 기법
으로서 또는 해석상의 개념으로서 다양한 방법론적 문제와 관계된다. 현재
사용되고 있는 '시점'이라고 하는 용어는 작중 세계를 파악하는 방법 전반을
가리키고 있는지, 그렇지 않으면 작중 세계를 파악하는 한 점으로서의 위치
를 가리키고 있는지 뚜렷하지 않은 경우가 많다. 이와 같이 '시점'이 무엇을

---

3) シーモア チャトマン, 『小説と映画の修辞学』, 田中秀人訳, (東京, 水声社, 1998). pp.231-244.
참조.

의미하는지를 파고들면 그 정의를 엄밀하게 세우는 것이 의외로 어려운 작업이라는 것을 알게 된다.

지금까지의 시점에 관한 논의에서 빚어진 혼란도 결국 이 용어 자체로부터 원인을 찾을 수 있다. 이 책은 우선 현재 일반적으로 사용되고 있는 문학용어 '시점'의 애매함이나 거기에서 필연적으로 발생하는 시점론의 착종(錯綜)에 대한 문제의식에서부터 출발한다. 그렇다고 해서 항상 불만스러운 이 용어 대신에 다른 새로운 용어를 사용하는 것도 망설여진다. 지금까지 다양한 용어가 시도되었지만 그때마다 더한 개념적 혼란을 일으켜 왔기 때문이다. 여기서 필자는 일반적으로 사용되고 있는 '시점'을 그대로 사용하면서도 제대로 된 개념의 교통정리가 필요함을 절실히 느낀다. 물론 정리될 수 있는 개념이란 극히 좁은 의미의 시점뿐이며 작중 세계를 파악하는 방법 전반에는 미치지 못할 것이다. 다만 용어 자체를 정리하면서 지금까지 시점론의 한계나 문제점이 드러날 것이라고 생각한다.

시점이 이론상의 문제로 다루어진 것은 주로 근대소설을 대상으로 하는 연구에서였다. 근대 이전 이야기 장르의 시점에 관해서는 거의 무시되거나 논의된다고 해도 근대소설에서 볼 수 있는 시점의 변종 또는 예외로서밖에 다루어지지 않았다. 그것은 서술자와 서술대상 간의 공간적 위치 관계가 확립된 근대 이후 소설의 시점만이 시점에 관한 논의의 유일한 중심으로 다루어져왔기 때문일 것이다. 이 책에서는 지금까지의 시점 개념을 일단 정리하고 그 정리된 시점의 개념을 일본의 이야기 텍스트에 적용해보려고 한다. 그리고 다양한 이야기 텍스트 속에서 시점이 어떻게 기능하는지를 확인하고자 한다.

시점론이 오로지 근대소설에만 적용된다면 중요한 부분이 간과되고 마는 것이다. 시점은 원래 이야기의 서술을 가능하게 하는 작중 세계에의 인식 방법에 관한 기본적인 문제로서 근대소설에서와 같은 공간적 위치 관계 이상의 것이기 때문이다. 따라서 『고사기』(古事記)나 『겐지모노가타리』(源氏物語) 등 일본 전근대의 이야기 작품을 시점의 면에서 재검토하는 것이 얼마나 중요한 일인가를 깨닫게 된다. 이러한 고찰에 의해 일본의 고대 중세 산문 문학 장르나 근대소설 및 근대문학의 내적・외적 그리고 횡단적・종단적 특징을 파악하여 궁극적으로는 '근대'라고 하는 시대나 '근대문명'의 가치를 상대화하고 그 보편성과 특수성의 문제를 생각해 볼 수 있을 것이다. 이 책은 모두 2부 8장의 구성으로 되어 있는데 그 개요는 다음과 같다.

제Ⅰ부에서는 일반적인 의미의 시점론과 일본의 이야기 장르에 관해서 논한다. 우선 서장에서는 시점이라고 하는 개념을 필자 나름대로 정의하고 연구의 의의와 목적, 방법을 소개한다. 제1장에서는 '이야기' 일반에 관해 지금까지 제기된 다양한 시점론을 간략하게 열거하면서 그 발전사적 전개 양상을 요약하고 문제점을 지적하여 개선책으로서 새로운 시점이론을 모색한다. 제2장에서는 제1장에서 제시된 시점이론의 관점에서 일본 상대(上代)의 대표적인 이야기 즉 신화와 역사서술의 시점을 분석한다. 제3장에서는 중고(中古)・중세(中世)의 이야기 즉 전통적 의미의 모노가타리(物語) 장르에 있어서의 시점을 분석한다. 그리고 제4장에서는 근대소설을 대상으로 제2장・제3장과 같은 시점 분석을 실시한다. 제1부의 목적은 새로운 시점 분석의 방법을 정립하여 일본의 이야기 텍스트에 적용, 근대 이전의 것과 근대소설의 시점이 각각 어떻게 다른지를 판별해 그 차이를 기술한다.

제Ⅱ부에서는 시점분석의 실제 예를 들어 시점의 개념 그 자체와 이야기의 창작 기법이나 독서 행위 등과의 상관관계를 찾는다. 제5장에서는, 나쓰메 소세키의 『마음(心)』에 나타난 시점 구조의 분석을 통해 작품에 숨어 있는 주제를 도출한다. 제6장도 분석 예인데 소세키의 『꿈 열흘 밤(夢十夜)』을 「제1야(第一夜)」부터 「제10야(第十夜)」까지 순서대로 읽어 가면서 텍스트에 내재된 시점 구조와 작가의 표현 기법과의 관련성을 찾는다. 제7장에서는 역사적 산물인 시점의 개념을 서구 르네상스 이후의 원근법 및 근대 과학 사상과 관련 지어 고찰하며 일본의 독특한 시가 장르인 '렌쿠(連句)'의 이야기적 성격과 미적 특징으로부터 근대적 시점과는 다른 비원근법적 시점을 발견한다. 제8장에서는 종래의 시점 개념이나 연구 방법을 극복하고자 이야기를 하나의 '구조'가 아닌 '과정'으로 보는 입장에서 비서구적 연구 방법의 가능성을 모색한다. 어떤 의미에서 제 I 부에서 구축한 시점 이론의 탈구축이기도 한 제 II 부의 목적은 새로운 분석방법을 실제의 다양한 이야기 텍스트에 구체적으로 적용하면서 면밀하게 읽어 가는 데에 있다. 이는 지금까지 서양 중심의 시점론을 상대화하여 동아시아 나아가 비서구 문화권의 문학이론을 구축할 가능성을 탐색하기 위한 것이다.

차례

머리말_5
일러두기_14

제 I 부 시점론과 일본의 이야기 장르

서장 시점이란 무엇인가_19
제1절 이야기와 시점의 개념 ……………………………… 19
제2절 근대적 문체와 근대적 시점 ……………………… 23
제3절 시점 분석의 방법과 단위 ………………………… 27

제1장 시점의 문법_31
제1절 시점 연구의 역사 …………………………………… 31
제2절 시점론의 문제점과 해결책 ……………………… 42
제3절 새로운 '시점이론'을 위하여 …………………… 52

제2장 상대 신화와 역사서술의 〈초월적 시점〉_63
제1절 『고사기』의 세계와 신화의 시점 ……………… 63
제2절 『일본서기』의 서술과 시점 ……………………… 73

제3장 중고·중세 모노가타리의 〈중층적 시점〉_85
제1절 '일본서사문'의 성립과 이야기 장르 ………… 85
제2절 『다케토리모노가타리』의 문체와 시점 ……… 89
제3절 『겐지모노가타리』의 작중세계와 시점 ……… 96
제4절 『헤이케모노가타리』의 서술과 시점 ………… 115

제4장 근대소설의 〈중심적 시점〉_123
제1절 『뜬 구름』의 언문일치체와 시점 …………… 123
제2절 『이불』에 있어서의 초점의 소재 …………… 133
제3절 근대적 문체의 성립과 근대적 시점의 전개·해체 …… 143

제II부 시점의 구조에서 시점의 과정으로

제5장 『마음』의 주제와 시점_151
─'마음의 진실'과 '진실한 마음'의 만남─
제1절 텍스트와 작중세계의 기본 구조 ······················· 151
제2절 사건의 전개와 시점인물 ······························· 164
제3절 전환점과 주제 ····································· 173

제6장 『꿈 열흘 밤』의 시점과 서술양식_187
─'꿈을 보는 눈'을 찾아서─
제1절 작중세계와 시점인물 ································· 187
제2절 시점의 위치와 시점구조 ······························· 194
제3절 꿈 이야기와 소설의 서술양식 ························· 204

제7장 원근법과 시점_211
제1절 원근법적 방법과 근대 과학정신 ······················· 211
제2절 역(逆) 원근법과 렌쿠의 '시점적' 특질 ··················· 216

제8장 구조에서 과정으로_225
제1절 구조와 구조주의 ····································· 225
제2절 이야기는 '구조'인가 ································· 229
제3절 '과정'으로서의 이야기 ······························· 235

맺음말_243

에필로그 / 247
참고문헌 / 249
찾아보기 / 267

• 일러두기 •

1. 인용문의 표기에 대해

일본어 이야기 텍스트는 원본을 그대로 인용하고 그 아래에 한국어역을 병기한다. 그 외의 인용은 한국어역을 위주로 한다. 본문의 기술에 있어서도 필요에 따라 일일이 일본어 원문을 적시한 경우가 있다.

2. 강조 사항에 대해

특별한 언급이 없는 한, 본문에 있어서 필자 자신의 강조 사항은 '　'로, 인용문에 있어서 원저자의 강조 사항(특히 서양어 원문의 이탤릭체 등)은 상점 덧말(○○)로 하고, 인용문에 있어서 필자의 강조 사항에는 밑줄을 그어 둔다.

3. 괄호 및 부호의 사용법

『　　』 : 작품명, 서명, 잡지명 (서양서명 등은 이탤릭체)

「　　」 : 논문명, 작품 내 장과 절 번호 또는 제목

'　　' : 본문 속 인용, 필자의 강조사항, 서양논문명

"　　" : 인용 속 인용

(　　) : 인물의 생몰년, 출판 연도, 사건 연도, 부가 설명, 번역 또는 원어 등

[　　] : 인용에 관한 필자의 설명, 발음기호

〈　　〉 : 필자가 만든 용어

　·　 : 비슷한 사항의 나열

(……) : 인용문의 중간에 생략된 부분

　→　 : 이동 방향

4. 그 외 본문이나 인용문 또는 주 안에서 필자의 판단에 의해 여러 항목으로 요약하거나 열거할 필요가 있는 경우, ○으로 둘러싼 일련 번호(①, ②, ③, …… 등)를 붙였다.

＊ 이 책의 일부는 이미 다른 책이나 잡지에 발표된 것을 가필·정정한 것이다. 그 내역은 다음과 같다. (이 책의 장절, 게재된 논문명, 게재된 잡지명 또는 서명, 출판 사항의 순서로 적는다.)

- 서장의 제2절 근대적 문체와 근대적 시점 및 제4장의 제1절『뜬 구름』의 언문일치체와 시점
  - 「東アジア近代小説文体の成立と二つの視線」, 『比較文学研究』75号, 東大比較文学会, 2000. 2. (일본어)
- 제2장 제1절『고사기』의 세계와 신화의 시점
  - 「『古事記』『日本書紀』における視點の文法 — 創世神話と歷史敍述の〈超越的視點〉」, 『日本學報』제61집, 韓國日本學會, 2004. 11. (일본어)
- 제3장 제1절 '일본 서사문'의 성립과 이야기 장르
  - 「「日本敍事文」の成立と物語ジャンル — 『竹取物語』『源氏物語』における「作中世界」の誕生」, 『日本學報』제59집, 韓國日本學會, 2004. 6. (일본어)
  - 「동아시아 서사문학 전통으로부터의 이탈 — 근대 의식의 형성과 일본 소설」, 경원대학교 아시아문화연구소, 『담론의 공간으로서 동아시아』(서울, 역락, 2010)
- 제3장 제3절『겐지모노가타리』의 작중 세계와 시점
  - 「『源氏物語』と視點の文法 — 〈ゼロ人稱的視點〉の物語」 제60집, 韓國日本學會, 2004. 8. (일본어)
- 제5장『마음』의 주제와 시점
  - 「나쓰메 소세키『마음』의 주제론 — 〈마음의 성실함〉과 〈성실한 마음〉의 만남」, 김채수 편, 『소설의 주제 도출법』(서울, 박이정, 1997)
- 제6장『꿈 열흘 밤』의 시점과 이야기
  - 「나쓰메 소세키『꿈 열흘 밤』의 시점과 서술양식 — 〈꿈을 꾸는 눈〉을 찾아서」, 『일본문학연구』창간호, 한국일본문학회, 1999. 6.
- 제8장 구조에서 과정으로
  - 「物語研究における「構造」の概念 — 作者と読者のかかわり方」, 『比較文学·文化論集』16号, 東京大学比較文学·文化研究会, 1999. (일본어)

제 I 부

시점론과
일본의
이야기 장르

시점이란 무엇인가

제1절 이야기와 시점의 개념

이 책에서 사용하고 있는 '이야기'라는 용어는 서양어 '내러티브'(narrative)의 번역어이다.[4] 내러톨로지 논자들의 정의에 의하면 내러티브는 '현실이든

---

[4] 이 책은 일본의 산문 문학 장르를 연구 대상으로 하고 있지만 '서사문학'이라든지 '서술 문학' '소설'이라는 용어를 가능한 한 피하고 '이야기'라는 표현을 쓰고자 하는데 거기에는 이유가 있다. '서사문학'이라는 개념이 일본의 문학적 전통 속에서 무엇을 가리키고 있는지 애매하기 때문이다. 서양의 '서사시'(epic)의 의미에 정확히 부합하는 일본의 문학 장르는 없기 때문이다. '서술 문학' 등도 귀에 익숙하지 않다. 또 '소설'은 동아시아적 전통 속에서 각국 마다 의미의 차이가 있으므로 오해를 부르기 쉽다. 중국에서는 『한서』(漢書) 「예문지」(藝文志)의 용례를 시작으로 '소설'이라는 말 자체는 오래 전부터 있었다. 한국의 경우는 조선 왕조 시대의 이야기를 '고대소설'이라고 부른다. 일본에서도 물론 '중고소설'(中古小說)이라는 표현을 사용하지만, 쓰보우치 쇼요(坪内逍遥, 1859~1935)의 『소설신수』(小說神髓, 1885)에서 서양어 'novel'의 번역어로서 사용된 이후 일반화되었다. 그러므로 '소설'에는 '근세'나 '근대' 등 시대를 의미하는 한정사를 붙여 사용하는 편이 알기 쉬울 것이다. 이러한 맥락에서 일본의 문학전통 속에서 각 시대의 산문 장르에도 널리 사용되고 서양어의 내러티브에도 대응할 수 있는 개념으로 '모노가타리'(物語)라는 말이 있으며 보통 한국어의 '이야기'로 옮겨진다. 그러한 점에서 이 '모노가타리'는 '이야기'와 비슷하지만 한국어 '이야기'가 의미하는 범주가 훨씬 더 포괄적이다. 왜냐하면 '모노가타리'는 주로 허구의 이야기라는 명사적 의미로만 사용되지만 '이야기'는 '~를 이야기하다'와 같이 동사적으로 사용되는 경우도 포함하여 허구와 비허구(사실)를 막론하고 일상적으로 두루 쓰이기 때문이다. 단 여기서는 의미를 지나치게 확장하지는 않고 영어 narrative나 일본어 모노가타리에 대응하는 제한적 의미로 사용한다. 지금까지의 한국어 어휘 중에서는 신화, 역사, 설화, 근대소설도 포괄할 수 있는 가장 석당한 명칭으로 여겨진다.

허구든 적어도 두 개의 상황·사상이 시간 연쇄의 형태로 재현 표상된 것'이 며 '그 두 개의 상황·사상이 어느 것이든 다른 한편을 전제로 하거나 필연 적으로 수반해서는 안 된다'는 제한을 받는다.5) 또는 '복수의 사상에 대한 단순한 무작위적 보고'와는 달리 '지속적인 주제와 전체적인 질서'를 가지고 있는 담론이라고 한다.6)

일반적으로 이야기 서술 방식의 기본 구조는 텍스트 속의 언표 주체인 화 자가 작중세계나 사건 또는 그에 관한 자신의 생각을 체험담이나 전문담(傳聞 談)의 형태로 제시해 가는 것이다. 화자는 ①작중세계에 들어가 스스로 사건 을 파악하기도 하고 ②작중인물의 눈을 빌려 그 눈에 비친 사건을 말하기도 한다. 화자 스스로가 되었든 작중인물이 되었든 화자에게 작중세계에 대한 정보를 제공하는 장치를 '시점'이라고 부른다.

종종 화자는 입 시점은 눈, 또는 화자는 스피커 시점은 카메라에 비유되기 도 한다. 화자와 시점은 이렇게 텍스트 속의 다른 기능을 가리키는 명칭으로 이해해야 할 것이다. 이와 같이 화자에게 '이야기의 재료'를 주는 시점은 작 중세계나 사건을 포착하는 '인식·해석상의 위치'라고 정의내릴 수 있을 것 이다. 필자가 특히 시점에 주목하는 이유는 작중세계에 대한 시점의 '위치'라 는 것이 화자가 작중세계와 사건을 '파악하는 방식'을 규정하며 그 '파악 방 식'이야말로 이야기의 '서술 방식'과 불가분의 관계에 있다고 생각하기 때문 이다.

소설가는 창작할 때 스스로 의식하든 의식하지 않든 작중세계나 사건에 대한 정보 인식의 방법인 시점이 어떠한 구조로 되어 있고 어떠한 기능을 완 수할 것이며 작품의 안과 밖 어디에 있는지 등의 문제를 미리 결정해 두지

---

5) ジェラルド プリンス, 『物語論の位相 物語の形式と機能』, 遠藤健一訳, (東京, 松柏社, 1996). p.5.
6) ジェラルド プリンス, 『物語論辞典』. p.118. 참조.

않으면 안 된다. 적어도 작중세계가 상정되고 있는 한 어떠한 이야기 텍스트에도 시점은 반드시 개재한다. 단적으로 말하면 시점이 없는 이야기는 없는 것이다.

뿐만 아니라 시점은 의미론과 결합된 모든 재현 예술의 제 장르, 예를 들어 문학·회화·연극·영화에 있어서 구성상의 문제와도 관련된다.[7] 시점은 작중 사건에 대한 '인식의 관점' '해석의 입장' '세계관' '가치관'의 텍스트 내적 장치이다. 보는 각도에 따라 대상이 완전히 다르게 보이는 경험은 일상적으로 자주 있다. 파악하는 방법에 의해서 대상이 달라진다. 인식 대상의 시각적 '이미지'라는 것은 실은 특정한 공간적 위치에서 대상의 일부를 포착한 것에 지나지 않는다. 이미지는 그 공간적 위치나 각도가 만들어 내는 것이라고 해도 과언은 아니다. 그만큼 시점은 이야기 내용과도 깊게 관련되며 시점에 의해서 이야기 내용이 바뀌는 일도 있을 수 있는 것이다.

이야기에 있어서의 시점은 독자의 독서 행위에 대해서도 절대적인 영향을 준다. '어떠한 각도에서 어떠한 상황 속에서 작중세계나 사건을 파악할 수 있는가'는 독자에게 전할 수 있는 정보의 내용을 어떻게 선택해서 정보의 양과 질을 어떠한 레벨로 컨트롤하는지의 문제를 결정하기 때문이다. 생각해 보면 독자로서는 텍스트에 장착된 시점이라고 하는 창을 통해 작중세계의 보이는 부분만큼만 보는 존재일 수밖에 없는 것이다. 비록 독자론의 입장에서 매우 자율적인 독자를 상정했다고 해도 텍스트 속의 장치인 이 시점이라는 '창'의 존재는 부정할 수 없을 것이다.

모든 텍스트론에 대해 매우 냉소적으로 '이 클래스에 텍스트가 있는가?'라고 반문함으로써 '텍스트는 해석공동체의 일원인 독자가 만들어 내는 것'이라 주장한 스탠리 피쉬(Stanley Fish, 1938~)라면 어떨까? 그의 논법에 따르면

---

7) ボリス ウスペンスキイ, 『構成の詩学』, (東京, 法政大学出版局, 1986). pp.1-2.

존재하는 것은 오로지 해석공동체와 독자뿐이며 원래 텍스트라는 것은 존재
하지 않는다.8) 그렇다면 텍스트 속의 장치인 시점이라는 '창'도 존재하지 않
는 것일까? 그 답은 반대일 것이다. '창'마저도 해석공동체의 일원인 독자가
만들어 내는 것이다. 독자론의 입장에서 보더라도 '창'은 엄연히 존재하며 독
자는 이 '창'을 통하지 않으면 작중세계를 들여다볼 수 없다.

특정한 작중인물에 시점이 두어지는 경우 그 인물을 '시점인물'이라고 한
다. 독자는 어떤 의미에서 그 시점인물의 감각과 입장을 통해 그의 머릿속을
읽어 가는 것이 아닐까? 시점인물은 작중세계에 있어서의 타인의 행동과 자
신의 행동, 자신의 사고 내용을 인식해 가는 주체이다. 텍스트를 접하는 독자
는 시점인물의 시선을 따라 그 시점인물의 행동과 인식이 진행하는 대로 작
중세계에 다가간다. 이 때 독자는 작중세계의 시공간에 자신의 인식을 맞춘
다. 즉 시점인물에 있어서의 현재를 자신의 현재로 간주하고 작중세계의 특
정 장소에 자신이 있다고 믿어 버리는 것이다.

시점은 이와 같이 창작시의 표현 기법뿐만 아니라 작중세계나 사건 등 이
야기의 내용이나 텍스트에 대한 독자의 해석에도 깊게 관계하고 있다. 즉 텍
스트에 있어서의 단순한 형식적 장치를 넘어 '무엇이 이야기되는가'는 물론
'어떻게 읽혀지는가' 하는 방향마저 좌우한다. 따라서 시점의 존재방식을 분
석함으로써 소설의 양식적 특징의 중요한 일면을 파악할 수 있는 것이며 이
를 통해 문학 행위의 주체인 작자와 독자의 창작·독해 문제를 포함한 문학
현상 전반의 특징들을 이해할 수 있을 것이다.

---

8) スタンリ フィッシュ, 『このクラスにテクストはありますか 解釈共同体の権威3』, 小林昌夫
訳, (東京, みすず書房, 1992). 참조.

제2절 근대적 문체와 근대적 시점

　　일본의 이야기 문학을 연구하는 것과 이 시점의 문제는 어떠한 관계가 있는 것일까? 일본의 이른바 '근대문학' 성립기에는 이전의 문체와는 완전히 다른 새로운 문체가 등장하는 혁명적 변화가 있었다. 일상어와 상당히 동떨어진 그때까지의 낡은 문장어를 대신하는 구어체의 새로운 문장어, 이른바 언문일치체의 등장이 그것이다. 일본이 2백여 년의 쇄국을 거쳐 문호를 개방한 이후 당시의 많은 지식인들은 어지럽게 변화하는 현실 세계나 복잡한 사상 내용을 신속·정확하게 표현하려면 기존의 문체로는 도저히 대응할 수 없다고 느끼게 되었을 것이다. 문필에 종사하는 사람들 사이에 이러한 '불편한' 상황을 타개하고자 하는 의식이 폭넓게 공유되는 분위기 속에서 표기의 통일 및 표준어의 제정에 이르는 국가 차원의 일본어 근대화 정책과 맞물려서 언문일치체는 하나의 '운동'으로 추진되었다.

　　문자가 일부 사람들의 전유물로서 사용되던 시대가 가고 교육의 보급이나 저널리즘의 발달에 의해 문자 해독 인구가 증가하면 다양한 직업에 종사하는 사람들이 문자를 자신의 일이나 생활에 유용하게 쓰려고 한다. 그렇게 되면 격식을 차리지 않는 문장으로 평상시 이야기하듯이 알기 쉽게 써서 의사표현을 하고 싶다는 생활상의 실용적·현실적 욕구가 일반화하는 것은 극히 자연스러운 흐름일 것이다. 그러나 너무나 당연한 말이지만 '언문일치체'라고 해서 문자 그대로 '말'과 '글'이 '일치'된 '문체'를 의미하는 것은 아니다. 즉 당시의 구어가 그대로 근대적인 문체가 된 것은 아니다. 문장어가 아무리 구어에 가까워져도 기록 목적의 시각 기호인 문자를 매체로 하는 그 본래의 성질상, 현장성에 의지하는 청각 언어의 회화체와 완전히 같은 것이 될 수는 없는 일이다. 그렇다면 당시의 일상이나 새로운 사상·감정을 편리하게 표현할 수 있는 문체를 획득하기 위해서는 낡은 문장어를 대신할 새로운 '문장어'

를 인공적으로 만드는 수밖에 선택의 여지는 없는 것이었다.

이 새로운 문장어를 만드는 작업이 당시로서는 간단하지 않았을 것이다. 근대적 문체를 새롭게 만들어내는 수고는 오늘날 우리의 상상을 초월하는 것이었다. 근대 문체의 완성은 실로 많은 시간 많은 사람들의 노력이 쌓여서 비로소 가능했다.[9] 하지만 그 출발은 주로 문학자들, 그 중에서도 특히 일상의 회화체를 작품 속에서 비교적 자유롭게 사용할 수 있는 소설 장르의 작가들에 의해서 주도되었다. 이러한 의미에서 근대 문체로의 발전과 근대소설의 성립은 궤를 같이 한다고 할 수 있다.

이 '문체 혁명'의 선구적 업적 중 하나가 후타바테이 시메이(二葉亭四迷, 1864~1909)의 『뜬 구름』(浮雲, 1887~89)이다.[10] 『뜬 구름』은 일본 문학사에 있어서 근대소설의 효시로서 종래의 인습적인 문체로부터 탈피하여 언문일치체를 개척한 작품으로 잘 알려져 있다.[11] 후타바테이가 이러한 언문일치체

---

9) 야마모토 마사히데(山本正秀, 1907~80)의 『근대 문체 발생의 역사적 연구』(近代文体発生の史的研究)(岩波書店, 1965)에서 언문일치체의 움직임은, 한자 폐지를 주장한 마에지마 히소카(前島密)의 『한자폐지 건의안』(漢字御廃止之義, 1866)으로부터 시작되어 천황의 칙어까지 구어화하여 현재 상태가 된 1946년에 완성되었다고 본다. 즉 이 전 과정은 80년 간에 걸쳐져 있다. 야마모토는 언문일치 운동사를 일곱 개의 시기로 구분하고, 제1기를 1866년부터 1883년까지의 '발생기', 제2기를 1884년부터 1889년까지의 '제1 자각기', 제3기를 1890년부터 1894년까지의 '정체기', 제4기를 1895년부터 1899년까지의 '제2 자각기', 제5기를 1900년부터 1909년까지의 '확립기', 제6기를 1910년부터 1922년까지의 '성장·완성 전기', 제7기를 1923년부터 1946년까지의 '성장·완성 후기'로 보고 있다.

10) 『뜬 구름』의 처음 제목은 『신편 뜬 구름』(新編 浮雲), 저자명은 '쓰보우치 유조'(坪内雄蔵, 쓰보우치 쇼요)로 하여 단행본 형태로 「제1편」과 「제2편」이 긴코도(金港堂)로부터, 각각 1887년 6월과 1888년 2월의 2회에 걸쳐서 발간되었다. 「제3편」은 잡지 『미야코노하나』(都の花)의 제18호, 19호, 20호, 21호에, 1889년 7월부터 8월에 걸쳐 게재되었다.

11) 후타바테이 시메이뿐만 아니라 야마다 비묘(山田美妙, 1868~1910)도 거의 동시에 언문일치체를 창안했다고 알려져 있다. 하지만 우치다 로안(内田魯庵, 1868~1929)은 「후타바테이 시메이의 일생」(二葉亭四迷の一生, 『思い出す人々』 수록, 1916)에서 「오늘날 언문일치의 원조는 비묘보다는 오히려 후타바테이이다」라고 하여 후타바테이의 공적을 인정했다. 山本正秀, 앞의 책, p. 495 참조. 또 야마모토 마사히데도 「언문일치체 소설의 창시자에 관해」(言文一致體小説の創始者に就いて, 『国語と国文学』, 1933년 8월호)에서 가장 빨리 언문일치체 소설을 시도한 사람은 비묘가 아닌 후타바테이인 것을 당시의 자료를 통해 증명했다.

소설을 쓸 때까지 그 자신 얼마나 고생을 했는지는 후일의 회고담「문담5칙」
(文談五則,『文章世界』, 1908.6.)에 나와 있는 기사로부터 추측할 수 있다.

아속절충의 문장 같은 것은 쓸 수가 없어서 무엇이든 생각대로 편하게 쓸
수 있도록 하고자 언문일치 작업을 시작했다. 그런데 구어라고 하면 아무래
도 다듬어지지 않은 터라 말하자면 거친 말이 많아서 다소 조잡하고 불필요
한 말이 많고 길어지기 마련이다. 예를 들면 '그런 거라서 그러니까' 하는 식
이다. 이래서는 방법이 없다.12)

후타바테이에 의한 언문일치체 창조 과정을 옆에서 지켜 보던 쓰보우치
쇼요(坪内逍遙, 1859~1935)는 자신의 메이지문학 회상기「감 꼭지」(柿の蔕, 1928)
라는 글에서 '후타바테이가 여러 의미로 메이지 문학의 참된 선구자였음을
분명히 하려면 메이지 20년(1887) 전후는 새로운 문학의 획기적인 산고의 시
대(産苦時代) 특히 표현고(表現苦) 시대였다는 것을 알아야 한다.'13)고 하여
『뜬 구름』이 출현하기 직전의 시기를 '표현고 시대'라고 부르고 있다. 무언
가를 표현하고는 싶지만 적절한 수단이 없기 때문에 고통 받던 시절이라는
의미이다.

쓰보우치 쇼요는 또 같은 문장에서 '후타바테이는 안목과 사상이 말하자면
급격히 러시아식으로 변했음에도 불구하고 이를 표현할 문장은 한문과 일본
문어문 또는 게사쿠문(戱作文)밖에 없어서(……)'14)라고 말하고 있다. 당시의

---

12) 雅俗折衷の文などは書けないから、何でも思ふことが樂に書けるやうにといふ譯から、言
　　文一致でやり始めた。處が口語となると、どうも磨かれてゐない、言はゞ粗削りの語が多
　　くて、やゝもすれば、麁雑で冗長くなりたがる。例へば、「恁うしたもんだから、それだ
　　から」といつたやうな調子だ。これでは爲方がない。二葉亭四迷『二葉亭四迷全集 第四卷』、
　　筑摩書房, 1985, p.231.
13) 逍遙協会編,『逍遙選集 別冊第四』,（東京, 第一書房, 1977）, p.407.
14) 二葉亭は其著眼が、其思想が、いはゞ、急にロシャ式に化せられたにも拘らず、それを言

선구적인 문인들은 '러시아식으로 변한' 새로운 안목과 사상은 가지고 있었으나 이에 상응하는 문장, 즉 적절한 '표현 방법'이 없는 상황을 고민하고 있었다. 그 절실함이 '표현고'라는 말에 응축되어 있는 것이다.

일본의 근대소설 문체는 이러한 '표현고 시대'를 극복하고자 한 인위적 노력의 산물이라고 해도 좋을 것이다. 후타바테이가 새로운 문체를 개발할 수 있었던 배경에는 과거시제나 인칭, 구두점 등을 가진 서구어와의 만남이 있었다. 그는 청소년기에 도쿄외어학교(東京外語学校)에서 배운 러시아어로 지적 사고를 하는 사람이었다. 소설의 구상과 집필에 있어서도 우선 러시아어로 문장을 써보고 그것을 스스로 일본어로 고치는 식이었다.[15) 후타바테이에 있어서 '표현고'의 '고'(苦, 괴로움)란 러시아어라는 '새로운 눈'으로 파악한 사물을 일본어로는 표현할 수 없는 괴로움이었다. 즉 인식과 표현의 괴리로부터 오는 문제에 다름 아닌 것이었다. 후타바테이가 '새로운 눈'으로 본 것을 일본어로 비교적 자유롭게 표현할 수 있었던 것은 1889년『뜬 구름』제3편을 쓸 때부터였다. 그는 바로 전 해인 1888년 러시아의 문호 이반 세르게이비치 투르게네프(Иван Сергеевич Тургенев, 1818~83)의 소설『사냥꾼의 일기』(Записки охотника, 1847~51)의 일부를「밀회」(あひゞき)라는 제목으로 번역하여 발표[16)했는데 이 때의 자연묘사 문체가 일본의 근대 언문일치체 형성에 큰 영향을 준 것이었다.

이와 같이 생각해 보면 이야기의 표현이나 문체에 변화가 일어났다고 하는 것은 그 전제로서 작가의 '표현 대상에 대한 파악 방식'이나 '세계관'에도

ひ現す文章としては、漢文くづしか、和文くづしか、戯作文しかなく(……). 같은 책, p.408.

15) 中村光夫,『二葉亭四迷伝 ある先駆者の生涯』, (東京, 講談社, 1993), p.93. 참조.

16) 투르게네프의『사냥꾼의 일기』(1852)의 부분역.『사냥꾼의 일기』는 처음에 1847년 1월 잡지『동시대인』(Современник)에「홀리와 칼리누이치」'Хорь и Калиньыч'라는 제목의 단편을 발표하고 나서 같은 잡지에 1851년까지의 21편의 단편을 실었는데 1852년 1편이 첨가되고 둘로 분책되어 단행본이 되었다. 1880년 판에는 3편이 추가 되었다. 후타바테이는 일본어 번역을 1888년 7월 6일 발간된『国民之友』에 실었다.

변화가 있었다는 것을 의미한다. 당연히 언문일치체 소설의 출현에 관해서도 그 이전과는 완전히 다른 모종의 변화가 있었기 때문에 가능했다고 볼 수 있다. 이러한 '파악 방식'과 '세계관'의 텍스트 내적 장치로 반영된 것이 '시점'이다.

그렇다면 근대가 되어 이야기 텍스트의 시점에 어떠한 변화가 일어난 것인가? 후타바테이를 비롯해 당시의 문인들에 있어서의 '고통'의 원인이었던 '새로운 눈'의 실체는 어디에 있을까? 소설가들에 있어서 고생이나 노력의 내적동인이었던 이 '눈'의 전환, 즉 근대에 있어서의 '시점'의 변화는 도대체 무엇이었나? 또 그 변화의 양상은 구체적으로 어떻게 전개된 것인가? 이러한 문제들을 고찰하는 것은 이야기의 서술 양식을 보다 깊게 이해하는 수단이 될 것이다. 이 책에서는 이와 같은 것을 시야에 넣고 일본 근대소설에 있어서의 '시점'의 문제에 관한 논의를 진척시키고자 한다. 즉 근대적 서술 양식을 낳은 근대적 시점이란 과연 어떤 것이었는지를 고찰하려는 것이다.

제3절 시점 분석의 방법과 단위

문학 텍스트의 표현과 작가의 '눈'은 밀접한 관계가 있다. 작가의 '눈'이란 앞서 말했듯이 '표현 대상을 파악하는 방식'이며 '표현 대상에 대한 견해'이다. 원래 언어에 의한 모든 표현에는 표현 주체의 대상에 대한 '관점'이 반영되기 마련이다. 그것이 음성언어이든 문자언어이든 세계나 사물 또는 인물에 대한 표현 주체의 견해가 어떠한 형태로든 영향을 주고 있다는 점에서는 같다. 한편 그 관점으로 파악한 내용은 음성이나 문자 등의 개념 기호를 매개로 한 표현 행위에 의해 표면화한다. 즉 표현은 관점을 전제로 하고 관점은 표현에 의해 형태지어진다. 양자는 마치 같은 동전의 앞뒷면과 같은 관계에 있다.

표현이 대상에 대한 관점을 전제로 성립한다면 이야기의 서술은 시점을 전제로 한다. 또 마찬가지로 시점은 이야기에 의해서만 확인이 가능하다. 그러나 이야기 텍스트에 있어서의 시점을 고찰하는 것 즉 작중세계에의 시각이나 인식의 위치를 확인해 텍스트 내 요소들의 여러 관계를 분석·검토하는 것은 그리 간단한 작업이 아니다. 왜냐하면 시점은 어디까지나 텍스트 내적 장치이며 기호의 표층에 직접 나타나는 것은 아니기 때문이다. 그러므로 분석 작업을 위해서는 이야기의 내용을 직접 제시하는 언어와 문체를 통해서 그리고 이야기의 내용에 비추어서 시점의 위치 관계를 판단할 수밖에 없을 것이다.

그렇다면 문체와 이야기 내용의 어떤 측면에 주목하고 무엇을 기준으로 삼아야 하는가? 문체부터 생각해보자면 우선 시제·인칭·화법 등이 떠오른다. '시제'는 작중세계를 그 현장으로부터 파악하는지, 과거의 일을 회상하는 형태로 파악하는지에 대한 문제이다. 또 '인칭'은 여기서는 고유명사와 통칭 등을 포함한 넓은 의미로 사용한다. 동일 인물을 다양하게 지칭하는 것은 이야기의 서술 속에서 자주 있는 현상이다. 예를 들면 『뜬 구름』의 경우 지문 속에서 작중인물의 한 사람인 '오마사'(お政)를 '오마사'라고 부르거나 '숙모'라고 부르기도 한다. 오마사는 화자의 시점이며 '숙모'는 주인공 '분조'(文三)의 시점으로부터 각기 파악되고 있다는 것을 알 수 있다. 이와 같이 인칭에는 누구의 입장으로부터 파악하는가가 반영되기 때문이다. 특정 인물을 어떻게 부르는가 하는 것을 통해 그 사람과의 인간관계가 나타난다. '화법'은 이야기 속의 인용 방법, 즉 직접적인 체험담인지 간접적인 전문담인지 하는 문제와 관련되어 있다. 이들 시제·인칭·화법 등에 의해 작중세계를 파악하고 있는 조건이 확인되는 것이다.

또 이야기의 내용은 어떠한가? 작중세계가 어떠한 성질의 것인가에 따라 그것을 파악하는 '시점'의 성격도 좌우될 것이다. 예를 들면 작중 시간이나 작중 공간의 문제가 그렇다. 이는 역시 문체 즉 시제나 인칭과도 연동되어 있지만 시점의 위치 확정과 불가분의 관계이다. 거기에 사건이 비현실적인지 혹은 현실적인지 그리고 인물 내면의 의식을 반영하는지 혹은 외적 행동만을 관찰할 뿐인지 등도 고려되어야 할 것이다. 이러한 고찰에 근거하고 텍스트에 있어서 서술의 형식·기능과 대조해 시점의 구조적 측면을 설명할 수 있다고 생각한다.

따라서 이 책에서는 이야기의 작중세계가 '어떻게 파악되는가'를 분석함으로써 텍스트가 '어떻게 이야기되는가'의 문제를 분명히 하려고 하는데 그와 동시에 '어떻게 이야기되는가'를 통해서도 '어떻게 파악되는가'의 문제를 풀어 갈 수 있을 것이다. 이러한 양자 간의 왕복 운동은 '무엇이 이야기되는가'와 '어떻게 읽혀지는가' 하는 내용이나 독자 반응의 문제에 대한 접근은 물론 궁극적으로 '무엇을 의미하는가' 하는 주제에 대한 통로를 만들어 줄 수 있을 것이다.

또 텍스트의 시점 분석에 착수하기 전에 꼭 하나 생각해두어야 할 일이 있다. 그것은 실제 문제로서 분석의 대상을 어떠한 기준에서 정하며 어디서 단락 짓는가 하는 것이다. 즉 어느 정도의 분량만큼을 하나의 분석의 단위로 할 것인지에 대한 문제이다. 시점구조라는 것은 텍스트 본문 속에서 항상 변화하고 있다. 그러므로 하나의 작품 전체를 단위로 시점구조를 설명할 필요가 있는가 하면 하나의 장이나 단락 단위, 또 어떤 때는 하나의 문장 단위, 극단적으로 말하자면 절이나 구 단위, 단어, 형태소의 단위에서도 시점구조를 밝히지 않으면 안 되는 경우가 있을 수 있다. 텍스트 구조 분석에 있어서 이러한 단위의 문제에 관해 롤랑 바르트(Roland Barthes, 1915~80)는 다음과 같이 명쾌한 답을 제시하고 있다.

텍스트의 기호 표현은 분절 가능하며 서로 이웃하는 짧은 단편(斷片)들의 연속이다. 이를 여기서는 레크시(lexie)라고 부르기로 하자. 왜냐하면 그것은 독서의 단위이기도 하기 때문이다. 이 단편(découpage)은 더할 나위 없이 <u>자의적이라 아니할 수 없다</u>. 그것은 아무런 방법론적 책임을 지지 않는다. (……) 레크시는 필요에 따라 어떤 때는 아주 조금의 단어만 또 어느 때는 여러 개의 문(文)을 포함할 것이다. <u>다만 그것은 오로지 그 때 그 때 분석의 목적에 부합하는가의 문제일 것이다</u>. 레크시는 의미를 관찰함에 있어서 <u>가능한 한 적당한 길이를 가지면 충분할 것이다</u>.[17)]

바르트의 결론을 한마디로 말하면 분석의 단위는 분석자가 마음대로 하라는 것이다. 일견 대단히 무책임한 말을 하고 있는 것처럼 보인다. 그러나 실은 이것이 가장 적확한 대답일 것이다. 텍스트 분석의 단위는 독자이기도 한 분석자의 독서 행위의 자율성에 맡겨질 수밖에 없고 그 주관적 판단의 대상이 되는 것은 당연한 일이다. 즉 분석의 목적에 맞추어 그때마다 기준을 설정하는 일도 가능하다는 것이다.

앞서 말한 '두 개의 상황·사상이 시간 연쇄의 형태로 재현 표상된 것'이라는 '이야기'의 정의에 착안하여 이야기 텍스트의 분석에 있어서 '최소단위'만은 결정해 두기로 한다. 이야기의 의미 있는 최소단위란 '둘 이상의 술어에 의해 상황 변화의 과정(process)이 느껴지는 최소한의 길이'라 할 수 있을 것이다. 원래 이야기는 일종의 과정적 서술이며 텍스트 표현의 레벨에서는 기본적으로 술어의 연속으로 이루어져 있기 때문이다. 이야기의 시점구조를 분석할 때도 그 최소단위는 이에 준한다고 생각해도 되지 않을까? 최소단위의 조건을 채우면 그때부터는 자유롭게 나누면 될 것이다.

---

17) Roland Barthes, *S/Z essai sur Sarrasine d'Honoré de Balzac*, Paris, Éditions du Seuil, 1970. ロラン バルト, 『S/Z―バルザック「サラジーヌ」の構造分析』, 沢崎浩平訳, (東京, みすず書房, 1973).

제1절 시점 연구의 역사

이야기 텍스트에 있어서의 시점, 즉 작중세계나 사건이 '어떻게 파악되는
가'하는 것은 창작이나 연구에 있어서 지극히 중요한 문제임에도 불구하고
시점 그 자체가 뚜렷한 개념으로서 의식되기 시작한 것은 그다지 오래되지
않았다. 작가가 자각적으로 시점의 기법을 창작에 이용하기 시작한 것은 19
세기 중반 이후 귀스타브 플로베르(Gustave Flaubert, 1821~80)나 헨리 제임스
(Henry James, 1843~1916) 때부터이다.18) 또 '시점'이 문학비평이나 작품분석의
용어로 사용되어 이야기 연구의 중심적 문제로 취급된 것도 20세기에 들어서
이다. 영국의 비평가 퍼시 러복(Percy Lubbock, 1879~1965)의 『소설의 기술』(The
Craft of Fiction, 1921)에 의해 처음으로 소설 연구의 기본 원리로서 시점의 기
법이 다루어진다. 러복은 특히 플로베르의 『보바리 부인』(Madame Bovary,
1856)이나 제임스의 『대사들』(The Ambassadors, 1903) 등을 논하면서 작중세계

---

18) F. シュタンツェル, 『物語の構造』, 前田彰一訳, (東京, 岩波書店, 1989). p.117. ロジャー B.
　　ヘンクル, 『小説をどう読み解くか』, 岡野久二・小泉利久訳, (東京, 南雲堂, 1986). pp.140-
　　147. 참조.

에 대한 파악 방식으로서의 시점을 작중인물에게 두는 창작 기법에 대해 천착했다.[19]

러복에 따르면 플로베르는 단지 '이야기하는'(telling) 것뿐만이 아니라 이야기가 저절로 전달되도록 '보여주는'(showing) 방법을 모색했다는 점에서 소설의 '내용'이 아닌 '기법'의 문제를 의식한 최초의 소설가로 평가된다. 플로베르가 『보바리 부인』의 집필에 즈음해 같은 페이지에 동일한 단어가 쓰이는 일이 없도록 단 한 행의 문장도 소홀히 하지 않았다는 일화는 유명하다. 그의 이러한 노력도 실은 테마나 내용의 문제가 아닌 오로지 기법의 문제, 즉 작자 혹은 화자의 입담을 매개로 하지 않고 묘사의 신선함을 유지할 수 있도록 독자와 작중 장면을 직접 마주보게 한다는 노선과 무관하지 않다.[20]

『보바리 부인』의 표현 기법의 특징은 삼인칭 서술의 객관성을 유지하면서도 일인칭 소설과 같은 현실감을 주려고 한 점에 있다고 생각된다. 화자가 이야기 전체를 조망하면서 컨트롤하는 입장이 아니고 가능한 한 작중인물들의 내면에 파고 들어가 특정 장면에 대해서는 특정한 작중인물의 눈으로 사태를 파악한다는 것이다. 복수의 인물을 등장시킴으로써 작중세계를 넓게 파악하는 한편 가능한 한 화자의 존재를 숨기고 장면 자체를 직접적으로 제시하는 기법이 『보바리 부인』 속에서 시도되었다.

이러한 기법과 관련한 플로베르 자신의 생각은 '예술가란 그 작품 안에서는 만물에 있어서의 창조주와 같이 눈에 보이지 않지만 전능한 존재여야 하

---

19) Percy Lubbock, *The Craft of Fiction*, John Dickens, 1921. 플로베르와 제임스에 대한 언급은 각각 pp.59-92. pp.156-202.(3rd ed. 1954). P・라복, 『小説の技術』, 佐伯彰一訳, (東京, ダヴィッド社, 1957). 참조.

20) 新田博衛, 「どの視点から語られているのか」, 『詩学序説』, (東京, 勁草書房, 1980). pp.41-82. 참조. 이 논문은 『보바리 부인』의 본문과 초고를 비교하여 어디에 수정 작업의 주안점이 두어졌는지를 규명하고 있다. 수정고에서는 말초적인 자구 수정에 머무르지 않고 소설 작법의 근본적 문제인 시점의 변화가 있었음이 밝혀졌다. 다시 말해 초고는 화자의 방관자적 시점에서 이야기되고 있었으나 수정고에서는 작중인물의 시점에서 주변상황과 심적 상태를 이야기하는 쪽으로 바뀌었다는 것이다.

는 것입니다. 모든 곳에 편재(遍在)하면서도 눈에 띄지는 않는 것입니다.'[21] 라는 문장에 잘 집약되어 있다. 소설의 전개가 오로지 화자의 서술에만 의존 하는 것이 아니라 작중인물을 시점인물로 해서 그 눈에 비친 광경을 생중계 하듯 말함으로써 일종의 설득력을 확보한다는 것. 이것이야말로 오늘날 이야 기되는 시점의 기법이다. 이러한 기법의 발견이 새로운 소설 양식의 지평을 열었던 것이다.

플로베르 이전에는 예를 들면 스탕달(Stendhal, 1783~1842)이든 오노레 드 발 자크(Honor de Balzac, 1799~1850)이든 작품의 개별 장마다 '시점인물'을 특정하 는 것은 지극히 곤란한 경우가 많다. 누군가가 보고 있는 혹은 보고 있던 인 간이 증인으로서 발언한다는 스타일은 플로베르 이후 자연주의의 작가들의 방법론적인 탐구와 함께 발전해온 기법이다.[22] 한 장면 한 장면을 정밀하게 묘사해 생생한 실재감을 주려했던 플로베르의 노력이 결과적으로 소설에 있 어서 시점 기법의 발견이라는 획기적인 성과로 연결되었다고 할 수 있을 것 이다.

다음으로 제임스의 『대사들』로 눈을 옮기자면 이 작품에서는 『보바리 부 인』과 같은 시점 기법이 극단적으로 철저해져서 아주 분명한 형태로 적용되 고 있다. 『보바리 부인』은 복수의 시점인물을 채용하고 있는데 대해 『대사들』 은 처음부터 끝까지 일관해서 늙어가는 이상주의자 램버트 스트레더(Lambert Strether)라는 작중인물의 눈에 비친 세계나 사건을 이야기의 내용으로 하고 있다. 화자는 완전하게 모습을 숨기고 오로지 하나의 일관된 시점인물의 감 각으로 작품 전체가 통일되고 있다.

즉 『대사들』에서는 독자에게 말을 건네고 그 인상을 보고하는 종류의 화

---

21) ギュスターヴ フローベール, 『フローベール全集 9 書簡Ⅱ』, (東京, 筑摩書房, 1968). p.335. 1857년 3월 18일 르와이에 드 샹트피에게 보낸 서한 중에서.

22) 工藤庸子, 『恋愛小説のレトリック『ボヴァリー夫人』を読む』, (東京, 東京大学出版会, 1998). p.45. 참조.

자는 텍스트의 표면에 나타나는 일이 없이 모든 것이 극화된 표현으로 구성되고 있는 것이다. 그러므로 화자에 의한 총괄적 묘사 없이 스트레더의 상황에 대한 감각의 변화 자체가 독자에게 직접 호소한다는 방식을 취하는데 이러한 점에서 『대사들』은 매우 회화적이다. 러복에 따르면 제임스는 의식적으로 철저하게 시점 기법의 모든 가능성을 찾아 구사한 최초의 소설가였다.[23)]

러복은 『소설의 기술』에서 '소설 기법에 있어서의 방법론이라고 하는 복잡한 문제는 모든 것이 시점의 문제, 즉 화자와 이야기 내용과의 관련방식에 지배되고 있다'고 말해[24)] '시점'을 이후 소설론의 중심 문제로서 제기했다. 이는 비평의 방법으로서 나중에 이른바 신비평(New Criticism)의 선구적 역할을 수행했으며 그 기본적인 입장은 오늘날에도 계승되고 있다.[25)]

러복은 또 시점을 다양한 유형으로 분류하여 작품에 구체적으로 적용하고 있지만 그 후의 영미권 이론가들과 같이 시점의 유형학 그 자체를 목표로 한 것은 아니다. 그는 시점을 오로지 소설의 창작기법으로 보고 보다 효과적인 방법을 찾는다는 입장에서 검토한 것이다. 그런 만큼 다소 장황하고 산만한 서술이 되고 있지만, 작중인물에 있어서 시점의 교체나 복수의 시점에 관해 언급하며 시점을 주제와 연결하고 소설 분석의 방법으로 제시한 것은 역시 그의 공적이다.[26)]

러복 이후에도 신비평 등 영미권 문학 연구의 흐름 속에서 시점에 관한 다양한 논의가 전개되었다. 토마스 어젤(Thomas H. Uzzell)은 『이야기의 기술』(*Narrative Technique*, 1929)에서 소설에 있어서 시점의 유형을 네 개로 분류하고 있다. 그것은 '전지적 시점'(omniscient viewpoint), '주요인물 시점'(major

---

23) Percy Lubbock, *The Craft of Fiction*, pp.170-172. 참조.

24) 위의 책, p.251.

25) 石原千秋 외, 『読むための理論 文学……思想……批評』, (東京, 世織書房, 1991). p.101. 참조.

26) 清水道子, 『テクスト・語り・プロット チェホーフの短編小説の詩学』, (東京, ひつじ書房, 1994). pp.8-9.에서는 러복의 시점 유형을 아홉 개의 항목으로 정리하고 있다.

character viewpoint), '부차 인물 시점'(minor character viewpoint), '객관적 시점'(objective viewpoint)인데 주요인물 시점과 부차 인물 시점을 각각 다시 1인칭과 3인칭으로 나눔으로써 도합 여섯 개의 유형이 되었다. 이것은 이후 시점의 유형 분류에 기본적인 모델을 제공했다.27)

이러한 어젤의 분류는 클리언스 브룩스(Cleanth Brooks 1906~94)와 로버트 펜 워렌(Robert Penn Warren, 1905~89)의 『소설의 이해』(Understanding Fiction, 1943)에 계승되어 좀 더 논리적으로 다듬어지고 일반화된다. 브룩스와 워렌은 시점에 관해 가장 잘 알려져 있는 4개 항목의 유형론을 제안한다. 화자가 작중 인물로서 스토리 속에 존재하는지, 아니면 스토리 밖에 존재하는지, 또 작중 인물의 내면으로부터 분석하는지, 그렇지 않으면 외부로부터 관찰하는지를 기준으로 '1인칭'(first-person), '1인칭 관찰자'(first-person observer), '작가로서의 관찰자'(author-observer), '전지적 작가'(omniscient author)의 4종으로 분류하는 것이다.28)

노먼 프리드먼(Norman Friedman)은 「소설에 있어서의 시점」('Point of View in Fiction', 1955)이라는 논문을 통해 독자적인 관점에서 훨씬 복잡한 여덟 개 항의 분류를 제창했다. 우선 '전지'의 이야기를 '편집자의 전지'(Editorial Omniscient)와 '중립적 전지'(neutral omniscient)로, '1인칭'의 이야기를 '나=증인'("I"as witness)과 '나=주인공'("I"as protagonist)으로, '선택적 전지'의 이야기를 '다원적'(multiple selective omniscient)과 '단일적'(selective omniscient)으로, 순수하게 '객관적'인 이야기를 '연극적 양식'(the dramatic mode)과 '영화 카메라'(the camera)로 나누고 있다. 이것들은 이야기의 인칭 외에, 이야기를 응시하는 각도, 정보 전달의 경로, 독자의 위치 등의 요소에 의한 분류이다. 다만

---

27) Thomas Uzzell, Camelia Waite Uzzell, Walter B. Pitkin, *Narrative Technique: A Practical Course in Literary Psychology*, Crofts, 1934, pp.410-437. 참조.

28) Cleanth Brooks & Robert Penn Warren, *Understanding Fiction.*, Crofts, 1943, pp.171-174.

분류의 기준이 산만한 것 외에도 '영화 카메라'와 같이 어디까지나 관념 속의 가설적 타입이 설정되는 등 실제 소설 텍스트에는 적용하기 어려운 면이 있다.29)

이에 대해 '내포 된 작가'(implied author)와 '화자', '신뢰할 수 있는 화자'(reliable narrator)와 '신뢰할 수 없는 화자'(unreliable narrator)로 구별하고 있는 웨인 부스(Wayne C. Booth, 1921~2005)는 독자적인 견해를 피력 한다. 그는 「거리와 시점」('Distance and Point of View', 1961)이라는 논문에서 시점에 관해 '작자 목소리의 다양성을 잘 반영한 분류'를 주장했다. 또『소설의 수사학』(The Rethoric of Fiction, 1961)에서는 제임스나 러복 이래 강조되어 온 '보여주는 것'(showing)의 우위에 대해 오히려 '말하는 것'(telling)의 중요성을 강조한다. 시점은 단순한 '인칭' 이나 '전지(全知)의 정도' 문제가 아니라 서술에 있어서의 '거리' 문제 등과도 관련되어 있으므로 '작자'와 '독자' 및 '작중인물'과 '화자'라는 상호 관계 속에서 고찰해야 한다고 말했다.30)

스웨덴 출신의 버틸 롬버그(Bertil Romberg, 1925~2005)는『1인칭 소설의 서술 기법 연구』(Studies in the Narrative Technique of the First Person Novel, 1965)에서 '전지적 작가'(omniscient author)에 의한 이야기 서술, '시점'(ponit of view)을 가진 이야기 서술, '객관적인'(objective) 이야기 서술, '1인칭'(first-person)의 이야기 서술이라는 네 개의 유형으로 나누고 있다.31) 그러나 이것은 항목을 나누는 방법에 일관성이 부족하고 분류의 기준이 제각각이라 통일성이 없다.

실반 바네트(Sylvan Barnet), 모튼 버먼(Morton Berman), 윌리엄 버토(William

---

29) Norman Friedman, 'Point of View in Fiction', PMLA, LXX, (1955), Rpt. in The Theory of the Novel Ed. Stevick. (New York: The Free Press, 1967).

30) Wayne Booth, 'Distance and Point of view', Essays in Criticism 11, 1961. Rpt. The Rhetoric of Fiction 2nded. (Chicago: The University of Chicago Press, 1983).

31) Bertil Romberg, Studies in the Narrative Technique of the First Person Novel, (Stockholm: Almqvist & Wiksell, 1962).

Burto)의 『문학서론』(*An Introduction to Literature*, 1967)의 분류에도 주목할 필요
가 있다. 바네트 등은 소설의 시점을 크게 나누어 1인칭 '관여자'(participant)
시점과 3인칭 '비(非)관여자'(non-participant) 시점의 둘로 구분하고 양자를 각
각 다시 두 가지와 세 가지로 세분화한다. '관여자 시점'은 '주요 인물로서의
화자'(narrator as a major character)와 '부차 인물로서의 화자'(narrator as a minor
character)로, '비관여자 시점'은 '전지'(omniscient), '선택적 전지'(selective
omniscient), '객관적 전지'(objective omniscient)로 나눈다. 또 '전지적' 시점을
'편집적 전지'(editorial omniscient)와 '중립적 전지'(neutral omniscient)로 구별하
고 있다.[32] 바네트 등의 분류는 소설 텍스트의 시점 유형으로서 모든 가능한
유형을 망라하려고 시도한 것이다. 그러나 화자의 작중세계에 대한 개입 정
도나 작중인물에 대한 관찰 태도를 기준으로 한 종류인 점에서는 아젤 및 브
룩스와 워렌 등의 이론과 맥을 같이 한다.

시모어 채트먼(Seymore Chatman, 1928~2015)은 「소설과 영화에 있어서의 서
술과 시점」('Narration and Point of View in Fiction and the Cinema', 1974)이라는 논
문과 『이야기와 서술—소설과 영화의 서술 구조』(*Story and Discouse: Narrative
Structure in Fiction and Film*, 1978)라는 저서를 통해서 시점이라는 용어의 다의
성을 지적했다. 그리고 『소설과 영화의 수사학』(*Coming to Terms: The Rhetoric
of Narrative in Fiction and Film*, 1990)에서는 이야기의 기능과 관련한 네 개의 새
로운 용어를 제시한다. 작중인물의 지각에 의한 시점을 '필터'(filter), 화자의
시점을 '슬랜트'(slant), 내적 독백 등 이야기 기능에 있어서 중심인물의 의식
을 '중심'(center), 사건에 대한 태도를 '관심의 초점'(interest focus)이라는 용어
로 표현했다.[33]

---

32) Sylvan Barnet, Morton Berman, and William Burto, *An Introduction to Literature*. (Boston, Boston University Press, 1967), pp.36-37. 참조.

33) Seymour Chatman, 'Narration and Point of View in Fiction and the Cinema', *Poetica*, (Tokyo, Sanseido, 1974), pp.21-46. Chatman, *Story and Discouse: Narrative Structure in Fiction and*

이와 같이 앵글로 색슨계의 영미권 비평은 대체로 화자의 관점이라는 문제를 중심으로 시점을 취급하고 있다. 이에 대해 프랑스의 시점 이론은 화자의 관점을 중시하면서도 시점 그 자체의 개념 즉 작중세계와 사건 및 작중인물을 파악하는 방법을 분류의 기준으로 삼고 있다. 그것은 화자의 정보 입수 방법이나 정보의 성격을 중심으로 한 생각이다.

프랑스계의 시점론에 관해서 논할 때 우선적으로 언급하게 되는 사람은 장 푸이용(Jean Pouillon, 1916~2002)이다. 푸이용은 『시간과 이야기』(Temps et Roman, 1946)에서 전지적인 화자가 작중인물의 배후에서 모든 것을 다 알고 있는 '배후로부터의 시각'(vision par derriere), 특정한 작중인물의 눈을 통해 인식하는 '함께 있는 시각'(vision avec), 작중인물의 마음속에는 들어가지 않고 외관만을 관찰하는 '외부로부터의 시각'(vision du dehors)으로 분류했다.[34] 그러고 보면 푸이용의 이러한 분류는 각각 영미식의 '전지적 시점' '1인칭, 혹은 선택적인 전지적 시점' '객관적 시점'에 해당하는 것으로 기본적으로 분류의 기준이나 방식이 영미식과 큰 차이는 없다.

하지만 츠베탕 토도로프(Tzvetan Todorov, 1939~)는 푸이용의 이 이론을 응용해 매우 유용한 시점의 도식을 만들어냈다. 토도로프는 「문학적 이야기의 유형」('Les catégories du ré cit littéraire', 1966)이라는 논문에서 화자와 작중인물의 정보량을 비교해 세 개의 등식을 세우고 있다. ①화자＞작중인물(화자는 작중인물보다 많은 것을 알고 있다. 정확히 말하면 화자는 그 어떤 작중인물보다도 많은 것을 알고 있어서 그것을 말한다) ②화자＝작중인물(화자는 특정한 작중인물이 알고 있는 것밖에 말하지 않는다) ③화자＜작중인물(화자는 작중인물이 알고 있는 것보다 적게 말한다)하는 식이다.[35]

Film, (New York: Cornell University Press, 1978), pp.151-155. シーモア チャトマン, 『小説と映画の修辞学』, pp.231-244. 참조.

34) ジャン プイヨン『現象学的文学論』(東京, ペリカン社, 1966), 참조. 원저는 Jean Pouillon, Temps et Roman, (Paris: Gallimard, 1946) 참조.

제라르 주네트(Gérard Genette, 1930~)의 시점론도 기본적으로는 이 푸이용이나 토도로프의 것과 동일 선상에 있다. 주네트는 「이야기의 디스쿠르」('Discours du récit: essai de méthode', 1972)라는 논문36)에서 정보의 선별을 위한 시야의 제한을 기준으로 '초점화제로'(비초점화, focalisation zéro), '내적초점화'(focalisation interne), '외적초점화'(focalisation externe)라는 세 개의 유형으로 분류했다. '내적초점화'는 다시금 '내적 고정 초점화'(focalisation interne fix)와 '내적 부정 초점화'(focalisation interne variable), '내적 다원 초점화'(focalisation interne multiple)로 나뉜다.37) 또 '내적 고정 초점화'에 대해 '주인공에 대한 (내적 고정) 초점화'(focalisation interne fix sur le héros)와 '화자에 대한 (내적 고정) 초점화'(focalisation interne fix sur le narrateur)를 구별하고 있다.

독일에서는 시점이론의 발달이 영미권과 프랑스어권에 비해 약간 늦었지만 영문학자 프란츠 K. 슈탄첼(Franz K. Stanzel, 1923~)은 독자의 입장에서 화자의 존재가 얼마나 의식되는지를 기준으로 한 독특한 분류를 하고 있다. 슈탄첼은 『소설에 있어서의 서술의 유형』(Die typischen Erzä hlsituationen im Roman, 1955)과 『소설 형식의 유형』(Typische Formen des Roman, 1964)에서 '작자가 말하는 이야기 상황'(auktoriale Erzä hlsituation), '내가 말하는 이야기 상황'(Ich-Erzä hlsituation), '작중인물이 말하는 이야기 상황'(personale Erzä hlsituation)의 세 유형으로 분류하고 있다.38) 이것은 화자와 시점의 문제 그리고 독자의 위치를 함께 고려하는 '이야기 상황'이라는 슈탄첼의 독창적인 개

---

35) Tzvetan Todorov, 'Les catégories du récit littéraire', *Communications* 8, 1966.
36) ジェラール ジュネット, 『物語のディスクール 方法論の試み』, 花輪光・和泉涼一訳, (東京, 水声社, 1985). 원논문은 Gérard Genette, 'Discours du récit', *Figures III*, (Paris, Seuil, 1972).
37) ジェラール ジュネット, 『物語のディスクール 方法論の試み』, pp.217-242. 참조. ジェラール ジュネット, 『物語の詩学 続 物語のディスクール』, 和泉涼一, 神郡悦子訳, (東京, 書肆風の薔薇, 1985), p.78. 참조.
38) Franz K. Stanzel, *Die typischen Erzählsituationen im Roman* (Wien-Stuttgart: Wiener Beitrage zur englischen Philologie, 1955), Stanzel, *Typische Formen des Roman*, 1964.

념에 근거하고 있다. 이 방식은 화자의 성격과 독자의 위치를 명확히 하기는
좋지만 분류 기준이 일관되지 않고 소설의 구조를 이해하기 위한 이론으로서
충분하지는 않다.

한편 영미권 및 프랑스와 독일 등 서구의 연구 이외에 슬라브어권에도
기호학적 전통을 계승한 독자적인 시점론이 있다. 구 소련의 시점 논자로서
모스크바 탈투 학파의 보리스 안드레이비치 우스펜스키(Борис А. Успенский,
1937~)와 유리 미하일로비치 로트만(Юрий М. Лотман, 1922~93)을 들 수
있다.

우스펜스키는『구성의 시학』(Поэтикакомпозиции, 1970)[39]에서 서구의 많
은 연구가 수행한 시점의 유형론에 관해 정합성 있는 일람표를 만들었다기보
다는 여러 레벨에서 나타나는 시점의 모든 양상에 주의를 기울여 다양함을
있는 그대로 기술하고 있다. 그는 시점이 나타나는 기본적 분야를 네 개의
레벨 즉 '평가면' '표현법면' '시공간적 특성' '심리면' 으로 나누어 각각의
레벨에 나타나는 시점의 유형을 검토하고 있다. 또 두 개의 레벨이 겹치는
경우와 레벨 상호간의 시점이 일치하지 않는 경우 등, 다양한 가능성을 염두
에 두는 시점론을 전개해 시점의 방법 그 자체를 역동적으로 파악하고 있다
는 점에 특징이 있다.[40]

로트만은『문화의 유형론』(Статьи по типологии культуры, 1970)[41]에서
시점을 텍스트 주체와 관련하여 파악함으로써 텍스트에 일정한 방향성을 주
는 것으로 본다. 모든 텍스트는 텍스트 외적 구조 즉 세계관의 유형이나 문
화적 모델 안에 부속되는 것인데 러시아의 이야기 텍스트의 역사적 변천을

---

39) ボリス ウスペンスキイ,『構成の詩学』, 川崎浹, 大石雅彦訳, (東京, 法政大学出版局, 1986).
    원저서는 Борис А. Успенский, Поэтика композиции, (Москва, Искусство, 1970).
40) 清水道子, 앞의 책, p.12. 참조.
41) Yu. М. ロトマン,『文学理論と構造主義』, 磯谷孝訳, (東京, 勁草書房, 1978). 원저서는 Юрий
    М. Лотман, Статьи по типологии культуры, (Тарту, 1970).

고찰하자면 전체적으로 단일한 시점에서 복수의 시점으로 변해온 것임을 지적했다.[42]

이상과 같이 러복 이래로 서양에 있어서 소설 시점론의 전개 양상은 대체로 영미권 프랑스 독일 러시아의 네 지역으로 나누어 그 특징을 고찰할 수 있다. 이 네 지역의 시점론은 각각의 언어나 문화적 특성에 의해 계발된 것이라고 할 수 있다. 그렇지만 이들은 지역별로 고립된 형태가 아니고 상호 영향을 주고받으며 전개해 온 것은 물론이다. 그 대략을 논자 나름대로 정리하면 다음과 같다.

신비평적 경향이 강하게 반영되고 있는 영미권의 특징은 시점을 화자와의 관계 속에서 파악하려 하는 점에 있다. 즉 시점에 대한 다양한 유형론적 접근이 거의 화자와 시점과의 관련 양상에 집중하고 있는 것이다. 프랑스의 구조주의적 내러톨로지의 시점론은 시점의 개념 그 자체를 근원적으로 되묻고 주로 작중세계의 파악과 정보 전달 방법의 도식화를 도모한다. 또 독일의 시점론은 독자의 입장에서 생각하려 하는 점에 특징이 있다. 이에 대해 러시아의 시점론은 시점의 문제를 기호 즉 언어 표현과 텍스트의 문맥 및 문화와의 관계 속에서 설명하려고 한다. 지금까지 검토해 온 각 지역의 시점론들은 유형론 등과 같이 일종의 법칙성에 집착하는 측면이 있는데 그 때문에 분석에 있어서는 텍스트 자체의 복잡함 때문에 오히려 휘둘리는 측면이 있었다.

서양의 여러 시점론자 중 이야기의 서술 방식에 대해 가장 광범위한 측면에서 정합적인 체계화를 시도한 사람은 아마도 제라르 주네트일 것이다. 주네트는 그 이론의 지나친 수학적 명료함 때문에 실제 문학 텍스트와의 차이가 두드러져 격렬한 반론을 일으키기도 했다. 그러나 그 덕분에 이후의 연구자들은 시점의 개념 자체를 더 근본적으로 다시 생각할 기회를 갖게 되기도

---

42) 清水道子, 앞의 책, pp.17-18. 참조.

했던 것이다. 한편 시점의 개념을 둘러싸고 새로운 제안을 하고 있는 채트먼에게서 필자가 생각하고 있는 주네트 이론의 문제점을 보완하기 위한 실마리를 발견할 수 있다.

다음절에서는 특히 주네트와 채트먼의 시점론을 채택해 비교 검토하기로 하자. 본장의 목적은 이러한 시점론의 논리적 약점을 보충해 구체적으로 텍스트의 이해에 도움이 되는 새로운 시점의 이론을 모색하는 것에 있다.

제2절 시점론의 문제점과 해결책

러복 이후 주로 영미권의 소설론에 있어서 '시점'이란 화자의 작중장면과 작중인물에 대한 관련 방식으로 이해되어 왔다. 시점의 요소로서 인칭과 인식의 범위 및 인식의 형태 등을 상정하고 이 조건을 조합시킨 몇 가지의 유형을 가지고 시점을 논하는 기준으로 삼아온 셈이다. 인칭과 연동하는 개념인 '3인칭 전지적 시점'이라든지 '일인칭 주인공 시점'이라고 한 것이 바로 그러한 사고방식을 반영하고 있다. 그러나 이 경우 처음부터 마지막까지 마치 '화자가 시점을 갖고 있는 것'처럼 생각하는 경향이 있다. 이러한 사고방식은 구조주의 문학이론 주로 내러톨로지의 등장 이래 1970, 80년대에 걸쳐서 프랑스의 주네트에 의해 크게 수정되었다.

주네트의 논문집 『피귀르 제3권』(*Figures III*)에 수록된 그의 논문 「이야기의 디스쿠르」는 이야기에 대한 철저한 형식적 분석으로 내러톨로지 최대의 성과 중 하나로서 평가되고 있다. 주네트는 이 논문에서 내러톨로지의 영역을 명확히 하기 위해 '이야기'(récit)의 개념을 다음 셋으로 구별했다. 먼저 '의미되는 것' 즉 '이야기 내용'을 '이스트와르'(histoire), 그리고 '의미하는 것'과 언표 내지 이야기의 언설 즉 '이야기 텍스트' 자체를 '레시'(récit), 그리고 이야기를 생산하는 '이야기 행위'와 그 행위가 놓여진 현실 또는 '허구의 상황' 전체를 '나라시옹'(narration)이라고 부를 것을 제안한 것이다. 이를 좀 더 쉬운 말로 이야기 내용, 텍스트 자체, 서술 행위 정도로 옮길 수 있을 것이다.

주네트는 그 가운데에서 '레시' 즉 텍스트에 관해 동사의 문법으로부터 차용하여 '시간'(temps), '서법'(mode), '태'(voix)의 세 가지 기본적 범주로 분류했다. 또 서법을 '디스탕'(distance, 거리)과 '페르스페크티브'(perspective, 시각적 전망)으로 구분하고, 시점을 퍼스펙티브의 문제로서 다룬다. 그리고 기존의 시점론에 대해 서법에 속하는 시점과 태에 속하는 서술을 혼동하면 안 된다고 말하고 다음과 같이 비판하고 있다.

> 어느 작중인물의 시점이 이야기의 시각적 전망을 결정하고 있는가 하는 문제와 화자가 누구인가 하는 문제는 전혀 별개의 문제이다. 즉 단적으로 말해 누가 보고 있는가 하는 문제와 누가 이야기하고 있는가 하는 문제가 혼동되고 있는 것이다.[43]

주네트의 이러한 지적은 화자와 시점은 전혀 다른 문제로서 다루어져야 한다는 것을 주장하고 있다. 또 주네트는 '시점'(point de vue)이라고 하는 종래의 용어에 대해서도 '너무나도 끈질기게 시각적인 이미지가 달라붙어 있어서 이러한 시각성을 불식하기 위해 (……) 초점화(focalisation)라고 하는 추상도가 높은 술어를 쓰기로 하자'고 제안한다.[44] 그리고 '시점'이라는 용어 대신에 이 '초점화'라는 용어를 사용함으로써 이야기 내용에 있어서의 퍼스펙티브를 세 가지 유형으로 분류한다. 앞서 말한 '초점화제로(비초점화)' '내적초점화' '외적초점화'의 구분이 그것이다.

---

43) ジェラール ジュネット, 『物語のディスクール 方法論の試み』, p.217.
44) 같은 책, p.221.

일반적으로 전지적 시점이라고 불리는 유형 다시 말해 어떠한 작중인물의 시점도 취하지 않는 경우를 '초점화제로' 혹은 '비초점화', 특정한 작중인물의 시점을 통해 사건이나 인물의 내면을 파악하는 경우을 '내적초점화', 작중인물의 사고나 감정에는 들어가지 않고 단지 눈앞의 행동만을 파악하는 경우를 '외적초점화'로 한다. 또 이 가운데 '내적초점화'를 세분하여 시점이 일관되게 지켜지는 '내적고정 초점화'와 시점인물이 바뀌어 가는 '내적부정초점화', 또 여러 작중인물이 각각의 시점을 통해서 동일한 사건을 다르게 환기하는 것이 가능한 '내적다원초점화'로 했다.45) 뿐만 아니라 '내적고정 초점화'에는 두 가지 종류가 있는데 '주인공에 대한 초점화'와 '화자에 대한 초점화'를 구별하고 있다.46)

이러한 구분을 보면 텍스트에 있어서 정보의 선별을 위한 시야 제한이 이루어지는지 아닌지, 인식의 대상이 되는 인물의 내면까지 몰입하는지 않는지, 또 특정 작중인물의 시점에서 다른 인물의 시점으로 바뀌는지 아닌지 등이 기준이 되고 있다는 것을 알 수 있다. 그러나 당연한 말이지만 이렇게 수학적인 엄밀함을 가진 주네트의 분류법도 실제의 문학 텍스트에 적용하려고 하면 판정이 곤란할 경우가 생긴다. 주네트 자신도 다음과 같이 인정하고 있다.

> '어떤 작중인물에 대해서는 외적초점화가 행해지고 있다고 해도 때로는 다른 작중인물에 대해서는 그것을 그대로 내적초점화로 정의할 수 있는 경우가 있다. (……) 내적부정초점화와 비초점화도 역시 정말로 구별이 곤란한 때가 있으며 비초점화의 텍스트는 일반적으로 큰 것이 작은 것을 겸한다는 원칙에 따라 자의적으로 내적다원초점화의 텍스트로 보고 분석할 수 있다.47)

---

45) 같은 책, pp.222-223.
46) 같은 책, pp.233-242.
47) 같은 책, p.224.

한편 이후의 저작 『이야기의 시학 속편 이야기의 디스쿠르』(*Nouveau discours du récit*, 1983)[48])에서 주네트는 다음과 같이 자기변호를 하기도 한다. 주네트에 있어서의 퍼스펙티브의 초점화 즉 시점의 문제는 오로지 정보의 선별 방법과 관련된 것이었다.

　　영화를 만드는 사람과는 달라서 소설가는 어딘가에 반드시 카메라를 설치
　　해야만 되는 것은 아니다. 소설가는 카메라 같은 것을 가지고 있지 않기 때
　　문이다. (……) 초점화라는 술어로써 내가 말하고자 하는 것은 '시야'의 제한
　　즉 이야기의 정보에 대한 선별에 다름 아니다.[49])

이에 대해 거의 같은 시기에 시모어 채트먼은 『이야기와 서술』에서 '이야기의 목소리'(narrative voice)와 관련된 독자적인 시점이론을 전개한다. 그는 시점이라는 용어의 다의성을 지적하고 '축어적'(literal) 의미와 '비유적' (figurative)의미, '이동적'(transferred)의미라는 세 가지 의미에 대해 각각 '지각의 시점'(perceptual point of view), '개념의 시점'(conceptual point of view), '이해(利害)관계 및 관심의 시점'(interest point of view)으로 나누어 설명하고 있다.[50]) 채트먼은 이러한 구분에 근거하여 '시점'과 '목소리'는 다른 것임을 다음과 같이 주장하고 있다.

---

48) ジェラール・ジュネット, 『物語の詩学 統・物語のディスクール』, 원저서는 Gérard Genette, *Nouveau discours du récit*, (Paris: Seuil, 1983).

49) 같은 책, p.78.

50) Seymour Chatman, *Story and Discouse : Narrative Structure in Fiction and Film*, pp.151-152. チャトマンは「視点」という言葉の日常的な意味の区別を次の三つの文章を取り上げて例証している。① From John's point of view, at the top of Coit Tower, the panorama of the San Francisco Bay was breath-taking. [축어적 의미 ; 지각의 시점] John said that, ② from his point of view, Nixon's positon, though praised by his supporters, was somewhat less than noble. [비유적 의미 ; 개념의 시점] Though he didn't realize it at the time, the divorce was a disaster ③ from John's point of view. [이동적 의미 ; 이해관계의 시점 (①, ②, ③ 모두 밑줄은 필자.)

시점이란 사건이 일어나는 물리적인 장소나 이데올로기적인 상황 혹은 실제적인 인생의 지향이다. 반면 목소리란 사건이나 존재가 전달되는 화법이나 공개적인 수단을 가리킨다. 시점은 표현을 의미하지 않는다. 다만 표현이 만들어지는 관점에 있어서의 퍼스펙티브(perspective)를 의미한다. 이러한 관점과 표현이 반드시 동일인에 속할 필요는 없다. (……) 시점은 그것이 작중인물의 것일 경우 스토리 속에 있지만 목소리는 언제나 외부 곧 서술적 레벨에 존재한다. (……) 작중인물의 지각이 보고되면 거기에는 언제나 독립적인 시점을 가진 또 하나의 보는 행위 즉 화자가 보는 행위가 상정된다.[51] [강조는 원문]

이렇게 작중인물의 시점과 화자의 시점을 구별하고 있다. 여기에서 화자가 '보는' 행위는 '지각'이 아니고 항상 '개념'일 수밖에 없음을 덧붙이고 있다.[52] 채트먼은 몇 년 후의 저작 『소설과 영화의 수사학』에서 다음과 같이 말한다.

지금이야말로 시점의 두 주체 즉 화자와 등장인물을 구별하기 위한 용어를 도입할 적당한 때이다. 텍스트에 있어서 보고 기능을 갖는 화자의 의견 및 기타 내면적으로 미묘한 그림자를 나타내는 명칭으로서 슬랜트(slant)를, 작중세계의 등장인물이 경험하는 정신활동 혹은 그보다 훨씬 넓은 영역인 지각, 인지, 의견, 감정, 기억, 공상 등을 나타내는 이름으로서 필터(filter)를 나는 제안한다.[53]

오늘날의 문학이론 특히 구조주의의 영향을 받은 내러톨로지 분야에서는 '누가 보는가?'라는 질문과 '누가 이야기하는가'라는 질문 즉 시점의 문제와 서술의 문제를 적어도 원리상으로는 구별하고 있다.[54] 종래와 같이 시점이

51) Seymour Chatman, *Story and Discouse : Narrative Structure in Fiction and Film*, pp.153-155.
52) 같은 책, p.155. 참조.
53) シーモア チャトマン, 『小説と映画の修辞学』, pp.236-237.
54) ジェラール ジュネット, 『物語の詩学 統・物語のディスクール』, p.78.

오로지 화자에 속한 것이라고 생각하는 경향은 점차 사라지고 있다. 주네트도 채트먼도 시점과 화자를 별개의 것으로 다루고 있기는 마찬가지이다. 다만 주네트는 화자의 서술과 동떨어진 시점 그 자체의 형식적 존재방식을 규명하고 있는 데에 반해 채트먼은 화자의 시점과 작중인물의 시점이 어떻게 다르고 헷갈리고 있는지를 설명한다. 다시 말해 주네트가 시점을 화자로부터 분리했다면 채트먼은 작중세계 안에 있는 작중인물의 시점과는 다른 화자 고유의 시점을 별도로 상정하고 있는 것이라 하겠다.

이렇게 보자면 주네트는 '누구에게 초점화되고 있는가?' 즉 '누가 보는가?'의 문제를 정면으로 다루고 있지는 않은 것이 된다. '누가 보는가?'의 문제에 대답한다기보다는 파악되는 대상에 관해 '어느 정도 제한된 것인가?' 즉 대상의 '내부에서 보는가? 외부에서 보는가?'의 관점에서 시점의 문제를 다루고 있는 것이다. '내적초점화'와 '외적초점화'의 구분은 초점화의 대상이 인간의 의식 내부 현상인지 아닌지 하는 것을 기준으로 삼고 있다. 따라서 예를 들면 '외적초점화'의 텍스트로 분류되더라도 '누구에게 초점화되고 있는가?'의 문제 즉 '누가 보는가?'의 문제는 여전히 남는다.

한편 채트먼은 '누가 보는가?'하는 문제에 대해서는 주네트에 비해 명쾌하게 답하고 있다. 또 시점이 파악하는 대상의 내용적인 특성도 '지각'이나 '개념'등의 범주를 사용해서 정리하고 있다. 그러나 그의 논지에 따르면 파악하는 대상이 '어느 정도 제한된 것인 것인가?'에 대해서는 명확한 설명이 되기 힘든 면이 있다. 시점의 문제는 인식의 대상인 작중인물의 의식 내부에 들어가는지 아니면 들어가지 않고 외부에서 파악할 것인지 하는 양자택일적인 측면을 분명히 가지고 있다. 그러나 '이해관계 및 관심의 시점'이라는 틀 정도로는 그 문제가 애매하게 처리된다. 왜냐하면 대상인물의 내면이 어떤 초월적인 별도의 존재에 의해서 간파되듯이 파악되고 있기 때문이다. 이러한 점에 있어서 시점을 가진 당사자여야 할 작중인물은 수동적인 존재가 되고 만다. 그 때문에 '이해관계 및 관심의 시점'과 같은 범주는 '내부에서 보는가? 외부에서 보는가?'의 문제에서 어느 쪽인지를 정하는 것을 지극히 어렵게 한다.

주네트와 채트먼의 논의를 비교해보면 다음과 같다. 주네트의 경우 자신이 제기한 문제 즉 '누가 이야기하는 것인가?'와 구별해야 할 '누가 보는가?'의 문제를 비껴가고 있다. 시점의 개념을 오로지 '대상의 내부를 보는가, 외부를 보는가'하는 문제로 바꿔 놓고 있다. '내적초점화'와 '외적초점화'의 구분은 말하자면 초점화의 대상이 되는 인물의 의식 내부 현상을 지각 가능한가를 기준으로 할 뿐 '누가 보는가?'에 대한 대답은 되지 않기 때문이다. 이에 반해 채트먼은 '누가 보는가?'에 대해서는 명쾌하게 답하고 있지만 보여지는 것이 대상의 어떤 면인지에 대해서는 언급하지 않고 있는 것이다. 그런데 '누가 보는가?'와 '어디를 보는가?'의 문제는 시점의 구조분석에 있어서는 둘 다 어느 것 하나 소홀히 할 수 없는 중요한 문제이다. 시점은 소설의 작중세계를 인식하는 장치이기 때문에 그 구조나 기능을 적절하게 기술하려면 작중세계의 어느 부분이 누구에 의해 어떻게 포착되고 있는가를 명확히 해야 한다.

이러한 생각은 이미 독일의 미케 발(Mieke Bal, 1946~)에 의해 주네트의 초점화론에 대한 비판의 형태로 제기된 적이 있다.[55] 발이 제시한 초점화에 관한 견해의 요점은 '초점화는 관계성의 측면에서 정의할 수 있기 때문에 그 관계성의 양극에 있는 초점화의 주체와 대상은 각각 따로따로 연구되어야 한다.'[56]는 것이었다. 즉 발은 작중세계를 파악하는 주체와 그에 의해 파악되는 대상을 구분해야 한다고 주장하는 것이다.

주네트는 발의 비판에 대해 '초점화를 수행하는 작중인물도 초점화된 작중

---

55) 같은 책, pp.77-78. 참조.

56) Mieke Bal, *Narratology: Introduction to the Theory of Narrative*, trans. Christine van Boheemen (Toronto: University of Toronto Press, 1985), p.104.

인물도 존재하지 않는다.'고 하며 초점화되었다는 표현은 텍스트 자체에 대
해 그리고 초점화한다는 표현은 화자에 대해서밖에 적용할 수 없을 것이라고
반론했다.[57] 그러나 주네트의 이 반론은 발의 비판에 대한 적절한 답은 되지
않는다. 왜냐하면 당초에 초점화라는 개념을 제시할 때에는 초점화를 작중세
계에 대한 인식 장치로 생각하는 입장이었지만 언제부턴가 텍스트 자체에 대
한 인식 장치를 의미하는 쪽으로 바뀌었기 때문이다. 전자의 입장을 주장할
때에 제기된 의문에 대해 바뀐 입장에서 답하고 있는 것이다.

또한 발의 비판도 철저하지는 않아 보인다. 그것은 주네트의 용어 '초점
화'를 그대로 사용하는 한 필연적으로 봉착하게 되는 문제일 것이다. 발
은 작중세계의 인식 주체를 '초점화자'(focalizer), 인식 대상을 '피초점화자'
(focalized)와 같이 명명하여 구분하고 있다. 그런데 이들 용어는 소위 초점화
의 주체와 대상을 고정된 인물이나 사물로 환원해버림으로써 작중세계의 인
식 장치로서 시점이 가지는 기능의 다이너미즘을 잘 표현할 수 없게 된다.
애초에 '초점화' 혹은 '초점화되었다'고 하는 표현은 과연 얼마나 설득력이
있을까? 여기서 '초점화'라는 용어의 문제점을 한 번 더 신중하게 검토할 필
요를 느낀다. 이와 관련하여 먼저 주네트의 다음과 같은 입장을 비판적으로
고찰해 보자.

> 고전적 소설은 종종 그 '초점'을 정말로 비한정적인 혹은 대단히 먼 지점
> 에 다시 말해 지극히 먼 곳으로부터의 시야를 갖는 지점에 설정하기 때문에
> (이것이 그 유명한 신의 시점 혹은 시리우스로부터의 시점이다 —다만 이를
> 진정으로 시점이라 할 수 있는지 주기적으로 의문이 제기되고 있다), '초점'
> 은 어떤 작중인물과도 일치하지 않고 따라서 역시 비초점화 혹은 초점화제로
> 라는 술어가 고전적 소설에는 어울린다고 나는 생각한다. (⋯⋯) 따라서 올
> 바른 공식을 세우자면 오히려 초점화제로=부정초점화이면서 때로는 초점화

---

57) ジェラール ジュネット, 『物語の詩学 続 物語のディスクール』, p.77.

제로라고 해야 맞다.[58] [(   )의 삽입구와 강조는 원문]

위의 인용에서 확인할 수 있듯이 용어 '초점화'의 문제점은 적어도 두 가
지가 있다. 하나는 용어설정에 있어서의 불균형이고 또 하나는 '고전적 소설'
에는 적용할 수 없다는 것이다. '초점화제로' '비초점화'라고 하는 용어를 어
떻게 받아들이면 좋은가? '내적초점화'와 '외적초점화'의 구분 기준과 '초점
화제로'를 나누는 기준은 그 레벨이 아주 다르다. '내적초점화'와 '외적초점
화'의 구분 기준은 퍼스펙티브 즉 시각적 방향성이 작중인물의 내면에 들어
가는지 아닌지를 기준으로 하고 있는 것임에 대해 '초점화제로'는 누군가 특
정한 작중인물에게 '초점화'가 되고 있는지 아닌지가 기준이 되고 있다. 그
때문에 '초점화제로'는 '내적초점화' '외적초점화'와 같은 열에 나란히 놓일
수 없는 한 단계 상위 레벨에 있는 문제이다. 그럼에도 불구하고 '초점화제
로' '내적초점화' '외적초점화'를 나란히 놓고 논하는 것은 적절하지 않은 분
류 방법이라고 하지 않을 수 없다.

게다가 '초점화제로'라는 용어는 더 심각한 문제를 내포하고 있다. '고전
적 소설'은 언제나 '초점화제로' 즉 소위 '초점화'의 결여태로서밖에 다룰 수
없다는 점이다. 이와 같은 사고방식은 이야기의 퍼스펙티브를 논할 때 전 세
계의 훌륭한 고전작품들을 모두 배제해버릴 가능성이 있다. 롤랑 바르트가
말하듯 이야기는 인류의 역사와 함께 시작했고 이야기를 가지지 않는 민족은
어디에도 존재하지 않고 또 결코 존재하지 않았다.[59] '이야기하는 인간'의
심리적 · 문화적 공통 기반에 근거하여 어떤 보편적인 이야기의 '랑그'
(langue)를 기술하는 것이 내러톨로지의 목적이라면 이러한 배제적 사고는 과

---

58) 같은 책, pp.77-78.
59) ロラン バルト, 「物語構造分析序説」, 『物語の構造分析』, 花輪光訳, (東京, みすず書房, 1979),
    pp.1-2.

연 바람직한가? 그러한 의미에서 '초점화제로'는 유럽에서 탄생한 이른바 '근대소설'(novel)이라는 특정 종류의 장르와 여타 수많은 다양한 이야기 장르 사이에 선을 긋고 오로지 '근대소설'만을 특권화 하는 결과가 될 수밖에 없는 것이다.

뒤에 다시 논의하겠지만 '초점화제로'와 같은 용어의 발상은 계보적으로 보자면 르네상스 이후에 서구에서 시작된 선원근법적인 사고방식과 궤를 같이 하는 것이다. 고대부터 현대까지 전 세계의 회화에서 원근감이 전혀 없는 '원근감 제로'의 그림이 있을 수 없는 것과 같이 어떠한 이야기도 그것이 이야기인 이상 작중세계에 대한 시점이 없을 수는 없다. 모든 이야기에는 어떠한 형태로든 작중세계에 대한 퍼스펙티브가 다양한 방식으로 존재하게 마련이다. 내러톨로지 분야에 주어진 학문적 사명은 적어도 문자로 씌어진 동서고금의 수많은 이야기에 있어서의 퍼스펙티브를 어떻게 설명할 수 있을지 지혜를 구하지 않으면 안 된다. 앞으로의 시점론은 이러한 각도로부터 전개되어야 하지 않을까?

이러한 것들을 염두에 두면서 이야기 텍스트의 시점 즉 작중세계가 '누구에 의해' '무엇이 혹은 어디가' '어떻게' 파악되고 있는 것인지를 밝히는 방법을 생각하고자 한다. 문학 텍스트에 있어서의 시점을 작중세계에 대한 인식 장치로 간주할 때 그 인식 작용의 주체는 '시점의 소유자', 인식의 대상은 '시점에 의해 파악되는 것' 인식 방법은 '시점의 존재방식'이라고 생각하는 것이 타당할 것이다.

여기서 주의해야 하는 것은 시점의 소유자란 결국 '누가 보는 것인가'의 문제이며 그것이 작중인물이든 화자든 대단히 인간적인 존재라는 것이다. 그렇다면 이 인간적인 존재가 '보고 있는' 또는 '파악하고 있는' 대상이라는 것은 도대체 어떤 것인가? 그 인식의 대상 즉 '시점에 의해 파악될 수 있는 것'이란 결국은 풍경이나 사건 등과 같은 것보다도 '인간' 혹은 '인간성' 바로 그 자체임에 틀림없다. 인간의 눈에는 인간이 보인다. 인간의 관심의 초점이 모이는 곳 역시 인간이다. 실제로 텍스트의 안에서 시점에 의해 포착할 수 있는 대상은 결국 '작중인물의 내면이나 행동' 중 어느 쪽인가의 문제이다. 이렇게 시점의 소유자를 둘러싼 시점론에서는, 시점을 갖는 것도 인간, 그 대상도 인간으로 한정된다. 따라서 시점이란 '누구에 의해' '누가' '어떻게' 파악될 수 있는 것인지를 묻는 문제이다.

'누구에 의해'란 '누가 보는가'라는 것이며 '어디를 보는가'의 문제는 '작중인물의 어디까지를 파악할 수 있는가'라는 것이 된다. 문학 텍스트에서는 시점의 소유자와 시점의 대상이 어떠한 형태로든 특정한 관계 속에서 함께 존재한다. 지금까지의 고찰에 의하면 주네트의 경우는 '시점의 대상'을 명확히 한 대신 '시점의 소유자'가 불분명하고 채트먼의 경우는 '시점의 소유자'는 알지만 '시점의 대상'이 모호하다.

그러면 '시점의 소유자'와 '시점의 대상'을 동시에 설명할 수 있는 방법은 없는 것일까? 그것이 가능하다면 시점의 존재방식과 작동방식'도 분명히 밝혀질 수 있다. 다시 말해 '누가 보는가'의 문제에도 답하면서 '대상인물의 내면을 보는지 외면을 보는지'를 알 수 있다는 것이다. 필자는 이 문제에 답하기 위해 우선 일상 용어로서의 '시점'이라는 어휘 자체부터 근본적으로 검토할 필요를 느낀다. 다음 절에서는 '시점' 개념의 교통정리를 통해 문제해결의 단서를 찾고자 한다.

제3절 새로운 '시점이론'을 위하여

'시점'(point of view)은 원래 미술이나 광학의 용어였다. 그러나 오늘날 비유적인 뉘앙스가 강해지면서 일상용어로서 정착했다. 일반적으로 사용하는

‘시점’이라는 말의 의미는 사전적으로 ‘시선이 가서 닿는 곳’ 혹은 ‘대상을
보는 입장, 관점’ 등으로 설명된다. ‘시선’은 무엇인가 하면 ‘눈이 보고 있는
방향’ 혹은 ‘시점과 물체의 각점을 잇는 선’이다. 그렇다고 하면, ‘시점’은 사
전적으로 두 가지의 다른 의미가 있다고 할 수 있다. 하나는 ‘시선이 전해지
는 도착점’ 또 하나는 ‘시선이 발사되는 출발점’이다. 현재 인지 과학이나 언
어학 등 다양한 분야에서 ‘시점’이라는 말이 사용되지만 그 용례는 하나같이
정돈되어 있지 않고 혼란스럽다.

　예를 들면 인지과학 분야에서는 ‘어디서 보는가 라고 할 때의 “어디”’[60]가
‘시점’이라고 한다. 여기에서 ‘보다’라는 것은 실제 눈으로 보는 것 즉 시각
적(視覺的) 인지행위를 의미한다. 또 언어학에서는 ‘언어행위에 있어서 발화자
(혹은 집필자)가 사건을 묘사하려고 할 때에 발화자 (혹은 집필자) 자신이 차
지하고 있는 공간적·시간적·심리적인 위치’[61]라고 할 경우도 있고, ‘발화
자의 대상에 대한 자기 동일화 정도’[62]라고 정의할 경우도 있다. 다양한 분
야에서 사용되고 있는 시점에 대한 정의를 크게 양분하면 여기에서도 ‘사물
이나 사건을 지각하는 주체의 위치’와 ‘지각 대상의 한 점’과 같다. 이렇게
‘시점’은 시각에 관계가 있는 본래의 의미든 관점이나 견지 등의 비유적인
의미이든 인식 주체의 인식 작용의 출발점과 도착점이라고 하는 두 가지 종

---

60) 宮崎清孝 上野直樹, 『視点』 認知科学選書1, (東京, 東京大学出版会, 1985), p.3.

61) 澤田治美, 『視点と主観性 日英語助動詞の分析』, (東京, ひつじ書房, 1993), p.303.

62) 久野すすむ, 『談話の文法』, (東京, 大修館書店, 1978), pp.129-140. 참조. 구노 스스무(久野すす
　む, 1933~)는 화자의 입장을 카메라 앵글에 비유하여 ‘시점’을 ‘대상과의 거리상의 원근’ 혹은
　‘화자의 대상에 대한 공감도·동일화 정도’로 정의하고 있다. "John hit Mary."는 John의 입장에
　가까우므로 시점은 John에게 있다. "John hit his wife."도 마찬가지이다. 그런데 "Mary was hit
　by John."이나 "Mary was hit by her husband."는 Mary의 입장에 가까우므로 Mary에게 시점이
　있다는 것이다. 그리고 ‘카메라 앵글이 극단적으로 존에 가장 가까운 경우는 카메라가 존의 눈
　속에 들어가 버린 케이스’라고 말하기도 한다. 이와 같은 생각에서는 시점은 지각의 대상에 놓여
　져 있다. 그러나 그렇다면 ‘시점’은 카메라가 위치한 지점인지 아니면 이야기의 대상인지가 혼란
　스럽게 된다.

류의 내용을 가지고 있다.

　따라서 이러한 애매함을 탈피하기 위해서는 '시선의 도착점'에 대해서는 '시점' 대신 '초점'이라는 별도의 어휘를 사용하도록 하는 것이 좋지 않을까? '초점'은 사전적으로 '사람들의 주의나 흥미 등이 모이는 사물 또는 장소'라고 정의된다. '시선의 도착 점'으로 쓰이고 있는 '시점'과 '초점'은 거의 동일한 의미를 가지고 있다. 그 때문에 여기서 '시점' '초점'이라고 하는 말을 소박하게 재정의하면 '시점'은 '시선(보는 행위의 경로)의 출발점', '초점'은 '시선의 도착 점'이라고 할 수 있다. 이는 '시점'을 인식 작용 주체의 위치에 '초점'을 인식 작용 대상의 위치에 놓고 생각하자는 것이다. 따라서 인식 작용이란 인식의 '주체'가 '시점'에서 '시선'을 출발시켜 인식 '대상'의 '초점'을 '보는(인식하는)' 프로세스라고 말할 수 있다.

　소설 텍스트의 분석에 있어서도 '시점'과 '초점'이라는 어휘를 이와 같이 구분해서 사용하면 앞서 말한 '누가 보는가'와 '어디를 보는가'의 문제를 동시에 해결할 수 있다. '시점'이 작중세계나 작중 사건에 대한 인식 작용의 출발점인 이상 '누가 보는가'는 '시점' 바로 그 자체의 문제이다. 그러므로 '시점'이 '어디에' 있는지를 알면 '누가 보는가'의 문제도 간단히 해결된다. 이에 대해 '어디를 보고 있는가'는 '어느 작중인물의 어떤 면을 파악하고 있는가'이며 그것은 텍스트의 '시점'에 대응하는 '초점'이 어디에 있는가 라는 질문으로 바꿔 놓을 수 있다. 이 '시점'과 '초점'의 위치 관계를 여기에서는 〈시점구조〉라고 부르기로 하자.

　또 '시점의 존재방식'은 작중세계나 작중 사건에 대한 인식 방법인 이상 출발점으로서의 '시점' 또는 도착점으로서의 '초점'만의 문제가 아니고 인식 작용의 프로세스가 전체적으로 관계된다. '시점의 존재방식'은 '시점과 초점이 관련되는 방식'이며 '시점과 초점이 작동되는 방식'이기도 하다. 시선이 어디에서 출발하는가? 그리고 어떤 시점에서 출발한 시선이 초점대상의 어디에 머무는가? 즉 '시점의 존재방식'은 '시점'과 '초점'을 잇는 '시선'의 문제이다. 더 단적으로 말하자면 '시점의 존재방식'은 '시선의 존재방식'이다.

여기서 '시점'의 위치와 '초점'의 소재(所在)라는 문제를 생각해보자. 먼저 시점이 있다면 어디에 있을 수 있는 것인가? 시선이 어디에서 출발하는 것인가? 하는 문제부터 검토할 필요가 있다. 시점의 소재는 작중세계나 사건에 대한 인식 주체의 소재이다. 그것은 크게 나누어 두 가지 즉 작중세계의 내부인지 외부인지의 문제인 것이다. 바꿔 말하면 시선이 작중세계의 '내부에서 출발하는 것인가? 외부에서 출발하는 것인가?' 인 것이다. 시선의 출발점이 작중세계의 내부에 있다고 하는 것은 작중인물 내지 그에 준하는 작중시공간 내 특정한 존재의 눈으로 보고 있다는 것이다. 곧 시점인물에게 있어서의 '일인칭적'인 파악을 의미한다. 시선의 출발점이 작중세계의 외부에 있다고 하는 것은 작중인물이 아닌 존재 즉 작중세계 자체를 상대화할 수 있는 위치에 있는 존재로서 화자와 같은 입장에서 파악하고 있다는 것이다. 곧 화자에게 있어서의 '삼인칭적'인 파악을 의미한다.[63] 이러한 관점에서 말하자면 시점에 있어서의 위치 문제란 작중세계의 내부나 외부인가의 문제이며 그것은 화자에 있어서의 자타 구별에 다름 아니다.

다음으로 초점의 소재는 어디인가? 어디에 있을 수 있는가? 시선은 어디까지 도달하는 것인가? 하는 문제를 검토하도록 하자. 초점의 소재는 작중세계나 사건에 대한 인식 대상의 소재이다. 시선의 방향은 어디까지나 작중세계로 향해 있고 그 도착점이 작중세계의 영역을 넘을 수 없는 것은 당연하다. 그렇다면 초점은 전술한 바와 같이 오로지 인식 대상인 작중인물에 관한 문제에 국한된다. 시선은 이 때 작중인물의 내면에까지 도착하는지 도착하지 않는지 하는 것으로 나뉘게 될 것이다. 즉 시선의 도착점인 초점이 작중인물

---

63) 작중세계를 상대화하는 화자의 눈은 화자에게 있어서는 '일인칭적'인데 인식의 대상인 작중세계는 '삼인칭적'인 것이다.

의 내면에 있는지 외면에 있는지 만이 문제가 된다. 초점이 작중인물의 내면에 있다고 하는 것은 곧 '의식' 내부까지 파악할 수 있다고 하는 것이다. 초점이 작중인물의 외면에 있다고 하는 것은 곧 '행동'밖에 파악할 수 없다고 하는 것이다. 다시 말해 초점의 소재란 파악하는 대상이 작중인물의 '내면'인지 '외면'인지의 문제이며 그것은 '의식'과 '행동'의 구별에 다름 아니다.

표현을 달리해서 설명해보도록 하자. 실제로 소설의 시점은 작중세계에 존재하기도 하고 그렇지 않을 경우도 있다. 작중세계에 존재한다는 것은 어떤 특정한 작중인물이 시점인물로서 시점을 확보하고 있는 것을 의미한다. 그 시점인물은 작중의 구체적 시공간 즉 사건이 일어나고 있는 현장에 위치하고 그 현장에서 사건을 인식하는 존재이다. 한편 어느 작중인물에 의한 시점인지 특정할 수 없을 경우 그리고 시점이 작중세계에 존재하지 않을 경우도 있다. 이때의 시점 주체는 작중세계의 범위 밖에 있는 화자로밖에 생각할 수 없다. 시점이 화자에게 있다고 할 경우 그 위치는 작중의 구체적 시공간이 아니고 텍스트의 서술을 통해 독자의 독서 행위와 만나는 불특정한 시공간이 된다. '누가 보는가?'는 '어디서 보는가?'이며 이 문제는 결국 '작중세계'의 '내부에서 보는 것인지 외부에서 보는 것인지'의 문제인 것이다.

이에 대해 초점의 위치는 대상의 내면까지를 포착하는지 포착하지 않는지의 측면에서 판단하는 수밖에 없다. 내면까지 포착한다는 것은 대상의 심리 상태와 의식을 들여다보는 것이며 포착하지 않는다고 하는 것은 단지 밖에서의 외면적 관찰이다. '어디를 보는가'의 '어디'는 기본적으로 '작중세계 안'에서 '작중인물'의 의식 '내부를 보는지 외부를 보는지'의 문제이다. 다시 말해 시점의 위치 문제는 '작중세계'의 안인지 밖인지를, 초점의 소재 문제는 '작중인물'의 안인지 밖인지를 묻게 된다.

문학 텍스트 서술의 문제와 연동해서 생각하면 어떻게 되는가? 매우 단적으로 이야기하자면 일인칭적이면서 내면을 들여다본다면 시점은 작중세계의 내부에 있고 초점은 작중인물의 내부에 있는 것이다. 또 일인칭적이면서 외부만을 관찰한다면 시점은 작중세계의 내부에 있고 초점은 작중인물의 외부에 있는 것이 된다. 간단한 예문을 살펴보자. '나는 슬프다'라면 전자, '나는 달린다'라면 후자에 속한다. 그런데 삼인칭적이면서 외면 세계만을 보고 있다면 시점은 작중세계의 외부이고 초점은 작중인물의 외부에 있다. 삼인칭적으로 내면까지 보고 있다면 시점은 작중세계의 외부, 초점은 작중인물의 내부에 있다고 할 수 있다. 마찬가지로 '그는 달린다'라면 전자, '그는 슬프다'라면 후자인 것이다.

시점과 초점을 구별할 경우와 그렇지 않을 경우는 어떤 차이가 발생하는가? 가장 명백한 차이는 삼인칭적인 내면 파악에 있어서이다. 시점과 초점을 구별하지 않으면 다음과 같은 오해가 일어난다. 예를 들면 '그는 슬프다'의 시점이 누구에게 있는가의 문제이다. 지금까지의 일반적인 용어 정의에 의하면 자칫 '그의 시점'으로부터 파악된 것이라고 설명될 수 있다. 요컨대 '그'가 시점의 소유주가 되는 셈이다. 그러나 시점과 초점을 구별하면 '그'가 시점의 주체가 아닌 것이다. 시점의 주체는 '그는 슬프다'라고 인식하고 있는 존재이다. 작중인물로서의 '그'는 인식의 주체가 아니라 어디까지나 인식의 대상이다. 다시 말해 '그'는 시점의 위치에 있지 않고 초점의 위치에 있다는 것이다.

'그는 슬프다'라는 서술문에 있어서의 초점은 작중인물인 '그'의 내부에 있지만 시점은 이야기되는 작중세계의 외부에 있는 것으로 봐야 한다. 왜냐하면 '나'가 아닌 '그'로 파악되는데 '슬픈' 심정까지 파악한다는 것은 적어도 작중세계 안에서 동등한 레벨로 존재하는 다른 특정 작중인물의 시점으로는 불가능하기 때문이다. 따라서 이 경우 시점은 외부의 화자와 같은 존재에 설정되어 있는 것으로 볼 수밖에 없다.

소설 텍스트의 시점이 '내부'인지 '외부'인지 하는 문제는 작중세계의 시공간을 기준으로 한 '내부'와 '외부'의 문제에 다름 아니다. 작중세계 자체를

'일인칭적'으로 파악하는 위치는 작중세계 속에 있다. 즉 작중세계의 내부에 존재하는 어떤 시점, 그것은 특정한 '작중인물'의 시점일 수밖에 없다. 작중세계 전체를 '삼인칭적'으로 파악하는 위치는 작중세계 안에는 있을 수 없다. 그런데 작중세계의 외부에 있는 시점이라면 그것은 '화자'와 같은 위치에 서 있는 시점이다. 작중세계의 '내부' 혹은 '외부'의 문제는 바꿔 말하면 '시점'(= 인식 주체)을 작중인물이 가지고 있는 것인지 화자가 가지고 있는 것인지의 문제가 된다. '초점'(= 인식 대상)은 대상인물의 외적 행동을 포착하는 것인지 내면의 의식을 파악하는 것인지 곧 작중인물에 있어서의 '외부' 혹은 '내부'의 문제가 된다. 결국 작중세계의 안과 밖 그리고 작중인물의 안과 밖이라는 문제가 각각 시점과 초점의 위치 관계에 해당하는 셈이다.

문학 텍스트의 표면에 '나'가 명시적으로 드러나든 드러나지 않든 인간의 언어 표현을 기반으로 한 이야기 서술이라는 것은 잠재적으로는 모두 일인칭적으로 행해지는 것이며 삼인칭의 이야기와 같은 것은 원래는 있을 수가 없다.[64] 이는 텍스트의 서술과 같은 표현에 있어서 뿐만 아니라 시점과 같은 인식의 면에 있어서도 그대로 적용할 수 있다고 생각한다. 인간은 기본적으로 자신의 눈(인식)으로만 사물을 보는 존재이다. 작중세계 안의 시점이든 밖의 시점이든 즉 일인칭적이든 삼인칭적이든 그 인식 대상은 누군가에게 있어서의 '자신의 눈'으로 파악된 것임에는 틀림없다.

따라서 일상의 인식 작용은 기본적으로 '일상이라는 이름의 작중세계' 안에서 일인칭적인 시점을 가지고 파악해가는 것을 말한다. 단 문학 텍스트의 작중세계에서는 삼인칭적인 대상의 내면까지 인식하는 경우가 있으므로 텍스트 분석에 있어서는 바로 이러한 시점이 문제가 된다. '시점'과 '초점'을 구별하지 않는 한, 이렇게 삼인칭적으로 대상의 내면을 파악하는 경우는 언

---

64) 斎藤兆史, 「テクストと文体」, 川本皓嗣, 小林康夫編, 『文学の方法』(東京, 東京大学出版会, 1996), p.64. 참조.

제나 예외로 다루어질 수밖에 없다. 그러나 '시점'과 '초점'을 구별하게 되면 '시점'의 주체는 기본적으로 일인칭적인 것이 안정적으로 유지될 수 있다. 삼인칭적인 대상의 내면을 인식할 수 있는지 없는지는 어디까지나 '초점'의 문제이기 때문에 '시점'의 문제와는 별도로 생각할 수 있기 때문이다.

이렇게 하여 '누가 보는가?'에 관계된 '시점의 소유자' 문제는 인식 작용의 출발점으로서의 '시점' 자체의 문제임을 알았다. 그리고 내부에서 볼 것인지 외부에서 볼 것인지에 관계된 문제는 인식 대상인 초점이 내부에 있는지 외부에 있는지의 문제임이 판명되었다. 즉 이 두 가지 문제는 '시점'과 '초점'을 구별해서 사용함으로써 해결할 수 있는 것이다. 위에서 보았듯이 먼저 '시점'과 '초점'의 위치와 소재 및 관련 방식을 밝히는 것을 통해 '시점의 주체' 문제와 '시점의 대상' 문제를 동시에 정리할 수 있을 것이다.

따라서 시점의 주체가 작중인물인지 화자인지 또 초점이 대상의 내면을 파악하는지 파악하지 않는지를 기준으로 해서 〈시점구조〉를 확정할 수 있다. 그렇다면 시점이 특정한 작중인물에게 있어서 작중세계 안에 위치할 경우 즉 시선이 작중세계 안에서 출발할 경우를 〈작중시점〉이라고 부르기로 한다. 이것에 대해 시점이 화자 측에 있어서 작중세계 밖에 위치할 경우 즉 시선이 작중세계 밖에서 출발할 경우를 〈외부시점〉이라고 부르기로 한다. 또 시선의 도착점이 대상인물의 내면이라서 초점이 작중인물의 의식 속에 있는 경우를 〈내면초점〉이라고 하자. 시선의 도착점이 대상인물의 내면까지 도달하지 않아서 초점이 작중인물의 외적행동에 있는 경우를 〈외면초점〉이라고 부르자.

이 〈작중시점〉 〈외부시점〉 그리고 〈내면초점〉과 〈외면초점〉의 네 가지 새로운 용어는 하나의 작중장면이 인식될 때에 반드시 있을 수밖에 없는 인식 주체인 시점과 인식 대상인 초점의 위치 관계를 나타낸다. 그 때문에 시점은 반드시 〈작중시점〉이 아니면 〈외부시점〉 둘 중 하나이다. 또 초점도 〈내면초점〉과 〈외면초점〉의 중의 하나일 것이다. 시점과 초점을 하나씩 조합하면 전부 네 개의 조합이 만들어진다. 즉 동서고금의 모든 소설 텍스트에 있어서 작중세계의 인식 방법, 즉 〈시점구조〉는 다음 네 유형 중 어느 하나에 속한다. (→은 시선의 방향)

a. 작중인물이 대상의 내면을 들여다볼 경우 (작중시점→내면초점)
b. 작중인물이 대상의 외면을 관찰할 경우 (작중시점→외면초점)
c. 화자가 대상의 내면을 들여다볼 경우 (외부시점→내면초점)
d. 화자가 대상의 외면을 관찰할 경우 (외부시점→외면초점)

〈그림 1〉

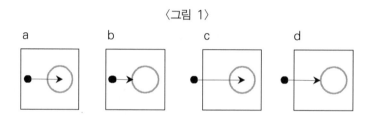

이러한 〈시점구조〉에 있어서의 네 가지 유형은 〈그림 1〉과 같은 도식으로 나타낼 수 있을 것이다. 사각형은 작중세계, 그 안에 있는 원은 작중인물, 화살표가 출발하는 굵은 점은 시점의 위치, 화살표는 시선과 시선의 방향을 가리키고 있다. 그 시선이 어디에서 출발하는 것인지 또 어디에 도착하는 것인지에 주목해보자. 또 a와 b의 다른 버전으로서 〈그림 2〉의 a'와 b' 같은 도식도 생각할 수 있다.

〈그림 2〉

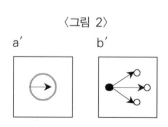

　a'는 특정한 작중인물이 자신의 내면을 인식할 경우이며 b'는 특정한 작중인물이 불특정한 작중인물을 인식할 경우이다. a는 실제로 a'와 같은 형태를 취하는 경우가 일반적인데 b'는 기본적으로 b와 차이가 없다. 이 용어나 개념적 구분은 소설 텍스트에 있어서 시점의 구조나 기능, 동태와 정태를 정확하게 설명하는 틀로서 매우 유효한 역할을 할 것이다.

상대 신화와 역사서술의 〈초월적 시점〉

제1절 『고사기』의 세계와 신화의 시점

제2장과 다음 제3장 제4장에서는 제1장에서 제시한 새로운 〈시점구조〉의 이론을 일본의 이야기 장르에 적용해 보고자 한다. 먼저 제2장과 제3장에서는 전근대의 이야기 텍스트를 제4장에서는 근대 이후의 이야기 텍스트를 취급하는데 모두 일곱 개의 텍스트를 시대 순으로 검토한다. 『고사기』(古事記, 712)와 『일본서기』(日本書紀, 720) 및 『다케토리모노가타리』(竹取物語, 871~881?, 적어도 909년 이전 완성)와 『겐지모노가타리』(源氏物語, 1010년 경 성립), 『헤이케모노가타리』(平家物語, 1220년 전후?) 그리고 『뜬 구름』(浮雲, 1887~89년)과 『이불』(蒲団, 1906) 순이다.

먼저 텍스트를 선정한 기준에 대해서 언급해 두자. 이 텍스트들은 '일본문학사'에서 말하는 '상대' '중고' '중세' '근대'의 대표작이라는 점 이외에도 시대의 변천과 함께 생성한 다양한 이야기 장르의 시점 특성을 조망할 수 있는 전형적인 예라는 점이 고려되었다. 위에 든 일곱 편의 작품은 세부 장르로 말하자면 각각 '신화' '역사서술' '창작 모노가타리' '왕조 모노가타리' '군기 모노가타리' 그리고 '근대소설'에 해당한다. 이들 텍스트를 분석함으로써 일본문학사에 있어서 이야기 장르의 특성이나 양식의 변천 과정을 어느 정도 파악할 수 있을 것이다.

일본문학사에 있어서 이야기 장르의 서사적 표현양식은 크게 세 단계를 거쳐서 변화되어 왔다. 첫째는 가나(仮名) 문자 성립 이전에 한문훈독문(漢文訓讀文)이나 한문(漢文)으로 이루어진 신화 및 역사서술의 단계인데 바로『고사기』와『일본서기』를 예로 들 수 있다. 둘째는 가나 문자 성립 이후 일본서사문(日本叙事文)에 의한 모노가타리(物語)적 허구 표현의 본격화 단계로『다케토리모노가타리』와『겐지모노가타리』및『헤이케모노가타리』에 의해 대표된다. 다음 세 번째로는 근대 이후 소위 언문일치체 성립에 따른 소설 문학의 단계로『뜬 구름』이후『이불』등 대부분의 작품이 이에 속한다.

자연과 인간에 대한 고대인의 소박한 해석이 신비화・절대화된 문장으로 표현되던 신화 및 역사서술. 인생의 변화와 구체적인 삶의 세밀한 결을 감성적・심미적 태도로 다루되 허구성을 전면적으로 표방한 모노가타리. 그리고 객관적・과학적인 서술을 중시하는 근대소설. 이러한 각각의 단계에 대한 고찰을 통해 알 수 있는 것은 서사적 표현양식은 그 자체뿐만 아니라 이를 가능케 하는 사물에 대한 인식 방법의 변화와도 밀접하게 관련되면서 변화해왔다는 것이다. 여기서 표현양식과 인식방법의 관련 양상을 각 시대별로 살펴볼 필요가 있다. 필자가 인용한 텍스트는 대부분이 각각의 작품의 첫머리 부분인데 그 이유는 보통 첫머리가 전체 문맥의 시작인만큼 구조상 작품전체를 시야에 넣고 있을 경우가 많기 때문이다. 특히〈시점구조〉는 다른 부분보다 극명하게 드러나는 것이 일반적이다. 먼저,『고사기』부터 검토하자. 다음은 쇼가쿠칸(小学館) 발행『일본 고전문학전집』(新編日本古典文学全集)에 수록된 원문과 일본어 훈독문, 그리고 이를 그대로 옮긴 한국어역이다.

원문

　天地初発之時、於高天原成神名、天之御中主神。次、高御産巣日神。次、
神産巣日神。此三柱神者、並独神成坐而、隠身也。

　次、国稚如浮脂而、久羅下那州多陀用弊流之時、如葦牙因萌騰之物而成神
名、宇摩志阿斯訶備比古遅神。次、天之常立神。比二柱神亦、独神成生而、
隠身也。

　上件五柱神者、別天神。

　次、成神名、国之常立神。次、豊雲野神。此二柱神而、獨神成坐而、隠身也。

　次、成神名、宇比地邇神。次、妹須比智邇神。次、角杙神。次、妹活杙
神。次、意富斗能地神。次、妹大斗乃弁神。次、於母陀流神。次、妹阿夜訶
志古泥神。次、伊耶那岐神。次、妹伊耶那美神。

　上件、自国之常立神以下、伊耶那美神以前、併称神世七代。

훈독문

　天地初めて発れし時に、高天原に成りし神の名は、天之御中主神。次
に、高御産巣日神。次に、神産巣日神。此の三柱の神は、並に独神と成り
坐して、身を隠しき。

　次に、国稚く浮ける脂の如くして、くらげなすただよへる時に、葦牙
の如く萌え騰れる物に因りて成りし神の名は、宇摩志阿斯訶備比古遅神。
次に、天之常立神。比の二柱の神も亦、並に独神と成り坐して、身を隠し
き。

　上の件の五柱の神は、別天つ神ぞ。

　次に、成りし神の名は、国之常立神。次に、豊雲野神。此の二柱の神も
亦、独神と成り坐して、身を隠しき。

　次に、成りし神の名は、宇比地邇神。次に、妹須比智邇神。次に、

角杙神。次に、妹活杙神。次に、意富斗能地神。次に、妹大斗乃弁神。次に、於母陀流神。次に、妹阿夜訶志古泥神。次に、伊耶那岐神。次に、妹伊耶那美神。

上の件の国之常立神より以下、伊耶那美神より以前は、併せて神世七代と称ふ。

한국어역

　하늘과 땅이 처음으로 나타나 움직이기 시작했을 때 다카아마노하라(高天原)에 생겨난 신의 이름은 아메노미나카누시노카미(天之御中主神). 다음으로 다카미무스히노카미(高御産巣日神). 다음으로 간무스히노카미(神産巣日神). 이들 세 기둥이 되는 신은 모두 외톨이 신으로서 몸을 감추었다.

　다음으로 지상 세계가 아직 젊어서 물에 떠 있는 기름과 같이 해파리처럼 흐늘흐늘 떠돌 적에 갈대가 싹을 틔우듯이 돋아남으로써 생겨난 신의 이름은 우마시아시카비히코지노카미(宇摩志阿斯訶備比古遅神). 다음으로 아메노토코타치노카미(天之常立神). 이들 두 기둥이 되는 신도 또한 외톨이 신으로서 몸을 감추었다.

　이상의 다섯 기둥이 되는 신들은 특별한 천신이다.

　다음으로 생겨난 신의 이름은 구니노토코타치노카미(国之常立神). 다음으로 도요쿠모노노카미(豊雲野神). 이들 두 기둥 신도 역시 외톨이 신으로서 몸을 감추었다.

　다음으로 생겨난 신의 이름은 우히지니노카미(宇比地邇神). 다음으로 여신 스히지니노카미(須比智邇神). 다음으로 쓰노구히노카미(角杙神). 다음으로 여신 이쿠구히노카미(妹活杙神). 다음으로 오호토노지노카미(意富斗能地神). 다음으로 여신 오호토노베노카미(大斗乃弁神). 다음으로 오모다루노카미(於母陀流神). 다음으로 여신 아야카시코네노카미(阿夜訶志古泥神). 다음으로 이자나키노카미(伊耶那岐神). 다음으로 여신 이자나미노카미(伊耶那美神).

이상 구니노토코타치노카미부터 이자나미노카미까지의 신들을 합해서 신
세칠대(神世七代)라 한다. [위의 두 기둥이 되는 외톨이 신은 각각 1대로 한
다. 다음에 나오는 남녀 짝을 이루는 열 명의 신은 각각 남녀 두 명씩 합해
서 1대로 한다].65)

『고사기』는 오노 야스마로(太安万侶, ?~723)가 집필한 일본에서 가장 오래된
서사적 표현물로서 신화 및 고대 천황을 둘러싼 이야기가 실려 있다. 상·
중·하의 3권으로 구성되는데 상권에 신화, 중·하권에는 황실을 중심으로
한 전설과 설화 및 가요가 수록되어 있다. 전체를 일관하는 테마에 관해서는
'현실 세계가 무엇에 바탕을 두고 있는가를 신화적 근원으로부터 전역사를
통해 확증하려는' 그리하여 '천황의 세계를·통째로 근거지으려 하는' '천황적
세계의 이야기'66)로서 읽을 수 있다. 당시의 시대적 논리에 입각해서 전체를
하나의 정리된 이야기로 읽으면서 이 첫머리 서술에 있어서의 〈시점구조〉를
명확히 해 보려고 한다. 먼저 인용한 부분의 문체와 구문구조의 분석을 통해
작중세계와 작중인물, 사건 내용이 무엇이며 이러한 것들은 누구에 의해 어
떻게 포착되는지를 살펴보자.

첫 번째 문장에는 지금부터 전개될 작중세계의 시간적 공간적 범위가 제
시되어 있다. '하늘과 땅이 처음으로 나타나 움직이기 시작했을 때'를 작중시

---

65) 위에 인용한 『고사기』의 텍스트는 현존 최고(最古)의 사본(寫本)인 신푸쿠지(真福寺)본을 저본
(底本)으로 한 山口佳紀, 神野志隆光 校注·訳, 『古事記』, 新編日本古典文学全集1, (東京, 小学
館, 1997)의 pp.28-31.에서 인용함. 한자로 된 [원문은 한문이 아닌 만요가나(万葉仮名)로 쓰여진
고대 일본어인데, 가에리텐(返り点) 등 훈독기호는 생략했다. [훈독문은 그 [원문을 당시의 일본
어를 추정하여 역주자가 풀어 읽은 것. 그리고 [한국어역은 이 『古事記』의 각주 부분에 나와 있
는 현대어역을 참고로, 텍스트 분석의 필요상 원문과의 거리를 좁히기 위해 필자가 직역을 위주로
옮긴 것이다. 『고사기』의 한국어 번역으로는 노성환 역주의 『고사기』(민속원, 2009)를 꼽을 수
있는데 매우 충실하고 정확하며 풍부한 주석이 있어서 독자들의 내용 파악에 많은 도움이 될 것
이다. 필자 역시 부분적으로는 그 번역을 차용하기도 했다.
66) 神野志隆光, 『古事記—天皇の世界の物語』, (東京, 日本放送出版協会, 1995), p.40.

간으로 '다카아마노하라(高天原)'를 작중공간으로 볼 수 있다. 작중인물(물론 '인물'이라고 '해도 인간이 아니지만)은 '아메노미나카누시노카미'이며 작중사건은 '생겨난' 즉 '생겨났다'고 하는 사실일 것이다. 원문이 '天地初發之時、於高天原成神名、天之御中主神'으로 되어 있고 '成'(생겨나다)은 해당 문장의 동사로 기능한다. 구문상으로는 주어('神名')와 서술상의 보어('天之御中主神')의 나열로 이루어져 있으나 의미상으로는 '아메노미나카누시노카미(天之御中主神)'가 '생겨났다(成)'는 것이다. 작중 시공간과 주인공 및 사건이 제시되고 있다는 점에서 이미 서사로서의 기본요소는 갖추고 있다 하겠다.

이어지는 두 번째와 세 번째 문장에서는 '다음으로……. 다음으로…….' 와 같이 연결되면서 지극히 단순한 동일 구문구조가 반복된다. 네 번째 문장에서는 세 번째 문장까지의 각각의 주어였던 '아메노미나카누시노카미(天之御中主神)' '다카미무스히노카미(高御産巣日神)' '간무스히노카미(神産巣日神)'를 '세 기둥이 되는 신(三柱神)'으로 총칭하며 이들은 모두 '외톨이 신(独神)'으로서 '몸을 감추었다(隠身也)'고 서술한다. 즉 위에 인용한 『고사기』의 첫 번째 단락이 말하는 것은 이들 신들이 '생겨나서' '몸을 감추었다'는 것이며 그것이 작중사건의 전부이다. 술어가 '생겨나다'와 '몸을 감추다'라는 단 두 개뿐인 첫 단락은 앞서 말한 이야기의 정의 '두 개의 상황·사상이 시간 연쇄의 형태로 재현 표상된' 이야기로서의 최소 요건을 갖춘 분석 단위라 하겠다.

제2단락은 '지상 세계가 아직 젊어서 물에 떠 있는 기름과 같이 해파리처럼 흐늘흐늘 떠돌 적에'로 작중시간이 한정되고 있지만 작중공간에 대해서는 특별히 정해놓고 있지 않다. 신이 생겨나는 방식에 관해서는 '갈대가 싹을 틔우듯이 돋아남으로써'라고 묘사하고 있다. 이 제2단락이나 제3단락이나 '이자나키노카미'(伊耶那岐神)와 여신 '이자나미노카미'(伊耶那美神)가 출현하는 제4단락까지도 기본적으로는 '다음으로……. 다음으로…….'로 연결되어 가면서 신의 이름을 열거할 뿐인 단순한 반복 구조로 되어 있다. 단 인용한 첫머리 전체의 기술을 통해서 전하고자 하는 메시지는 열거된 신들이 크게 '특별한 천신'과 '신세칠대'라는 두 그룹으로 구분된다는 것과 남녀 짝을 이루지 않는 '외톨이 신'은 '몸을 감추었다'고 하는 것이다.

그렇다면 첫머리의 작중세계 전체는 어떤 시공간을 배경으로 하고 있는 것일까? 결론부터 말하자면 첫 번째 문장의 '하늘과 땅이 처음으로 나타나 움직이기 시작했을 때'와 '다카아마노하라'가 '이자나키노카미'와 '이자나미노카미'의 출현 시점까지를 아우르는 첫머리 부분 전체의 작중시공간이다. 물론 작중시간에 관해서는 '하늘과 땅이 처음으로 나타나 움직이기 시작했을 때' 이외에도 제2단락의 '지상 세계가 아직 젊어서 물에 떠 있는 기름과 같이 해파리처럼 흐늘흐늘 떠돌 적에'라고 한정되어 있는 것은 앞서 말한 대로이다. 그러나 이것도 내용상 '하늘과 땅이 처음으로 나타나 움직이기 시작했을 때'의 시간적 범위 안에 포함되는 형태로 읽어야 하지 않을까?

작중공간에 대해서는 첫 번째 문장의 '다카아마노하라' 이외에는 제4단락까지 아무런 언급도 없다. 따라서 '아메노미나카누시노카미'로부터 여신 '이자나미노카미'까지의 신들은 모두 '다카아마노하라'에서 '생겨났다'고 보는 것이 타당할 것이다. 단 이 문제에 대해서는 모토오리 노리나가(本居宣長 1730~1801)의 『고사기전』(1790~1822)에서와 같이 '원래 다카아마노하라가 있어서 거기에서 생겨났다는 것이 아니라' '뒤에 하늘과 땅이 생겨나서는 그 생겨난 곳이 다카아마노하라가 되어 뒤에까지 그 다카아마노하라로 적용되신 신들이다'[67]라고 한 설도 있다. 그러나 고노시 다카미쓰(神野志隆光, 1946~)의 지적대로 이렇게 이해하면 '이자나키'와 '이자나미'가 '명령을 받기 위해서는 일단 올라갔다가 다시 내려와야 하는' 무리한 짓을 많이 하게 된다.[68]

---

67) 本居宣長, 『古事記伝』, (東京, 岩波書店, 1940), p.184. 참조. 元來高天ノ原ありて、其處に成リ坐スと云にはあらず(……)後に天地成リては、其ノ成リ坐せりし處、高天ノ原になりて、後まで其ノ高天ノ原に坐シ坐ス神なる.

『고사기』의 첫머리에 있어서 작중세계의 시간은 '하늘과 땅이 처음으로 나타나 움직이기 시작했을 때'이고 공간은 '다카아마노하라'이며 작중인물은 '아메노미나카누시노카미'로부터 '이자나미노카미'까지의 신들, 사건은 그 신들의 탄생이라고 생각해도 좋을 것이다. 그렇다면 이야기 내용은 '태초에 다카아마노하라라고 하는 곳에 '아메노미나카누시노카미'로부터 '이자나미노카미'까지의 신들이 차례로 태어났다'로 요약된다. 즉 여기는 신들의 탄생 이야기로서 읽혀지는 곳이다. 이렇게 『고사기』의 첫머리 부분은 우주의 창생 시기에 '다카아마노하라'라고 하는 신성한 천상(天上) 세계에서 속속 생겨나는 신들의 계보를 읊고 있는 것이다.

이러한 신들의 탄생 이야기의 작중 세계는 과연 누구에 의해 어떻게 파악되고 있는 것인가? 필자가 앞 장에서 제시한 〈시점구조〉의 네 가지 틀을 사용해 보면 어떻게 될까? '하늘과 땅이 처음으로 나타나 움직이기 시작했을 때' 이하를 읽었을 때 그 작중세계의 시공간에 입회하여 신들의 탄생을 지켜보고 있는 시점인물을 과연 상정할 수 있는 것일까? 만약 상정할 수 있다면 그 시점인물은 도대체 어떤 존재인가? '아메노미나카누시노카미'보다도 먼저 태어난 별도의 신과 같은 존재일까?

이 부분이 작중인물의 시점에 따르지 않고 화자의 입장에서 파악되고 있다고 하는 증거 중의 하나는 '하늘과 땅이 처음으로'의 '처음으로'라는 표현이다. '하늘과 땅'은 '처음' 순간 이후 계속 '나타나' 있어서 화자가 이야기하는 현재까지도 '나타나' 있지만 아득히 먼 옛날 '처음으로 나타난' 때의 일들을 이야기한다는 것이다. 게다가 '하늘과 땅이 처음으로 나타나 움직이기 시작했을 때'와 호응하여 '몸을 감추었다'(원문은 '隱身也')라고 하여 과거에 확실하게 있었던 일을 진술하는 어형을 취하고 있다는 점에서 보면 사건 발생 시

---

68) 神野志隆光, 앞의 책, pp.61-71. 참조.

간보다 훨씬 뒤의 이야기라는 것은 명확하다. 즉 작중시간이 이야기의 현재
가 아니라는 것과 현재 하고 있는 이야기는 어디까지나 사후적인 서술인 것
을 명확히 하고 있다. 그러므로 사건을 파악하는 시점은 작중세계 밖에 존재
하는 〈외부시점〉이 되는 셈이다.

그러면 초점은 어디에 있을까? 위에 인용한 『고사기』의 첫머리에는 신들
의 의식이나 감정은 아무데도 나오고 있지 않고 또 문제도 안 된다. 작중인
물인 신들의 심경에 들어가는 경우가 없으므로 〈외면초점〉이라고 보면 이해
하기 쉽다. 〈외부시점〉에 의한 〈외면초점〉의 파악이라고 볼 수 있다. 그러나
『고사기』가 〈외부시점〉과 〈외면초점〉의 조합이라고 하는 것을 단순한 도식
으로서 이해하는 것만으로는 충분하지 않다. 여기에는 신화 장르의 성격에
관해서 좀 더 생각해야 할 문제가 있기 때문이다.

당연한 말이지만 모든 창세신화가 그렇듯이 우주의 시작을 이야기하는 행
위라는 것은 화자가 스스로 우주가 시작되는 시공간의 특정한 위치에 서서
현장중계를 하듯 이야기할 수 있는 성질의 것이 아니다. 또 만약 그렇게 할
수 있다고 한들 그다지 설득력이 있을 것 같지도 않다. 신화는 어디까지나
신화이지 근대문학 개념의 리얼리즘적 묘사는 크게 의미가 없다. 이러한 의
미에서 신화란 일상으로부터는 동떨어진 세계에 관한 이야기이며 따라서 현
실로 구체화할 수 없고 눈에 보이지도 않는 시공간을 작중세계로서 설정하여
진술하게 되는 것이다. 독자(청자 또는 향수자) 역시 그 이야기 내용이 화자의
직접 체험이 아니라는 것을 알고 있는 가운데 화자와의 사이에서 성립되는
하나의 제도로서 신화는 기능하고 있는 것이다.

신화의 작중세계가 일상의 현실에서 벗어난 이야기라는 것은 고대인들도
오늘날과 같이 인식하고 있었을지 모른다. 단 이야기의 서술 레벨에서 신화
는 그 내용에 관해 마치 진실인 것처럼 강변하면서 믿음을 강요한다. 『고사
기』의 경우 '隱身也'의 '也'를 과거의 조동사 '~き'[ki]라고 읽을 수 있다는

것도 그 증거 중의 하나이다. 내용상 화자의 직접 체험이 아니라는 것은 알지만 형태상으로 '확정적 과거'인 신화 텍스트를 접하는 고금의 독자는 매우 당혹스러울 수 있다. 그야말로 개연성도 근거도 없는 황당한 이야기를 화자로부터 절대적으로 믿으라고 강요받기 때문이다. 그렇지만 '그것이 거짓말이다'라고 반론을 제기하는 것 자체가 무의미한 것 또한 모두가 알고 있다. 역시 신화는 다른 이야기 장르와 마찬가지로 더 근원적으로 약속된 그리고 그 약속이 전제가 되어 사회 대부분의 구성원이 받아들이거나 묵인한 하나의 제도이기 때문이다.

그렇다고는 하나 전문의 형태를 취한다든지 하면서 허구임을 암암리에 내비치는 여타 이야기 장르에 비하면 『고사기』의 신화는 '이것은 정말이다'라고 단언하고 있다. 『고사기』의 확정적 과거 '~き'가 언제나 정당화되는 것은 그 내용이 현실세계에 대한 대단히 잘 만들어진 설명을 제공하기 때문일 것이다. 신화는 반드시 확증이 없어도 좋다. 신화의 재미는 오히려 자연이나 현실에 대한 그 나름의 설명이 풍요로운 상상력과 함께 그 배후에 숨어 신비감에 싸인 이야기의 강제력과 어우러져 설득력 있게 작용할 때에 더욱 용솟음치는 것이 아닐까 한다.

이러한 의미에서 이야기를 강제하는 힘을 가진 『고사기』의 화자는 무언가 초월적인 존재가 아니면 안 된다. 그 초월성은 곧 시점의 초월적 성격에서 비롯되는 것일 수가 있다. 굳이 작중세계를 현장에서 포착하는 시점인물을 필요로 하지 않는 제도, 그것이 『고사기』의 신화이다. 눈으로 보고 확인해서 검증된 것만을 전하는 것이 아닌 보지 않아도 확인하지 않아도 알고 있다고 하는 초월적 존재이다. 신화의 시점구조가 〈외부시점〉과 〈외면초점〉으로 설정된 것은 지극히 당연한 것이지만 사실상 『고사기』의 시점은 이 테두리조차 넘어선 〈초월적 시점〉이다.

위의 인용 다음 부분은 '그래서 천신 일동이 명하되 이자나키노미코토와 이자나미노미코토에게 "이 떠다니는 국토를 있어야 할 모습으로 고정시켜 단단히 만들라"고 하며 아메노누보코(구슬 장식이 된 창)를 하사하여 위임하셨다'[69]로 이어진다. '이자나키노미코토'와 '이자나미노미코토'에 의한 '국토'의 성립 즉 세계의 형성에 관한 이야기이다. 그 다음에 이어지는 내용도 마찬가지로 신들의 다양한 방식의 탄생에 관한 서술이다.

창세신화란 인간이 살고 있는 이 세계의 기원을 설명하기 위한 이야기임은 말할 필요도 없다. 『고사기』의 경우 세계의 기원은 다음과 같이 설명된다. '처음에 다카아마노하라라는 천상 세계가 있고 국토는 고정되지 못하여 떠다니고 있었는데 그 다카아마노하라에 신들이 나타나서 국토를 하나의 완성된 세계로서 성립하도록 했다.'는 것이다. 이것이 『고사기』가 이야기하는 세계의 시작이다. '이자나키노미코토'와 '이자나미노미코토'의 신화도 〈외부 시점〉으로부터 〈외면초점〉을 파악하고 있는 것으로 보인다. 이 모두가 〈초월적 시점〉에 의한 것임은 첫머리와 같다. 이들 『고사기』의 신화는 결국 '천황의 세계'가 어떻게 형성되었는지를 설명함으로써 천황의 치세를 정당화하는 절묘하게 다듬어진 전체 이야기의 일부이다.

제2절 『일본서기』의 서술과 시점

다음으로는 『일본서기』에 대해서 살펴보자. 도네리 친왕(舍人親王, 676~735)과 오노 야스마로 등에 의해 『고사기』보다 8년 늦게 성립한 『일본서기』전

---

69) 山口佳紀, 神野志隆光 校注 訳, 『古事記』, pp.30-31. [원문] 於是, 天神諸命以、詔伊耶那岐命・伊耶那美命、二柱神、修理固成是多陀用幣流之国、賜天沼矛而、言依賜也。[훈독문] 是に、天つ神諸の命以て、伊耶那岐命・伊耶那美命の二柱の神に詔はく、「是のただよへる国を修理ひ固め成せ」とのりたまひ、天の沼矛を賜ひて、言依し賜ひき。

30권은『고사기』와 일부 겹치는 내용이 있으나 매우 다른 성격의 서적이다. 「권제1」・「권제2」에는 '신대'(神代)의 신화가, 「권제3」 이하로는 진무천황(神武天皇, BC660~585 재위)으로부터 지토천황(持統天皇, 645~703, 690~697 재위) 시대까지의 전설・설화・가요가 적혀 있다. 사마천(司馬遷, 145? 135?~86 B.C.)의『사기』(史記, B.C.100년경 성립) 등 중국 역사서의 체제를 모방하여 여러 이본(異本)의 서술을 병기하는 등『고사기』보다도 객관적인 역사서로서의 성격이 강하다. 『고사기』의 표기가 한자의 소리와 훈을 섞은 변체한문 즉 한문훈독체의 만요가나로 되어 있는데 반해『일본서기』는 순수한 한문체이다. 앞서 분석한『고사기』첫머리의 제1단락부터 제4단락까지의 내용에 해당하는『일본서기』의 첫머리를 읽어보면 다음과 같다.

원문

古天地未剖、陰陽不分、渾沌如鶏子、溟涬而含牙。及其清陽者、薄靡而為天、重濁者、淹滯而為地、精妙之合搏易、重濁之凝竭難。故天先成而地後定。然後神聖生其中焉。

故曰、開闢之初、洲壤浮漂、譬猶游魚之浮水上也。于時天地之中生一物。状如葦牙、便化為神。号国常立尊。次国狹槌尊。次豊斟渟尊。凡三神矣。乾道独化、所以成此純男。

次有神。埿土煮尊・沙土煮尊。次有神。大戸之道尊・大苫辺尊。次有神。面足尊・惶根尊。次有神。伊奘諾尊・伊奘冉尊。

凡八神矣。乾坤之道、相参而化。所以成此男女。自国常立尊、迄伊奘諾尊・伊奘冉尊、是謂神世七代者矣。

훈독문

古に天地未だ剖れず、陰陽分れず、渾沌にして鶏子の如く、溟涬にして牙を含めり。其の清陽なる者は、薄靡きて天と為り、重濁なる者は、

淹滯りて地に為るに及りて、精妙の合搏すること易く、重濁の凝竭すること難し。故、天先づ成りて地後に定まる。然して後に神聖其の中に生れり。

故曰く、開闢る初めに、洲壤の浮漂へること、譬へば游魚の水上に浮べるが猶し。時に、天地の中に一物生れり。状葦牙の如く、便ち神と化為る。国常立尊と号す。次に国狭槌尊。次に豊斟渟尊。凡て三神なり。乾道独り化す。所以に此の純男を成すといふ。

次に神有り。埿土煮尊・沙土煮尊。次に神有り。大戸之道尊・大苫辺尊。次に神有り。面足尊・惶根尊。次に神有り。伊奘諾尊・伊奘冉尊。

凡て八神なり。乾坤の道、相參りて化る。所以に此の男女を成す。

国常立尊より伊奘諾尊・伊奘冉尊まで、是を神世七代と謂ふ。[分注・一書は省略]

한국어역

옛날에 하늘과 땅이 아직 갈라지지 않고 음과 양도 나뉘지 않아 혼돈된 채로 달걀처럼 걸쭉한 상태인데 어슴프레하게 변화의 조짐만을 머금고 있었다. 그 중 맑고 밝은 것이 가볍게 펼쳐져서 하늘이 되고 무겁고 흐린 것이 가라앉아 땅이 되기에 이르니 정묘한 기운은 움직이기 쉽고 중탁한 것은 들러붙기 어렵다. 따라서 하늘이 먼저 생기고 땅이 나중에 굳는다. 그리하여 나중에 신들이 그 속에서 생겨났다.

전해지기를 세상이 생겨날 적에 국토는 떠다니고 있었는데 말하자면 물고기가 물 위에 떠 있는 것과 같았다. 이때 하늘과 땅 사이에 무언가 하나가 생겨났다. 모습이 갈대의 싹과 같았는데 바로 신이 되었다. 구니노토코타치노미코토(国常立尊)라 한다. 다음으로 구니노사쓰치노미코토(国狭槌尊). 다음으로 도요쿠무누노미코토(豊斟渟尊). 모두 세 명의 신이 생겨났다. 하늘의 기를 받은 외톨이 신이다. 그래서 이들은 모두 남성 신이라고 한다.

다음으로 신이 생겼다. 우히지니노미코토(埿土煮尊)·스히지니노미코토(沙土煮尊). 다음으로 신이 생겼다. 오호토노지노미코토(大戶之道尊)·오호토마베노미코토(大苫辺尊). 다음으로 신이 생겼다. 오모다로노미코토(面足尊)·가시코네노미코토(惶根尊). 다음으로 신이 생겼다. 이자나키노미코토(伊奘諾尊)·이자나미노미코토(伊奘冉尊).

모두 8명의 신이다. 하늘과 땅의 기가 서로 섞여서 되었다. 따라서 이들이 남녀 짝을 이룬다. 구니노토코타치노미코토부터 이자나키노미코토·이자나미노미코토까지 이를 신세칠대(神世七代)라 부른다.[70]

『일본서기』도 『고사기』와 같이 창세신화의 서술로부터 시작된다. 『일본서기』에 있어서의 창세신화는 '신화'편 안에 나오는데 이 '신화'는 상하 2권으로 되어 있다. 단락구성은 '상'이 '제1단'부터 '제8단', '하'가 '제9단'으로부터 '제11단'까지이다. 위의 인용은, '제1단'부터 '제3단'까지의 '본서'(本書)만을 가져온 것이다.[71] 『일본서기』는 신화의 내용을 이루는 단편적인 디테일은 『고사기』와 대단히 닮아 있지만 그 논리와 전체 구조는 근본적으로 다른 세계관에 기초하고 있다는 점을 간과해서는 안 된다.[72] 이러한 전체 구조의 방향성은 각각의 부분 서술에도 편재 하고 있다. 첫머리 부분도 예외가 아니다. 그 때문에 이 첫머리부분의 문체와 내용에 관해 『고사기』와 비교하면서 보다 명확하게 논할 수 있을 것이다.

---

70) 小島憲之ほか 校注 訳, 『日本書紀①』, 新編日本古典文学全集2, (東京, 小学館, 1994), pp.19-25.
71) 『일본서기』의 '신대' 부분에는 단(段) 단위의 기사마다 '一書曰'로 시작하며 다른 문헌에서 다르게 전하는 내용을 싣고 있다. 이러한 '一書'에 대해 기사의 본문을 '本書'라고 한다. '신대'는 이러한 '本書'와 '一書'의 교대 반복으로 구성되어 있는데 이 책에서는 '本書'만을 분석 대상으로 한다.
72) 神野志隆光, 『古事記──天皇の世界の物語』, pp.71-75. 및 pp.162-189. 참조.

『일본서기』 첫머리의 문체적 특징으로 먼저 들 수 있는 것은 『고사기』에
는 보여지지 않는 음양론을 바탕으로 한 창세표현이다. 원문의 '天地未剖、陰
陽不分'과 같은 표현이 중국의 『회남자』(淮南子, BC.134 이전)와 『삼오력기』(三
五曆紀, 3C경)를 서로 조합해 연결시킨 것 같은 것임은 이미 알려져 있다.73)
『고사기』에서는 이러한 표현을 피해 일부러 '천지초발'(天地初発)의 '발'(発)을
선택함으로써 천지의 시작 그 자체가 어떠했는지는 구체적으로 언급하지 않
는 입장을 취한 것이다.74) 그러나 『일본서기』에서는 하늘과 땅의 성립 자체
부터 설명하고 있는데 특히 첫머리의 서술은 혼돈으로부터 음양이 갈라져서
하늘과 땅이 되는 음양론적 세계관을 고스란히 반영하고 있다.

첫머리의 표현으로서 『고사기』는 '하늘'(天)로부터 『일본서기』는 '옛날'(古)
로부터 시작되고 있다. 어떤 의미에서 『고사기』는 '하늘'을 특권화하고 『일
본서기』는 '옛날'을 절대시 했다고 할 수 있겠다. 『고사기』는 하늘과 땅이
이미 완성되어 있어서 그것이 움직이기 시작하는 시점의 서술로부터 시작되
는데 『일본서기』는 '천지가 아직 갈라지지 않고 있는' 상태의 서술로부터 시
작된다. 그렇다면 『고사기』의 세계관으로 보면 '하늘'은 원래부터 존재하는
것으로서 상정되고 있는 것이고 『일본서기』는 '하늘'도 어떠한 힘에 의해 만
들어진 것으로서 간주하고 있다는 것을 의미한다.

좀 더 말하면 '하늘과 땅이 처음으로 나타나 움직이기 시작했을 때'(天地初
発之時)의 '때'(時)는 단지 작중세계의 시간적 배경으로서 제시될 뿐이지만 '옛
날에 하늘과 땅이 아직 갈라지지 않고 음과 양도 나뉘지 않아 있던'(古天地未
剖、陰陽不分) '옛날'(古)이라는 것은 '시간' 바로 그 자체의 기원을 이야기하는
것이기도 하다. 『고사기』의 작중시간은 그래서 하늘과 땅이 '처음'으로 나타

---

73) 같은 책, p.73의 표 3 '『日本書紀』 出典対照表' 참조. 에도 시대의 학자 가와무라 히데네(河村秀
　　根, 1723~92)의 『書紀集解』에 의해 명확해졌다고 한다.
74) 같은 책, p.68~70. 참조.

나기 시작한 때를 기점으로 하고 '하늘'을 세계가 시작되는 중심으로 다룬다. 『일본서기』의 경우는 인간의 상식으로서는 '그 이전'이라는 것을 생각할 수 없는 그야말로 '하늘'조차도 존재하지 않는 원초적 시간인 '옛날'부터 이야기 하려는 뜻으로 읽을 수 있다.

작중공간의 문제는 어떻게 되어 있는가? '하늘과 땅'이 아직 형성되어 있지 않기 때문에 작중시간도 마찬가지로 질서 잡힌 공간 이전의 혼돈상태부터 서술되는 것이다. '달걀처럼 걸쭉한 혼돈 상태'(渾沌如鷄子)로부터 '맑고 밝은 것'(薄靡)이 '하늘'이 되고 '무겁고 흐린 것'(重濁)은 '땅'이 된다. 이렇게 하여 즉 '음'의 기와 '양'의 기가 갈라져서 '하늘과 땅'이 만들어진다. 카오스(chaos)로부터 코스모스(cosmos)로 가는 프로세스를 말하고 있는 셈이다. 이 경우의 작중공간은 우주공간 바로 그 자체이다. 좀 더 정확하게 말하면 혼돈된 전(前)우주공간에서 질서 있는 우주공간에의 이행 과정이므로 우주공간과 우주가 아닌 공간을 포함한 초(超)우주적 공간일 것이다

계속해서 신들의 탄생이 서술되지만 『고사기』의 '다카아마노하라'와 같은 무대는 『일본서기』에는 없다.[75] '하늘이 먼저 생기고 땅이 나중에 굳은(天先成而地後定)' 후에는 '신들이 그 속에서 생겨났고'(神聖生其中焉) '세상이 생겨날 적에'(開闢之初) '하늘과 땅 사이에 무언가 하나가 생겨났다'(天地之中生一物)고 한다. 이 중에서 '그 속에서'(其中)라든지 '하늘과 땅 사이'(天地之中)라든지 하는 것은 『고사기』의 '다카아마노하라'와 같이 '하늘'이 특권화된 관념적 공간과는 다르다. 어디까지나 '하늘'(天)과 '땅'(地)의 '사이'(中)이며 이제는 음과 양이 구분되어 질서가 잡힌 자연의 물질적 공간이다. 즉 『일본서기』의 작중공간은 초우주적 공간으로부터 하늘과 땅이 자리를 잡은 후에는 그 사이의

---

75) 같은 책, pp.173-175에는 『일본서기』의 '本書'에는 '다카아마노하라'라는 용례가 나오지 않는다는 점이 본문 비판과 함께 설명되고 있다. 또 中村啓信,「高天原について」,『倉野憲司先生古希記念 古代文学論集』도 참조.

자연적 공간이 된다. 이와 같이 보자면 『고사기』는 '처음'(初)이라고 하는 시간보다 '하늘'(天)이라고 하는 공간을 특권화했고 『일본서기』는 '하늘과 땅'(天地)라는 공간보다도 '옛날'(古)이라고 하는 시간의 시작점을 절대시하는 입장에서 서술되고 있는 것이 아닌가 하는 생각이 든다.

인용한 부분에 있어서의 작중사건은 무엇인가? 이야기의 내용인즉 '혼돈으로부터 자연의 기가 일어나고 음양이 나뉘어져서 하늘과 땅이 되었다. 양의 기운은 가볍고 맑아서 높이 올라가 하늘이 되고 음의 기운은 무겁고 흐려서 밑에 가라앉아 땅이 되었다. 맑고 가벼운 것은 움직이기 쉽고 무겁고 탁한 것은 형태가 정돈되기 어려우니 하늘이 먼저 생기고 땅이 나중에 굳었다. 그 속에서 신들이 생겨났는데 처음에 하늘의 양기를 받은 구니노토코타치노미코토(国常立尊) 등 세 명의 남신이 나타나고 다음으로 음양의 기운을 받아 이자나키(伊奘諾尊) 이자나미(伊奘冉尊)에 이르는 남녀 8신이 나왔다.'로 요약할 수 있다.[76] 즉 '신들의 탄생' 이외에도 그에 앞서는 '천지개벽'이 중요한 사건이다. 『고사기』의 첫머리가 오로지 신들의 탄생만을 이야기하고 있는데에 비하면 『일본서기』의 경우는 천지개벽과 신들의 탄생이라고 하는 두 가지 사건을 이야기하고 있는 것이다.

이야기의 내용은 구성상 두 부분으로 나눌 수 있다. 제1단의 첫 번째 문장으로부터 세 번째 문장까지는 천지개벽, 네 번째 문장 이하와 제2단·제3단에 걸쳐서는 신들의 탄생이 이야기되고 있다. 그 가운데에서 신들의 탄생을 말하는 구문은 기본적으로 '다음으로 신이 생겼다 … 다음으로 신이 생겼다 …'(次有神…次有神…)하고 반복적으로 표현하는데 이 점은 『고사기』의 경우와 닮아 있다. 사건을 크게 나누어 두 가지로 보면 각각 그 사건의 주체인 작중인물도 두 그룹이 존재할 것이다. 그러나 천지개벽이라는 사건은 그 성질상 작중

---

76) 神野志隆光, 『古事記—天皇の世界の物語』, pp.175-176. 참조.

인물이나 주체 등은 생각할 수 없다. 기독교나 이슬람교의 신처럼 전지전능한 유일신이나 조물주의 얼굴은 적어도 『일본서기』의 표현에는 나타나지 않는다. 이렇게 『일본서기』의 천지개벽 부분은 작중인물이 없으나 '신화'편의 작중인물에 해당하는 신들의 등장 배경과 등장 과정으로 엮어져 있다.

그런데 천지개벽의 서술에 있어서 작중인물에 해당하는 것은 '하늘과 땅' 자체라고 생각할 수도 있다. '다음으로 신이 생겼다'라고 하며 신들의 이름을 열거하는 부분 앞에는 천지개벽의 양상을 묘사하고 설명한 대목이다. 첫 번째 문장을 보면 '하늘과 땅'(天地) 및 '음과 양'(陰陽)이 주어이며 '갈라지지 않고'(未剖)와 '나뉘지 않아'(不分)가 술어이다. 또 '혼돈된 채로 달걀처럼 걸쭉한 상태인데'(渾沌如鷄子) '어슴프레하게 변화의 조짐만을 머금고 있었다'(溟涬而含牙)도 대구(對句)가 되어 상태를 설명하는 술어가 되고 있다. 두 번째 문장은 '맑고 밝은 것'(淸陽者)이 '하늘이 되고'(爲天) '무겁고 흐린 것'(重濁者)은 '땅이 되다'(爲地)는 것이다. 즉 천지개벽 사건에 있어서의 주인공(주체=작중인물)은 '혼돈'이나 '하늘과 땅' 자체이며 쉽게 풀어서 말하자면 '우주'나 '자연'일 것이다. 그렇다면 천지개벽과 신들의 탄생이라는 두 가지 사건의 작중인물을 각각 하나는 '천지=자연', 또 하나는 '신들'이라고 생각할 수 있다.

신을 열거하는 방법은 『고사기』와 비슷하지만 열거되는 신의 이름은 다르다. 또 『고사기』에는 있으나 『일본서기』에는 없는 신도 있고 그 반대의 경우도 있다. 『일본서기』에는 아메노미나카누시노카미(天之御中主神) 다카미무스히노카미(高御産巣日神) 간무스히노카미(神産巣日神)의 세 기둥이 되는 신(三柱神)과 우마시아시카비히코지노카미(宇摩志阿斯訶備比古遲神) 아메노토코타치노카미(天之常立神)의 두 기둥이 되는 신(二柱神)은 등장하지 않는다. 나오는 것은 구니노토코타치노카미(国之常立神)에 해당하는 구니노토코타치노미코토(国常立尊)와 그 이하의 신들이다. 또 『고사기』에는 나오지 않는 구니노사쓰치노미코토(国狹槌尊)가 구니노토코타치노미코토와 도요쿠모노노카미에 해당하는 도요쿠무누노미코토(豊斟渟尊) 사이에 삽입되어 있다. 또 구니노토코타치노미코토와 구니노사쓰치노미코토 및 도요쿠무누노미코토를 '세 명의 신'(三神)이라 부른다.

그 외에 우히지니노카미(宇比地邇神)와 스히지니노카미(須比智邇神)에 해당하는 우히지니노미코토(埿土煮尊)와 스히지니노미코토(沙土煮尊), 오호토노지노카미(意富斗能地神)와 오호토노베노카미(大斗乃弁神)에 해당하는 오호토노지노미코토(大戸之道尊)와 오호토마베노미코토(大苫辺尊), 오모다루노카미(於母陀流神)와 아야카시코네노카미(阿夜訶志古泥神)에 해당하는 오모다로노미코토(面足尊)와 가시코네노미코토(惶根尊), 이자나키노카미(伊耶那岐神)와 이자나미노카미(伊耶那美神)에 해당하는 이자나키노미코토(伊奘諾尊)와 이자나미노미코토(伊奘冉尊)가 나오는데 『고사기』의 쓰노구히노카미(角杙神)와 이쿠구히노카미(妹活杙神)에 해당하는 신은 『일본서기』에는 나오지 않는다. 『고사기』와 『일본서기』의 신들의 명칭과 종류를 대조표로 만들면 다음 〈표 1〉과 같다. 여기서 '~노카미'와 '~노미코토'와 같은 반복되는 부분은 생략했다.

이렇게 작중인물로서 열거된 신의 이름을 살펴보면 『일본서기』는 『고사기』에 비해 비교적 간단한 계보로 되어 있다. 『고사기』의 맨 앞에 나오는 '특별한 천신'들의 이름이 생략되어 있기 때문이다. 그리고 만물생성의 토대인 '구니노토코타치'라는 신부터 나오는 것이 특징이다. 이는 『고사기』만큼 '하늘'만을 특권화하지 않고 하늘과 땅의 양자 운행과 조화 속에서 즉 음양의 원리에 의해 세계를 설명하려는 것이다.[77] 인용한 '신대' 제3단까지의 『일본서기』 첫머리는 혼돈상태로부터 하늘과 땅이 만들어지는 과정과 함께 천지개벽 후에 하늘과 땅 사이에 일어나는 신들의 출현이라는 두 가지 이야기 내용으로 구성되어 있다.

---

77) 같은 책, pp.175-176. 참조.

〈표 1〉

『고사기』 ('~노카미' 생략)	『일본서기』 ('~노미코토' 생략)		신의성별	신의 명칭
아메노미나카누시 다카미무스히 간무스히	없음		외톨이 신	특별한 천신
우마시아시카비히코지 아메노토코타치	없음			
구니노토코타치 도요쿠모노	구니노토코타치 구니노사쓰치 도요쿠무누	남신		신세칠대
우히지니 스히지니	우히지니 스히지니		남녀신	
쓰노구히 이쿠구히	없음			
오호토노지 오호토노베	오호토노지 오호토마베			
오모다루 아야카시코네	오모다로 가시코네			
이자나키 이자나미	이자나키 이자나미			

그렇다면 『일본서기』 첫머리의 이러한 이야기 내용을 포착하고 있는 〈시점구조〉에 대해서 생각해 보자. 인용한 부분은 기본적으로 『고사기』의 경우와 같은 신화 장르에 속한다. 신화 장르의 이야기 속성은 앞서 말한 대로 시점인물을 통한 현장중계가 불가능하다. '옛날'의 일을 서술하고 있는 『일본서기』의 경우도 마찬가지이며 천지개벽이나 신들의 탄생을 포착하는 시점이 어디까지나 화자에 의한 〈외부시점〉인 것은 말할 필요도 없다. 초점은 작중인물로서의 자연이나 하늘과 땅 또는 신들이 상정되어 있다고 한들 그 내면에 들어가는 적이 없으므로 〈외면초점〉이다. 이러한 『일본서기』는 『고사기』와 마찬가지로 〈외부시점〉에 의한 〈외면초점〉의 포착이라고 할 수 있다.

『고사기』의 신화나 『일본서기』의 신화나 같은 시점구조를 가지고 있는 것이다. 그러면, 이러한 것은 무엇을 의미하는 것일까? 그래서 이를 통해 무엇을 말할 수 있는 것일까?

앞서 고찰한 대로 『고사기』는 작중시공간에 있어서나 작중인물과 작중사건에 있어서나 '하늘'을 특권화하고 있다는 것은 명확해 보인다. '하늘'이 '나타나'는 시점(時點)부터 시작되는 한 작중시간이나 '다카아마노하라'라고 하는 지극히 관념적인 공간 그리고 안에서의 '특별한 천신'의 설정이 그 증거이다. 화자는 다카아마노하라 밖에 있으면서도 다카아마노하라를 컨트롤하고 그곳의 사건을 파악하는 초월적 존재이다. 이에 반해 『일본서기』는 '옛날'을 절대시 하고 있다는 것을 확인할 수 있다. 까마득한 '옛날'부터 펼쳐지는 무한히 확장된 시간이라든지 혼돈으로부터 생성된 하늘과 땅이라는 물질적 공간 그리고 구니노토코타치노미코토를 중시한다는 것 등이 이러한 것을 대변한다. 화자는 '옛날'이라고 하는 원초적인 절대 시간의 배후에 앉은 채 '옛날'을 장악하고 그때의 사건을 자유롭게 포착할 수 있는 시공간을 초월한 존재이다. 이렇게 보면 『고사기』와 『일본서기』는 양쪽 모두 공통되게 지상 세계나 시공간을 초월하는 시점을 가진 텍스트이다.

여기서 『고사기』와 『일본서기』라는 두 텍스트에 대해 '천황의 세계로서의' '율령국가'가 완성되었을 때 '다양한 장면에서의 자기확증'과 '자기자신을 떠받치는 정통성의 확인'의 필요로부터 '세계를 통째로 근거 짓는' 노력의 결과였다는 의견[78]에 귀를 기울일 필요가 있다. 『고사기』가 '하늘'을 특권화함으로써 하늘이 지배하는 지상의 아날로지로서 천황이 지배하는 나라를 통째로 근거 짓고 정통화하려고 했다는 것을 납득할 수 있다. 그렇다면 『일본서기』는 '옛날'을 절대시함으로써 그 옛날부터 면면히 전개되는 음양론적 우

---

78) 같은 책, pp.33-34. 참조.

주·자연의 질서를 설명하고 천황이 지배하는 나라를 보다 근원적으로 합리
화하려고 했다고 할 수 있지 않을까?

　여기까지 『고사기』 『일본서기』 텍스트에 있어서의 시점구조를 고찰하여
창세신화의 사건을 파악하는 두 가지 시선의 패턴을 확인했다. 창세신화는
'현재'의 실제 세계를 설명하는 도구로서 '과거'의 비현실적 사건을 동원하여
구성되는 것이다. 『고사기』와 같이 현실을 넘어서 특권적으로 포착할 수 있
는 관념적 공간에 대한 시선이 있는가 하면 『일본서기』와 같이 비현실 그 자
체를 절대화해서 우주의 끝자락에서부터 포착하는 원초적 시간에 대한 시선
도 있다. 전자는 현실을 그대로 비현실화하려고 시도하고 후자는 현실을 가
능한 한 비현실과 관련지어 객관화하는 것을 목표로 한다. 지금까지 전자는
이야기적 재미에 중점을 두는 '신화'로서 그리고 후자는 기록적 치밀함과 무
게감이 요구되는 '역사서술'로서 자리매김되어 왔다. 중요한 것은 양쪽 모두
가 이야기에 있어서 현실을 뛰어넘는 초월성을 가지고 있다는 점일 것이다.
초월적 권능을 가지고 있는 여기서의 화자는 시점과 초점의 시공간적 위치라
는 현실 공간적 테두리를 넘어서 〈초월적 시점〉에 의해 작중세계를 파악하
는 존재이다.

제3장

중고·중세 모노가타리의 〈중충적 시점〉

제1절 '일본서사문'의 성립과 이야기 장르

일본의 경우 헤이안(平安) 시대가 되면서 글쓰기 형태에 획기적인 사건이 일어났다. 그것은 '허구적인 이야기 즉 만들어낸 이야기를 이야기꾼이 사람들에게 들려주는 것처럼 가나(仮名) 산문으로 써낸 작품'[79]이 출현했다는 사실이다. 작품명에 '~모노가타리(物語)'로 되어 있는 것들이 모두 그러한 작품들이다. '모노'(もの, '물건' 또는 불완전명사 '~것')에 '가타루'(かたる, 이야기하다)의 명사형 '가타리'(かたり)가 결합된 합성어로서의 '모노가타리'는 중고·중세시대 일본문학의 한 장르로서 통용되는데 허구의 이야기를 뜻한다. 한 마디로 허구성을 전면에 표방하는 이야기 문체가 성립한 것이다.

언어에 의한 이야기 표현이 본질적으로 가상의 화자에 의해 수행되는 것이라면 『겐지모노가타리』 등 헤이안시대의 '모노가타리' 장르는 바로 이러한 가상의 화자가 이야기해가는 행위의 프로세스를 그대로 작품 안에 받아들이고 있는 것이 특징이다. 그것은 특정한 이야기꾼이 특정한 청중을 향해서 말

---

79) 鈴木日出男, 『源氏物語の文章表現』, (東京, 至文堂, 1997), p.11.

한다는 당시의 일상적 오락 형식을 반영한 것이기도 하다. 그렇기 때문에
『고사기』『일본서기』와 같은 단정적 어조의 사실 나열과는 다르고 전문(傳聞)
의 형태를 취하여 청중으로 하여금 허구의 작중세계를 납득하여 받아들이게
했다. 이렇게 만들어낸 이야기로서의 양식이 갖추어진 허구문학이 하나의 제
도적 장치로서 성립하자 작중세계의 내용을 전하는 특수한 새로운 문체가 출
현한다. 그것은 바로 「옛날……라고 전하더라」(昔……となむつたえたるとや)
와 같은 전문(傳聞) 형태의 서술문이다.

후지이 사다카즈(藤井貞和, 1942~)는 '『다케토리모노가타리』이하의 모노가
타리 문학은 일본서사문(日本敍事文)으로 만들어진 신기(新奇)한 문체로서 존재
하는 것'이라고 지적한다. 후지이에 의하면 이 시기에 메이지 시대의 '근대언
문일치체'의 발명에 필적하는 새로운 문체의 창출이 이루어져 기존의 '한문
훈독문'(漢文訓讀文)과는 다른 '일본서사문'이 등장하고 가나(仮名) 문자에 의한
일본어의 서기언어(書記言語)가 확립되었다는 것이다.[80] 이렇게 생각하면 일
본문학사상 '문체혁명'은 적어도 두 번은 있었다고 할 수 있다. 헤이안시대의
'일본서사문'과 메이지 시대의 '언문일치체'는 각각의 시대에 있어서 문체상
의 혁명적 변화의 결과였다.

덧붙이자면 가토 슈이치(加藤周一, 1919~2008)는 『일본문학사 서설』(日本文学
史序説, 1980)에서 9세기 이후 12세기까지의 시기를 '수입된 대륙문화가 "일본
화" 되어 일본식의 문화적 패턴이 정치・경제・언어의 표기법・문예와 미적
가치의 영역에 성립'한 시대라고 본다. 그는 대륙과의 교섭이 거의 없었던
'이 시대 300년간의 고립'을 17세기 초부터 19세기 말에 이르는 '제2의 쇄국

---

80) 藤井貞和, 「書記言語の成立——「けり」文体におよぶ」, 『国文学 解釈と教材の研究』, (1999. 4
月号), p.43. 참조. 후지이는 이 논문에서 '일본서사문'(日本叙事文)이라는 용어를 사용하고 이에
대해 '게다가 메이지 언문일치의 그것과는 정반대로 결코 번역으로 대체할 수 없는 서기언어(書
記言語)의 골격을 그것은 촉진했다'라 하고 '헤이안서사문이 비과거로써 이루어지는 데에 반해
메이지 언문일치체에 새롭게 부가된 요소는 과거라는 시제의 결정적 우위라는 것'임을 지적했다.

시대'에 필적하는 '제1의 쇄국 시대'로 규정한다.[81] 이 표현을 빌리자면 '제1
의 쇄국 시대' 초기에 나타난 '일본서사문'과 '제2의 쇄국 시대'가 끝났을 때
에 만들어진 '언문일치체', 이 두 가지는 외래문화와의 접촉 속에서 토착 문
화를 길러 온 일본의 오랜 문학적 전통의 양면성을 상징하는 것이라고 할 수
있을 것이다.

오늘날 소설과 역사서술을 형식상으로 구별하는 기준을 세울 수 있을까?
예를 들면 '나폴레옹은 제1통령이 되어서 권력을 집중하자마자 혁명은 끝났다
고 선언하고 일시적으로 휴전하여 내정의 정비에 힘을 쏟았다.'[82]와 '나폴레
옹은 쉰브룬조약을 체결하고 오스트리아에서 개선하자 그의 조강지처 조세핀
과 이혼했다.'[83]와 같은 문장을 나란히 놓아보자. 전자는 역사 교과서의 기술
이고 후자는 소설의 일부이다. 지구 밖의 지적 생명체라면 아니 인공지능(AI)
컴퓨터라면 어느 것이 역사서술이고 어느 것이 소설문장인지를 바로 알 수 있
을 것인가? 내용은 접어 두고 적어도 문체상으로 양자는 아무런 차이가 없다.

이렇게 문체 면에서 역사서술과 동일한 서술 형태를 지닌 오늘날의 소설
은 표지에 '소설'이라고 특별히 씌어있지 않는 한 어디까지나 암묵적인 전제
에 의해서만 성립하는 제도이다. 그러나 헤이안시대의 '이야기'는 그것이 '이
야기'인 것을 나타내는 일종의 명시적인 장치를 필요로 한 것이다. 어떤 의
미에서 '일본서사문'이란 만들어낸 이야기가 유통되면서 그것이 허구로서 일
반적으로 인정을 받아 제도적으로 확립될 때까지의 시대적 조건 속에서 나타
난 장치일지도 모른다. 아무튼 '이야기'라고 하는 제도를 문체의 면에서 외형

---

81) 加藤周一, 『日本文学史序説 上』, (東京, 筑摩書房, 1975), p.138.
82) 西川正雄ほか, 『世界史B』, (東京, 三省堂, 1994), p.187. 'ナポレオンは、第一統領となって権
　　力を集中するや、革命は終わったと宣言し、一時休戦して内政の整備に力をそそいだ.'
83) 横光利一, 「ナポレオンと田虫」, 『横光利一全集 ②』, (東京, 河出書房新社, 1981), p.212. 'ナ
　　ポレオンはジエーエープローの条約を締結してオーストリアから凱旋すると、彼の糟糠の
　　妻ジヨセフイヌを離婚した.'

적으로 보장하는 '일본서사문'의 특징은 첫머리와 문말에 가장 극명하게 나타나 있다.

모노가타리 문장에는 첫머리에 시간적 배경으로서 '지금은 옛날'(いまはむかし) '옛날'(むかし) '옛날, 한 사나이가~'(むかし、男~) '~임금(때)'(―の帝) 또는 '어느 임금 때인가'(いづれの御時にか) 등을 설정하고 있다. 이러한 글의 첫머리의 표현은 이전의 한문훈독체에는 없었던 것들이다. '지금은 옛날……'이라고 이렇게 시작되면 독자는 '옛날, 옛날, 어떤 곳에……'와 같은 옛날이야기가 전개되겠구나 하고 이야기를 들을 마음의 준비를 한다. 이러한 것을 통해 이야기의 내용에 일종의 틀이 주어지고 현실과 어느 정도의 거리를 유지하는 허구의 세계가 탄생하는 것이다.

또 '17세기 후반 표트르 1세는…… 했다'라는 역사기술과 '야마다는 그밤…… 했다'라는 소설문장이 외형상으로는 구별되지 않는 오늘날의 상황과는 달리 당시의 역사기술과 이야기를 표방하는 이야기 문장은 문말표현에서부터 확연히 달랐던 것이다. 역사기술 등은 앞의 절에서 인용한 『일본서기』와 같이 순한문이기 때문에 시제를 나타내는 문말표현이라고 할 수 있는 곳이 특히 없다. 『고사기』와 같은 것은 문말이 '~き'[ki]라고 읽혀지는 한문훈독체를 기본으로 하고 있기 때문에 대체로 확정적 과거라고 볼 수 있다. 이에 대해 새롭게 성립한 일본서사문의 경우는 간접체험을 전하는 전문 형식인 '~けり'([keri], ~더라)로 맺고 있어서 시제 면에서는 반드시 과거라고는 할수 없다. 정말로 있었던 사실인지에 대한 확신이나 보증도 없고, 화자나 청자의 현실공간과는 어느 정도 멀리 떨어진 시공간으로서 인식되는 것이다.

이러한 것을 염두에 두고 여기서는 헤이안시대의 『다케토리모노가타리』와 『겐지모노가타리』그리고 가마쿠라 시대의 『헤이케모노가타리』의 첫머리부분을 중심으로 먼저 '문체'와 '서술'의 측면에서 일본 중고·중세의 '모노가타리' 텍스트에 있어서의 시점구조를 분석하겠다.

제2절 『다케토리모노가타리』의 문체와 시점

『다케토리모노가타리』는 현존하는 가장 오래된 모노가타리[84]로 여겨진다.
『겐지모노가타리』의 제17첩(帖)에 해당하는 '에아와세'(絵合, 그림시합) 권에
'모노가타리가 처음 나온 효시작으로서 다케토리 옹'[85]이라는 표현이 『다케
토리모노가타리』의 위상에 대한 헤이안시대 당시의 인식을 반영한 것으로
보기 때문이다. 다음은 이러한 『다케토리모노가타리』의 첫머리이다. 여기에
서도 먼저 생각해야 할 것은 이 장면에 있어서의 작중세계와 작중인물, 작중
사건은 어떤 것이며 이들 간의 관계는 어떠한 것인가 하는 문제이다.

원문

　いまは昔、竹取の翁といふもの有けり。野山にまじりて竹を取り
つゝ、よろづの事に使ひけり。名をば、さかきの造となむいひける。
　その竹の中に、もと光る竹なむひと筋ありける。あやしがりて、寄り
て見るに、筒の中光りたり。それを見れば、三寸ばかりなる人、いとう
つくしうてゐたり。翁言ふやう、
　「我が、朝ごと夕ごとに見る竹の中におはするにて知りぬ、子になり給
べき人なめり」
　とて、手にうち入れて家へ持ちて来ぬ。妻の女にあづけてやしなはす。
うつくしき事かぎりなし。いとをさなければ、籠に入れてやしなふ。
　竹取の翁、竹を取るに、この子を見つけて後に竹取るに、節をへだて
てよごとに、黄金ある竹を見つくる事かさなりぬ。かくて翁、やうやう
ゆたかになり行。[86]

84) ドナルド キーン, 徳岡孝雄訳,『日本文学の歴史 ③』, (東京, 中央公論社, 1994), p.43.
85) '物語の出で来はじめのおやなる竹取の翁', 柳井滋, 室伏信助, 大朝雄二, 鈴木日出男, 藤井貞
和, 今西祐一郎 校注,『源氏物語 二』新日本古典文学大系 20, (東京, 岩波書店, 1994), p.176.

한국어역

　지금은 옛날 다케토리 영감이라는 사람이 있었다고 한다. 들과 산으로 가서 대나무를 채취하여 여러 가지 물건을 만들었다고 한다. 이름인즉 사카키노 미얏코라고 한다.

　그 대나무들 중에서 밑둥이 빛나는 대나무가 한 그루 있었다. 이상하게 여겨 가까이 가보니 대나무 통 속이 빛나고 있었다. 그 속을 보니 3촌1촌은 약 3센티 정도 크기의 사람이 아주 예쁘게 들어 있었다. 영감이 말하기를

　"내가 아침 저녁으로 보는 대나무 속에 들어 있는 것으로 보아 알겠다. 자식으로 삼으라는 건가보다."하고 손에 잘 올려놓고 집으로 돌아왔다. 아내인 할머니에게 기르게 했다. 너무나 작고 한 없이 예뻐서 바구니에 넣어 길렀다.

　다케토리 영감이 대나무를 채취하는데 이 아이를 발견한 후로는 대나무마다마다 황금이 들어 있는 대나무를 발견하는 일이 많았다. 이리하여 영감은 점점 부자가 되어 갔다.[87]

　『다케토리모노가타리』의 이야기는 '지금은 옛날'(いまは昔)이라고 하는 작중세계의 시간설정으로부터 시작된다. '지금은 옛날'이라는 표현은 『오치쿠보모노가타리』(落窪物語)(1000년 이전 성립?) 『헤이추모노가타리』(923년 이후?) 『곤자쿠모노가타리집』(今昔物語集)(1120~30년?) 등에도 사용되고 있는데 '이야기' 장르의 시작 부분에 나오는 상투적 문구이다. 그러나 이 '지금은 옛날'은 다음 두 가지의 의미로 해석할 수 있다. 일련번호를 붙여서 열거하자면 ① '지금은 이미 옛날일이 되었지만'과 ②'이야기의 무대는 옛날인데'이다.[88] 이 두 가지는 어떤 차이가 있는가? 전자는 '지금'을 화자와 청자가 공존하는

---

86) 堀内秀晃, 秋山虔 校注, 『竹取物語 伊勢物語』新日本古典文学大系17, (東京, 岩波書店, 1997), p.3.
87) 『新日本古典文学大系』의 현대어역을 참조하여 필자가 번역함.
88) 같은 책, p.17.의 두주 참조.

장소로서의 '서술 시점 현재'로 생각하는 입장인 데에 반해, 지금=옛날이라고 생각하는 후자는 '지금'이 현재가 아니라 과거의 특정 시기라고 생각해서 화자가 그 특정 시기에 몸을 두고서 현재의 청자에게 이야기해 들려주는 형태이다.

그러나 화자와 청자의 관계 설정 차원에서 생각하면 또 하나의 의미도 떠오른다. 그것은 화자와 청자가 있는 현재 그 자체를 과거의 이야기 세계로 고스란히 이송하는 형태이다. 예를 들면 ③'자! 눈을 감아 주세요. 그리고 이제부터 과거의 특정 시기에 와 있는 것이라고 생각해 주세요. 보세요! 지금은 옛날이에요.'라는 식으로 화자와 청자가 함께 과거의 특정 시기 작중세계의 현장에 입회하고 있다는 것이다.

오늘날 유통되는 『다케토리모노가타리』의 다양한 주석서에 따르면 '지금은 옛날'에 관한 이 세 가지 의미의 인정 문제에 관해서 의견이 엇갈리고 있다. 1994년 쇼가쿠칸(小学館) 간행 『신편일본고전문학전집』(新編日本古典文学全集)은 ①을 통설로서 인정한 뒤 ②의 설도 소개하고 있다. 1997년 이와나미쇼텐(岩波書店) 간행 『신일본고전문학대계』(新日本古典文学大系)는 ①과 ③을, 1979년 신초사(新潮社) 간행 『신초일본고전집성』(新潮日本古典集成)은 ③만을 인정하는 상태이다.

그런데 이러한 세 가지 해석은 화자와 청자가 존재하는 시간 설정을 기준으로 한 분류라고도 말할 수 있다. 즉 ①은 화자와 청자가 모두 현재, ②는 화자는 과거 청자는 현재, ③은 화자와 청자가 모두 과거에 존재한다는 것이다. 이 중 어느 것이 타당한가 하는 문제는 여기서의 논제가 아니다. 『다케토리모노가타리』의 작중세계가 어떻게 설정되고 있는 것인지가 문제이다.

그 때문에 필자는 작중세계의 설정 방법이라고 하는 관점에서 오히려 이 ①②③의 셋의 의미가 겹치고 있는 것이 아닐까 하는 생각을 하게 된다. 오늘날의 분석적인 관점에서 보면 다소 애매하게 비칠 수밖에 없는 '지금은 옛날'이라고 하는 첫머리를 글자 그대로 이해하고 싶은 것이다. 사실상 '지금은 옛날'이란 ①과 ②와 ③처럼 분류할 수 있는 것이 아니고 미분화한 채로 종합적인 의미일지도 모르기 때문이다. ① ② ③의 어느 한 쪽이 아니라 작중세계는 '옛날' 즉 과거의 '불특정한 한 때'로 보는 것이 더 바람직하지 않을까?

중요한 것은 『고사기』와 같은 '天地初発之時' 즉 '하늘과 땅이 처음으로 나타나 움직이기 시작했을 때'와 같이 작중시간을 역사상의 한 때로 특정하고 있지는 않다는 점이다. 『일본서기』의 작중시간 역시 특정할 수 있는 시간이다. 그 '옛날'(古, 이니시에)은 확실히 모노가타리의 '옛날'(昔, 무카시)과는 다르다. '하늘과 땅이 아직 갈라지지 않고 음과 양도 나뉘지 않'은 때로서의 '옛날'이기 때문에 기본적으로 '하늘과 땅이 처음으로 나타나 움직이기 시작했을 때'와 마찬가지로 역사적 사건이 일어난 특정할 수 있는 작중시간이다. 이에 비해 『다케토리모노가타리』의 '옛날'은 사실상 옛날의 어느 시점이어도 상관없는 시간이며 허구적인 개연성만 있으면 되는 불특정한 과거의 한 때이지 않을까?

이러한 불특정성은 작중공간에 대해서도 마찬가지로 설명할 수 있다. 『다케토리모노가타리』 전체를 통해 보면 '후지산'(ふじの山) '세계'(世界) '달나라'(月の都)와 같은 디테일에서도 알 수 있듯이 일본이나 이 세상 즉 지상의 인간 세계뿐만 아니라 천상과 우주까지가 작중세계의 공간이다. 단 '달나라' 등 지상세계 이외의 우주공간에서 행해진 사건은 첫머리의 주인공 '가구야히메'(かぐや姫) 탄생 이후에 전개되는 작중의 현재진행적인 사건에는 포함되지 않는다. 따라서 작중공간을 작중사건이 일어나는 무대로만 한정한다면 『다케토리모노가타리』의 작중공간은 천상 세계에 대한 대립개념으로서의 지상세계에 국한될 것이다. 즉 『다케토리모노가타리』의 무대는 그 지상세계역시 불특정한 '어떤 곳'이다. '옛날 어떤 곳에 할아버지와 할머니가 살고 있었습니

다. 할아버지는 산에 나무를 하러 가고 할머니는 강에 빨래를 하러 갔습니
다.'와 같은 설화 풍의 작중세계 설정이 여기에서도 발견되는 것이다. 물론
허구의 모노가타리는 애초에 이와 같은 설화로부터 출발한 것이겠지만 이 경
우의 '산'은 어느 나라의 어느 마을의 산이어도 상관이 없고 '강'도 마찬가지
일 것이다.

　인용한 첫머리에 한해서 살펴보자면 구체적인 작중공간은 '다케토리 영
감'[이하 '영감'이라고 표기]의 일터인 '산과 들'(野山)과 생활하는 주거로서의
'집'(家)이다. 그런데 이것은 지상세계의 어디에라도 있을 수 있는 '산과 들'
이며 '집'이다. 이러한 장소의 불특정성은 나중에 나오는 '동쪽 바다'(東の海)
'당나라'(唐土) '천축'(天竺) '후지산'(ふじの山) 등에도 해당한다. 이들 지명은
일견 실재하는 것으로 생각될 수도 있지만 사실은 '호라이'(蓬莱) '불쥐의 가
죽 옷'(火鼠の皮衣) '달나라'(月の都) 등 초자연인 것과 결부되어 있는 상상의
세계로서 결코 이 세상 안에는 있을 수 없거나 있어도 갈 수 없는 곳의 상징
이다. 즉 이것들을 지도상의 태평양이나 중국 혹은 인도로 간주하는 것은 오
늘날의 상식을 소급적용하는 난센스를 범하는 것이 될 것이다. '후지산'이라
고 해도 이즈반도(伊豆半島)에서 보이는 지금의 시즈오카현(静岡県) 후지산(富士
山)이 아니라 '하늘에 가장 가까운 지상의 장소'라는 의미의 허구적 공간으로
보아야 할 것이다.

　『다케토리모노가타리』의 작중세계는 그러한 의미에서 시간적으로나 공간
적으로나 이 우주 안에서 좌표를 특정할 수 없는 허구의 시공간이다. 또 과
거라고 하더라도 『고사기』『일본서기』의 그것과는 다르다. 『다케토리모노가
타리』는 '지금은 옛날……더라'의 문체가 지닌 허구성에 의해 현실과는 철저
히 단절되어 일상에 아무런 영향도 끼치지 않는 다른 차원의 시공간을 만들
어 낼 수 있었던 것이다. 문체에 각인된 허구적 장치의 발명, 바로 그것이 헤
이안시대 허구문학의 창조적 전개를 가능하게 했다고 생각할 수 있지 않을까

싶다.

작중인물은 '영감'(翁) 부부와 '가구야히메'(かぐや姫) 그리고 구혼자들 및 '미카도'(帝, 천황) '천인'(天人)들 등이지만 중심이 되는 인물은 역시 '가구야히메'일 것이다. '가구야히메'를 중심으로 전체 맥락의 중요한 사건인 구혼 소동이나 승천 등이 전개되기 때문이다. 인용한 첫머리는 중심인물 '가구야히메'의 등장 장면으로 이해되는데 이와 같은 주인공의 등장은 영감의 발견에 의해 가능해진다. '영감'이 '대나무들 중'(竹の中)에서 '밑둥이 빛나는 대나무'(もと光る竹)를 '가까이 가'(寄りて見)서 '그 속을 보니'(それを見れば) '3촌 정도 크기의 사람'(三寸ばかりなる人)이 있었던 것이다.[89]

따라서 첫머리의 서술에 있어서 작중인물 관계를 놓고 볼 때 '영감'의 발견 행위가 가지는 중요성에 대해서 생각해 볼 필요가 있다. 먼저 완전한 우연으로 설정된 '영감'의 발견 행위를 통하지 않으면 주인공 '가구야히메'의 등장이 원천적으로 불가능하다는 점이다. 주인공의 우연한 등장이라는 이 최초의 사건은 오로지 '영감'의 일상 공간인 일터에서 일어난 사건이다. 여기서 '영감'은 '가까이 가'서 '그 속을 본' 행위의 주어적 존재로서 일종의 시점인물과 같은 역할을 수행하고 있다. 그렇다면 첫머리의 '가구야히메'의 등장이라는 사건은 '영감'의 〈작중시점〉에 의해 포착되고 있다고 할 수 있다. 또 서술의 대상이 된 '가구야히메'의 내면까지는 파악할 수 없지만 '아주 예쁘게 들어 있었다'(いとうつくしうてゐたり)라든지 '너무나 작아서'(いとをさなけれ ば) 등의 외관만을, 포착하고 있다는 점에서 〈외면초점〉인 것을 알 수 있다.

그러나 '지금은 옛날'로부터 시작되는 첫머리 전체를 통합해서 하나의 대상으로 분석하면 '영감' 자체를 상대화하고 있기 때문에 화자의 〈외부시점〉이라고 생각하지 않을 수 없다. 즉 첫머리는 기본적으로 화자의 〈외부시점〉

---

89) 藤井貞和, 「かぐや姫——竹取物語主人公の誕生」, 『国文学 解釈と教材の研究』, (1985. 7月号), p.54. 참조.

에 의한 '가구야히메'나 '영감'의 행동을 파악하는 〈외면초점〉이지만 부분적으로 '영감'의 〈작중시점〉도 사용되고 있다는 것이다. 나아가 전체의 말미인 '그 연기가 아직까지도 구름 속에서 피어나고 있다고 전해지고 있다'(その煙、いまだ雲のなかへたち昇るとぞ、言ひつたへたる)[90]까지를 시야에 넣고 보면 화자의 시점이 대체로 작중인물의 행동이나 사건을 외면적으로 파악하고 있다는 것을 알 수 있다. 이러한 의미에서 『다케토리모노가타리』의 시점구조에 관해서는 〈외부시점〉에 의한 〈외면초점〉의 파악이라고 말할 수 있다.

　물론 경우에 따라서는 '이 여자를 얻지 않고는 살 수 없을 것 같은 마음이 들어서'(なほ、この女見ては世にあるまじき心地のしければ)[91] '화분을 버리고 창피한 줄도 모르고 말을 하는 뻔뻔함을'(かの鉢を捨てて、またいひけるよりぞ、面なきことをば)[92] 등 구혼자들의 '가구야히메'에 대한 생각이나 세속적 욕망과 같은 심리가 화자에 의해 간파되고 있다. 하지만 이러한 경우는 예외적이며 중심인물인 '가구야히메'에 관해서 거의 항상 그 외관이나 행동만을 포착하고 있다. 그 때문에 『다케토리모노가타리』 전체의 시점구조는 대체로 화자의 〈외부시점〉에 의한 작중인물의 〈외면초점〉 파악이 큰 틀을 이루고 있는 가운데 작중인물에 의한 〈작중시점〉이 인물의 행동을 파악하는 〈외면초점〉과 화자의 〈외부시점〉에 의한 인물의 〈내면초점〉 파악도 때때로 이루어지는 방식이다. 앞의 장에서 제시한 모델을 사용해서 정리하자면 d가 큰 테두리를 이루고 그 안에서 b와 c가 조금 뒤섞여 있는 상태일 것이다.

---

90) 堀内秀晃, 秋山虔 校注, 『竹取物語 伊勢物語』, p.76.
91) 같은 책, p.10.
92) 같은 책, p.12.

제3절 『겐지모노가타리』의 작중세계와 시점

다음은 『겐지모노가타리』의 경우를 생각해보기로 하자. 일본문학 최고의 걸작[93]으로 여겨지는 『겐지모노가타리』 전54첩의 이야기 내용은 3부의 구성으로 되어 있다. 제1부는 주인공 '히카루 겐지'(光源氏)의 영화(榮華)와 연애의 다양한 양상, 제2부는 '겐지'의 고뇌, 제3부는 차세대 '가오루'(薫)의 못 다한 연애를 다루고 있다. 이야기의 대부분은 이상화된 주인공 '겐지'의 감정적 생애에 관련된 내용이다. 아버지인 천황의 부인 '후지쓰보'(藤壺)와의 간통 사건을 비롯하여 자신의 아내인 '여자 산노미야'(女三宮)의 간통 사건과 또 한 명의 아내 '무라사키노우에'(紫の上)의 죽음 등으로 크게 요약된다.[94] 내용적으로는 주인공 '겐지'를 중심으로 한 남자의 일대기이기도 한다. '겐지'의 탄생에 얽힌 이야기로부터 시작되는 제1첩 「기리쓰보」(桐壺) 권의 첫머리는 다음과 같다.

원문

いづれの御時にか、女御、更衣あまたさぶらひ給ひける中に、いとやんごとなき際にはあらぬがすぐれてときめき給ふ有けり。はじめより我はと思ひ上がりたまへる御方がた、めざましき物におとしめそねみ給ふ。同じ程、それよりげらうの更衣たちはまして安からず。朝夕の宮仕につけても人の心をのみ動かし、うらみを負ふ積りにやありけむ、いとあづしくなりゆき物心ぼそげに里がちなるを、いよいよあかずあはれなる物に思ほして、人の譏りをもえ憚らせ給はず、世のためしにも成ぬべき御もてなしなり。

上達部、上人などもあいなく目を側めつゝ、いとまばゆき人の御おぼ

---

93) ドナルド キーン、『日本文学の歴史 ③』、p.115.

94) 加藤周一、『日本文学史序説 上』、p.178. 참조.

えなり、唐土にも、かゝることの起こりにこそ世も乱れあしかりけれ、
とやうやう天の下にもあぢきなう人のもてなやみ種に成て、楊貴妃のた
めしも引出でつべくなり行に、いとはしたなきこと多かれど、かたじけ
なき御心ばへのたぐひなきを頼みにてまじらひ給ふ。

　父の大納言は亡く成て、母北の方なんいにしへの人のよしあるにて、
親うち具しさしあたりて世のおぼえ花やかなる御方がたにもいたうおと
らず、何事の儀式をももてなし給ひけれど、取りたててはかばかしき後
見しなければ、こととある時は猶寄り所なく心ぼそげなり。[95]

한국어역

　어느 임금의 치세인가 많은 뇨고(女御)와 고이(更衣)가 임금을 모시고 계
시는 가운데 신분이 그렇게 높은 집안 출신이라고 할 수는 없지만 각별히 임
금의 총애를 받고 계신 분이 있었더라. 궁중에 처음 올 당초부터 나야말로
(가장 총애를 받을 것이다)하며 자부하시는 분들께서는 눈엣가시와 같은 것
처럼 여겨 깎아내리고 질투하신다. 같은 신분 혹은 그보다 낮은 지위의 고이
들은 더욱 기분이 개운치 않다. 아침저녁의 궁중 일에 있어서도 이러한 사람
들의 가슴을 부채질할 뿐 미움을 받는 것이 쌓이고 쌓인 탓인지 툭 하면 병
이 걸려 마음 둘 데 없어 낙향을 거듭함에, 임금은 결국 참을 수 없이 불쌍
한 것으로 생각하시어 다른 사람들의 비난에 신경을 쓸 여유도 없는데 이래
서는 세상의 입방아를 당하지 않을 수 없는 것이라.

　간다치메(上達部)와 우에히토(上人) 등 조정 대신들도 차마 눈뜨고 못 볼
정도로 민망한 총애를 하시다니. 중국에서도 이런 일로 세상이 어지럽고 안
좋은 일이 일어났다는데 점차 세상 사람들 사이에서도 근심거리가 되어 양귀
비의 예가 이야기될 정도로 심각해지니 매우 곤란한 지경임에도 비할 데 없
이 고마운 마음의 은혜를 의지하여 모시고 계시니라.

　아버지 다이나곤(大納言)은 돌아가시고 어머니이신 그 부인께서는 명문가

---

95) 柳井滋, 室伏信助, 大朝雄二, 鈴木日出男, 藤井貞和, 今西祐一郎 校注, 『源氏物語 一』新日本古
　　典文学大系19, (東京, 岩波書店, 1994), p.4.

출신으로 양친 모두 살아계신 현재 잘 나가는 집안의 누구에게도 밀리지 않을 정도로 궁중의식에 대처해 왔지만 이렇다 할 후견인이 없어서 중요한 때에는 역시 기댈 데가 없이 마음이 허전했느니라.96)

유명한 첫 번째 문장 '어느 임금의 치세인가(いづれの御時にか)'의 문체적 특징부터 보자면 연구자에 따라 과거시제로 보기도 하고 그렇지 않기도 하다. 쇼가쿠칸(小學館) 간행의 『신편일본고전문학전집(新編日本古典文學全集)』에 따르면 '어느 임금의 치세였던가(帝はどなたの御代であったか)'로 해석되어 있다. 그러나 이와나미쇼텐(岩波書店) 간행의 『신일본고전문학대계』(新日本古典文學大系)에는 '어느 임금의 치세인가(帝はどなたの御代なのか)'로 되어 있다. 『신일본고전문학대계』의 편집에 관여하여 새로운 해석을 제시한 후지이 사다카즈(藤井貞和)에 따르면 이 문장 어디에도 시간적으로 과거라 할 만한 근거가 없다고 한다. 그는 문말어미 '~けり'([keri], ~더라) 역시 단순한 과거 혹은 회상의 조동사로 보는 학교문법에 따르지 않고 과거로부터 현재까지의 시간을 포함하여 과거에 있었던 일이 아직 계속되어 현재에 이르는 것을 나타내는 조동사로서 해석하는데,97) 필자는 이러한 견해가 타당하다고 본다.

그래서 『신일본고전문학대계』의 현대어역에는 '어느 임금의 치세인가 많은 뇨고(女御)와 고이(更衣)가 임금의 시중을 드시는 가운데 신분이 그렇게 높은 집안 출신이 아닌 여성이 눈에 띄게 총애를 받고 계신 (그러한) 분이 있었다는 것이다'98)와 같이 번역되어 있다. 즉 원문의 '~にか'는 '~였던가'가 아니고 '~인가'이며, '有けり'도 '있었다'가 아니고 '있었다는 것이다'로 본다

---

96) 『新日本古典文學大系』의 현대어역을 참조하여 필자가 번역함.
97) 藤井貞和, 『源氏物語』古典講読シリーズ, (東京, 岩波書店, 1993), pp.7-9. 참조.
98) '帝はどなたの御代なのか、女御や更衣が大勢お仕えしていらっしゃってきてあるなかに、たいして重んじられる身分の家柄ではない女性が目立って寵愛を受けておられる、(そういう)方がいたことだ'. 같은 책, p.8-9.

는 것이다. 두 번째 문장의 문말은 '~給ふ'(~하시다)로 되어 있어서 '궁중에 처음 올 당초부터 나야말로 (가장 총애를 받을 것이다)하며 자부하시는 뇨고들께서는 이 분을 눈엣가시처럼 여겨 깍아내리고 질투<u>하신다</u>'로 해석되는 것도 마찬가지이다. 세 번째 문장의 '安からず'(정도가 덜하지 않다)나 네 번째 문장의 '~なり'(nari), ~이라), 그리고 이후 계속되는 제2단락, 제3단락도 과거시제라고 인정할 만한 곳은 없다.

단어 표현 하나하나에 주의하여 읽어나가면 과거의 사건을 서술한다기보다는 사건 그 자체를 현재에 갖고 들어와서 이야기한다는 것을 잘 알 수가 있다. 다시 말해 서술자가 작중세계에 몸을 두고 있든지 아니면 청자를 작중세계에 데려가든지 하여 작중세계의 현재로부터 현장 중계를 하는 것과 같은 형식을 취하고 있는 것이다. 그런데 이를 간단히 현대어 문법의 과거 시제로 해석해 버리는 것은 서구에서 도입된 근대소설의 방법을 이 경우에까지 억지로 적용하려는 근대 독자의 착각이 일으킨 현상에 불과하다는 것이다. 작품의 첫머리 부분은 전체의 큰 틀을 제시하는 것으로 보아도 무방한 경우가 많다. 위의 인용에서 알 수 있듯이 『겐지모노가타리』의 경우도 크게 보아 문말 표현에 과거시제가 설정되어 있다고 보기 어렵다. 즉 사건이 사후에 이야기되는 형식이 아니라 서술과 동시에 진행한다는 것이다. 그러므로 기본적인 시제는 오히려 '현재'라고 생각해도 좋을 듯하다.

이러한 이해에 바탕을 두고 『겐지모노가타리』의 작중시간을 생각해보도록 하자. '어느 임금의 치세인가'라는 표현에서 알 수 있는 것은 지금부터 하려는 이야기가 완전히 꾸며진 가공의 이야기가 아니라 '시대는 명확하지 않지만 실제 있었던 사실이라는 뉘앙스'[99]를 풍기고 있다. 제1첩부터 제41첩까지가 겐지의 일대기이며 그 후는 가오루(薫)의 청년기까지로 되어 있는 전54첩

---

99) 今井卓爾『物語文学史の研究 源氏物語』(東京、早稲田大学出版部、1976), p.162.

의 『겐지모노가타리』는 약 75년간의 시간에 걸친 장대한 서사이다. 또 그 배경은 텍스트에 그려진 사건 등으로 미루어 창작 당시의 것이라고는 할 수 없다. 「기리쓰보」 권에서 임금이 고려인(高麗人)[100] 관상쟁이(相人)에게 겐지의 미래를 예언하게 하는 장소인 고로칸(鴻臚館)은 외국의 사신을 접대하는 시설인데 10세기 후반에는 이미 기능하지 않고 있었다. 또 겐지가 탁월한 춤을 추는 단풍놀이 행사(紅葉賀)는 스자쿠인(朱雀院)에서 행해지는데 이것도 10세기 전반에 빈번하게 이루어진 행사를 바탕으로 하고 있다.[101] 그 때문에 대체로 10세기 전반의 특정 시기부터가 『겐지모노가타리』의 작중시간이 되고 있다고 생각할 수 있다.

그러나 중요한 것은 '어느 임금의 치세~'로 시작되는 첫머리 부분의 시간 규정 방식에 숨겨진 텍스트 내 장치의 기능이다. '어느 임금의 치세'란 도대체 언제를 말하는 것인가? 결론부터 말하자면 『겐지모노가타리』의 작중시간은 이 표현을 통해 거의 완전히 허구화된 시간이 되는 것이다. 이는 『다케토리모노가타리』의 '옛날'(昔)보다도 더욱 불특정한 시간 즉 '막연한 과거의 어느 한 때'라는 인상조차도 주지 않는 시간이 아닐까? 앞서 확인했듯이 화자와 청자가 마주하는 서술의 현장을 '현재'적으로 인식할 뿐이다. 텍스트에 충실하게 읽자면 사실상 작중시간이 과거인지 현재인지 분명치 않다. '어느 임금의 치세인가?'라고 의문형이 되지 않을 수 없을 만큼 화자도 알 수 없는 그리고 그 어느 누구도 알 수 없는 시간에 속한다. 어찌 보면 그것은 과거이든 현재이든 미래이든 상관이 없다. 그야말로 시간규정으로부터 자유로운 시간

---

100) 柳井滋 등 校注, 『源氏物語 一』, p.39. 참조. 고려(高麗)가 아닌 발해(渤海)로부터 파견된 사신 일행으로 보는 의견이 지배적이다. 실제로 발해사(渤海使)가 728년부터 922년까지 34회에 걸쳐 일본을 방문한 기록이 있다. 일본에서 '고려'는 '고구려'(高句麗)를 지칭하는 경우가 많다. 한반도 북부와 만주를 배경으로 전개된 발해사를 고구려사의 연장선으로 볼 때 들어맞는 견해로 보인다.

101) 鈴木日出男, 「物語の舞台」, 『源氏物語 ハンドブック』, (東京, 三省堂, 1998), p.136. 참조.

이며 열려있는 시간 즉 완전한 허구의 시간임을 의미하는 것이 아닐까? 102)

또 다른 각도에서 생각하는 것도 가능하다. 「기리쓰보」 권은 작가가 '장한가의 첫 구를 보면서 이 문장을 구상해냈다'103)는 주장이 있다. 백낙천(白樂天, 본명은 白居易, 772-846)의 「장한가」(長恨歌, 806)는 '한황중색사경국'(漢皇重色思傾國, 한황이 색을 중시하여 나라를 위태롭게 하다)104)으로 시작된다. '당황'(唐皇)이 아니고 '한황'이다. 이렇게 현왕조가 아닌 선행왕조로써 허구화하는 것은 보다 자유롭게 당대의 사건을 소리 높여 노래하는 것을 가능하게 하는 시간 설정의 방법일 것이다.105) 『겐지모노가타리』의 첫머리는 「장한가」의 그것과 허구의 작중시간을 만들어 낸다는 점에 있어서 닮은듯하면서 닮지 않았다. '어느 임금의 치세인가'는 '마치 실재의 사실이 이야기의 배후에 존재하는 것처럼 가장하는'106) 표현임에는 틀림없지만 이것은 어디까지나 문자 그대로 '가장'에 불과하고 '이야기 서술 방식의 전통인 불특정 시간의 표현으로 수렴된다'107)는 것이다. 이것은 '존재하지 않는 실재에 의한 허구화를 시도함으로써 불특정 시간의 설정이라는 이야기 서술의 전통을 보다 높은 차원의 단계에서 개척하려 한 것'108)이라고 한 후지이의 지적대로이다.

이렇게 『겐지모노가타리』의 첫머리는 '어느 임금의 치세인가'라는 의문에 가까운 어형을 사용함으로써 '지금은 옛날' 이상의 불특정한 시간을 설정하는 한편 구체적인 시대를 빌려 허구화한 일종의 리얼리티 효과를 올리고 있

---

102) 朴眞秀, 「「日本叙事文」の成立と物語ジャンル ―『竹取物語』『源氏物語』における「作中世界」の誕生」, 『日本學報』第59輯, (2004. 6.), p.309. 참조.

103) 玉上琢弥, 「桐壺巻と長恨歌と伊勢の御」, 『源氏物語研究 源氏物語評釈別巻一』, (東京, 角川書店, 1966), p.222.

104) 田中克己, 『白楽天』漢詩大系 第十二巻, (東京, 集英社, 1964), p.42.

105) 藤井貞和, 『源氏物語入門』, (東京, 講談社, 1996), p.37. 참조.

106) 清水好子, 『源氏物語論』, (東京, 塙書房, 1966), p.26. 참조.

107) 藤井貞和, 『源氏物語入門』, p.37. 참조.

108) 같은 책, p.37. 참조.

다. 그런데 「장한가」 속에서 전개되는 허구의 세계를 보아도 알 수 있지만 원래부터 시대의 '불특정성'과 '허구성' 사이에는 근소한 차이밖에 없다. 『겐지모노가타리』의 경우 이 '불특정'과 '허구화'는 오히려 이야기의 작중시간 설정에 있어서의 상보 관계가 되고 있다. '불특정'과 '허구화', 이 양자의 공존에 의해 허구로서의 불특정성을 보다 완전한 것으로 하고 있는 것이 아닐까? 『다케토리모노가타리』의 '지금은 옛날'이라고 하는 작중시간의 설정이 단순한 과거의 불특정시간을 의미한다면 『겐지모노가타리』의 '어느 임금의 치세인가'는 '과거의 어느 한 때'라는 설명조차 필요로 하지 않는 가장(假裝)된 실재성을 갖추고 있다는 점에서 완벽한 불특정시간이다. 이렇게 함으로써 오히려 역사적 현실에 얽매이지 않는 어떤 의미에서 순수한 허구의 시간이 만들어질 수 있었던 것이라 생각한다.

『겐지모노가타리』의 주된 작중공간은 헤이안경(平安京) 내부이지만 교외에도 무대를 설정해놓고 있다. 크게 나누어 다이리(內裏)109) 등 헤이안경과 그 주변 및 우지(宇治) 오노(小野) 그리고 스마(須磨) 아카시(明石) 등 교외이다. 주인공 히카루 겐지의 행동 범위나 주거를 기준으로 『겐지모노가타리』의 작중공간을 순서대로 열거하면 어머니 기리쓰보가 거처하던 스게이샤(淑景舍) 등 성장기를 보내는 다이리, 어머니의 친정인 니조인(二條院), 칩거지인 스마와 아카시, 귀경 후의 니조토인(二條東院)과 로쿠조인(六條院)이 된다. 또 겐지의 사후는 겐지의 이복남동생인 우지하치노미야(宇治八宮)의 딸들과 가오루, 니오우노미야(匂宮)의 이야기가 우지를 주요 무대로 전개된다.

헤이안경에서 가장 멀리 떨어진 무대는 스마와 아카시이다. 그러므로 『겐지모노가타리』는 반경 100km를 넘지 않는 범위의 이야기라고 할 수 있다. 이 100km 이내 작중공간의 특징은 헤이안경을 중심으로 한 동심원적 구조화

109) 일본의 고대 궁성 내부에 있는 천황의 사적 공간.

에 있다. 그러나 이상한 것은 『겐지모노가타리』에는 헤이안경의 구체적인 모습이 별로 언급되지 않는다는 점이다. 대도회로서의 헤이안경의 번화가 건물이나 사람들의 활발한 일상 혹은 주위의 산 같은 것들이 보이지 않는다. 어디까지나 추상적인 작중공간과 그 안에서의 인물의 심리가 그려지고 있는 '헤이안경의 부재'110)라는 현상을 어떻게 생각해야 할까?

추상화되는 것은 헤이안경만이 아니다. 「와카무라사키」(若紫) 권에서 겐지가 요양차 외출하는 '기타야마'(北山)는 오래 전부터 이야기되는 구라마야마(鞍馬山) 등 그 위치를 둘러싼 논의가 많은데 이야기의 서술을 면밀히 추적하면 실제로 어느 한 군데로 정할 수 없다는 것을 알게 된다. 사람들이 품고 있는 기타야마의 이미지를 다면적으로 종합한 것이며 고승이나 성인이 살면서 겐지의 병을 낫게 하는 비일상적인 공간이 형성되어 허구의 이야기답게 무대 설정이 되고 있는 것이다.111) 또 스마로의 낙향은 히카루 겐지의 자발적인 퇴거로 이야기되지만 실질적으로는 유배와 다름없는 것이다. 실제로 작품 내에서 스가와라노 미치자네(菅原道真, 845~90)나 아리와라노 나리히라(在原業平, 818~93)와 관련된 표현을 사용하여 더욱 유배라는 인상을 주고 있다. 겐지가 스마에 가야만 하는 필연성 자체가 전형적인 귀족 유배담적인 성격의 한 패턴으로 설명될 수 있다.112) 그렇다면 스마는 상호텍스트성(intertextuality) 속에서 성립한 일종의 '기호적 공간'에 다름 아니다. 또 도회지의 외연에 위치한 이향(異鄕)으로서의 우지도 비슷한 의미에서 현실과 동떨어진 '유리(流離)의 시공간'113) 혹은 '시뮐라크르(simulacre)의 공간'114)인 것이다.

한편 『겐지모노가타리』의 작중공간은 이러한 단순한 물리적 공간의 문제

---

110) 高橋文二, 『源氏物語の時空と想像力』, (東京, 翰林書房, 1999), pp.30-34. 참조.
111) 鈴木日出男, 「物語の舞台」, p.137. 참조.
112) 같은 논문, p.140. 참조.
113) 같은 논문, p.138.
114) 高橋亨, 「宇治物語時空論」, 『源氏物語の対位法』, (東京, 東京大学出版会, 1982).

로만 끝나지 않는다는 것이 흥미롭다. 이야기의 속에는 지극히 자연스럽게, 이 세상과는 차원이 다른 타계(他界)를 받아들이고 있는 사람들의 숨결을 느낄 수 있다.115) 스마에 있는 히카루겐지의 꿈 속에 죽은 아버지 기리쓰보인 (桐壺院)이 나타나 빨리 이 땅을 떠나라고 하는 것이 대표적인 예이다. 이 세상 사람들이 타계로부터 끊임없이 영향을 받고 있는 이상 『겐지모노가타리』의 작중공간으로서 '타계'라는 것 또한 인정하지 않을 수 없다.

이렇게 보자면 『겐지모노가타리』의 작중시공간은 『다케토리모노가타리』에 비해서 한층 더 이상화되고 허구화된 것으로 생각된다. 그런데 『겐지모노가타리』의 작중인물은 초자연적인 요소에 의해 지배된다기보다는 인생과 사회와 자연의 흐름에 따라 운명과 조우하는 인간을 그리고 있다는 점이 『다케토리모노가타리』의 그것보다 훨씬 리얼한 감동을 주는 요소라고 할 수 있다. 그러면 이렇게 이상화·허구화되면서도 리얼하고 정교한 『겐지모노가타리』의 작중시공간과 그 가운데에서 벌어지는 다양한 사건이나 작중인물은 어떤 존재에 의해 포착되고 있는 것인가? 또 사물의 어떤 측면이 파악되고 있는 것일까? 즉 작중세계에 대한 시점과 초점은 어떻게 장치되어 있는 것인지 그 구조를 생각해보자.

『겐지모노가타리』는 시점론의 측면에서는 무진장한 보고라고 말할 수 있을 만큼 복잡하고 풍부한 시점구조를 가지고 있다. 그 때문에 다양한 각도에서 많은 연구자들에 의해 연구되어 왔다. 여기에서는 특히 표현 구조의 면에서 논의된 지금까지의 『겐지모노가타리』 시점론에 관해서 언급할 필요가 있겠다. 헤이안 시대 풍습의 하나인 '틈으로 엿보기'(垣間見)와 같은 실제 내용상의 시각행위뿐만 아니라 서술상의 문제와 관련해서 『겐지모노가타리』 시점의 문제가 인식되고 다루어진 것은 그다지 오래된 일이 아니다.116) 미타니

---

115) 高橋文二, 『源氏物語の時空と想像力』, p.11. 참조.
116) 阿部好臣, 「源氏物語の視点」, 『国文学 解釈と教材の研究』, (1995年2月号). P.84, 참조.

구니아키(三谷邦明, 1941~2007)는 시점의 문제를 소위 발화자에 있어서의 '시선' 과 '거리'의 문제로서 다루었으며117) 다카하시 도루(高橋亨, 1947~)는 '원령' (もののけ)과 같이 '움직이는 시점'에 있어서 성립하는 '심리적 원근법'의 이 론가설을 제창했다.118) 이토이 미치히로(糸井通浩, 1938~)는 화자의 시점과 작 중인물의 시점이 겹치는 '화자중심성'(話者中心性)에 착안하여 '~けり'(~더라) 문말의 '재확인'(気づき) 기능과 관련하여 인식의 기점과 대상과의 관계를 표 현에 반영하기 쉬운 일본어 이야기의 서술적 특질을 지적했다.119)

후쿠다 다카시(福田孝, 1960~)는 주네트의 '초점화론'과 언어학자 에밀 밴베 니스트(Emile Benveniste, 1902~76)의 유명한 정의 '나는 "나를 포함한 지금의 담화적 현실태를 말로 표현하고 있는 사람"'120)을 응용한 시점론을 제창했 다. 먼저 발화 주체의 존재방식을 살펴서 '실제로 말하고 있는 나'를 적극적 으로 행사하는가 혹은 그 '나'를 은폐하여 인칭적 조건에서 벗어나 3인칭을 행사하는가를 통해 화자를 분류하는 범주로서 제시한다. 그리고 '초점화의 대상'이 단수인지 복수인지를 기준으로 또 분류한다. 이에 따라 주네트와는 다른 시점의 유형 분류를 가지고서 『겐지모노가타리』를 다루었다. 제1부에 서는 히카루 겐지에게 '초점화'가 되고 있는 것에 대해 제2부와 제3부에서는 여러 인물이 가진 의도를 과정 속에서 더듬어 가기 위해 '초점화'되고 있는

---

117) 三谷邦明,「源氏物語における〈語り〉の構造」,『日本文学』, (1978年11月号). 또 三谷邦明,「物 語文学の〈視線〉—見ることの禁忌あるいは〈語り〉の饗宴」,『物語文学の言説』, (東京, 有精 堂, 1992).

118) 高橋亨,「源氏物語の心的遠近法」, 物語研究会編,『物語研究 特集・語りそして引用』, (東京, 新時代社, 1986). 高橋亨,「初期物語の遠近法」, 有精堂編集部編,『日本文学史を読むⅡ 古代後 期』, (東京, 有精堂, 1991).

119) 糸井通浩,「物語言語の法 表現主体としての〈語り手〉」, 糸井通浩, 高橋亨,『物語の方法』, (東 京, 世界思想社, 1992). 糸井通浩,「源氏物語と視点—話者中心性言語と語り」, 高橋亨・久保 朝孝編,『新講 源氏物語を学ぶ人のために』, (東京, 世界思想社, 1995).

120) エミール バンヴェニスト,『一般言語学の諸問題』, 岸本通夫ほか訳, (東京, みすず書房, 1983), p.235. 에밀 밴베니스트,『일반언어학의 제문제Ⅰ』, (민음사, 1992), p.363. 원문은 Je la personne qui énonce la présente instance de discours contenant je.

것으로 보고 양자의 기능적 차이를 밝혔다.121)

『겐지모노가타리』의 프랑스어 번역을 원문과 함께 비교분석한 나카야마 마사히코(中山眞彦, 1934~)의 『모노가타리 구조론』(物語構造論, 1995)은 프랑스어 번역을 매개로 일본의 모노가타리 텍스트의 표현상 특질을 보편적 시각에서 논구한 저서이다. 나카야마는 이 책의 '작중인물 또는 시점'(제5장)이라는 제목의 장에서 '시점'이라고 하는 용어는 서구의 술어를 번역한 것임을 전제하고, '목소리'와 '눈'은 일본어에서는 따로 떨어뜨려 생각하기 어려우므로 화자의 목소리와 작중인물의 시점을 나누는 이분법 자체가 일본어의 이야기 텍스트에서는 무의미한 것임을 주장했다. 그리고 『겐지모노가타리』는 서구소설의 시점과 그것이 안고 있는 문제점에 대한 해결책을 제시할 수 있는 텍스트로서의 의미를 부여하고, 시점이란 무엇인가 그리고 시점의 문제가 어디까지 보편적인 것일지를 진지하게 추구했다.122)

『겐지모노가타리』의 시점에 관한 이러한 여러 연구는 그 나름대로 중요한 성과이며 지금까지 대단히 유효한 이론적 틀을 제시해왔다. 하지만 미타니, 다카하시, 이토이의 논의는 시점의 주체에만 치우쳐 있어서 대상이 되는 작중세계가 어떻게 포착되고 있는지에 대한 설명이 부족하다. 또 후쿠다의 '담화 주체의 존재방식'도 결국은 인칭의 문제이며 주네트가 지적한 '이야기하는 것과 보는 것과의 혼동'을 초래하기 쉽다. 나카야마의 경우는 『겐지모노가타리』의 텍스트를 일본어의 특수성 안에 가두지 않고 전세계의 이야기에 대한 보편적 일반론을 염두에 두고 일본의 이야기 텍스트를 그 개방성 안에 포괄하려는 지극히 고무적인 연구라 하겠다. 단 이러한 서구근대소설의 탈특권화 속에서 앞으로는 『겐지모노가타리』의 텍스트 자체가 특권화되어버리는 것이 아닐까, 또 그것에 의해서 감춰져버리는 측면은 없을까 하는 걱정이 사

---

121) 福田孝, 『源氏物語のディスクール』, (東京, 風の薔薇, 1990), pp.45-81. 참조.
122) 中山眞彦, 『物語構造論』,(東京, 岩波書店, 1995), pp.129-159. 참조.

라지는 것은 아니다.

다마가미 다쿠야(玉上琢弥, 1915~96)가 제기한 '모노가타리 음독론'에 의하면 『겐지모노가타리』의 허구 세계는 세 단계의 과정을 거쳐서 행해지는 문학행위 속에 존재한다. 주인공의 모습과 상황을 직접 보고 들은 궁중 여관(女官)이 이야기를 전하고 그것을 다른 여성 관리가 받아 적어 기록·편집해 놓은 이야기책의 본문을 또 다른 여성 관리가 그림과 함께 낭독하며 들려주는 것을 귀족 여인들이 듣고 향수한다는 것이다.[123] 그러고 보면 『겐지모노가타리』의 작중세계는 어떤 특정한 여성 관리의 시점에 의해서 파악된 대상으로 여겨진다. 첫머리에 한해서 말하자면 여자들만의 세계에 속한 하나의 '사적인 생활공동체'[124]로서 궁정의 깊숙한 곳을 포착하고 있는 점이나 사용하고 있는 말씨 등으로 유추하건대, 명시되지는 않았지만 '나'라는 일인칭적 존재의 시점을 느낄 수 있다. '~けり'(~더라) 문체 그리고 '~たまふ'(~하시다)라는 경어의 존재는 확실히 이야기하는 사람의 신분이나 듣는 사람과의 관계를 부각시킨다.

그러나 여관(女官)이라고 하는 실체적 존재의 시점에서 『겐지모노가타리』의 작중세계를 모두 파악할 수 있다고 하기에는 무리가 있다. 이러한 여관도 어디까지나 작중세계 밖에 위치하는 존재이며 그 면에서는 소위 '전지적 시점' 혹은 '초점화제로'라는 것과 다르지 않다. 그러니까 이 여관은 특정한 작중공간 내 위치에서 작중세계를 파악하는 시점인물로서의 역할은 수행하지 않는다. 그 때문에 모든 것을 '이야기하는' 여관이긴 하지만 모든 것을 '보는' 여관은 아니다. 즉 그 여관은 자기의 시점에서가 아니라 다른 다양한 존재의 시점을 빌려서 때로는 시점인물을 사용하고 때로는 작중세계 전체를 전체로서 파악하고 있다는 것이다.

---

123) 玉上琢弥, 「物語音読論序説 源氏物語の本性(その一)」, 『源氏物語研究』, pp.151-152. 참조.
124) 西郷信綱, 『日本古代文学史』, (東京, 岩波書店, 1996), p.218.

또 정확하게는 여관의 이야기가 아니고 오히려 화자가 여관을 가장해서 함께 이야기하고 있다고 보는 것이 타당할 것이다. 여관 운운은 결국 화자의 문제이며 시점을 가지고 있어서 작중세계와 직접 관계되는 실체적 존재로서 생각할 수 있는 것이 아니다. 그렇다면 이들 연구의 성과를 흡수하면서 이 책의 제1장에서 제시한 〈시점구조〉의 틀을 사용하여『겐지모노가타리』시점의 특징을 생각해 보자. 첫머리만을 보아도 알 수 있듯이『겐지모노가타리』시점의 특징은 이야기가 진행되는 가운데 다양한 시점의 양상을 발견할 수 있다는 것이다. 하나하나 살펴보면 다음과 같다.

'어느 임금의 치세인가'라는 첫머리는 이러한 의미에서 사실은 많은 문제를 내포하고 있다고 생각한다. 화자는 '어느 임금의 치세인지'를 정말로 모르는 것일까? 물론 스자쿠인에 '사시는' 그 특정한 선제(先帝)를 가리켜 '기리쓰보제'(桐壺帝) 또는 '기리쓰보인'(桐壺院)이라고 하기는 하지만 그것은 통칭에 불과하며 본문에는 나오지 않는다. 그러나 사실은 화자는 '어느 임금의 치세인지' 모르는 것이 아니고 적어도 '스자쿠제(朱雀帝)'와 '레이센제'(冷泉帝)로 계속되는 왕조시대에 있어서의 그 두 임금 앞에 있었던 '치세'인 줄은 최소한 알고 있을 것이다. 그럼에도 굳이 모르는 척을 하고 있는 것은 왜일까?

그 대답은 이렇게 생각할 수 있다. 화자는 '어느 임금의 치세인지'를 정말로 모르는 것이 아닐 것이다. 단지 듣는 사람(또는 독자)의 입장에서 보아 '어느 임금의 치세인지'와 같은 것은 별로 신경 쓰지 않아도 되는 일이라고 말하는 것이 아닐까? '누구누구 임금'이라고까지 정확하게 말하는 것은 그다지 중요한 것이 아니며 더 중요한 것은 지금부터 전개되는 이야기의 내용이다, 라고 말하고 있는 것이다. 즉 '어느 임금의 치세인가'의 바로 뒤에 '그것은 아무래도 좋지만'이라는 구가 생략되었다고 보아도 좋을 것이다. 그 자연스러운 효과로서 앞서 말한 대로 허구화·이상화된 작중세계가 만들어진 것이다. 어쨌든 '어느 임금의 치세인가' 부분은 화자가 자신이 알고 있는 것이나

자신의 관점만을 일방적으로 주장하는 것이 아니고 듣는 사람에게 있어서 중
요한 것과 알아두어야 하는 것을 충분히 고려한 위에 듣는 사람의 시선에 맞
춰서 함께 이야기하는 것이라고 읽어낼 수 있다. 화자가 듣는 사람의 시점을
감싸 안는 형식으로 사태를 포착했을 때의 표현인 것이다.

'많은 뇨고(女御)와 고이(更衣)가 임금을 모시고 계시는 가운데'(女御、更衣あ
またさぶらひ給ひける中に)에는 경어의 이중성 문제가 있다. 'さぶらひ給ひ'
(모시고 계시)는 동작 내용으로는 '모시다'라는 하나밖에 없지만 그 하나밖에
없는 동작에 이질적인 경어가 동시에 이중적으로 사용되고 있다. 이것은 다
름 아닌 화제의 인물 A와 B 즉 '뇨고, 고이'와 '임금'의 관계에 대한 화자의
의식을 반영한 것이다. 'さぶらひ'(모시고)는 '뇨고, 고이'의 입장에서 '임금'
에 대한 겸양어이고 '給ひ'(계시)는 화자의 '뇨고, 고이'에 대한 존경어이다.
따라서 'さぶらひ'(모시고)는 작중인물 '뇨고, 고이'의 시점에서, '給ひ'(계시)
는 화자의 시점에서 파악된 '모시다' '시중들다'라는 동작의 경어이다. 여기
서 이러한 표현의 이면에 작중인물의 시선과 화자의 시선이 교차하고 있다는
것을 알 수 있다.

'신분이 그렇게 높은 집안 출신이라고 할 수는 없지만 각별히 임금의 총애
를 받고 계신 분이 있었더라'(いとやんごとなき際にはあらぬがすぐれてときめき
給ふ有けり)에도 시점의 혼합이 보인다. 일단 첫 번째 문장 전체는 '~け
り'(~더라)로 끝나는 이야기 형식이다. 여기에서 '신분이 그렇게 높은 집안
출신'이 아니라고 판단하는 것은 화자일 것이다. 그런데 그 높은지 낮은지
하는 판단 기준은 무엇일까? 그 기준은 혹시 작중세계 속에 존재하는 특정한
누군가의 입장에서 비롯한 판단은 아닐까? 나중에 나오는 서술과 맞춰서 생
각해 보면 적어도 '같은 신분 혹은 그보다 낮은 지위의 고이들'의 입장에서
나온 판단이 아닌 것은 확실하다. 그렇다면 '그보다 낮은 지위의 고이들'이
아니고 '그보다' 위의 계급인 '뇨고'에 가까운 관점일 것이다. 또 조금 각도를

바꾸어서 생각하면 일반적·상식적 기준을 가진 궁중 내 세인(世人)의 관점이라고도 할 수 있을 것이다. 그렇다면 이것도 화자와 작중인물 혹은 나아가 독자의 시점이 공존하고 있는 표현 중의 하나이다.

두 번째 문장인 '궁중에 처음 올 당초부터 나야말로 하며 자부하시는 분들께서는'(はじめより我はと思ひ上がりたまへる御方がた) 이하 역시 마찬가지이다. '나야말로 하며 자부하시는'(我はと思ひ上がりたまへる) 것은 작중인물인데 그 동작주인 '분들'(御方がた)의 행위에 '~たまへる'(~시다)라는 존경의 조동사를 사용할 정도의 입장에서 파악한다는 것은 역시 여관을 가장한 화자일 것이다. 이렇게 보아 가면 그 다음도 기본적으로 같은 패턴이라는 것을 알 수 있다. '눈엣가시와 같은 것처럼 여겨 깎아내리고 질투하신다'(めざましきにおとしめそねみ給ふ)의 '것'(物)과 '임금은 결국 참을 수 없이 불쌍한 것으로 생각하시어'(いよいよあかずあはれなる物に思ほして)의 '것'(物)은 둘 다 '기리쓰보 고이'를 가리킨다. 전자는 뇨고 '분들'(御方がた)의 시점에서 후자는 '임금'의 시점에서 포착한 것이다.

그런데 '것'(物)이라고 하면 대상을 낮게 표현하는 일종의 비칭이며 '기리쓰보 고이'를 가리키는 말로는 정말 맞지 않는다는 생각이 든다. 앞에서 '총애를 받고 계신'(ときめき給ふ)이라 했던 말씨와는 어울리지 않는 것이다. 이러한 서술상의 차이는 단지 서술의 문제가 아닌 것이며 시점을 다양하게 취한 결과이다. 이렇게 밸런스가 맞지 않는 말들이 혼재하는 상태는 사실은 특수한 목적에 부합하는 매우 절묘한 효과를 올리고 있다. 그 효과란 이야기의 서술에 훌륭한 조화를 부여하고 있다는 점이다. 다양한 입장에서의 시점을 취함으로써 편견에 얽매이지 않고 대상을 보다 입체적으로 파악할 수 있는 것이다. 이러한 것으로부터 『겐지모노가타리』 첫머리의 시점구조는 계속 움직이고 있다는 것을 알 수 있다.

그것뿐만 아니라 '간다치메(上達部)와 우에히토(上人) 등도 차마 눈뜨고 못

볼 정도로'(上達部、上人などもあいなく目を側めつゝ)로 시작되는 두 번째 단락
은 일견 화자의 소위 전지적시점인 것 같다. 그러나 화자의 시점뿐만 아니라
'차마 눈뜨고 못 보는'(あいなく目を側めつゝ) 주체 '간다치메와 우에히토'(上達
部、上人) 즉 조정 대신들의 시점이나 '고마운 마음의 은혜'(かたじけなき御心
ばへ)를 '비할바 없다'(たぐひなき)고 느끼는 '기리쓰보 고이'의 시점도 같이 섞
여 있는 것이다. 세 번째 단락도 '중요한 때에는 역시 기댈 데가 없이 마음
이 허전'(ことある時は猶寄り所なく心ぼそ)한 기리쓰보 고이의 시점과 그 '허전
한'(心ぼそげ) 마음을 전하는 화자의 시점이 혼재한다. 『겐지모노가타리』 전
체를 놓고 보면 어떤 장면에서는 히카루 겐지, 또 다른 장면에서는 다른 작
중인물, 화자, 하는 식으로 시점 주체라고 할 수 있는 존재가 장면마다 다르
다. 그러나 일관된 점은 히카루 겐지를 중심으로 작중세계가 펼쳐지고 있다
는 것이다.

헤이안시대의 다른 모노가타리 텍스트와 공통되는 점은 첫머리에 주인공
의 부모와 관련된 기사가 나온다는 점이다. 『겐지모노가타리』 첫머리의 작중
세계는 다이리(内裏)라고 하는 한정된 공간으로 되어 있다. 그러므로 첫머리
는 주인공 히카루 겐지의 부모인 기리쓰보 고이와 기리쓰보제 또는 그 주변
인물 등 다이리 안에서 일상생활을 영위하는 사람들의 눈으로 작중세계를 포
착하는 〈시점구조〉가 근간을 이루고 있다. 단 화자의 경우 엄밀하게는 작중
세계 밖 시공간에 위치하면서도 이 한정된 다이리에 사는 뇨보를 가장하고
있기 때문에 화자의 〈외부시점〉이기도 하고 작중인물의 〈작중시점〉이기도
한 경우가 많다. 물론 이것보다 더 복잡한 시점구조가 되고 있는 경우도 있
다. 다음 예문을 보자.

원문

① ねびゆかむさまゆかしき人かな、と目とまり絵。②さるは、限り

なう心をつくしきこゆる人にいとよう似たてまつれるがまもらるゝなり
けり、と<u>思ふ</u>にも涙ぞ<u>落つる</u>。[125]

한국어역

① 성장해 가는 모습을 보고 싶은 사람이군 하며 보고 <u>계신다</u>. ② 그것은
한없이 그리운 사람과 너무나 닮은 모습에 넋을 잃고 처다보게 되었다고 <u>생
각하니</u> 눈물이 <u>떨어진다</u>.[126]

「와카무라사키」권에서 '겐지'가 어린 '와카무라사키'(若紫)를 보게 되는 장
면이다. '담장 틈으로 엿보는'(垣間見) 장면은 기본적으로 주인공 '히카루 겐
지'가 시점인물의 역할을 한다. 그러나 좀 더 면밀히 살펴보면 여기에서도
시점은 이중적으로 작용한다. ①의 '~給'(~고 계시다)는 행위주체인 히카루 겐
지에게 사용하는 경어이다. 이것은 '뇨보'를 가장한 화자의 시점에서 파악한
겐지의 행위일 것이다. 그러나 ②의 '思ふ'(생각하다)와 '落つる'(떨어진다)에는
이것 역시 겐지의 동작임에도 불구하고 경어표현을 사용하지 않고 있다. 겐
지 자신의 시점에서 파악한 동작인 것이다. 즉, 이 부분을 보더라도 역시 화
자의 시점과 작중인물의 시점이 혼합된 양상을 찾을 수 있는 것이다.

이 장면의 직전에는 '어린 참새를 강아지가 놓쳐서(……)'(雀の子をいぬき
が逃がしつる(……))라고 하는 '와카무라사키'의 모습이나 내면을 '매우 아쉬
워 하더라'(いとくちをしと思へり)[127]라고 전하는데 이렇게 전하는 주체는 화
자인가 히카루 겐지인가? 먼저 '어린 참새'를 놓쳐서 '아쉽'고 생각하는
'와카무라사키'의 내면이 있고 그 내면이 표정에 나타난 것을 담장 틈으로
엿보고 있는 겐지 또 그 겐지를 포착하는 시점으로서의 화자. 이러한 것들이

---

125) 柳井滋 등 校注, 『源氏物語 一』, p.158. 번호와 민줄은 필자.
126) 필자에 의한 번역.
127) 柳井滋 등 校注, 『源氏物語 一』, pp.157-158.

시선 연쇄 구조를 이루고 있다. 대략적으로 말해 〈외부시점〉의 틀 속에 〈작중시점〉이 들어있다고 할 수 있다. 문제는 〈작중시점〉 자체가 단순하지 않고 '보다'와 '보여지다'의 관계가 몇 겹이나 겹치는 방식이라 한 마디로 시점이 작중세계의 어디에 있다고 특정하기는 어렵다는 점에 있다.

『겐지모노가타리』의 시점에 관해서는 이렇게 반드시 시각과 직접 관련되는 유명한 '틈으로 엿보기'의 장면이 아니더라도 실제로 다양한 곳에서 다양한 시점을 발견할 수 있다. 그 때문에 복잡한 시선의 교차 양상에 주목하는 것이 더욱 중요한 일일 것이다. 『겐지모노가타리』에는 기본적으로 화자의 〈외부시점〉과 히카루 겐지 등 작중인물의 〈작중시점〉이 혼재하고 있다. 또 의식 내부를 파악하는 〈내면초점〉과 행동을 포착하는 〈외면초점〉이 뒤섞여 있다. 게다가 이것들은 중층적인 구조를 하고 있을 때가 많다. 전체적으로 보아 앞의 장에서 제시한 네 가지 〈시점구조〉의 틀이 전부 확인되는 것은 물론 하나하나가 실로 풍부한 다양성을 드러내고 있다.

단 〈작중시점〉에 의한 〈내면초점〉의 파악은 '심내어'(心內語)의 형태로 표현되는 경우가 많다. '심내어'란 작중인물이 마음속에서 생각하는 말을 가리킨다. 이는 텍스트의 중층구조를 구축하는 하나의 요소인데 '내화'(內話) '심어'(心語) '심중사유'(心中思惟) '심중표현'(心中表現)이라고도 불리는데 용어가 일정하지 않다. '~라고' '~등'의 말로 연결되어 소설의 지문을 이루는 경우가 기본이 되고 있지만 이와는 별도로 지문과의 다양한 융합 양상을 보이기도 한다.[128] 아키야마 겐(秋山虔, 1924~2015)의 정의에 따르면 '인간의 심정이나 심리와 함께 그 심정이나 심리가 그러하도록 만드는 상황을 안쪽에서 또는 바깥쪽에서 라는 쌍방의 구별을 배제하고 동시에 상대적으로 둘 다 반영하는 표현 방법'이라고 한다.[129] 즉 〈작중시점〉이 〈내면초점〉을 파악한 표현으로

128) 松井健児, 「心内語」, 秋山虔編, 『源氏物語事典』, (東京, 學燈社, 1989), p.202.
129) 秋山虔, 「状況と会話・内話」, 『國文学』, (1977年 1月号).

서 '심내어'를 들 수 있다고 한들 그 '심내어'의 주체가 작중인물의 시점에서 비롯된 것인지 화자의 시점에서 나온 것인지를 확정할 수 없다는 것이다.

어떤 의미에서는 '심내어'의 정반대의 지점에 '소시지'(草子地)가 있다. '소시지'란 미스미 요이치(三角洋一, 1948~2016)에 의하면 '이야기되는 장소를 반입한 문장표현'이다.[130] 그 때문에 이 '소시지'에 있어서의 시점에 관해서는 '서술 행위를 하는 화자를 포착하는 눈'과 같은 것이라 생각된다. 이 경우 화자는 작중세계를 파악하는 시점의 주체이지만 이야기 공간의 수준에서는 초점의 대상이다. 그렇다면 시점의 주체임과 동시에 초점의 대상이기도 한 것과 같은 사태가 발생한다. 즉 시점과 초점의 경계가 미분화되고 경우에 따라 시점과 초점이 착종되고 혼합되는 것이라고도 할 수 있겠다.

이러한 것을 종합하자면 『겐지모노가타리』의 시점구조는 크게 나누어 두 가지 특징으로 정리된다. 하나는 시점 자체가 단일한 중심을 갖고 있지 않아서 다양한 각도로부터 다양한 시점주체의 시선이 발생한다는 것이다. 또 하나는 시점과 초점의 경계가 명확하지 않고 그 분리가 애매하다는 것이다. 『겐지모노가타리』의 작중세계를 파악하는 시점주체는 화자이기도 하고 작중인물이기도 하며, 또 작중세계의 시공간에 존재하는 원령과 같은 존재이기도 하고 경우에 따라서는 독자이기도 하며 극단적으로는 초점의 대상이기도 하다. 『겐지모노가타리』의 시점이 포착하는 초점은 다양한 사건과 인물의 행위와 내면 심리는 물론 어떤 때에는 시점주체나 화자를 그 대상으로 할 수도 있다는 것이다.

---

130) 三角洋一, 「草子地」, 『國文学』, (1983年12月号), p.47.

제4절 『헤이케모노가타리』의 서술과 시점

다음은 『헤이케모노가타리』의 〈시점구조〉를 살펴보도록 하자. 『헤이케모노가타리』만큼 이본(異本)이 많아 복잡다기한 모노가타리 텍스트는 없을 것이다. 애초에 복수의 작자가 추정되는 등 성립 자체부터 결코 단순하지 않았다. 현재 가장 많이 유포된 가쿠이치본(覚一本)131) 계통의 여러 판본이 그나마 가마쿠라 시대부터 무로마치 시대에 이르기까지의 유동·변천 속에서 살아남은 대표적인 텍스트인 것은 의심할 여지가 없다.132)

『헤이케모노가타리』는 헤이안시대 말기 호겐의 난(保元の乱, 1156)과 헤이지의 난(平治の乱, 1159)을 거쳐 중앙정계의 제일선에 진출한 다이라노 기요모리(平清盛, 1118-81)와 그 일족의 역사적 사실을 바탕으로 한 '군담 이야기'(軍記物語)이다.133) 역사를 그린 이야기인 만큼 편년체로 기술되어 있고 거기에 인물 중심의 기전체를 혼합했다. 어떤 의미에서는 역사서술 그 자체가 하나의 이야기라는 것은 앞서 말한 대로이다.

그러나 역사적 사실을 바탕으로 했다고 하지만 역사서술 그 자체는 아니다. 군담 이야기의 장르적 특수성은 단지 역사를 소재로 한 것에 있는 것이 아니라 오히려 이야기로서 문학으로서 전달되고 향유되는 서사문학적 성격을 텍스트에 짙게 깔고 있다는 점에 있다. 이 절에서는 그러한 면에 주목하여 모노가타리와 시점의 문제를 다루고 싶다. 그러면 이러한 성격을 띠고 있는 『헤이케모노가타리』의 〈시점구조〉는 어떤 것인가? 먼저 그 첫머리를 인용한다.

---

131) 남북조시대의 『헤이케모노가타리』 구연자 중 한 사람인 아카시 가쿠이치(明石覚一, 1299~1371)가 정리한 판본으로 오늘날 『헤이케모노가타리』의 표준적인 텍스트로 되어 있다.

132) 市古貞次, 「解説」市古貞次校注·訳, 『平家物語 ①』新編日本古典文学全集 45, (東京, 小学館, 1994), pp.489-490. 참조.

133) 일본에서 '군키모노가타리'(軍記物語)가 하나의 장르로서 개념화된 것은 메이지시대 이후이다. '센키모노가타리'(戦記物語)라는 용어도 있었다. 市古貞次, 「軍記物語について」, 市古貞次校注·訳, 『平家物語 ①』, p.6. 참조.

원문

祇園精舎の鐘の声、諸行無常の響あり。娑羅双樹の花の色、盛者必衰の
理をあらはす。おごれる人も久しからず、唯春の夜の夢のごとし。たけ
き者も遂にはほろびぬ、偏に風の前の塵に同じ。遠く異朝をとぶらへ
ば、秦の趙高、漢の王莽、梁の周伊、唐の禄山、是等は皆旧主先皇の政に
もしたがはず、楽しみをきはめ、諫をも思ひいれず、天下の乱れむ事を
さとらずして、民間の愁ふる所を知らざッしかば、久しからずして、亡
じにし者どもなり。近く本朝をうかがふに、承平の将門、天慶の純友、康
和の義親、平治の信頼、此等はおごれる心もたけき事も、皆とりどりに
こそありしかども、まぢかくは六波羅の入道前太政大臣平朝臣清盛公と申
しし人の有様、伝へ承るこそ、心も詞も及ばれね。[134]

한국어역

기원정사(祇園精舎)의 종소리는 제행무상(諸行無常)을 알린다. 사라쌍수(娑
羅双樹)의 꽃 색깔은 성자필쇠(盛者必衰)의 이치를 표현한다. 교만한 자도 오
래가지 못하고 단지 봄날의 하룻밤 꿈만 같도다. 용맹한 자도 결국에는 망하
고 오로지 바람 앞의 티끌과 같아라. 멀리 외국의 예를 들면 진(秦)나라의 조
고(趙高), 한(漢)나라의 왕망(王莽), 양(梁)나라의 주이(周伊), 당(唐)나라의 녹
산(禄山), 이들은 모두 옛 주군인 선왕의 정치에 따르지 않고 환락을 추구하
여 남의 충고를 듣지 않다가 천하가 어지러워지는 것을 깨닫지 못하고 백성
이 원망하는 바를 알지 못한 즉, 얼마 가지 못하고 망한 자들이라. 가까이 우
리나라(本朝)를 살피건대 쇼헤이(承平)의 마사카도(将門), 덴쿄(天慶)의 스미
토모(純友), 고와(康和)의 요시치카(義親), 헤이지(平治)의 노부요리(信頼), 이
들은 교만한 마음도 용맹을 떨친 일도 각각 대단했지만 아주 가깝게는 로쿠
하라(六波羅)의 입도(入道) 전 태정대신 다이라노아손 기요모리공이라는 사람
의 이야기를 전해 들으면 상상을 초월한 모습에 말도 안 나올 것이리라.[135]

---

134) 市古貞次 校注・訳, 『平家物語 ①』, pp.19.
135) 필자의 번역.

'제행무상'과 '성자필쇠'의 이치는 확실히 『헤이케모노가타리』 전체를 일관해서 흐르는 사상이다. 이 세상에 변하지 않는 일이 없고 모든 것은 바뀌기 쉬운데 권세를 누리는 자도 언젠가는 망하는 것이다, 하고 화자는 설파한다. 그러나 소위 '무상'이라고 하는 이러한 배경사상의 내용과 이야기의 형식과는 어떤 관계가 있을까? 일본 근대비평의 창시자로 여겨지는 고바야시 히데오(小林秀雄, 1902~83)는 『무상이라는 것』(1942)에 포함된 「헤이케모노가타리」라는 글 속에서 다음과 같이 말하고 있다.

> 헤이케(平家)의 저 첫머리 이마요(今樣) 풍의 애조가 많은 사람들에게 오류를 범하게 했다. 헤이케 작자의 사상이라든지 인생관이 거기에 있다고 굳게 믿었기 때문이다. 일단 그것은 분명히 그렇기는 하지만 헤이케의 사상은 이러이러한 것이라고 자세히 다루어 볼 만큼 헤이케의 작자가 아무런 뛰어난 사상가가 아닌 것이 중요하다. 그는 다만 당시의 지식인으로서 평범한 이야기를 한 것에 불과하다. (……) 작자를 진정으로 움직여 이끈 것은 그가 잘 알고 있던 당시의 사상이 아니고 그 스스로는 잘 의식하지 못했던 서사시인의 전통적인 혼이었다. (……) 그 자신이 잘 모르는 곳에서 그가 진정으로 잘 알고 신봉했던 시혼(詩魂)이 작용한 것이며, 헤이케가 많은 작자들의 손에 의해 혹은 독자들의 손으로 합작되고 게다가 오류를 범하지 않은 원인도 거기에 있다.[136]

역사로부터 소재를 얻은 『헤이케모노가타리』의 작중세계는 현실세계와 지극히 유사한 피비린내 나는 전장임에 반해 이야기의 형식은 화자와 청자의 당면 현실을 떠난 허구의 세계를 전하는 이야기 양식을 취하고 있다. 고바야시 히데오가 주목하는 '서사시인의 전통적인 혼'이란 어떤 것인지를 살피는 것은 이 책의 논제가 아니다. 유럽 문예의 개념으로 보아 서사시(epic)로 분류

---

136) 小林秀雄, 『小林秀雄全集 ⑧』, (東京, 新潮社, 1967), p.23.

되는 '군키 모노가타리' 장르는 어디까지나 '이야기'(narrative)인 점에 주목하고 싶다. 게다가 비파법사(琵琶法師)의 이야기라는 것이 『겐지모노가타리』와는 또 다른 의미의 이야기 행위로서 텍스트의 안에 각인되어 있다는 점이다.

유포본 『헤이케모노가타리』는 12권과 간조의 권(灌頂の巻)으로 이루어진다. 야마다 다카오(山田孝雄, 1875~1958)에 의하면 전체를 3부 구성으로 볼 수 있다.137) 권1부터 권5까지는 헤이케의 전성기와 기요모리의 전횡 및 그것에 반감을 품는 사람들의 움직임, 권6부터 권9까지는 기요모리의 사후 헤이케의 쇠퇴와 낙향, 권10로부터 권12까지는 전투와 헤이케의 멸망 및 그 후일담을 각각 그리고 있다. 이야기 내용을 둘로 나누면 전반은 다이라씨(平氏)의 번영과 교만 방자한 모습이며 후반은 그러한 결과로서의 멸망이다.138) 즉 전체로서 보아서 『헤이케모노가타리』는 번영을 구가하고 있었던 다이라씨의 멸망과정을 이야기하는 모노가타리이다.

먼저 작중시공간에 대해서 생각해 보자. 작중시간은 12세기 중반부터 13세기 시작까지의 시기가 되고 있어서 실제 역사상의 한 시기와 일치한다. 작중공간도 역사상 겐페이 전쟁(源平合戦, 1180~85)의 무대가 그대로 이야기의 배경이 되고 있다. 작중인물에 관해서도 실제의 역사상 인물에게서 직접 소재를 취하고 있다는 것은 말할 필요도 없다. 이렇게 실제의 역사와 실제 사회, 실제 인생을 재현한다는 것에 『헤이케모노가타리』 작중세계의 특징이 있다.

그렇다면 이 『헤이케모노가타리』의 작중세계는 어떻게 이야기되고 있는 것인가? 야마시타 히로아키(山下宏明)는 화자와 작중세계나 청자의 관계를 다음과 같이 분류한다. (A) 화자가 제삼자의 입장에서 소재를 해설하듯이 이야기하는 방식, (A)' 게다가 그 이야기를 듣는 사람이 눈앞에 있다고 가정하고 이야기하는 방식, (B) 화자의 위치는 유지하면서 소재를 눈앞에서 보고 있는

---

137) 山田孝雄, 『平家物語』, (東京, 宝文館, 1933).
138) 市古貞次, 「解説」, 市古貞次校注・訳, 『平家物語 ①』, p.492.

것처럼 이야기하는 방식, (B)′ 화자가 그 위치와 시선을 소재에 겹쳐 대고 소
재 자체를 스스로 체험하는 방식, (C) 대화나 마음 속 표현에 의해 화자가 소
재 자체가 되어서 이야기하는 방식이다.139) 이러한 이해는 화자와 그 이야기
의 대상인 소재를 양극단에 위치하게 하고 그 양자 간을 왕복하는 화자를 설
명하려고 하는 것이다. 즉 (A)로부터 (C)에 가까워질수록 화자는 대상에 '동
화'한다는 것이다.

　『헤이케모노가타리』의 작중세계를 파악하는 〈시점구조〉도 이에 준해서
생각할 수 있다. (A)와 (A)′는 〈외부시점〉이 〈외면초점〉 〈내면초점〉을 파악
하는 경우이며, (B)는 〈작중시점〉 〈외면초점〉이라고 볼 수 있다. 또 (B)′와
(C)는 화자의 대상에의 '동화'를 나타내지만 시점구조로는 〈작중시점〉과 〈내
면초점〉의 조합에 가깝다. 이렇게 『헤이케모노가타리』는 장면에 따라 서술
의 형태나 〈시점구조〉가 매우 다양함을 알 수 있다.

　첫머리에 한해서 말하자면 불변의 진리(라고 믿어지는 것)를 설법하는(것 같은
상태의) 화자가 역사상의 사실을 나열하고 있다. 그리고 앞으로 이야기하려는
내용이 마치 불변의 진리이며 역사상의 사실임을 내비친다. 그런데 첫머리의
내용은 『헤이케모노가타리』 전체의 작중세계와는 약간 거리를 두고 있는 것
으로 이해된다. '기원정사(祇園精舍)의 종소리는 제행무상(諸行無常)을 알린다'
로 시작되는 설법적 이야기의 내용을 포착하는 시점은 말할 필요도 없이 적
어도 인생과 역사를 초탈한 설법사(說法師)의 시선을 가장하고 있다. 『헤이케
모노가타리』 전체 각 장면의 〈시점구조〉도 실로 다양한 시선의 구조가 뒤섞
여 있다. 화자의 〈외부시점〉이 기조를 이루고 있으면서도 장면에 따라 작중
인물의 〈작중시점〉이 극적 효과를 내고 있다.

　초점은 작중인물인 무장들의 비운과 용맹, 비련(悲戀), 비수(悲愁) 등 대부분

---

139) 山下宏明, 『語りとしての平家物語』, (東京, 岩波書店, 1994), p.40. 참조.

이 외적행동을 그리고 있어서 〈외면초점〉을 위주로 하고 있다. 때때로『겐지
모노가타리』만큼 내면심리에 깊이 들어가지는 않는다고 하더라도 무장들의
인간적 측면을 부각시키는 내용에 있어서는 〈내면초점〉이라 할 수 있는 요
소가 없는 것은 아니다. 그러나『헤이케모노가타리』의 주된 〈시점구조〉는
듣는 사람을 앞에 두고 장면을 제시하는 역할을 연기하는 화자의 〈외부시
점〉이 전장의 싸움을 그 자리에서 포착하는 〈작중시점〉을 포함하는 모양이
되어 있다. 이러한 〈시점구조〉는 한쪽에서 이야기를 진척시키면서 또 한쪽
으로는 현장감이 넘치는 리얼한 묘사의 효과를 올리고 있다고 할 수 있을 것
이다.

　　이렇게 보면『다케토리모노가타리』와 같은 '전기 모노가타리(伝奇物語)'
『겐지모노가타리』와 같은 '왕조 모노가타리(王朝物語)'『헤이케모노가타리』와
같은 '군기 모노가타리(軍記物語)'의 서술 양식에는 각각 특색이 있지만 한결
같이 '모노가타리'라는 '이야기' 행위의 자각에 의한 허구 세계의 견실화를
확인할 수 있다. 그 때문에 시점구조에 있어서도 〈외부시점〉〈작중시점〉
〈내면초점〉〈외면초점〉이 장면마다 다양한 형식으로 뒤섞여 있다. 게다가
화자든 작중인물이든 또는 어떤 존재이든 시점의 주체가 될 수 있다. 이렇게
다원적·중층적인 특징을 가진 일본 중고·중세 모노가타리 문학의 시점을
〈중층적 시점〉이라고 명명할 수 있다.

　　앞의 제2장과 본 제3장에서 검토한 내용을 정리해 보자. 상대 신화는 주로
화자의 〈외부시점〉이 〈외면초점〉을 잡는 시점구조가 되고 있다. 중고·중세
모노가타리는 〈외부시점〉이 〈외면초점〉이나 〈내면초점〉을 또는 〈작중시점〉
이 〈외면초점〉이나 〈내면초점〉을 잡는 시점구조가 되고 있다. 그러나 〈작중
시점〉이 〈내면초점〉을 잡을 경우 특히 자신의 내면을 자신의 눈으로 잡는
케이스에는『겐지모노가타리』의 '심내어' 표현과 '소시지' 같은 화자가 자기
자신을 상대화하는 표현이 있다. 이 경우 시점의 위치가 가변적인 것이 되고

시점과 초점의 혼합이 이루어진다는 것을 확인했다. 또 『헤이케모노가타리』의 경우 전장의 싸움 등에 대해 〈외부시점〉이 〈작중시점〉과 일체가 되어서 〈외면초점〉을 잡는 장면이 많아 현장감이 넘치는 효과를 올리고 있다.

이야기의 담화 주체에 관해서 '제로인칭의 화자' 또는 '이야기인칭'을 주장한 후지이 사다카즈는 내러티브로서의 이야기 시간을 '이야기 과거'와 '이야기 현재'로 나누고 이야기 틀로서의 시간 형식에 주목하고 있다. 이 가운데에서 단지 과거를 이야기하는 것이 아니고 과거를 현전(現前)시키는 방법에 있어서 단절감보다 연속감이 큰 조동사 '~けり'(~더라)의 성격을 철저하게 파헤쳤다. 모노가타리 문체의 특징적 문말 어미인 '~けり'는 단지 과거가 아니라 과거부터 현재에 이르는 또는 먼 과거에서 가까운 과거를 향해 진행되는 시간의 경위를 나타내고 있다고 한다.[140)

'인칭'도 '시점'을 반영한 결과로 볼 수 있다. 후지이의 의견을 시점의 문제에 응용해보면 이야기에는 일인칭을 일인칭으로서 삼인칭을 삼인칭으로서 인식시키는 '제로인칭적 시점' 혹은 삼인칭을 일인칭을 인식시키는 '이야기인칭적 시점'과 같은 것을 상정할 수도 있을 것이다. '~けり' 문체에 의해 전달되는 『겐지모노가타리』의 이야기 내용도 '이야기 현재'의 시점에서 기본적으로 이러한 시점에 의해 파악되고 있다. 반대로 말하면 작중세계를 포착하는 시점이 '제로인칭적' 또는 '이야기인칭적'이라는 것은 시점 자체가 작중세계에 대하여 화자와 거의 같은 거리를 유지하고 있는 것을 의미하고 따라서 화자와 시점이 동일시되어도 전혀 이상하지 않다는 것이다. 즉, 일본의 중고·중세의 모노가타리 문학에 있어서는 화자의 시점과 작중인물의 시점을 구별하는 것이 기본적으로 어려운 일임을 의미한다.

---

140) 藤井貞和,「源氏物語と文体」, 増田繁夫, 鈴木日出男, 伊井春樹編,『源氏物語研究集成 第三巻』, (東京, 風間書房, 1998), p.96. 참조. 藤井貞和,「11講 物語人称」,『物語理論講義』, (東京, 東京大学出版会, 2004), p.136. 참조.

지금까지 고찰한 것과 같이 전근대적 이야기와 시점의 존재 방식에 대해서는 시점과 초점을 얼마나 분리할 수 있는지가 필자의 관심이었다. 그리고 과연 이러한 〈시점구조〉의 형식적 분류가 얼마나 의미를 갖는 것인가 하는 문제까지 포함하여 화자의 시점과 작중인물의 시점을 어느 정도 나눌 수 있는 것인지, 초점이 되고 있는 인물의 내면과 행동은 얼마나 구분할 수 있는 것인지를 검토했다. 그 결과 〈초월적 시점〉으로 명명한 상대 시대이든 〈중층적 시점〉으로 명명한 중고·중세시대이든 '시점'과 '초점' 그리고 초점이 되는 인물의 '내면'과 '행동' 같은 〈시점구조〉에 있어서의 기본 요소는 원리적으로 구별할 수 있음을 알았다. 다만 전근대의 이야기 텍스트에 있어서 '시점'과 '초점', '내면'과 '행동'의 구분은 〈시점구조〉의 유형화 자체를 목표로 하는 것은 아니고 다양한 작중장면이나 문맥에 있어서의 인식구조를 적절하게 살피고 설명하는 기준으로서 유효한 것임을 확인해 둔다.

제4장

근대소설의 〈중심적 시점〉

제1절 『뜬 구름』의 언문일치체와 시점

　이 제4장에서도 제2장과 제3장에 이어서 제1장에서 제시했던 〈시점구조〉의 네 가지 틀을 사용하여 일본의 이야기를 분석해 보려고 한다. 제2장과 제3장에서는 전근대의 이야기 제 장르를 텍스트로 해서 그 첫머리 부분에 있어서의 다양한 〈시점구조〉의 양상을 확인했다. 이 제4장에서는 근대소설을 대상으로 같은 방식으로 분석하고 전근대와는 다른 근대적 시점의 특질을 알아보고자 한다.

　전근대의 이야기는 다섯 편의 텍스트를 시대 순으로 검토했는데 근대소설에서는 두 편을 분석할 것이다. 그 두 편은 후타바테이 시메이의 『뜬 구름』과 다야마 가타이(田山花袋, 1871~1930)의 『이불』(1906)이다. 이 두 편을 분석 대상으로 선택한 배경에는 각각 메이지의 문학과 자연주의 문학을 대표하면서 근대 언문일치체 소설과 사소설(私小說)의 효시작이라는 점 이외에도 '근대적 시점'의 특징을 살펴보기에 매우 적합한 〈시점구조〉를 갖고 있다는 점이 고려되었다.

　후타바테이 시메이의 『뜬 구름』은 전부 세 편으로부터 구성된다. 「제1편」

과 「제2편」이 제목은 「신편 뜬 구름」, 작자명은 「쓰보우치 유조」(坪内雄蔵, 쓰보우치 쇼요)로 한 단행본의 형태로 '긴코도'(金港堂)에서 각각 1887년 6월과 1888년 2월의 2회에 걸쳐 발간되었다. 「제3편」은 같은 긴코도에서 발간하는 문예잡지인 『미야코노하나』(都の花) 제18호, 19호, 20호, 21호에 1889년 7월에서 8월에 걸쳐 연재되었다. 분량은 「제2편」이 가장 많고 다음이 「제1편」 그 다음이 「제3편」의 순이다. 각 편은 각각 여러 회로 구성되어 있는데 「제1편」은 「제일회」부터 「제6회」까지의 6회, 「제2편」은 「제7회」부터 「제12회」까지의 6회, 「제3편」은 「제13회」부터 「제19회」까지의 7회로 되어있다. 전부 합해서 19회인데 「제12회」까지는 각 회의 첫머리에 그 해당 회분의 내용을 시사하는 소제목이 붙여져 있지만 「제13회」부터는 단지 회수만이 표시되어 있다.

소설 자체는 작가의 사정으로 미완으로 끝났다. 작품의 내용을 간단히 정리하면 친척집에 기거하는 젊은 관료인 주인공 우쓰미 분조(内海文三)가 인간관계에 서투른 탓에 직장을 잃게 되면서 자신이 마음에 두고 있는 친척집 딸 오세이(お勢)와의 사랑도 파탄에 이르게 된다는 것이다. 『뜬 구름』은 한마디로 '분조'(文三)가 '오세이'(お勢)와의 관계를 고민하는 과정이 이야기 내용의 근간을 이루고 있다. 그러면 제1장에서 제시한 이야기 텍스트의 〈시점구조〉 분석 틀을 사용하여 『뜬 구름』을 분석해 보자.

작중세계의 시간적 범위는 메이지 유신 이전부터 1886년 11월까지이지만 그 주된 내용은 이야기와 함께 전개하는 '1886년 10월 28일 오후3시'부터의 현재 진행적 사건이다. 즉 작중사건은 그것이 일어나고 있을 때의 현장에서 중계되는 것처럼 이야기되고 있다. 작중세계의 공간적 범위는 시간적 흐름에 따라 맨 처음 '시즈오카에서 도쿄'(静岡から東京)라는 범위가 조금 씩 조금 씩 좁혀져서 '소노다가'(園田家)의 집안으로 나중에는 그 이층에 있는 '분조의 방'(文三の部屋)으로 좁혀져 간다. 이러한 『뜬 구름』의 작중세계는 누구에 의

해 무엇이 어떻게 파악되고 있는 것인지를 텍스트의 시점분석을 통해서 살펴
보자.

원문

千早振る神無月も最早跡二日の餘波となツた廿八日の午後三時頃に神田見
附の内より塗渡る蟻、散る蜘蛛の子とうようよぞよぞよ沸き出でゝ来る
のは孰れも顋を氣にし給ふ方々、しかし熟ゝ見て篤と點檢すると是れに
も種々種類のあるもので、まづ髭から書立てれば口髭頬髯顋の鬚、暴に興
起した拿破崙髭に狆の口めいた比斯馬克髭、その他矮鶏髭、貉髭、ありや
なしやの幻の髭と濃くも淡くもいろいろに生分かる　髭に續いて差ひのあ
るのは服飾　白木屋仕込みの黒物づくめには佛蘭西皮の靴の配偶はありう
ち、之を召す方樣の鼻毛ハ延びて蜻蛉をも釣るべしといふ。141)

한국어역

시월도 이제 이틀밖에 남지 않은 스무 여드레 오후 세 시경에 간다미쓰케
(神田見附) 쪽에서 기어나오는 개미, 흩어지는 거미 새끼처럼 우글우글 바글
바글 끓어 나오는 자는 하나같이 턱을 신경 쓰시는 분들, 그러나 곰곰이 보
고 열심히 점검하면 여기에도 가지가지 종류가 있어서, 우선 수염부터 적어
보자면 입수염 볼수염 턱수염, 아무렇게나 자란 나폴레옹 수염에 강아지 주
둥이 같은 비스마르크 수염, 그 밖에 닭 수염, 너구리 수염, 있는 듯 없는 듯
가짜 수염으로 짙게 엷게 여러 가지로 나있다. 수염 다음으로 차이가 나는
것은 옷차림. 시로기야(白木屋)에서 만든 검은 색 정장에는 프랑스 가죽 구
두를 갖추는 법이라, 이것을 입으신 분의 코털은 쭉 뻗어서 잠자리라도 낚을
듯 하단다.142)

---

141) 二葉亭四迷, 『二葉亭四迷全集 第一巻』, (東京, 筑摩書房, 1984), pp.7-8.
142) 필자에 의한 직역.

이 『뜬 구름』 첫머리에 있어서의 시점은 과연 어디에 위치한 어떤 존재에 설정된 것으로 볼 수 있는가? 관청에서 나오는 관리들을 묘사하고 있는 이 장면은 인식 대상인 작중인물 스스로의 눈이나 혹은 다른 작중인물의 눈으로 보고 있는 광경은 아니다. 누군가가 원경으로서 포착하고 있는 것이다.[143] 그 누군가는 작중세계와는 어느 정도 거리를 두고 작중의 '분들'(方々)이나 '분'(方樣)을 대상화하고 '곰곰이 보고 열심히 점검'(熟ゝ見て篤と點檢)한다든지 경우에 따라서는 그것을 '적어보'(書立て)면서 인식하는 주체이다. 여기에서는 확실히 작중세계 밖에 있는 인식 주체로서 화자의 존재를 느낄 수 있다.

그렇다고 해도 그것은 작중세계와 완전히 단절된 다른 차원의 공간에서 내려다보고 있는 존재는 아니다. 전지적 시점을 가진 신과 같은 절대적 존재와는 다르다. 안과 밖이 수평적 공간으로 이어져 있는 작중세계에서 그 경계의 바로 바깥쪽에 서서 작중공간과는 아무런 교섭도 없지만 작중공간이 보이는 적당한 위치에서 대상을 포착하고 있는 마치 투명인간과 같은 존재라고 할 수 있을 지도 모른다. 즉 『뜬 구름』 첫머리의 작중세계는 기본적으로 그 작중세계 밖에 있는 화자의 〈외부시점〉에서 출발한 시선에 의해 인식되고 있다. 단 그 인식의 주체인 화자가 작중세계와 거의 동일한 지평에 서 있다고 하는 조건부 〈외부시점〉이다.

그러면 초점은 어디에 있는 것인가? 말할 필요도 없이 인식 대상의 외부이다. 시선이 닿는 곳은 모두 개성이 없는 사람들의 신체적 동작이며 밖에서 보이는 행동뿐이다. '끓어 나오는'(沸き出でゝ来る) '턱을 신경 쓰시는'(頤を氣にし給ふ) '이것을 입으신'(之を召す)과 같은 동작이 그것이다. 여기서 '턱을 신경 쓰시는'이 논란이 될 수도 있으나 대상의 의식이 아니다. '턱'을 쓰다듬으며 '신경 쓰시는' 것처럼 보이는 신체동작이 포착된다는 뜻이기 때문이다.

---

143) 野口武彦, 『小説の日本語』日本語の世界⑬, (東京, 中央公論社, 1980), p.120. 참조.

따라서 여기에서의 초점은 〈외면초점〉이라고 할 수 있다.

따라서 이 첫머리의 〈시점구조〉는 주로 〈외부시점〉이 〈외면초점〉을 포착하는 구조로 되어 있다. 작중세계에 대한 이러한 인식의 기본구도는 다음에 바로 이어지는 주인공 '분조'의 등장이나 그의 과거 성장 과정과 이력 등을 이야기하는 곳까지 계속된다. 그러나 「제1편」의 후반부, 「제2편」, 「제3편」으로 진행되는 이야기 속에서 서서히 작중인물 특히 '분조'의 입장에서 사태를 인식하는 경우가 늘어난다. 즉 주인공인 작중인물 '분조'를 인식 주체로 하여 점차 〈작중시점〉으로 이행해 간다는 것이다. 이 경향은 후반으로 갈수록 상당히 많아진다. 그러나 간혹 〈시점구조〉가 뒤섞이고 복잡한 양상을 보이는 예도 있다.

원문

　とはいへ心に物ある両人の者の眼には止まらず唯お勢が口ばかりで
「ア、佳こと
　トいつて何故ともなく莞然と笑ひ仰向いて月に観惚れる風をする。其半面を文三がむ〻が如く眺め遣れば眼鼻口の美しさは常に異ツたこともないが月の光を受けて些し蒼味を帯んだ瓜實顔にほつれ掛ツたいたづら髪二筋三筋扇頭の微風に戦いで頬の邊を往來する所は慄然とするほど凄味が有る。暫く文三がシゲシゲと眺めてゐるト頓て凄味のある半面が次第次第に此方へ捻れて……パツチリとした涼しい眼がヂロリと動き出して……見とれてゐた眼とピツタリ出逢ふ。螺の壺々口に莞然と含んだ微笑を細根大根に白魚を五本並べたやうな手が持てゐた團扇で隠蔽して恥かしそうなしこなし。文三の眼は俄かに光り出す[144]

---

144) 二葉亭四迷, 『二葉亭四迷全集 第一巻』, pp.24-25.

한국어역

　그렇다고는 해도 마음속에 제각기 나름대로의 생각을 갖고 있는 두 사람의 눈에는 들어오지 않고 오직 오세이가 입으로만

　"아아 아름다워라!"

하며 이유 없이 생긋 웃으면서 고개 들어 달을 넋을 잃고 보는 척 한다. 그 옆얼굴을 분조가 훔치듯이 바라보니 눈코입의 아름다움은 여느 때와 다를 것이 없지만 달빛을 받아 약간 푸르스름하게 갸름한 얼굴에 머리카락이 두 세 가닥 부채 바람에 흔들거리는 모습이 놀라울 정도로 운치가 있다. 잠시 분조가 뚫어지게 바라보는데 이윽고 그 운치 있는 옆얼굴이 점점 이쪽으로 돌려져서……반짝 뜬 시원스런 눈이 가만히 움직이더니……넋을 잃고 보고 있던 눈과 딱 마주친다. 소라 껍질에 난 구멍 같은 입에 살짝 머금은 미소를 가느다란 무에 뱅어를 다섯 가닥 나란히 얹은 것 같은 손에 들린 부채로 감추면서 부끄러운 듯한 몸놀림. 분조의 눈은 갑자기 빛을 발한다.[145]

　이것은 「제3회」에서 '분조'가 '오세이'에게 사랑을 고백하려고 하는 순간을 묘사한 곳이다. 밑줄을 그은 '운치 있는 옆얼굴이 점점 이쪽으로 돌려져서'(凄味のある半面が次第次第に此方へ捻れて)에 있어서의 '이쪽'(此方)이란 과연 '어느 쪽'을 가리키는 것일까? 이것은 '분조'에게 있어서 '오세이'의 '시원스런 눈'(涼しい眼)이 보이는 방향일 것이다. 적어도 '그 옆얼굴을 분조가 훔치듯이 바라보니'(其半面を文三がむが如く眺め遣れば)부터 '멍하니 쳐다보고 있던 눈과 딱 마주친다'(見とれてゐた眼とピツタリ出逢ふ)까지는 '분조' 쪽에서 본 '오세이'가 포착된 것이고 그것이 그대로 묘사되고 있는 것이다. 고모리 요이치(小森陽一, 1953~)가 '시선의 이야기'라고 지적했듯이 여기서는 이렇게 시선의 방향이 문제이다. 달을 보는 모습을 하고 있는 '오세이'는 '작중인물의 시선에 의해 포착되는 대상'이며 '직각을 이루는 분조의 시선'은 '화자에 의해

145) 필자에 의한 직역.

대상화되는 시선'이다.146) 즉 '오세이'는 달을 보고 '분조'는 '오세이'를 보고 화자는 '분조'를 보고 있는 것이다.

그러나 당연한 것이지만 '오세이'의 '보는' 동작과 '분조'의 그것과는 질적으로 다르다. '오세이'에게 있어서 '본다'는 것은 단지 '보는 척'을 해서 '보고 있는 것처럼 보이기' 위한 '신체적 동작'일 뿐이다. 한편 '분조'에 있어서 '본다'는 것은 '신체적 동작'일 뿐만 아니라 '감각 활동'을 통한 '인지적 작용' 전체를 의미하며 그 대상과 내용을 가지고 있다. 그 내용은 물론 '오세이'의 '눈코입'을 '여느 때' '아름답다'고 생각하고 있던 '분조'가 아니면 발견할 수 없는 '오세이'의 얼굴 생김새・모습・행동이다. 그렇기 때문에 '놀라울 정도로 운치가 있다'고 '시원스런 눈'이라고 느낄 수 있었던 것이다. '분조'가 '보는' 동작은 단지 '보는' 것이 아닌 '넋을 잃고 보'지 않을 수 없는 인식 대상 즉 내용을 가지고 있는 동작이다.

이에 대해 화자에게 있어서 '본다'는 것은 '오세이'나 '분조'의 그것과는 또 다르다. 말할 필요도 없이 화자가 '본다'는 것은 작중세계의 물리적인 공간에 있어서의 신체적인 시각과는 관계가 없는 것이다. 화자는 '육안'으로 보고 있는 것이 아니기 때문이다. 이 경우 '본다'는 것은 일종의 비유이다. 화자의 시점은 작중세계 밖에 있으면서 작중세계에서 특정한 역할을 하고 있는 인물들을 매우 특수한 감각으로 포착하고 있는 것이다. 이 특수한 감각이라고 하는 것은 여기에서 첫머리 부분에도 있는 것 같은 '적어보자면'(書立てれば)의 '보다'와 같은 것이다. 이러한 화자의 시선이 어디까지 도착하고 있는가 하면 '분조'의 시신경과 감각적 판단까지이다. '분조'의 눈에 비치는 '오세이'의 모습, 또 '오세이'의 모습을 보고 '아름다움'(美しさ) '운치'(凄味) '시원스럽다'(涼しい)는 것을 느끼고 있는 작중인물의 판단 영역에까지 화자의

146) 小森陽一, 『文体としての物語』, (東京, 筑摩書房, 1988), p.13. 참조.

시선은 전해지고 있다. 즉 화자는 작중인물인 '분조'의 내면까지 '보고' 있는 것이다.

이러한 점으로 미루어 인용 부분에 있어서의 시점은 '분조'와 화자 둘 다인 것으로 판단할 수 있다. 화자의 시선 안에 '분조'로부터 출발하는 시선이 포함되는 것이다. 따라서 이 부분의 〈시점구조〉는 화자의 〈외부시점〉이 '분조'의 〈내면초점〉을 포착하고 있는 틀 안에서 '분조'의 〈작중시점〉이 '오세이'의 〈외면초점〉을 파악하고 있다고 할 수 있다.

이러한 패턴은 후반으로 갈수록 〈작중시점〉이 〈외부시점〉과는 관계없이 독립해 간다. 다음은 『뜬 구름』의 말미 부분[147]인데 어떤 시점구조가 되고 있는지 검토해 보자.

원문

　出て行くお勢の後姿を目送って、文三は莞爾した。如何してかう様子が
渝つたのか、其を疑つて居るに遑なく、たゞ何となく心嬉しくなつて、
莞爾した。(中略)が、兎に角物を云つたら、聞いてゐさうゆゑ、今にも歸
ツて来たら、今一度運を試して聽かれたら其通り、若し聽かれん時には其
時こそ断然叔父の家を辭し去らうと、遂にかう決心して、そして一と先二
階へ戻つた。[148]

한국어역

　밖으로 나가는 오세이의 뒷모습을 눈으로 배웅하고 분조는 빙그레 웃었

---

147) 야나기다 이즈미(柳田泉, 1894~1969)의 연구와 전후에 발견된 『제19회』 이후의 구상이 쓰여진 후타바테이의 잡기장 『구치바슈 히토가고메』(くち葉集ひとかごめ) 등으로 『뜬 구름』이 중단된 미완성작이었음이 명백해졌다. 그런데 구상안이라 하더라도 '오세이'의 운명이 통일되지 않은 등, 어디까지나 작품화되지 않은 '구상'에 불과했기 때문에 출간된 『뜬 구름』과 동일선상에서 논할 수는 없는 측면이 있다. 이 책에서는 출간된 『뜬 구름』의 텍스트만을 하나의 분석대상으로 사용하기로 한다. 柳田泉, 『初期明治文学の輪郭』(東京, 日本放送出版協会, 1941). 등 참조
148) 二葉亭四迷, 『二葉亭四迷全集 第一巻』, pp.175-176.

다. 어떻게 이렇게 상황이 변했는지 그것을 의심하고 있을 겨를 없이 단지 그냥 마음이 기뻐져서 빙그레 웃었다. (……) 그러나 어찌 되었든 이야기를 하면 듣고 있을 것 같기 때문에 지금이라도 돌아온다면 한 번 더 시도해보고 받아들여주면 좋고 만약 받아들여주지 않을 때에는 그때야말로 단연 숙부의 집을 떠나자고 마침내 이렇게 결심하고 그리고 2층으로 돌아왔다.149)

이 마지막 장면은 '분조'가 본 것, 느낀 것, 생각한 것 등이 여과 없이 그대로 이야기되고 있다는 점에서 시점은 작중인물 '분조'의 〈작중시점〉임을 알 수 있다. '마음이 기뻐져서'(心嬉しくなって)라든가 '결심'(決心)이라는 말로도 알 수 있듯이 초점은 '분조'의 내면의 쪽으로 옮기고 있으므로 〈내면초점〉이다. 이렇게 『뜬 구름』의 〈시점구조〉를 단락이나 장면을 단위로 해서 처음부터 마지막까지 분석해 보면 서술의 전개에 따라 점차 〈외부시점〉〈외면초점〉으로부터 〈작중시점〉〈내면초점〉으로 이행해 간다는 것을 알 수 있다. 경우에 따라 위에서 인용한 「제3회」의 예와 같이 〈작중시점〉〈외면초점〉을 〈외부시점〉〈내면초점〉이 포괄하는 경우도 있다. 또 경우에 따라서는 〈외부시점〉으로부터 〈작중시점〉이 분리해 독립한 형태가 된 경우도 있다.

시점이 서서히 작중세계 밖에서 안으로, 초점도 작중인물 밖에서 안으로 이행해 가는 것이 『뜬 구름』의 시점구조의 특징이다. 즉 시점과 초점은 양쪽 모두 '밖에서 안으로'의 방향으로 이행 과정을 보이고 있는 것이다. 첫머리에 있어서 화자의 시점은 서술의 진행에 따라 주인공 '분조'의 시점으로 옮겨져 간다. 또 외면만을 묘사하고 있던 첫머리의 초점은 후반으로 갈수록 내면에 집중해 간다. 이러한 특징은 처음의 '시즈오카와 도쿄'라고 하는 넓은 영역에서 점차로 좁혀져서 '소노다가'의 안으로, 마지막에는 이층에 있는 '분조의 방'으로 한정되는 작중공간의 범위 축소 과정과 일치하고 있다.

149) 필자의 번역.

근대 초기 최초의 언문일치체 소설로 이야기되는 후타바테이 시메이의 『뜬 구름』은 이야기하는 주체로서 화자의 존재가 확립된 최초의 소설로서 자리매김 된다.[150] 화자의 존재가 확립된다는 것은 화자와 작중세계와의 관계가 확립되는 것이기도 한다. 이것은 바꿔 말하면 화자에게 작중세계에 대한 퍼스펙티브가 제공되는 방법이 안정적으로 정해져있다는 것이다. 작중세계 밖에서는 확고한 입지를 가진 존재인 화자 자신의 시점으로, 또 작중세계 안에서는 특정한 작중인물의 시점에서 어느 정도 일관된 퍼스펙티브가 제공되는 상태이다. 텍스트를 통해서 확인했듯이 『뜬 구름』의 경우는 화자의 시점이든 작중인물의 시점이든 일단 작중세계 안에 있는 한 지점에 공간적 위치를 확보하고 그것을 근거로 해서 작중세계를 포착하고 있다는 것을 알 수 있다.

최초의 '근대소설'이라고 이야기되는 『뜬 구름』은 지금까지 소위 언문일치체라고 하는 문체적 측면에서의 새로움은 강조되었지만 그 시점의 특징은 별로 주목받지 않았다. 그것은 시점이라고 하는 개념 자체가 헨리 제임스 이후 발견된 시점인물을 설정하는 기법으로만 이해되었기 때문이다. 처음부터 문체의 변화란 어떠한 인식 방법의 변화를 반영한 결과다. 그 인식 방법의 변화는 넓은 의미에서 시점의 변화를 수반하는데 그것은 〈시점구조〉의 분석을 통해서 파악할 수 있는 것이다. 『뜬 구름』은 전근대적 시점이 근대적 시점으로 바뀌는 양상을 매우 단적으로 보여 주는 작품이다.

『뜬 구름』은 화자의 시점과 작중인물의 시점 곧 〈외부시점〉과 〈작중시점〉이 이전보다 명확해진 형태로 구별 가능한 소설이다. 뿐만 아니라 시점주체의 시공간적 위치를 확정할 수 있다. 이야기 서술의 시공간이든 작중세계의 시공간이든 시점주체의 존재는 허구의 작중세계를 포함하는 균질하고 투명한 물리적 시공간의 한 지점에 위치한다. 또 이것을 어떠한 형태로든 확정

---

150) 野口武彦, 前揭書, p.121-134. 참조.

하고 설명할 수 있다는 것이다. 그렇다고 하면『뜬 구름』은 시점주체의 위치를 확정할 수 있는 최초의 이야기라고 할 수 있다.

위의 고찰을 통해 확인한 바와 같이『뜬 구름』의 〈시점구조〉 분석 작업은 근대문체혁명과 시점의 관계를 알아보는 것이기도 했다. 필자는 여기에서 『뜬 구름』의 '문체혁명'은 어떤 의미에서는 〈시점혁명〉이었다고 해 두고 싶다. 단 초점에 있어서『뜬 구름』은 내면과 행동이 확실하게 구별이 되지 않고 내면과 행동 양쪽으로 모두 판단할 수 있는 곳도 많이 보인다. 초점에 관해서는 다음 절『이불』의 예에서 좀 더 자세히 살펴보기로 한다.

제2절 『이불』에 있어서의 초점의 소재

다야마 가타이의 『이불』은 1907년 잡지 『신소설』(新小説) 9월호에 처음으로 발표되었다. 모두 합해서 열 한 개의 장으로 이루어진 중편소설『이불』은 발표 당시부터 작자 자신의 '적나라한 내면적 고백'으로 간주되기도 했다.151) 그 후 일본의 '근대소설사상 중요한 과제가 된 사소설의 길을 개척한 최초의 초석'152)으로서 '일본 자연주의의 진로를 결정짓고'153) 근현대 문학의 '기원이 된 소설'154)로 여겨진다. 반면 이 작품은 일본 자연주의를 오로지 '사소설'의 방향으로 왜곡시켰다고 평가되며155) 이는 하나의 문학사적 사

---

151) 예를 들면 '이 한편은 육체적 인간, 적나라한 인간의 대담한 참회록이다.'(此の一篇は肉の人、赤裸々な人間の大膽なる懺悔録である)라고 한 시마무라 호게쓰(島村抱月, 1871~1918)의 평가 등.

152) 平野謙,「作家論Ⅰ」,『平野謙全集 第七巻』,(東京, 新潮社, 1975), p.101.

153) 平野謙,「島崎藤村論」,『平野謙全集 第一巻』,(東京, 新潮社, 1975), p.128.

154) 稲垣直樹,「≪自然主義≫再考—ナレーションから見たその成立期の諸作品」, 松村昌家編,『比較文学を学ぶ人のために』,(東京, 世界思想社, 1995), p.78.

155) 마사무네 하쿠초(正宗白鳥, 1879~1962)와 나카무라 미쓰오(中村光夫, 1911~88)의 비판 등.

실로서 받아들여지고 있다.

그런데 평론가 가라타니 고진(柄谷行人, 1941~)은『일본 근대문학의 기원』(日本近代文学の起源, 1980)에서 '가타이의『이불』에 의해 일본 소설의 방향이 (……) 왜곡되지 않았다면 어떻게 되었을 것인가'하고 반문하고 있다. 그리고 '일본 소설이 나갔어야 할 정상(正常)적인 방향은 과연 정상적인 것인가', 또 '서양에서의 정상이 만일 그 자체가 이상(異常)이라면 어떻게 되는가'라고 추궁하고 있다.156) 가라타니는『이불』이 '일본근대문학'의 방향을 결정지었다는 사실을 인정하고 그 과정 속에 내재한 '왜곡'이나 '전도의 소산'을 마치 당연한 것으로 받아들이는 '오늘날의 사고'를 비판하는 것이 목적이라는 것이다.157)

이와 관련하여 가라타니는 그의 저작에서 '일본의 근대문학은 고백의 형식과 함께 시작되었다고 해도 과언이 아니다'158)라고 하며 다음과 같이 논하고 있다. '내면이 그것 자체로서 존재한다는 환상이야말로 언문일치에 의해 확립된'159) 것이어서 '내면 혹은 자아가 선행적으로 존재하는 것이 아니라 (……) 고백이라는 제도가 고백해야 할 내면 혹은 진정한 자아를 만들어낸다'160)는 것이다. 다시 말해 가라타니는 이러한 '내면의 발견'의 이면에는 '고백'을 가능하게 하는 '제도'나 '형식'의 확립이 있었다고 전제하고 이러한 '기호론적인 배치의 전도'161)가 성립하는 조건을 '언문일치' 운동 속에서 찾으려 하고 있는 것이다.162)

이러한 '내면의 발견'은 서구 우위의 음성문자중심주의에서 출발한 언문일

---

156) 柄谷行人,『日本近代文学の起源』, (東京, 講談社, 1988), p.100. 참조.
157) 같은 책, p.126. 참조.
158) 같은 책, p.97.
159) 같은 책, p.76.
160) 같은 책, p.98.
161) 같은 책, p.69.
162) 같은 책, pp.53-70. 참조.

치 운동과 맞물리면서 근대 이후의 '기호론적인 배치의 전도'가 이루어진 것
이라고 한다.163) 즉 표음문자가 가진 경제성·직접성을 합리적이고 민주적
인 것으로 받아들인 결과인 것이다. 이렇게 생각하는 것은 어느 정도 타당하
다고 본다. 『이불』 안에서 '내면'이 '고백'되었다고 할 것이 아니라 '구어 우
선'이라는 이데올로기와 '언문일치체'의 보급이라고 하는 상황 속에서 '고백
이라고 하는 제도'나 '고백되어야 할 내면'이 만들어졌다고 해야 할 것이다.
새롭게 만들어진 것은 '내면' 그 자체가 아니고 '내면이라고 하는 개념 또는
기호'이기 때문이다. 이것이야말로 '기호론적인 배치의 전도'이며 이러한 '전
도'를 자각하는 패러다임은 페르디낭 드 소쉬르(Ferdinand de Saussure, 1857~
1913)의 시니피앙(signifiant)과 시니피에(signifié)의 구별에서 유래한다.164)

어떠한 대상이 혹은 어떠한 개념이 먼저 있어서, 명칭이 나중에 생기는 것
이 아니다. 고백하고 싶은 내용이 먼저 생겨서 고백을 하게 되는 것이 아니
다. 오히려 말이 먼저 존재하기 때문에 즉 명칭이 먼저 존재하기 때문에 개
념이나 실재의 대상이 생겨난다. 사회적으로 커뮤니케이션 공간 속에서 받아
들여지는 '고백'이라는 형식 혹은 제도나 관습이 먼저 생겨서 그 그릇에 담
을 내용이 나중에 만들어진다는 것이다. 내적 원인에 의해서가 아니고 외적
조건으로 규정되어서 나중에 내용이 결정된다는 것이다. '고백이라고 하는

163) 같은 책, pp.53-70. 참조.
164) 가라타니 고진의 『일본근대문학의 기원』 속에서 반복적으로 등장하는 '기호론적 배치의 전도'라
는 다소 난해한 표현은 무엇을 의미하는가? 이는 일본의 근대문학이 기호와 현실세계의 '전도'
(轉倒, 뒤집힘 또는 뒤바뀜)로부터 출발했고 그것이 단선적으로 받아들여져 진화론적 과정의 일
부로 간주된 사실에 대한 자각을 강조하기 위해 레토릭을 사용한 것으로 보인다. 그런데 그 논
리구조는 매우 간단한 것이다. 대상을 포착하는 것은 결국 기호나 개념의 틀을 통해서만 가능하
다는 말이 된다. 이러한 기호론적 사고의 기원을 찾자면 기호의 체계에 의해서 비로소 대상을
파악하게 된다는 '기호론적 전환'에서부터이다. 소쉬르의 시니피에와 시니피앙의 구별에 관해서
는, Ferdinand de Saussure, Cours de linguistique générale, Paris: Payot, 1973, pp.97-103. 참
조. 일본어 번역은, 小林英雄, 『一般言語学講義』, (東京, 岩波書店, 1965)에서 '所記' '能記'라는
한자어를 사용하고 있다. 그 외에 한국에서는 '기호내용' '기호표현'이라는 번역어도 사용되고
있다.

제도'와 '내면'도 시니피앙과 시니피에의 관계와 같으며 바로 그것의 아날로지인 것이다. 이러한 의미에서 어찌 보면 '내면의 발견'이 아닌 '내면의 창조'라고 부르는 것이 더 적절한지도 모른다. 어쨌든 근대에 와서는 이야기에 있어서 '내면'을 '내면이 아닌 것'과 구별하게 된 것은 확실하다. 그렇다면 이 새로운 시니피에를 만들어 낸 '언문일치체'라는 시니피앙은 구체적으로 어떤 것인가?

필자는 작중세계에 대한 인식 구조의 형식이라고 하는 관점에서 볼 때 당시의 '언문일치체'는 『뜬 구름』에 의한 시점의 위치 확정에 이어 '고백해야 할 내면'을 만들어 낸 『이불』에서 시점과 초점의 분리가 이루어진 것과 깊게 관련되어 있다고 본다. 시점과 초점의 분리란 시점과 초점과의 사이의 거리 즉 시선의 길이를 확정하는 것과 시선이 내면에까지 도달하는지 아닌지 하는 초점 자체의 위치를 확정하는 두 가지 문제로 나눌 수 있다. 이것도 시니피앙과 시니피에의 아날로지로 설명된다. 어떤 의미에서 시점과 초점의 관계는 형식과 내용의 관계라고 말할 수 있다. 형식이나 관점이 성립하면 내용도 결정된다. 시점의 위치가 확정되면 그때부터는 초점을 정교하고 치밀하게 나누려고 하는 기제가 작용할 것이다. 형식·관점에 해당하는 시점이라고 하는 시니피앙이, 내용으로서의 초점이라고 하는 시니피에를 규정하거나 만들어 낸다는 것이다. 이 시점과 초점의 분리 문제 즉 시선의 길이 확정과 초점 자체의 위치 확정 문제에 대하여 하나씩 순서대로 살펴보자.

시점과 초점과의 사이의 거리 즉 시선의 길이 문제는 요컨대 인칭의 문제이다. 화자가 작중인물을 포착할 경우나 어떤 작중인물이 다른 작중인물을 포착할 경우는 크게 문제가 되지 않는다. 그러나 특정한 작중인물이 자기 자신의 내면을 파악할 때 그 거리는 제로가 될 것이다. 그 때문에 이론상 시점과 초점 사이의 거리도 제로가 되고 시선의 길이 문제는 생각하기 어려워진다. 이 책의 제1장에서 제시했던 〈그림 2〉의 a'와 같을 것이다. 그러나 시점과 초점을 분리해서 생각하면 자신의 내면을 파악하는 이 '일인칭적' 시점과 대상이 되는 초점과의 거리가 비록 제로라 하더라도, 포착하는 자신과 포착되는 자신을 개념적으로 구별함으로써 시점과 초점 각각의 위치를 확정할 수 있다. 실제로 〈그림 2〉의 a'인 것 같더라도 개념상으로는 〈그림 1〉의 a 혹은 c와 같이 생각하는 것이다.

또 초점 자체의 위치 확정 즉 내면과 행동을 확연하게 구분하는 문제에 있어서도 이 시점과 초점의 분리 문제와 연동되어 있다. 시점과 초점을 분리함으로써만이 초점 자체의 위치가 문제가 되기 때문이다. 아니 오히려 시점과 초점과의 분리는 초점에 있어서의 내면과 행동의 구분을 촉발하는 셈이다. 그러나 초점의 위치를 확정하려고 할 경우 외면을 포착할 때보다도 내면을 포착할 때 더 문제가 된다. 다음은 『이불』의 첫머리인데 특히 초점의 문제에 주목하면서 생각해 보자.

원문

小石川の切支丹坂から極樂水に出る道のだらだら坂を下りようとして渠は考へた。『これで自分と彼女との關係は一段落を告げた。三十六にもなつて、子供も三人あつて、あんなことを考へたかと思ふと、馬鹿々々しくなる。けれど………けれど………本當にこれが事實だらうか。あれだけの愛情を自分に注いだのは單に愛情としてのみで、戀ではなかつたらうか。』[165]

한국어역

고이시가와의 기리시탄자카에서 고쿠라쿠스이로 나오는 길의 완만한 경사를 내려가려고 하면서 그는 생각했다. "이것으로 나와 그녀와의 관계는 일단락 지었다. 서른 여섯도 되었고 자식도 세 명 있고 그런 일을 상상했다고 생

---

165) 田山録弥, 『定本花袋全集』第一巻, 定本花袋全集刊行会編, (東京, 臨川書店, 1993), p.521.

각하니 바보 같아졌다. 그래도⋯⋯⋯그래도⋯⋯⋯정말로 이것이 사실일까. 그 만큼의 애정을 나에게 쏟았던 것은 단지 애정일 뿐이고 사랑은 아니었던 가."166)

여기에서 보듯이 주인공은 처음에 단지 '그'(渠)라는 삼인칭 대명사로 씌어졌다. '그는 이름을 다케나카 도키오라고 했다'(渠は名を竹中時雄といつた)167)고 이름을 밝히는 것은 제2장의 첫 부분이다. 그리고 '그는 생각했다'(渠は考へた)와 같은 서술에 의해 인용부호 『 』안에 그 '생각한' 내용 즉 '그'의 내면이 그대로 비추어진다. 다시 말해 이 첫머리 부분의 '그는 생각했다'는 인용 부호로 묶인 부분이 〈내면초점〉이 되고 있다는 것을 명시하는 장치로 작용한다. 문자 그대로 '생각한' 내용이기 때문에 어디까지나 '내면'을 포착하고 있는 것이다.

이렇게 보면 '고이시카와의 기리시탄자카에서'라고 배경묘사에서 시작하는 첫머리 부분의 시점구조는 작중인물 '그'와 어느 정도 거리를 두는 화자의 〈외부시점〉이면서도 초점은 확실히 〈내면초점〉이라는 것을 알 수 있다. 일상 대화에서는 지극히 부자연스러운 '그는 슬프다'와 같은 〈외부시점〉과 〈내부시점〉의 조합이 소설 문장 속에서 무리 없이 받아들여질 수 있게 된 것은 대체로 이 시기 자연주의의 발전과 축을 같이하는 것이다.

물론 소위 '전지적 시점'이라 불릴 만한 것은 전근대적 이야기 서술의 일반적 특징으로 여겨진다. 그러나 이 경우는 〈외부시점〉의 주체인 화자의 위치가 확정되어 있는 근대 이후의 〈시점구조〉와는 근본적인 차이가 있다. 다시 말하자면 시점의 위치가 확정되어 있지 않으면 내면인지 행동인지 하는 초점에 있어서의 정확한 위치 구분도 의미가 흐려져 버리기 때문이다. 그렇

---

166) 필자의 번역.
167) 같은 책, p.525.

다고 하면 시점의 위치를 확정할 수 있는 근대 이후 소설의 〈시점구조〉에서 〈외부시점〉이면서 〈내면초점〉을 취하고 있는 것은 소설 장르에 있어서 하나의 중요한 특징이기도 하다.

원래 내면을 쉽게 묘사하기 위해서는 시점이 일인칭적인 〈작중시점〉이고, 자신의 마음속을 자신이 포착하는 형태로 하는 것이 좋다. 인간은 자신의 마음을 타인의 마음보다 가장 잘 알고 있다고 생각하는 것이 보통이기 때문이다. 그렇기 때문에 심리나 내면을 그릴 때 적절한 방법은 일인칭으로 쓰는 것이고 서간체 소설이 그 대표적인 예이다. 그러나 『이불』이 나오고 비로소 그 이후의 작품에서는 내면을 포착하는 데 반드시 〈작중시점〉일 필요가 없이 〈외부시점〉에서도 얼마든지 초점이 되는 인물의 심리를 포착할 수 있게 되었다. 이것은 아마도 『뜬 구름』 이후 추진된 '언문일치체'의 보급에 의해 시점의 위치가 확정되고 작중세계 속에서 안정적인 시선의 출발이 보장된 것과 무관하지 않다.

시점의 위치가 정해져 있다는 것은 시선의 출발점 좌표가 작중공간을 중심으로 도상화(図像化)할 수 있다는 것을 의미하며 그렇게 되면 자연스럽게 시선의 도착점의 소재도 엄밀히 그려지지 않으면 안 된다. 시점 즉 시선의 출발점이 확실하면 초점 즉 시선의 도착점은 작중인물의 내면에 들어가도 불안정하지 않고 문제없다는 것이다. 조금 더 단적으로 말하자면 〈외부시점〉이든 〈작중시점〉이든 그것이 있는 장소만 알면 인물의 내면에 들어가도 길을 잃는 일은 없다는 것이다. 즉 작중세계로의 인식의 통로는 항상 확보할 수 있다는 것이 아닐까. 이러한 것이 보다 극명하게 드러나는 다음 예를 보도록 하자.

원문

數多い感情ずくめの手紙―二人の關係は何うしても尋常ではなかつ

た。妻があり、子があり、世間があり、師弟の關係があればこそ敢て烈しい戀に落ちなかつたが、語り合ふ胸の轟き、相見る眼の光、其の底には確かに凄じい暴風が潜んで居たのである。機會に遭遇しさへすれば、其の底の底の暴風は忽ち勢いを得て、妻子も世間も道德も師弟の關係も一擧にして破れて了ふであらうと思はれた。少なくとも男はさう信じて居た。それであるのに、二三日来のこの出来事、此から考へると、女は確かに其の感情を僞り賣つたのだ。自分を欺いたのだと男は幾度も思つた。けれど文學者だけに、此の男は自から自分の心理を客觀するだけの餘裕を持つて居た。年若い女の心理は容易に判斷し得られるものではない、かの温かい嬉しい愛情は、單に女性特有の自然の發展で、美しく見えた眼の表情も、やさしく感じられた態度もすべて無意識で、無意味で、自然の花が見る人に一種の慰藉を与へたやうなものかもしれない。168)

> 한국어역

　수많은 감정 투성이의 편지—두 사람의 관계는 아무래도 심상치 않았다. 처가 있고 자식이 있고 세상 사람들이 있고 사제 간의 관계가 있기 때문에 감히 열렬한 사랑에 빠지지 않았지만 이야기를 나누는 가슴의 두근거림, 서로를 바라보는 눈빛, 그 바닥에는 분명 무서운 폭풍이 숨어 있었던 것이다. 기회를 만나기만 한다면 그 바닥의 바닥에 있는 폭풍은 바로 힘을 얻어 처자식도 세상도 도덕도 사제 간의 관계도 한 번에 부수어지리라고 생각했다. 적어도 남자는 그렇게 믿고 있었다. 그럼에도 최근 이삼일간의 사건, 이것으로 생각해 보면 여자는 확실히 그 감정을 속였던 것이다. 자신을 속였다고 남자는 몇 번이고 생각했다. 그러나 문학자인 만큼 이 남자는 스스로 자신의 심리를 객관화할 만큼의 여유를 가지고 있었다. 젊은 여자의 심리는 쉽게 판단할 수 있는 것이 아니다, 그 따뜻하고 기쁜 감정은 단순히 여성 특유의 자연적인 발전이며 아름답게 보인 눈의 표정도 상냥하게 느껴진 태도도 무의식적

---

168) 같은 책, p.521-522.

이고 무의미하게 자연의 꽃이 보는 사람에게 일종의 위로를 준 것일지도 모른다.169)

 인용이 다소 길어졌지만 이것은 첫머리 바로 다음의 서술이다. 먼저 '수많은 감정 투성이인 편지'에서 '남자는 그렇게 믿고 있었다' 즉 첫 번째 문장에서 네 번째 문장까지는 주인공 '도키오'의 내면으로도 화자의 상황설명으로도 볼 수 있다. '자신을 속였다 (⋯⋯) 여유를 가지고 있었다'의 여섯 번째 문장과 일곱 번째 문장은 화자의 상황설명일 것이다. 그러나 다섯 번째 문장 '그럼에도 (⋯⋯) 그 감정을 속였던 것이다'와 '젊은 여자의 심리는 (⋯⋯) 일종의 위로를 준 것일지도 모른다'는 마지막 문장에 주목해 보자. 여기는 주인공 '도키오'의 내면이 인용부호도 없이 그대로 드러난 부분이다.

 인용한 단락은 전체적으로 인칭에 있어서 '남자' 또는 '이 남자'라는 식으로 화자의 입장을 취하고 있다. 그러나 그와 함께 작중인물의 내면이 지문 속에 그대로 드러나 마치 서양어의 자유간접화법처럼 서술되어 있다. 즉 위의 인용은 내용적으로 '도키오'의 머릿속에서 생각하거나 마음으로 느끼는 것이면서도 기본적인 틀은 〈외부시점〉을 설정해 두었다는 것을 알 수 있다.

 사실은 『이불』 거의 전체가 이렇게 '도키오'라는 시점인물을 통해 파악되는 사건으로 구성되어 있다. 작중세계의 사건이 모두 끝난 후의 서술로 되어 있는 만큼 전체의 틀로는 '도키오'의 기억을 더듬는 회상 형식의 이야기이다. 이러한 의미에서는 주인공 '도키오'의 〈작중시점〉이 작용하고 있는 것이다. 인물의 내면을 이 정도로 폭로하는데 완전히 그 인물 자체가 되어야 하는 것은 당연한 일일 것이다. 『이불』은 삼인칭을 사용하는 점에서는 화자의 〈외부시점〉이기도 하고 실제 사건을 포착하는 눈의 레벨에서는 '도키오'의 〈작중시점〉이기도 하다.

169) 필자의 번역.

이것은 〈외부시점〉과 〈작중시점〉의 이중 구조가 회상 형식 속에 녹아들어 있다고 볼 수 있다. 다시 말해 작중세계를 작중의 현장에 있는 과거의 인물 '도키오'의 눈이 아니라 현재의 '도키오'가 이야기하는 현재 시점(時點)에서 기억을 되살려 회상하고 정리하고 이해한 사건 또는 '지금'의 심정을 설명하는 형태이다. 사건이나 '도키오'의 행동은 작중세계의 과거에 속하고 회상 행위나 '도키오'의 내면은 이야기하는 현재에 속한다. '이것은 지금 생각해 보면 이러한 것이다'라는 것과 같다. 단지 이야기하고 있는 현재 시점이 작중세계의 사건이 모두 끝난 후 '닷새'밖에 지나지 않았기 때문에 '성욕과 비애와 절망이 바로 도키오의 가슴을 엄습했다'(性欲と悲哀と絶望とが忽ち時雄の胸を襲つた)170)는 것뿐이다.

중요한 것은 『이불』에 의해 '내면'이 그려지고 '내면'을 '내면이 아닌 것'과 구별할 수 있게 된 점이다. 『이불』에서의 〈외부시점〉과 〈내면초점〉의 결합, 이것은 『뜬 구름』에서의 시점의 위치확정에 이은 획기적인 사건이다. 『뜬 구름』에 의한 〈시점혁명〉에 비해 『이불』에 의한 이러한 변화는 〈초점혁명〉이라고 해야 되지 않을까. 또한 근대초기의 이러한 일련의 〈시점구조〉의 전환을 언문일치체의 〈문체혁명〉에 대해 〈시점구조의 혁명〉이라 불러야 하지 않을까 한다. 〈시점구조〉의 면에서 보면 『이불』로 인해 내면과 행동의 구분이 가능해지고 시점과 초점의 구분이 확연해진 것이다. 정리해 말하자면 근대적 시점의 특징은 시점의 위치 확정과 초점의 확실한 분리에 있다고 할 수 있다. 이것은 근본적으로는 시점이 작중세계나 서술의 시공간 속에서 중심화(中心化)되었다는 것을 의미한다. 이러한 근대의 시점을 고대 중세의 〈초월적 시점〉 〈중층적 시점〉에 대하여 〈중심적 시점〉이라고 부를 수 있을 것이다.

---

170) 같은 책, p.606.

제3절 근대적 문체의 성립과 근대적 시점의 전개·해체

일본어 근대문체의 실질내용은 무엇인가? 소위 근대 언문일치체의 핵심은 '과거라는 시제를, 서술 상에 우세하게 취급하는 움직임'[171]이고, 「과거의 시제를 문말에 오게 하는 문체의 채용」[172]이었다. 즉 문말어 '~た'(ta, ~ㅆ다)의 사용인 것이다. 후타바테이의 공적도 기본적으로는 이 문말어의 확립에 있다고 해도 크게 틀린 말은 아닐 것이다.

'근대소설'의 기법이란 기본적으로 위에서 확인한 바와 같이 시점과 초점의 위치확정 기법이고 최초의 '근대소설'이란 시점과 초점이라는 양자의 위치관계가 확정된 최초의 소설 작품을 가리킨다. 필자는 이러한 의미에서『뜬구름』을 명실상부한 최초의 '근대소설'이라고 생각한다. 문말어 '~た'도 결국 서술하는 위치와 보는 위치가 시간적으로 작중세계의 안쪽인지 바깥쪽인지의 문제를 확정하려 하는 강박에서 비롯된 '발명'이라 볼 수 있다. 이러한 작중세계로의 원근법적 인식이 표현 면에 있어서의 인공적인 문체를 만들어 내게 된 기반이 되었던 것이다.

야마모토 마사히데(山本正秀, 1907-80)는 일본근대문체의 요건에 대해, 평명성(平明性)·세밀성·속어의 존중·구두법의 확립·객관적 묘사성·근대적 사실로의 적합성·개성적 표현이라는 일곱 가지 항목을 들고 있다.[173] 이 일곱 가지 항목을 조금 더 보편적인 기준으로 정리 통합한다면 대체로 평명성(平明性)·표기의 확립·객관사실 묘사의 세 가지로 정리할 수 있다. 그 중에서도 '평이 명쾌, 민중들도 알기 쉬운 통속성'의 뜻인 '평명성' 즉 '알기쉬움'이 제일의 요건이 된다고 생각한다. 단 이러한 평명성의 내용이 무엇인지에 관해서

---

171) 藤井貞和, 「日本文学の時制―「た」の遡及とその性格」, 物語研究会編, 『書物と語り』, (東京, 若草書房, 1998), p.293.

172) 같은 논문, p.297.

173) 山本正秀, 『近代文体発生の史的研究』, (東京, 岩波書店, 1965), pp.5-10. 참조.

는 연구자마다 의견이 다를 수 있겠다. 필자가 생각하는 일본 근대 문체에서의 평명성은 '문장어에서 일상어로의 변화'에 중점이 놓이고 구체적으로는 문말어 등 말 그 자체의 변화가 추구된 것이었다. 그렇기 때문에 '문말어'의 문제는 근대 문체의 성립과정에 있어서 최대의 관심사였다고 할 수 있다.174)

1880~90년대 일본문학자들의 문말표현에 대해 후타바테이가 '~だ'([da], ~이다)체, 야마다 비묘(山田美妙, 1868~1910)가 '~です'([desu], ~입니다)체, 오자키 고요(尾崎紅葉, 1867~1903)가 '~である'([dearu], ~이다)체, 사가노야 오무로(嵯峨の屋 お室, 1863~1947)가 '~であります'([dearimasu], ~입니다)체를 채용하고 있었다는 통설이 있다.175) 이에 대해 오자키 도모미쓰(尾崎知光, 1924~)는 『근대문장의 여명』(近代文章の黎明, 1967)에서 통계적 조사에 기초하여 『뜬 구름』의 지문에 문말어 '~だ'[da]가 나오는 부분은 전편(前編)을 통해 불과 네 군데밖에 없다고 밝혔다.176) 오자키 도모미쓰는 또한 후타바테이가 '~だ'체를 채용했다는 통설이 일반에 받아들여진 이유의 하나로 '~だ'체의 '~だ'라는 것이 반드시 이 말만 가리키는 것이 아니라 비경체(非敬体)의 종지, 예를 들어 조동사 '~た'([ta], ~써다)로 끝나는 형태 등을 포함한 내용을 그렇게 총칭했다'는 점을 들고 있다.

오자키씨의 조사에 의하면 『뜬 구름』의 지문에서 문말어는 제1편에 272개, 제2편에 431개, 제3편에 395개로 합계 1098개가 있다고 한다. 이것을 체언이나 동사의 명령형··'~た' 이외의 '~だ'·'~である' 등의 조동사·조

---

174) 같은 책, p.526. 참조. 尾崎知光, 『近代文章の黎明』, (東京, 桜楓社, 1967), p.12., p.66. 참조.
175) 이러한 통설은 후타바테이 자신이 1906년 5월 『文章世界』에 발표한 「余が言文一致の由來」에서 비롯된다. '暫くすると, 山田美妙君の言文一致が発表された, 見ると, 「私は……です」の敬語調だ. 自分とは別派である. 即ち自分は「だ」主義, 山田君は「です」主義だ. 後で聞いて見ると山田君は始め敬語なしの「だ」調を試みて見たが, どうも旨く行かぬと云ふので, 「です」調に定めたといふ. 自分は始め, 「です」調でやらうかと思つて, 遂に「だ」調にした. 即ち行き方が全然反対であつたのだ.'
176) 尾崎知光, 『近代文章の黎明』, pp.67-70. 참조.

사·'~で'([de], ~이고)중지 등 총 20개의 항목을 설정하여 분류했다. 그 결과
이 속에서 동사의 종지형이 제1편에 140개, 제2편에 79개, 제3편에 111개로
합계 330개가 나오고, 조동사 '다(た)'는 제1편에 29개, 제2편에 178개, 제3편
에 117개로 합계 324개가 나와 있다는 것이다.[177] 여기에서 동사의 종지형
은 '루(る)'형을 가리키고 있었던 것이다. 통계를 보면 '루(る)'와 '다(た)'가
문말어에서 압도적으로 많은 수를 차지하고 있다는 것을 알 수 있다.

그러면, 『뜬 구름』에 있어서 문말어의 문제를 '루(る)'와 '다(た)'를 중심으
로 문체 및 시점과 관련되는 방식을 고찰해 보자. 문말어 '루(る)'와 '다(た)'
는 어떠한 성격의 말인가? 현재 일본어 학교문법에서는 '루(る)'는 '현재형',
'다(た)'는 '과거형'으로 취급하고 있는데 실상은 반드시 그렇게만 설명할 수
없는 부분이 있다. 이야기 텍스트에서 서술 시점(時點)에 화자가 이야기에 몰
입할 경우 '과거를 나타내는 현재형'이 얼마든지 나온다,[178] 또 '다(た)'는 문
법적으로는 과거나 완료로 분류되지만 실제로는 시간에 상관없는 확인·확
정의 표현으로 현대일본어의 문말어를 대표하고 있다.[179] 결국 『뜬 구름』에
서는 당시까지 일상의 구어에서만 사용되던 '루(る)'와 '다(た)'가 소설의 지
문에 사용됨으로써 화자와 작중 장면 간의 거리에 대한 감각을 일깨웠던 것
이다. 이러한 감각이 『이불』에서는 더욱 치밀하게 작중 장면의 내용과 화자
와의 관계에 대한 감각으로까지 발전했다 하겠다.

이와 같은 관점에서 일본의 이야기 문학 표현양식의 단계별 변천 상황을
표로 정리하면 다음과 같다.

---

177) 같은 책, p.68, pp.69-70, p.75. 참조.
178) 大澤吉博, 「テクストを読むということについて」, 大澤吉博編, 『テクストの発見』, (東京,
中央公論社, 1994), pp.18-21. 참조.
179) 같은 책, p.69. 참조. 또, 野口武彦, 『三人称の発見まで』, (東京, 筑摩書房, 1994)에서는 문말어
미 'た'를 시제표현으로 보지 않고 인칭표현으로 간주하여, 근대 일본어의 출현에 빼놓을 수 없
는 요소로 취급하고 있다. pp.225-266. 참조.

〈표 2〉

표현양식	한문훈독문	일본서사문	언문일치문
출현시기	8세기 전반	10세기 후반	19세기 후반
대표작품	『고사기』(古事記) 『일본서기』(日本書紀)	『다케토리모노가타리』 (竹取物語) 『겐지모노가타리』 (源氏物語) 『헤이케모노가타리』 (平家物語)	『뜬 구름』(浮雲) 『이불』(蒲団)
장르	신화 및 역사	모노가타리	근대 소설
표기	만요가나(万葉仮名)	히라가나(ひらがな)	한자가나혼용문 (漢字仮名混じり文)
문체의 특징 (문말어미)	'也(き)': 확정적 과거	'けり': 허구화 문말어미	'-た': 단순과거 시제의 번역
시점	초월적 시점	중층적 시점	중심적 시점
배경	• 한자 문화의 수용 • 대륙과의 긴장 관계	• 대륙과의 단절 • 가나 문자의 발명	• 서구 세력의 도래 • 서구문화의 번역
의의	사실과 허구의 미분화	허구적 서사의 양식화	허구의 작중세계를 원 근법적으로 표현한 제 도화

시점의 위치확정이라는 것은 시점이 작중세계 안에 있는지 밖에 있는지, 그리고 시점이 작중시공간의 어디에 있는지를 좌표로 정립할 수 있는가 하는 문제이다. 시점과 초점의 분리라는 것은 시점과 초점의 거리 즉 시선의 길이의 확정, 그리고 초점 그 자체의 위치확정으로 이루어지는 것이다. 시점과 초점의 제관계 즉 〈시점구조〉가 이전보다 명확하게 된 점이 근대소설 텍스트의 표현양식의 특징으로 지적될 수 있을 것이다. 다시 말해 화자와 시점과 서술 대상의 위치관계가 확정될 수 있다는 점이 근대 이전의 모노가타리(物語) 류의 이야기 문학 장르와는 다른 근대적 특징이라고 할 수 있다. 이렇게 볼 때 대상을 포착하는 근거로 '시선의 출발점'을 확보하고 또 대상 그

자체인 '시선의 도착점'을 확실하게 하는 것에서부터 일본 소설의 근대화가
시작된 것이 아닐까 한다. 이는 일종의 '시선에 대한 집착'이라고도 할 수
있겠다.

제II부

시점의 구조에서 시점의 과정으로

제5장

『마음』의 주제와 시점
—'마음의 진실'과 '진실한 마음'의 만남—

제1절 텍스트와 작중세계의 기본 구조

근대 일본의 대표 작가 중 한사람인 나쓰메 소세키(夏目漱石, 1867~1916)의 대표작『마음』(心, 1914)과『꿈 열흘 밤』(夢十夜, 1908)의 시점에 대해 분석해 보겠다. 제1장에서 제시한 〈시점구조〉의 네 가지 틀을 사용하여 실제 다양한 소설 텍스트의 분석에 얼마나 적용 가능한 것인지를 검토한다. 두 작품에 대한 분석의 목적은 똑같지 않다. 『마음』의 경우는 주제 도출에『꿈 열흘 밤』의 경우는 서술 양식 자체의 분석에 각각 어떻게 도움이 될지를 볼 것이다.

『마음』은 근대소설의 서술양식이 거의 확립된 시기의 작품인 만큼 일본 근대소설 창작 방법의 분석과 연구에 하나의 모델이 되는 텍스트를 제공한다. 『꿈 열흘 밤』은 그러한 근대소설의 방법적 측면과는 또 다른 매우 독특한 표현양식을 가진 이채(異彩)로운 작품이라고 생각된다. 우선은 텍스트에 있어서의 〈시점구조〉를 면밀하게 검토한다. 그 위에 '자신을 응시하는 자신'이나 '근대적 자의식의 확립' 등의 내용과 서술양식과의 관계를 살피고 궁극적으로는 작품의 의미를 찾아보는 것을 목적으로 한다.

『마음』은 나쓰메 소세키의 대표작 중에서도 수작으로 꼽히는 작품이다. 지금까지의 연구사를 정리하는 것만으로도 하나의 훌륭한 논문이 될 정도로[180] 많은 연구자들이 다양한 각도에서 논해 온 소설이다. 한편 1980년대 중반 일본의 일본문학 연구자들 사이에 뜨겁게 고조된 '『마음』 논쟁'[181]에 의해 관련 학계의 관심을 모은 적도 있다.

이와나미문고(岩波文庫)나 신초문고(新潮文庫) 등 오늘날 일반적으로 보급되고 있는 『마음』의 문고판 텍스트는 대부분이 「상」・「중」・「하」의 세 장(章)으로 나뉘어져 있다. 그것은 다시 「상」 36개, 「중」 18개, 「하」 56개로 해서 도합 110개의 절(節)로 구성되어 있다. 분량으로 말하면 하나의 절이 190자 원고용지 약 8매로 전부 합하면 885매에 달하는 중편소설이다.[182]

『마음』은 원래 1914년 4월 20일에서 8월 17일에 걸쳐 대체로 매일 1회씩 『도쿄 아사히신문』(東京朝日新聞)과 『오사카 아사히신문』(大阪朝日新聞)에 실린

---

180) 斎藤恵子, 「『こゝろ』は日本でどう読まれてきたか」, (平川祐弘, 鶴田欣也編, 「漱石の『こゝろ』 どう読むか、どう読まれてきたか」, 東京, 新曜社, 1992), 木股知史, 「夏目漱石, 『こゝろ』」, (『国文学 解釈と鑑賞』, 東京, 至文堂, 1993年4月号) 등.

181) 1985년 3월부터 1988년 5월에 걸쳐, 고모리 요이치(小森陽一, 1953~)와 미요시 유키오(三好行雄 1926~1990) 등과의 사이에 벌어졌던 나쓰메 소세키 작 『마음』의 해석에 관한 논쟁. 처음에 고모리는 「『마음』을 생성하는 하트(心臓)」,(『こころ』を生成する心臓)(『成城國文學』, 1985년 3월)라는 논문을 통해, '나'(私)가 '선생'(先生)의 사후 '사모님'(奥さん)과 함께 살아간다고 하는 새로운 해석을 제시하면서 센세이션을 일으켰고, 미요시는 이를 '결론 부분의 암시는 너무나 지나친 해석'(「国文学－近代・現代」『国語年鑑』昭和61年版)이라 비판하여 논쟁에 불을 붙였다. 이후 이들과 이들에 각각 동조하는 연구자들의 서로에 대한 반론이 오고감으로써 열을 띠어갔다. 이는 일본의 국문학계에 있어서 고모리 등 '텍스트 론'을 주장하는 신진 연구자들과 전통적인 '작가・작품론'을 고수하려는 원로 연구자들 간의 신구(新舊)논쟁의 양상을 보이면서 매우 흥미롭게 전개되어 주목을 끌었다. 小森陽一 외, 『總力討論 漱石の『こゝろ』』, (東京, 翰林書房, 1994), pp.12-27.에 자세하게 전말이 소개되어 있다.

182) 실제로 작품집필 당시 나쓰메 소세키가 사용한 원고지는 19자 10행으로 190자였는데 그는 한 행에 18자씩 썼다고 한다. 190자 원고지로 850매를 200자 원고지로 환산하면 전체적으로는 약 820~30매에 달한다.

신문연재 소설이었다.[183] 110개의 절이라고 하는 것은 제1회부터 제110회까지의 연재 회수에 해당한다. 신문연재 당시는 '마음'(心)이라고 하는 제목과 함께 '선생님의 유서'(先生の遺書)라는 부제가 붙어 있었다. 그러나 연재가 끝난 지 한 달 후인 9월 20일 이와나미서점(岩波書店)에서 단행본이 출판되었을 때에 등표지에는 히라가나 문자로 'こゝろ', 케이스에는 한자로 '心'으로 표기 되었다. 이때 부제는 생략되고 전체는 상·중·하로 나눠져 「상 선생님과 나」(上 先生と私)「중 부모님과 나」(中 両親と私)「하 선생님의 유서」(下 先生の遺書)라는 장 제목이 붙었다. 그 이후 단행본은 대개 상·중·하의 체재를 취하고 있는 것이다.

여러 가지 복선과 복잡한 스토리 구조를 가지고 있는 『마음』의 주제를 파악하는 것은 그다지 쉬운 작업은 아닐 것이다. 또 소설 텍스트란 독자나 읽는 방법에 따라 얼마든지 다양하게 읽혀질 수 있다. 군이 주제를 파악해 보려고 하는 것은 다음과 같은 이유가 있기 때문이다.

우리들은 일상생활 속에서 누군가의 이야기를 듣고 있을 때 먼저 '무엇을' 이야기하고 있는 것인가 즉 이야기의 내용에 귀를 기울이지 않을 수 없다. 2차적으로는 그 내용을 '어떻게' 이야기하고 있는지에 주의한다. 같은 내용이라도 말투에 따라 울림이 전혀 다르기 때문이다. 이야기를 전부 들은 뒤에는 그 사람이 '왜' 그 이야기를 하는 것인지 알고 싶어진다. 즉 그 이야기의 진정한 의미는 어디에 있는지를 생각한다는 것이다. 소설을 읽고 있는 독자도 마찬가지이다. 독서행위에는 텍스트의 이야기로부터 바로 이러한 '무엇을' '어떻게' 그리고 '왜'를 끌어내고자 하는 의지가 작용한다. '무엇을' 읽어낼 것인가 하는 것은 '이야기 내용'에 관련된다. '어떻게' 이야기 하고 있는 것인가에 신경을 쓰는 것은 '표현양식'의 문제이다. 그렇다면 소설을 읽은 후

183)『東京毎日新聞』의 경우는 8월 11일에 종료되었고, 실리지 않은 날이 6일 더 많았던『大阪毎日新聞』의 경우는 조금씩 뒤로 밀려 17일에 연재가 종료되었다.

이 소설의 목적은 무엇인지 혹은 작가는 '왜' 이 소설을 쓴 것인지를 생각하면서 작가로 하여금 소설을 쓰게 한 근본적인 에너지를 찾아내는 것은 주제를 파악하는 작업에 다름 아니다. 소설의 주제란 작가가 화자에게 이야기를 하게 하는 궁극적인 이유이며 독자에게 알리려고 하는 중심적인 메시지이기 때문이다.

이렇게 소설의 주제는 이야기 내용의 '의미'에 해당하지만 그 이야기 내용이라고 하는 것은 소설의 형식이나 문체를 통해서 독자에게 전해진다. 소설의 이야기 내용을 전하는 모든 기법은 사실은 더 효과적으로 주제를 전한다는 목표와 무관하지 않을 것이다. 작가는 자신이 전하려는 메시지에 어울리게 내용을 구성하고 그 내용에 적합한 형식이나 문체를 골라서 작품을 쓰게 된다. 독자는 그 형식이나 문체를 접하면서 내용을 해독해 메시지를 이해한다. 이것이 소설의 창작과 향수의 기본 구도일 것이다. 그 때문에 주제는 이야기하는 방법이나 문체 등 언어표현 양식 그리고 이야기 내용이 전개되는 작중세계를 떠나서는 생각할 수 없다. 소설의 표현양식은 이야기 내용을 떠받치는 미적 형식이며 작중세계와 이야기 공간은 독자에게 주제를 발신하는 시공간이다. 독자로서는 텍스트와의 풍부한 의미작용을 통해 이야기 내용과 그 미적 형식 자체를 충분히 음미하면서 정교하게 만들어진 작중세계와 이야기의 시공간에 숨어 있는 주제를 어떻게 찾아낼까 하는 것이 중대한 관심사일 것이다.

필자는 텍스트 전체의 언어적 표현양식의 특징과 작중세계를 관통하는 표현내용의 질서를 파악해서 『마음』의 주제에 접근하고자 한다. 순서적으로는 텍스트가 어떤 형식으로 이야기되고 주된 내용은 무엇인가, 작중세계를 이끌어 가는 진행사건은 무엇이며 그것은 어떻게 전개되는가, 사건의 전환점은 어디에 있고 주인공은 어떻게 변화되는가 하는 문제를 하나씩 검토해가겠다.

소설에 있어서 인식과 표현의 방식은 대개 시점과 이야기의 주체 즉 '시점인물'과 '화자'를 통해 구현된다. 시점에 의해 포착되고 화자에 의해 이야기 되는 작중세계의 사건 중 가장 중요하고 근간이 되는 사건을 정리하면 작품 의 중심사건이 밝혀질 것이다. 『마음』의 화자, 시점인물, 중심사건 등 텍스트 의 기본구조를 살펴보는 것은 작품 표현양식의 특징과 주제의 관계를 파악하 는 데에 있어서 기본적인 절차라고 생각한다.

『마음』은 기본적으로 현재의 '나'(私)가, 과거의 '나'(私)를 이야기해가는 수기(手記) 형식의 소설이다. 「상」과 「중」은 '나'가 고등학생일 때 '선생님'(先 生)과 알게 되면서부터 '선생님'의 유서를 받을 때까지의 사건을 소개하고 있 다. 그 때문에 '내가 선생님과 알게 된 것은 가마쿠라에서이다. 그때 나는 아 직 젊디젊은 학생이었다.'(私が先生と知り合になったのは鎌倉である。其時私はま だ若々しい書生であつた。) [상 1][184]와 같은 '~た'(~ㅆ다)형의 서술이 기본이 되 고 있다. 한편 '선생님'의 편지를 그대로 싣는 형식을 취한 「하」에서 편지 속의 화자는 '선생님'이다. 즉 '선생님'이 또 한 명의 '나'(私)가 되어서 자신 의 과거를 관찰하고 기록하는 입장이 되는 것이다. 이러한 의미로 「하」도 역시 오랜 기간 동안의 자신의 과거를 회상하는 내용으로 일종의 수기 같은 분위기를 띠고 있다. 다만 「하」는 편지인 만큼 외견상으로 문말어미가 '~た'([ta], ~ㅆ다)체가 아닌 '~です'([desu]~입니다)체를 사용한다는 차이가 있다.

그래서 일견 「상」과 「중」을 이야기하는 목소리의 주인은 '나'이고, 「하」의 경우는 편지를 쓴 '선생님'인 것처럼 보인다. 그런데 「중」의 18절(十八) 마지 막 부분에서 '나는 요란한 굉음이 들리는 삼등열차 안에서, 다시 소매 속에 있는 선생의 편지를 꺼내 마침내 처음부터 끝까지 읽어보았다'(私はごうごう 鳴る三等列車の中で、又袂から先生の手紙を出して、漸く始から仕舞迄眼を通した。)

---

184) 여기서는 나쓰메 소세키의 자필원고를 저본으로 만든 이와나미서점 판 夏目金之助, 『漱石全集 第九巻』, (東京, 岩波書店, 1994)을 텍스트로 하되, 상, 중, 하로 구성된 단행본의 장 체제를 참 고로 한다. 번역은 필자에 의한 것이며 [　] 괄호 안의 글자와 번호는 장 구분과 절의 번호를 나타낸다. 이하 텍스트의 인용은 같다.

[중 18]와 같은 서술이 나오고, 곧바로 「하」로 넘어가게 된다. 그러므로 「하」는 다름 아닌 「상」과 「중」에서 '삼등열차'를 탄 '나'가 읽어가고 있는 '선생님의 편지'인 것이다. 사실상 「하」 전체는 낫괄호(「 」)로 묶여져 있다. 이러한 사실은 「하」가 형식적으로는 「상」, 「중」에 딸린 긴 인용문에 불과하다는 것을 말해준다. 인용의 주체는 수기의 집필자인 '나'이다. 따라서 「하」 역시 「상」과 「중」을 서술하는 연장선으로 보고 수기의 집필자인 '나'의 기록의 일부임을 인정해야 할 것이다. 이로써『마음』의 화자는 텍스트 전체를 일관하여 '나'의 입을 통해 작중세계 및 그와 관련된 내용을 이야기해가고 있다고 할 수 있다.

그렇다면 이러한『마음』의 화자는 작중세계에 관한 인식의 장치인 시점과는 어떻게 관련되어 있는가? 즉 누구의 입장에서 어떠한 정보를 취해 그 정보들을 표현하고 있는가? 이러한 것들을 알아보기 위해 우선 본문의 인용을 통해 텍스트를 좀 더 구체적으로 살펴보자.

① 私は其人を常に先生と呼んでゐた。だから此所でもたゞ先生と書く丈で本名は打ち明けない。是は世間を憚かる遠慮といふよりも、其方が私に取つて自然だからである。私は其人の記憶を呼び起すごとに、すぐ「先生」と云ひたくなる。筆を執つても心持は同じ事である。余所々々しい頭文字抔はとても使ふ気にならない。

(나는 그 사람을 항상 선생님이라 부르고 있었다. 따라서 여기서도 다만 선생이라고 쓸 뿐이며 본명을 밝히지 않겠다. 이것은 세상을 꺼려서라기보다도 이렇게 하는 것이 나에게는 자연스럽기 때문이다. 나는 그 사람의 기억을 떠올릴 때마다 곧 '선생님'이라고 하고 싶어진다. 붓을 들어도 마음은 마찬가지이다. 서먹서먹한 머리글자 따위는 아무래도 쓰고 싶어지지 않는다.)
[상 1]

② 私が其掛茶屋で先生を見た時は、先生が丁度着物を脱いで是から海へ

入らうとする所であつた。私は其時反対に濡れた身体を風に吹かして水か
ら上つて来た。二人の間には目を遮ぎる幾多の黒い頭が動いてゐた。

(내가 그 조그마한 찻집에서 선생님을 보았을 때, 선생님께서는 마침 옷을
벗고 막 바다에 들어가려고 하던 참이었다. 나는 그 때 반대로 젖은 몸에 바
람을 쐬며 물에서 나왔다. 두 사람 사이에는 시야를 가로막는 수많은 까만
머리들이 왔다갔다 하고 있었다.) [상 2]

③ 先生と知合になつてから先生の亡くなる迄に、私は随分色々の問題
で先生の思想や情操に触れて見たが、結婚当時の状況に就いては、殆んど
何ものも聞き得なかつた。(……)先生は美くしい恋愛の裏に、恐ろしい悲
劇を持つてゐた。

(선생님과 알게 되고서부터 선생님이 돌아가실 때까지, 나는 꽤 여러 가지
문제로 선생님의 사상과 정서에 접해보았지만, 결혼 당시의 상황에 관해서는
거의 아무것도 들을 수 없었다. (……) 선생님께서는 아름다운 연애의 이면
에 무서운 비극을 갖고 있었다.) [상 12]

④ 私には学校の講義よりも先生の談話の方が有益なのであつた。教授
の意見よりも先生の思想の方が有難いのであつた。とゞの詰りをいへ
ば、教壇に立つて私を指導して呉れる偉い人々よりも只独りを守つて多く
を語らない先生の方が偉く見えたのであつた。

(나에게는 학교의 강의보다도 선생님의 이야기가 더 유익했던 것이다. 교
수의 의견보다도 선생님의 사상이 더 고마웠던 것이다. 결국에는 교단에 서
서 나를 지도해주는 훌륭한 사람들 보다도 단지 고독을 지키며 많은 것을 이
야기 하지 않는 선생님이 더 훌륭해 보였던 것이다.) [상 14]

⑤「えゝ云ひました。実際彼んなぢやなかつたんですもの」
「何んなだつたんですか」
「あなたの希望なさるやうな、又私の希望するやうな頼もしい人だ
つたんです」
「それが何うして急に変化なすつたんですか」

「急にぢやありません、段々あゝなつて来たのよ」
(「예. 말했었지요. 실제로 그렇지 않았었다구요.」
「어땠었습니까?」
「댁에서 바라는 그리고 내가 바라는 그런 믿음직한 사람이었지요.」
「그게 어떻게 해서 갑자기 변하신 겁니까?」
「갑자기가 아니에요. 점점 그렇게 되신거지.」) [상 18]

①은 『마음』의 첫머리로서 '붓을 들'고 있는 현재의 '나' 즉 독자를 대상으로 수기를 집필하고 있는 '나'가 서술하고 있는 현재적 시간 속에 그대로 드러나 있다. 따라서 이 경우는 당연히 현재의 '나'의 입장에서 생각하고 느낀 것을 이야기한다. 그런데 ②의 경우는 '나'가 고등학생 때에 '선생님'을 처음 만나던 장면인데 현재의 '나'가 과거의 '나'의 눈을 통해 보고 느낀 것, 스스로 행동한 것 등을 서술하고 있다. 그런가하면 과거의 '나'의 입장에서 취한 정보를 ③과 같이 현재의 '나'의 입장에서 해석·정리하고 있는 경우도 있으며 ④처럼 과거 당시의 '나'의 입장에서 느끼고 생각한 것을 그대로 서술하는 경우도 있다. 또 ⑤나 「하」와 같은 경우에서처럼 대화 혹은 편지를 설명 없이 그대로 제시하기도 한다. 『마음』에 있어서 서술과 시점의 구조는 대략 이런 다섯 가지 유형으로 분류될 수 있다.

이와 같이 살펴볼 때 ⑤를 제외한 나머지 경우는 모두 '나'를 시점인물로 취하고 있음이 명백하다. 다만 그 시점인물이 과거의 시공간에 몰입하여 사태를 인식하는 경우는 과거의 '나'의 입장에서, 그렇지 않은 경우는 현재의 '나'의 입장에서 바라보고 있다는 차이가 있을 뿐이다. 그러므로 ①은 현재의 '나'가 현재의 '나'를, ②는 과거의 '나'가 과거의 사태를, ③은 현재의 '나'가 과거의 사태를, ④는 과거의 '나'가 과거의 '나'를 인식하고 있는 것으로 정리할 수 있다. 그런데 ⑤의 경우는 어떠한가? 생각해보면 ⑤나 「하」도 결국 그것이 과거의 한 장면인 이상 ②나 ④와 다를 바가 없다. 다만 과거의 '나'가 접했던 대화나 편지를 충실히 기록하고 있는 것으로 볼 수 있는 것이다.

제1장에서 제시한 시점구조의 네 가지 틀을 적용하면, ①은 〈외부시점〉과 〈내면초점〉, ②는 〈작중시점〉과 〈외면초점〉, ③은 〈외부시점〉과 〈외면초점〉, ④는 〈작중시점〉과 〈내면초점〉, ⑤는 ②와 같이 〈작중시점〉과 〈외면초점〉일 것이다. 이것을 조금 더 구체적으로 설명하면 다음과 같다.

결국 『마음』의 화자는 과거와 현재의 '나'를 시점인물로 하여 과거의 사태나 과거와 현재의 '나'의 행동과 내면에 초점을 맞추어서 텍스트를 서술해가고 있다고 할 수 있다. 그런데 전체적으로 볼 때 현재의 '나'의 해석보다는 주로 과거의 '나'의 눈으로 보고 있는 경우가 대부분이다. 종합적으로 말해 『마음』은 현재의 '나'라는 일인칭 화자가 과거의 '나'를 시점인물로 하여 사태를 그려가고 있다고 정리해 볼 수 있다. 『마음』의 이러한 화자와 시점인물 관계의 특징은 필연적으로 사건의 전말에 관해 모든 것을 알고 있는 '나'가 아직 모든 것을 모르고 있는 '나'의 시점으로 포착한 것을 기술해간다는 데에 있다 하겠다. 즉 〈외부시점〉 안에 〈작중시점〉이 들어 있으면서 〈외면초점〉과 〈내면초점〉이 교차된다는 구조이다.

문제는 「상」 「중」과 「하」의 관계를 어떤 수준으로 볼 것인가 하는 것이다. 「상」 「중」에서는 '나'가 '나'를 보는 눈과 시선이 중심인 데에 반해 「하」에서는 '선생님'이 '선생님'을 보는 눈과 시선이 중심이 되고 있다. 게다가 「하」는 '～です～ます'([desu / masu], ~입니다~ㅂ니다)체를 사용하고는 있지만 「상」 「중」과 같이 '나'라는 일인칭을 채용하고 있다. 재미있는 것은 『마음』의 서술기법에 있어서 노(能) 특히 무겐노(夢幻能)와의 유사성을 논한 오사와 요시히로(大澤吉博, 1948~2005)의 지적대로 「상」 「중」과 「하」 양쪽 모두에서 보이는 '화자중심주의'이다.[185]

'화자중심주의'란 문학 텍스트의 서술에 있어서 화자가 다른 사람의 눈보다도 자신의 감정을 우선시하여 그것을 중심으로 이야기해가는 경향이라 할 수 있다. 「상」「중」과 「하」의 유사성은 '양쪽 모두의 이야기가, 미숙하면서도 인생에서 뭔가를 추구하고 있던 자신의 경험을 상당한 시간이 지난 후에 이야기한다고 하는 공통점으로부터 필연적으로 생기는 것'186)일 것이다. 『마음』을 이야기의 전체구조에서 보면 「상」「중」은 「하」를 포함하는 모양이 되고 있어서 프랙털(fractal)한 구조를 만들고 있다. 시점에 있어서도 '나'가 '나'를 보는 눈에서 '선생님'이 '선생님'을 보는 눈으로 옮겨가고 또 '나'는 '선생님'이 '선생님'을 보는 눈을 본다는 구조이다. 이렇게 생각하고 보니 『마음』은 '화자중심주의'이면서 '시점중심주의' 기법의 작품이라고 할 수도 있지 않을까?

다음은 주인공이라는 문제에 대해서 생각해 보자. 소설의 주인공이란 사실은 대단히 애매한 개념이다. 텍스트 안에 '주인공 누구누구'라고 명시적으로 쓰여 있지 않는 한 독자의 관심과 텍스트를 읽어 가는 방식에 따라 얼마든지 여러 가지 의견이 나올 가능성이 있다. 주인공을 누구로 볼 것인가 하는 문제는 어쩌면 독자의 자유에 속하는 일인지도 모른다. 아니면 오히려 주인공을 누구 한 사람으로 정하지 않고 다양한 입장에 있는 인물의 행동과 생각 그리고 그들의 인간관계 등을 있는 그대로 입체적으로 읽어가는 것이야 말로 보다 풍부한 의미작용을 가능하게 해준다는 생각도 있을 수 있다. 독자마다 자신의 감정을 투영하고 공감하면서 읽어가는 주인공이 다를 수 있다는 것도 인정해야 한다. 그러한 의미에서 텍스트 내 주인공을 절대적·고정적 존재로 보지 않고 '다른 기호와 교환 가능한 기호'187)라는 것을 받아들이는 유연함이 필요하다.

---

185) 大澤吉博, 「対話から独白へ─複式夢幻能としての『こゝろ』」, 平川祐弘 鶴田欣也編, 『漱石の 『こゝろ』どう読むか, どう読まれてきたか』, (東京, 新曜社, 1992), p.243. 참조.
186) 같은 책, p.243.
187) 小森陽一, 「主人公」, 石原千秋ほか, 『読むための理論』, (東京, 世織書房, 1991), p.45.

주인공이 누구인가 하는 것은 한마디로 그 소설 작품을 누구의 인생에 관한 누구의 이야기로 보는가 하는 문제이다. 누구에 관한 이야기인가 하는 차원에서 『마음』의 주인공은 사실상 '나'로 볼 수도 있고 '선생님'으로 볼 수도 있다. '나'의 체험을 바탕으로 그려가는 수기라는 면에서는 '나'의 이야기로 볼 수 있고 그 '나'가 시종일관 '선생님'을 의식하고 그려간다는 점에서 '선생님'의 이야기로 볼 수도 있을 것이다. 여기서는 작중세계에서 주된 사건을 일으켜 가는 주체가 누구인가 하는 관점에서 '선생님'보다는 '나'를 『마음』의 주인공으로 보고자 한다. 그 이유는 다음과 같다.

첫째 '나'는 텍스트 전체에 걸쳐 행동과 사고의 주체가 되고 있기 때문이다. '나'는 「상」과 「중」에 있어서 '선생님'에 대해 관심을 갖고 접근하는 등 사건의 계기를 만들어내는 능동적 주체이다. 「하」에서는 '나'의 모습이 보이지 않지만 「선생님의 유서」를 읽어가고 있는 주체로서 텍스트를 초월하여 존재하는 것으로 간주된다. 그러므로 '나'를 『마음』이라는 소설 형식의 언어표현 전체에 있어서의 주어와 같은 존재로 볼 수 있는 것이다.

둘째 장별로 구분된 텍스트의 체제상 '나'를 중심에 놓는 것이 더욱 객관성이 있기 때문이다. 신문연재 당시 「선생님의 유서」를 부제목으로 했다는 것은, '선생님의'가 '유서'를 수식함으로써 작품 전체의 초점을 '유서' 자체에 맞추고 있다는 것을 의미한다. 이에 반해 「선생님과 나」, 「부모님과 나」, 「선생님과 유서」로 되어 있는 장별 구분이 의미하는 것은 바로 '나'의 인간관계와 행동 범위를 중심에 둔다는 것이다. 따라서 『마음』의 텍스트가 이렇게 장별로 구분되어 있는 이상, 유서의 내용보다도 오히려 '나'가 유서를 받게 되는 과정이 더 중요하다고 볼 수 있고 그 경우 '선생님'보다 '나'를 주인공으로 보는 것이 자연스러울 것이다.

위와 같은 이유로 여기서는 『마음』의 주인공을 '나'로 보고자 한다. 그것은 다시 말해 『마음』의 작중 사건 전체에 대해 '나'라는 기호를 주어로 놓고 분석해 본다는 의미이다. 이렇게 볼 때『마음』은 '나'의 '나'에 관한 이야기로 볼 수 있으며 '나'는 시점인물인 동시에 주인공이다. 「상」은 그러한 '나'와 '선생님'의 만남의 과정을 그려가고 있으며 「중」은 '나'와 '나'의 가족들 간에 일어난 일련의 사건들을 그려가고 있다. 「하」는 '나'가 '선생님'의 편지를 읽는 사건으로 되어 있다. 전체적으로 볼 때에『마음』은 주인공 '나'가 돌아가신 '선생님'과의 사이에 있었던 일들을 돌이켜 생각하며 이야기해가는 일종의 추억담이라고 정리될 수 있다. 또『마음』의 주인공은 어디까지나 작중세계에서 사건을 일으켜가는 '과거의 나'이다. 그 과거의 '나'에게 일어난 사건들은 대략 어떻게 정리될 수 있는가?

'나'는 고등학생 때에 가마쿠라의 바닷가에서 '선생님'을 만나 친하게 되어 때때로 그의 집을 방문하게 된다. '사모님'과 사이좋게 조용히 살아가시는 '선생님'은 실력이 있으나 왠지 세상에 나가서 일을 하지 않고 쓸쓸히 지내며 매달 조시가야(雜司ケ谷)에 있는 친구의 묘지를 참배하는 등 '나'로서는 여러 가지 알기 힘든 점이 많다. '나'가 '선생님'에게 이러한 불가해한 점에 대해 묻자 '선생님'은 '나'에게 정말로 진실하게 인생을 살아 갈 것인지를 되묻고는 때가 되면 자신의 과거를 털어놓겠다고 약속한다.

그 후 대학을 졸업하고 고향에 돌아간 '나'는 장래에 대한 부모님의 기대와 자신의 생각에 차이가 많음을 확인하지만 내색은 하지 않는다. 신장병을 앓고 있던 '아버지'는 메이지(明治) 천황(1852-1912, 재위 기간 1868-1912)의 서거 소식이 전해지자 병세가 악화되어 급기야는 위독한 상태에 빠진다. 그러던 중 일전에 '부모님'의 권고에 의해 취직 알선을 부탁해 놓았던 '선생님'으로부터 두툼한 편지가 왔는데 '나는 이미 이 세상에는 없을 것입니다'(私はもう此世には居ないでせう)라는 대목이 눈에 띄어 그것이 '유서'임을 직감한다. '나'는 죽어가는 아버지를 뒤로 하고 급히 도쿄행 열차를 타고 '선생님'의 편지를 자세히 읽는다. 그 '유서'에는 전에 털어놓겠다고 약속한 '선생님'의 과거가 다음과 같이 적혀 있었다.

학생시절의 '선생님'은 스무 살이 채 되기도 전에 장티푸스로 부모님을 잃고 숙부의 간계에 의해 재산을 상당 부분 빼앗긴 후 나머지를 정리해 고향을 떠난다. '극도의 인간 불신'에 시달리던 '선생님'은 도쿄로 올라와 군인의 미망인 집에서 하숙을 하게 되는데 따뜻한 가정적 분위기에 정신적 안정을 되찾고 그 집의 딸을 사랑하게 된다. 그러던 중 '선생님'은 경제적으로 곤경에 시달리던 'K'라는 친구를 돕고자 자신의 하숙에 함께 기거하기로 한다. 그런데 어느 날 'K'가 먼저 그녀를 사랑한다는 사실을 '선생님'에게 고백한다. 선수를 빼앗겼다고 생각한 '선생님'은 'K'에게는 알리지 않은 채 미망인으로부터 딸과의 결혼을 허락받는다. 이 사실을 나중에 안 'K'는 축하한다는 말만 남긴 채 자살을 한다. '선생님'은 대학을 졸업한 후 곧바로 결혼을 하지만 평생을 죄책감에 시달리며 자기 자신에 대한 불신으로 인해 세상에 나가 일도 하지 않고 살아가다가 결국 자살을 결심한다.

이것이 '나'를 주인공으로 본 『마음』의 대략적인 줄거리이다. 『마음』에는 여러 가지 사건이 나오지만 그 중 가장 중심이 되는 사건은 '나'가 '선생님'을 사귀어가는 사건이라 할 수 있다. '나'가 '선생님'에 대해 의문을 갖는 사건, '부모'와 관련된 사건, '나'가 '선생님'의 유서를 받는 사건 등 다른 사건들은 모두 이 '선생님'을 사귀어가는 과정으로 수렴된다고 볼 수 있다. 또 「하」의 'K의 죽음'과 같은 사건 등은 시점인물 '나'로 볼 때 '선생님'에게서 제시받은 일종의 이야기 속의 사건이지 직접 체험한 사건은 아니기 때문에 부차적이다.

우리가 누군가를 사귄다는 것은 그 사람을 만나고 그 사람에 대해 알고 그 사람의 생각을 받아들여 간다는 것을 의미한다. 이렇게 볼 때 돌아가신 '선생님'과의 사이에 있었던 일들을 회상하며 이야기해가는 추억담인 『마음』의 텍스트는 주인공 '나'가 '선생님'을 만나고 알고 생각을 받아들여 가는 과정을 기본 골격으로 하고 있다고 하겠다.

제2절 사건의 전개와 시점인물

소설의 독자는 독서 행위를 통해 언어 표현이 지시하는 내용을 자신의 머릿속에서 재구성해간다. 그런데 언어 표현이 지시하는 내용이란 사실상 어떤 대상 자체가 아니라 대상에 대한 인식인 것이다. 그래서 독자는 그 언어 표현을 가능케 한 인식을 복원시켜가며 텍스트와의 상호작용을 해간다. 소설이 허구인 만큼 작중세계에 대한 인식은 시점이라는 형태로 허구화되어 있다. 이 시점은 독자를 허구의 작중세계로 인도하는 역할을 한다. 따라서 소설을 읽는다는 것은 시점인물의 감각과 입장에 서서 허구의 시공간을 받아들여 간다는 것과 같다. 즉 시점인물의 생각을 읽어간다는 것이다.

시점인물은 작중세계에서 남의 행동과 자신의 행동, 자신의 생각을 인식해가는 주체이다. 텍스트를 대하는 독자는 시점인물의 행동과 인식이 진행하는 대로 그의 시선을 따라가게 된다. 그래서 이때 사건을 받아들이는 독자는 작중세계의 시간적 레벨에 자신의 인식을 맞추게 되며 동시에 작중사건 즉 시점인물에게 있어서의 현재사건을 자기 자신의 현재로 느끼게 된다. 이렇게 텍스트를 읽어 가는 독자가 자기 자신의 현재로 느끼게 되는 작중사건을 '진행사건'이라 할 수 있을 것이다. 이와 달리 시점인물에게 현재화 될 수 없는 그 이전의 사건을 '완료사건'이라 할 수 있을 것이다.[188]

소설은 일종의 '시간예술'이라 할 수 있는데 소설의 내용이 전개된다는 것

---

188) 이 책에서 사용하는 '진행사건', '완료사건', '과거진행사건', '과거완료사건' 등의 용어는 金采洙, 『가와바타 야스나리 硏究』, (서울, 高麗大學校出版部, 1989)의 「제2부 스토리에 있어서의 〈죽음〉」(특히 pp.104-105.의 개념 정의 참조.)에서 차용한 것임을 밝혀 둔다.

은 결국 진행사건이 전개된다는 것이다. 진행사건이 전개된다는 것은 작중세계의 시간이 흘러간다는 것이고 이는 이야기로서의 소설 작품의 본질과 관련된 것이다. 따라서 진행사건이 하필이면 이러이러하게 전개된다는 것은 그 소설의 주제와 무관할 수 없다. 그러므로 소설 작품의 주제를 도출하기 위해서는 진행사건의 성립 경위와 기본구조 및 전개양상 등을 따져볼 필요가 있을 것이다.

『마음』은 작중세계의 시간 구조에 있어서 세 개의 층위를 갖고 있다. 하나는 화자가 이야기하고 있는 혹은 수기를 집필하고 있는 '현재', 또 하나는 '나'를 중심으로 작중세계의 사건이 진행되고 있는 '과거', 또 다른 하나는 이러한 작중세계의 사건이 진행되기 이전의 '대과거'가 그것이다. 이것을 텍스트에 나타난 역사적 사건 등을 통해 작중세계의 시간적 범위를 특정하면서 하나하나 살펴보면 다음과 같다.

텍스트에 나타난 역사적 사건은 청일전쟁, 메이지 천황의 죽음과 노기 마레스케(乃木希典, 1849~1912) 대장의 순사 등이다. 청일전쟁은 1894년 8월에서 1895년 4월까지이고, 메이지 천황의 죽음은 1912년 7월 30일, 노기 대장의 순사는 천황의 장례식이 있던 9월13일이다. 그러므로 텍스트에 있어서의 '현재'는 이 수기를 집필하게 된 동기와 방법에 대한 진술 그리고 과거 사건들에 관한 보충설명과 해석 등을 펼치고 있는 시간인데 1912년 9월말 경에서부터 수년이 지난 후라 볼 수 있다. 내용상으로 '나'와 '선생님'과의 관계가 그 골격을 이루고 있는 '과거'는 주인공 '나'가 '선생님'을 만나던 1906, 7년경의 여름부터 '선생님'이 죽고 그 유서를 받는 1912년 9월말 경까지로 볼 수 있다. '대과거'는 내용상 주로 '선생님의 과거'에 해당되며 '선생님'의 부모가 죽는 1892, 3년경 이후 대학을 졸업하는 1899년 혹은 1900년경을 거쳐 과거 사건이 일어나기 전까지이다. '선생님'의 대학 입학 당시 하숙집 미망인의 남편이 '청일전쟁 때엔가 죽었다'(日淸戦争の時か何かに死んだのだと)고 하고 '1

년 전까지만 해도'(一年ばかり前までは) '집이 너무 넓어서'(邸が広過ぎるので)
옮겼다는 것으로 보아, '선생님'의 대학입학 시기를 청일전쟁 직후인 1895, 6
년경으로 볼 수 있기 때문이다.

앞서 살펴보았듯이 『마음』은 시점인물 '나'에 의해 포착된 과거의 '나'에
관한 이야기이다. 그런데 과거의 '나'가 사건의 직접적인 주체가 되는 시공간
은 위에서 말한 '현재', '과거', '대과거' 중 '과거'밖에 없다. 따라서 시점인
물의 현재인 동시에 작품을 읽어 가는 독자가 자신의 현재로 느끼게 되는 시
공간도 '과거'일 수밖에 없다. 그러므로 시간적으로 '과거' 즉 1906, 7년경의
여름부터 1912년 9월말 경까지의 5, 6년간에 벌어지는 사건들을 『마음』의
진행사건으로 볼 수 있다. 이 진행사건은 수기를 집필하고 있는 '현재'의
'나'에게 있어서는 이미 수년 전의 과거에 속하는 사건들이므로 이를 '과거진
행사건'이라 명명할 수 있다.

사실상 시점인물 '나'가 인식하는 작중세계의 사건은 크게 대과거를 기반
으로 한 '과거완료사건'과 과거를 기반으로 한 '과거진행사건'으로 나누어진
다. '과거완료사건'은 '선생님의 편지'를 읽는 간접체험을 통해 그리고 '과거
진행사건'은 과거의 '나'가 작중세계의 현실을 살아가는 직접체험을 통해
'나'에게 인식된다. '과거완료사건'은 과거시제로 씌어졌고 그 '편지'의 집필
자인 '선생님'에게는 자신의 과거 사건에 해당한다. 과거진행사건은 수기의
집필자 '나'에 의해 기록되므로 표현상으로는 과거시제로 서술되지만 시점인
물 '나'에 의해 현장에서 포착되므로 작중세계의 서술과 함께 진행되는 '작중
인물들의 현재'에 해당한다.

그렇다면 『마음』을 구성하는 모든 사건의 중심이 되는 과거진행사건에 대
해 알아보자. 『마음』의 과거진행사건은 '나'와 '선생님'의 만남과 교제 그리
고 선생님의 죽음으로 인한 헤어짐까지의 과정이다. 1906, 7년경 고등학생인
'나'가 여름 방학 때에 가마쿠라의 해변에서 우연히 '선생님'을 만나게 됨으

로써 시작된다. 그 이후 과거 진행 사건은 '나'가 대학생이 되고나서도 '선생님'을 방문하는 동안 계속된다. 그러다가 결국 '나'의 대학 졸업 직후인 1912년 9월말 경 '선생님'의 자살로써 끝을 맺게 되는 것이다. 텍스트의 서술 면에서 볼 때에 「상」에서부터 시작된 『마음』의 과거진행사건은 '나'가 도쿄행 열차를 타고 선생님의 편지를 읽는 「중」의 마지막 부분까지 줄곧 작중세계의 물리적 시간의 순서대로 전개된다.

이와 같이 『마음』의 과거진행사건은 시점인물 '나'의 작중세계 체험을 통해서 성립된다. 그러면 당시의 '나'는 어떠한 사람인가? 그리고 어떠한 성격을 갖고 있고 무엇을 지향하는 사람인가? 그리고 과거진행사건의 기반을 이루는 이러한 체험 즉 '나'와 '선생님'의 관계는 어떻게 성립되는가?

'나'는 대학에서 인문학 계통의 학문을 전공하는 지방출신의 청년으로서 고등학교 시절 '선생님'과 처음 만나서 친해진 후 때때로 '선생님'을 방문하고 따르게 된다. '나'는 젊은이들이 흔히 그러하듯 '외곬으로 되기 쉬운'(一図になりやす) [상 14] 성격으로서 진실하려고 노력하는 편이다. '나'가 처음 가마쿠라의 해변에서 '선생님'에 대해 관심을 갖게 되는 이유는, '선생님'이 '아무래도 어디에선가 본 적이 있는 얼굴'(何処かで見た事のある顔) [상 2]로 생각되었기 때문이다. 나중에 구면이 아니라는 것이 밝혀지지만 '선생님'이라는 인간 자체에 관심과 호감을 갖게 된다. '나'는 도쿄에 올라와서도 '선생님'의 집을 방문하게 되고 점점 '선생님'과 친해진다. 이와 같이 『마음』의 작중세계에 있어서의 과거진행사건은 '나'의 '선생님'에 대한 관심을 바탕으로 성립되었다.

'나'의 '선생님'에 대한 관심의 본질은 '나'와 '선생님'의 관계가 본질적으로 어떠한 것인가 하는 것과 깊게 관련되어 있다. '나'와 '선생님'의 관계의 본질에 대한 단서는 앞에서도 인용한 바 있는 ①의 호칭문제에서 찾을 수 있다. '나는 그 사람을 항상 선생님이라 부르고 있었다'(私はその人を常に先生と

呼んでいた)는 서술에 다시 한 번 주목해 보자. 주인공 '나'는 과거진행사건 속에서 '선생님'을 항상 '선생님'[189]이라 부르며 따라다닌다. '나'가 '선생님' 이라고 맨 처음 부른 것은 가마쿠라 해변에서였는데 그것에 관해 '나'는 연장자에 대한 입버릇이라고 얼버무린다.

그것이 단순한 입버릇이든 아니든 '나'가 '선생님'을 존경하며 무엇이든 배우려는 마음 자세를 갖고 있었다는 것은 틀림없다. 연장자에 대한 그러한 막연한 존경심이 대학에 진학하면서 '나는 어떤 서적에 관해 선생님께 이야기를 들어야 할 필요가 있었으므로'(私はある書物について先生に話してもらう必要があったので) [상 10]와 같이 점차 구체적으로 무엇인가를 배우는 관계로 서서히 변모한다. 그래서 ④에서도 보이듯 '나'에게는 '학교의 강의보다도 선생님의 이야기가 더 유익한 것이었'(私には学校の講義よりも先生の談話の方が有益なのであった)으며, '교수의 의견보다도 선생님의 사상이 더 고마운 것이었'(教授の意見よりも先生の思想の方が有難いのであった)다. 그렇다면 '나'는 과연 '선생님'에게서 무엇을 배우려고 했는가?

'사상의 문제에 관해 선생님으로부터 커다란 도움을 받았다'(私は思想上の問題に就いて、大いなる利益を先生から受けた) [상 31]라는 서술이라든가 '당신은 현대의 사상 문제에 관해 나와 자주 토론을 하려고 했던 것을 기억하고 있겠지요'(貴方は現代の思想問題に就いて、よく私に議論を向けた事を記憶してゐるでせう) [하 2] 또는 '사상계 깊숙이 돌진해 나가려는 당신'(思想界の奥へ突き進んで行かうとするあなた) [하 8]이라 표현한 '선생님'의 편지를 통해서 '선생님'과 '나'는 대략 '사상' 또는 '사상사'와 관련된 분야의 전공자였음을 미루어 짐작할 수 있다.[190] 그리고 졸업논문을 준비하는 과정에서조차 '내가 선택한

---

189) 일본어의 '先生(せんせい)'는 한국어의 '선생님' 또는 「선생님」에 해당한다. 일본어에서는 「님」이라는 존칭 호격 조사를 붙이지 않아도 충분히 존경의 의미를 표현할 수 있다.

190) 시게마쓰 야스오(重松泰雄, 1923~99)가 집필한 인용 텍스트 『마음』「주해」에 '두 사람의 전공은 사상사 혹은 사상 자체를 연구하는 분야 또는 학과일 가능성'을 지적하고 있다. 같은 책, 「注解」

문제는 선생님의 전공과 연고가 가까운 것이었다. (······) 선생님은 당신이 알고 있는 범위의 지식을 흔쾌히 나에게 일러주고는 필요한 서적을 두세 권 빌려주마고 했다'(私の選択した問題は先生の專門と緣故の近いものであつた。(······) 先生は自分の知つてゐる限りの知識を、快よく私に与えて呉れた上に、必要の書物を二 三冊貸さうと云つた) [상 25]고 하듯 '선생님'의 커다란 학문적 영향을 받는다. '나'와 '선생님'의 관계는 주로 현대의 사상에 관한 문제를 토론하는 것을 중심으로 전개되었으며, '나'는 '선생님'의 학문과 사상에 대해 상당한 신뢰를 갖고 있었다. '나'는 '선생님'의 학문과 사상에 경의를 표하고 있는 유일한 사람이었다. 이러한 의미에서 '나'와 '선생님'의 관계란 사상이라는 공통 영역의 동지인 동시에 일종의 사적(私的)인 사제관계로 생각해 볼 수 있다.

그러나 이와 같은 사제 관계가 '나'와 '선생님'의 관계의 전부였는가 하면 그렇지 않다. '나'가 '선생님'을 찾고 '선생님'이 '나'를 맞이하는 더욱 근원적이고 인간적인 이유는 어떤 '쓸쓸함'(寂しさ)에 있었다고 볼 수 있다. '나'는 지방출신의 학생으로서 특별히 친한 친구도 없고'도쿄'라는 도회지에서 잘 알고 지내는 유일한 사람이 '선생님'이다. '선생님'의 입장에서 보면 원래부터 세상에 나가 일을 하고 있지 않았기 때문에 조용하게 살고 있는 가운데 집을 자주 찾아오는 유일한 사람이 '나'라는 청년이다. 그러한 고독을 '선생님'은 '나는 쓸쓸한 사람입니다'(私は淋しい人間です) [상 7] 하는 말로 직접 표현하기도 한다.

이와 같이 '나'와 '선생님'의 관계의 본질은 '선생님'의 현대의 사상에 대한 지식과 견해를 배우며 그에 대해 토론하는 사적인 사제 관계 및 쓸쓸할 때에 찾는 친구 관계라는 두 가지 측면으로 정리된다. 그러므로 '나'의 '선생

六九, p.316. 상단. 참조. 또 다른 의견으로는, 宮澤健太郞, 「『こゝろ』の問題点」, 『漱石の文体』, 東京, 洋々社, 1997. p.194.에서, '영문학자'의 가능성도 이야기되지만 작가 나쓰메 소세키의 이미지가 작용한 것일 뿐 텍스트 어디에도 '선생님'이 '영문학자'라는 근거는 발견할 수 없다.

님'에 대한 관심은 자기보다 학식이 높은 연장자에 대한 학문적 동경과 인간적 호감이라는 두 가지 태도로 이루어진다. 『마음』의 과거진행사건은 이러한 주인공 '나'의 기본태도를 축으로 전개된다.

'나'의 '선생님'에 대한 관심은 '나' 자신의 지적 성장에 따라 점차로 '선생님'의 사상에 대한 관심으로 구체화되어 간다. 그런데 '선생님'에게는 이해하기 어려운 몇 가지 의문점이 줄곧 따라 다닌다. '선생님'의 사상을 받아들이고 이해하려는 '나'로서는 그 의문점을 해결하는 방향으로 이리저리 해석해 보기도 하지만 스스로의 생각만으로는 풀 수 없는 문제임을 느낀다. 왜냐하면 '선생님'에 대한 의문이란 궁극적으로 '선생님'의 입을 통해 듣지 않으면 알 수 없는 '선생님'의 과거와 관련된 문제이기 때문이다. 결국 '나'는 마음속으로 쌓아 가던 의문점을 '선생님'에게 직접 털어 놓게 된다. 그 과정을 좀 더 자세히 살펴보면 다음과 같다.

'나'는 '선생님'을 알게 된지 얼마 안 되어 '선생님'의 얼굴에서 때때로 '확실히 알 수 없는 어떤 구름'(判然云えない様な一種の曇) [상 5] 또는 '곤혹이랄까 혐오랄까 두려움이랄까 어느 한 마디의 말로 정리되지 않는 미세한 불안 같은 것'(迷惑とも嫌悪とも畏怖とも片付けられない微かな不安らしいもの) [상 6]을 발견한다. 뿐만 아니라 '선생님'을 방문하면서 나누었던 대화 중 쓸쓸하기 때문에 자신을 방문하는 것이 아니냐는 '선생님'의 질문을 비롯하여, '연애는 죄악'(恋愛は罪悪) [상 12]인 동시에 '신성'(神聖) [상 13]한 것이라든지, '자유와 독립과 자아에 충만한 현대를 사는 우리는 그 대가로 이러한 고독을 맛보지 않으면 안 된다'(自由と独立と己れとに充ちた現代に生れた我々は、其犠牲としてみんな此淋しみを味わわなくてはならないでせう) [상 14] 는 등의 말씀은 '나'에게는 충격적인 이야기로 받아들여지고 그 당시에는 뜻을 충분히 이해할 수 없었다.

'선생님'의 댁을 자주 방문하게 된 '나'는 특히 '선생님'과 '사모님'의 관계

에도 관심을 갖게 되는데 '나'의 관점에서 볼 때 '선생님'과 '사모님'은 아무런 문제가 없는 한 쌍의 사이좋은 부부였다. 그런데 어느 날 '선생님'은 '사모님'과의 관계를 가리켜 '우리는 가장 행복한 부부이다'라고 단언하지 않고 이상하게도 '우리는 가장 행복하게 탄생한 한 쌍의 부부여야 할 터이다'(私達は最も幸福に生れた人間の一対であるべき筈です) [상 10]라고 한다. '선생님'을 계속 방문하던 중 '나'는 '선생님'이 직업을 갖지 않는 것을 의아하게 생각한다. '사모님'은 '선생님'을 학생시절부터 알고 지냈는데 그녀에 따르면 '선생님'은 학생시절과는 달리 점차로 세상을 싫어하게 되었고 그 때문에 직업을 갖지 않는다는 사실도 알게 된다. 그러나 '사모님'도 왜 그렇게 되었는지는 몰랐다.

'나'가 졸업논문을 완성하고 난 1912년 5월 어느 날 산책길에서 '선생님'은 '나'에게 부모가 살아있을 때에 유산을 받아 챙겨두라는 충고를 한다. 덧붙여서 인간은 누구나 돈 문제로 악인이 될 수 있으며 '선생님' 자신이 친척 중 가까운 누군가에게 배반당한 적이 있다는 사실을 말한다. 이러한 이야기는 '나' 자신을 매우 의아하게 했으며 '선생님'의 과거에 대한 궁금증을 더해주었다.

그렇다면 '선생님'에 대한 의문은 '선생님' 본인에게 물어보고 해결할 수밖에 없는 것이다. 즉 '선생님'이 왜 직업을 갖지 않는지, 왜 가끔 수수께끼 같은 이야기를 하시는지 또 조시가야의 무덤은 누구의 것인지, '사모님'과의 결혼은 행복한지 아닌지 등을 직접 물어보아야 하는 것이다. 그래서 다른 어느 날 사상의 문제에 관해 이야기하면서 '나'는 '선생님'에게 이러한 측면의 '선생님'의 과거에 대해 직접 물었다. '선생님'은 '당신은 정말로 진실합니까?'(あなたは本当に真面目なんですか) [상 31]라고 되묻고 '나'는 '제 목숨이 진실한 것이라면 제가 지금 말씀드린 것도 진실입니다'(もし私の命が真面目なものなら、私の今いった事も真面目です) [상 31] 하고 다짐을 했다. 그러자 '선생

님'은 자신의 과거를 언젠가는 털어놓겠다는 이야기를 한다.

이와 같이 '진실하게 인생으로부터 교훈을 얻으려'(真面目に人生から教訓を) [상 31] 는 청년인 '나'의 진실한 태도는 '선생님'에게 순수한 의미로 받아들여진다. '나'는 이때부터 '선생님'이 지니고 있는 과거의 비밀을 언젠가는 알게 됨으로써 '선생님'과 '선생님'의 사상을 완전히 이해할 수 있을 것으로 기대한다. 한편 '선생님'의 비밀을 알게 된다는 데서 오는 일종의 부담감도 느낀다. 이렇게 『마음』의 과거진행사건은 '선생님'에 대한 의문을 쌓아가는 방향으로 전개되다가 '나'의 진실하고 솔직한 태도에 의해 새로운 국면이 만들어지는 것이다.

'나'는 대학을 졸업하고 고향으로 돌아가 부모님과의 일상생활에 묻혀 지내는 동안에도 줄곧 '선생님'에 관한 생각을 자주 떠올린다. 세속적인 삶을 살아가는 '아버지'와 세상과는 일정한 거리를 두고 고고하게 살아가는 '선생님'을 비교하기도 한다. 그런데 대학을 졸업한 '나'는 좋은 자리를 얻어 취직을 해야 하는 입장이 된다. '부모님'은 '선생님'에게라도 부탁을 하여 취직하기를 바란다. 그러나 사실 '나'는 '선생님'처럼 세속과는 거리를 두고 일을 하지 않는 삶을 살고 싶어 한다.

그러한 의미에서 고향을 빨리 떠나 도쿄로 가고자 하는데 '아버지'의 병세가 악화되어 도쿄로 가지 못하게 된다. '아버지'가 위독한 상황에서 '선생님'의 장문의 편지가 날아드는데 '아버지'를 간호하고 있는 '나'에게는 그것을 읽을 시간조차 나지 않는다. 잠시 틈을 내어 대충 훑어보다가 편지의 내용이 심상치 않은 유서임을 직감하고는 곧바로 '선생님'이 있는 도쿄로 떠난다. 그때 '나'를 도쿄로 가게 하는 에네르기의 원천은 '선생님의 과거'에 대한 의문보다도 '선생의 안부'를 걱정하는 즉각적인 반응에서 비롯된다고 할 수 있다. 그러나 결과적으로 과거진행사건이 전개되는 과정에서 '나'의 관심은 최종적으로 '선생님'의 과거가 담겨 있는 유서의 내용으로 집중되어 간다.

앞에서도 말했듯이 『마음』의 화자는 주로 과거의 '나'를 시점인물로 취하고 있기 때문에 우리는 『마음』을 읽는 과정에서 시점인물인 '과거의 나'와 비슷한 정도의 정보량만을 갖고서 읽게 된다. 따라서 우리는 작중에서 「과거의 나」가 '선생님'에 대해 느끼는 것과 같은 여러 가지 의문점을 같이 느끼며 읽어가게 되는데, 작품의 플롯은 그러한 의문이 해결되는 방향으로 전개된다. 그 의문을 해결해 주는 것이 바로 '선생님'의 편지를 읽어가는 행위인 것이다.

그러면 과거진행사건을 통해 '나'의 '선생님'에 대한 관심은 어떠한 방향으로 전개되어 가는지를 정리해 보자. 처음에 '나'는 '선생님'에 대한 인간적 관심에 의해 '선생님'을 접촉하고 따르게 되었지만 이러한 관심은 좀 더 학문적인 방향으로 전개되어 '선생님'의 사상을 이해하기 위해 노력한다. 그러한 학문적인 관심과 함께 '선생님'과 '사모님'과의 관계에 대한 인간적인 관심도 작용하여 '선생님'의 과거에 대한 관심으로 발전되어 간다. 그런데 결국에 가서는 '선생님'의 안부를 걱정하는 쪽으로 '나'의 모든 관심이 집중되어 간다.

제3절 전환점과 주제

소설의 주인공은 진행사건을 통해 변화해가는 존재이다. 진행사건이 어떻게 시작해서 어떻게 끝났는지를 살펴봄으로써 작중세계에서 주인공이 어떠한 방향으로 변화했는가 하는 변화의 방향을 추려볼 수 있다. 그런데 소설을 분석할 때에 더욱 중요한 것은 결국 왜 그렇게 변했는지의 원인을 밝히는 일일 것이다. 즉 소설의 결말을 가져다 준 원인이야말로 주제와 본질적으로 관련되어 있다.

주인공에게 일어난 변화를 단순화시켜 이해하자면 그것은 A라는 상태에서 B라는 다른 상태로 변화했다는 것이다. 그러한 A에서 B로의 변화의 과정에는 반드시 A가 B로 된 결정적인 계기가 내포되어 있을 것이다. 그 계기는 주인공이 계속해서 더 이상 A라는 상태를 유지할 수 없는 한계가 드러난 부분일 것이다. 그 지점이 소설의 '전환점'이다. 따라서 전환점을 찾아내어 고찰하는 것은 소설의 주제를 찾는 직접적인 실마리를 제공할 것이다.

또한 변화란 본질적으로 어떤 주체가 자신의 의지를 실현해 가는 과정에서 낡은 무엇인가를 버리고 새로운 무엇인가를 받아들이는 입장을 갖기 시작하는 때에 발생하는 것이다.[191] 『마음』의 전환점에도 분명히 주인공의 이러한 수용과 폐기의 행위가 내재되어 있으리라 생각한다. 여기서는 『마음』의 진행사건에 있어서의 전환점을 찾아보고 그 전환점은 무엇으로 이루어지며 주인공 '나'는 무엇을 버리고 받아들였는지를 살펴보도록 하자.

『마음』의 과거진행사건은 '나'와 '선생님'의 만남으로부터 시작하여 '나'가 '선생님'의 유서를 받아 읽는 것으로 끝난다. 다시 말해 '선생님'을 만나서 친해지면서 그의 과거를 궁금해 하던 '나'가 '선생님'의 유서를 읽음으로써 '선생님'의 과거를 알게 되기까지의 과정이다. 『마음』의 과거진행사건에 있어서 결말이란 '나'가 '선생님'의 과거가 담긴 유서를 읽는 것이라 하겠다.

결말에 이르는 과정에는 몇 단계의 굴곡이 있다. 처음에 '나'는 '선생님'을 만나 '선생님'을 있는 그대로 외부에서만 바라보고 있었다. 호기심에 의해 '선생님'에 접근해 간 '나'는 점차로 '선생님'에게 호감을 갖고 존경하게 된다. 그러는 가운데 '선생님'의 과거에 관한 의문이 생기자 머릿속으로 이해해 보려 했다. 그것이 불가능함을 깨닫고는 직접 '선생님'에게 과거를 물어보았

---

191) 인간의 모든 문화 현상이 삶의 과정에 있어서의 이러한 수용과 폐기행위를 통해 일어나는 현상이라는 지적은 김채수, 『21세기 문화이론 과정학』, (서울, 교보문고, 1996) pp.326-331.에서 참조했다.

다. 그 결과 언젠가는 이야기를 해주겠다는 약속을 받았던 것이다. '선생님'
은 결국 약속을 지켰지만 편지를 통해서였고 '나'는 그 편지를 읽음으로써
비로소 선생님의 과거를 알게 된다.

고향의 집에서 '아버지'를 간호하고 있던 '나'는 '선생님'의 편지를 읽을
시간이 나지 않아 눈으로 대충 훑어가다가 '이 편지가 당신의 손에 들어갔을
때에는 나는 이미 이 세상에는 없을 것입니다. 벌써 죽었을 것입니다'(此手紙
があなたの手に落ちる頃には、私はもう此世には居ないでせう。とくに死んでゐるで
せう) [중 18]라고 한 대목을 읽고는 깜짝 놀란다. '선생님'의 편지를 받기 전
까지 '나'는 줄곧 '선생님'의 과거에 대해 의문을 가져왔다. 그러나 이 대목
을 읽은 순간 '선생님'의 '과거'보다도 '선생님'의 '현재'의 안부가 초미의 관
심사가 된 것이다. 그 다급한 상황에서 '나'는 다 죽어가는 '아버지'의 병석
을 뒤로 하고 도쿄 행 열차를 탄다. 다음의 인용은 그때의 '나'의 심적 상태
를 잘 보여준다.

　私ははつと思つた。今迄ざわざわと動いてゐた私の胸が一度に凝結し
たやうに感じた。私は又逆に頁をはぐり返した。さうして一枚に一句位
づゝの割で倒に読んで行つた。私は咄嗟の間に、私の知らなければなら
ない事を知らうとして、ちらちらする文字を、眼で刺し通さうと試み
た。其時私の知らうとするのは、たゞ先生の安否だけであつた。先生の過
去、かつて先生が私に話さうと約束した薄暗いその過去、そんなものは私
に取つて、全く無用であつた。私は倒まに頁をはぐりながら、私に必要
な知識を容易に与へて呉れない此長い手紙を自烈たさうに畳んだ。

　(나는 '앗'하고 놀랐다. 지금까지 들떠서 술렁거리고 있던 나의 가슴이 한
꺼번에 얼어붙는 것 같았다. 나는 다시 페이지를 거꾸로 넘겼다. 그리고는 한
장에 한 구절 꼴로 거꾸로 읽어갔다. 나는 그 짧은 순간에 내가 알아야 할 사
항을 알아내고자 아물아물한 글자를 눈으로 전부 훑으려 애썼다. 그때 내가
알고자 했던 것은 오로지 선생의 안부뿐이었다. 선생의 과거, 일찍이 선생이

나에게 말해주마고 약속한 어두운 과거, 그러한 것은 나에게 있어서 아무런 쓸모가 없었다. 나는 거꾸로 페이지를 넘기면서 나에게 필요한 지식을 쉽사리 전해주지 않는 이 긴 편지를 애가 달아서 접어버렸다.) [중 18]

'나'가 도쿄 행 열차를 탄 것은 우선 '선생님'의 안부가 걱정되어 한시라도 빨리 도쿄로 달려가 선생님을 구하고자 하는 목적에서라고 생각할 수 있다. 그런데 엄밀히 말해서 '나'는 열차를 타고도 선생님의 안부를 정확히 모른다. 만약 편지의 내용대로라면 '선생님'은 이미 돌아가셨을지도 모르는 것이다. '선생님'의 편지가 유서라는 생각이 든 순간의 '나'는 무엇보다도 먼저 '선생님'의 안부를 확인하고 싶은 마음이 절실했을 것이다. 그래서 대충 훑어보아서는 알 수 없는 '선생님'의 편지를 좀 더 자세히 읽을 시간과 공간을 확보하려고 한다. 그 결과 '나'는 '아버지'의 임종을 포기하고 일단 '선생님'에게 달려가기로 결심을 하는 것이다.

'선생님'의 유서를 받은 '나'의 관심의 초점은 이제 '선생님'의 과거에서 '선생님'의 현재로 바뀌게 된다. '나'는 열차를 탄 후에야 본격적으로 '선생님'의 유서를 읽어가는 데 결과적으로 '나'가 읽고 있는 유서의 내용은 사실상 '나'의 관심의 초점이 '선생님'의 현재에 맞추어진 이후에 파악되는 것이다. '선생님'의 유서를 읽어가는 '나'는 비상상황의 '나'이며 그렇기 때문에 '선생님'의 당장의 안부를 신경 쓰면서 읽기 시작하는 것이다. 이때의 '나'는 오로지 선생님이 살아있었으면 하는 마음뿐일 것이다.

따라서 '나'의 도쿄 행 열차 탑승 행위는 돌발적인 사태를 맞이한 '나'의 긴급한 대처 방식이었다고 볼 수 있다. 그러나 이와 같은 '나'의 도쿄 행 열차 탑승 행위는 '나'로 하여금 '선생님'의 유서를 읽게 하여 그 동안의 사건의 흐름을 급격히 바꾸어 결말에 이르게 한다. 이러한 의미에서『마음』의 과거진행사건에 있어서의 전환점은 주인공 '나'가 도쿄 행 열차를 탈 결심을 하는 시점으로 볼 수 있다.

'나'가 도쿄 행 열차를 타게 된 직접적인 원인은 '선생님'으로부터 유서를 받았기 때문이다. '선생님'의 유서가 '나'에게 전달된 것은 '나'의 의지에 의한 것이 아니라 '선생님'의 의지와 행동의 결과이다. '유서'를 전달하는 주체는 어디까지나 '선생님'이었다. 이렇게 볼 때 『마음』에 있어서의 전환점의 구성요소와 전환방식의 구조가 꽤 복잡하게 그리고 절묘하게 얽혀있음을 알 수 있다. '선생님'이 자신의 내적 이유에 의해 보낸 유서 편지를 '나'가 받고 도쿄 행 열차를 탐으로써 『마음』의 전환점이 형성되는데 그러한 사건의 전환의 결과로 '나'는 유서의 내용을 읽게 되며 텍스트의 새로운 국면이 전개된다는 것이다.

여기서 우리는 전환점을 구성하는 요인으로서 '선생님'이 자살을 한 이유, 자신의 과거를 이렇게 길게 써서 남긴 이유, 그리고 그 유서를 하필이면 '나'에게 전달한 이유 등을 알아볼 필요가 있다. '선생님'은 왜 자살을 결심하게 되었는가? 그 경위와 내적 동기를 좀 더 자세히 알아보자. 이는 주로 유서의 내용을 통해 추정해 볼 수밖에 없다.

'선생님'의 유서는 사실상 '선생님'을 시점인물로 하는 또 하나의 소설이라 할 만큼 독립된 이야기 구조를 갖추고 있다. '선생님'의 유서는 주로 주인공 '나'('선생님')의 과거사건을 '나'('선생님')라는 1인칭의 화자가 서술하는 형식으로 되어 있다. 그 과거사건은 하숙집 딸 '시즈'(靜='선생님'의 부인)를 둘러싼 친구 'K'와의 삼각관계 이야기인데 '나'('선생님')의 배반에 의해 실연당한 'K'가 자살하는 사건을 중심에 두고 있다. 이러한 과거지사를 두고 '선생님'은 양심의 가책으로 평생을 괴로워 하다가 결국 자신도 자살을 결심 한다는 내용이다.

유서에서 '선생님'의 말에 따르면 'K'의 사후 줄곧 죄책감 때문에 괴로워 하다가 그 죄책감의 '감옥 안에서 도저히 가만히 있을 수 없을 때 또 감옥을

도저히 때려 부술 수 없을 때 (……) 가장 편한 노력으로 수행할 수 있는 것은 자살밖에 없다'(牢屋の中に凝としてゐる事が何うしても出来なくなつた時、又その牢屋を何うしても突き破る事が出来なくなつた時、(中略)一番楽な努力で遂行出来るものは自殺より外にない) [하 55] 고 느끼게 되었다는 것이다. 그러나 언제나 혼자 남게 될 아내가 마음에 걸려 실행에 옮기지 못하고 상당한 세월을 여생처럼 보내며 '목숨을 질질 끌며 세상을 돌아다니듯 했던 것'(命を引きずつて世の中を歩いてゐたやうなもの) [하 55]이라는 것이다. 그러다가 노기(乃木) 대장의 순사(殉死) 보도를 접한 2, 3일 후 자살을 결심하고 열흘 이상을 '나'에게 보내는 긴 유서 편지를 쓰는 데에 소비한다고 했다. 그런데 '선생님'은 'K'가 죽은 지 10년 이상 자살하지 않고 살아오다가 왜 하필이면 노기 대장의 순사 보도를 접하고 자살을 결심하는가? 도대체 노기 대장의 순사와 '선생님'의 자살은 무슨 관계가 있는가? 텍스트에 명확히 드러나 있지는 않지만 다음과 같이 추정할 수 있다.

노기 대장은 세이난 전쟁(西南戰爭, 1877) 때에 적에게 천황의 군기를 빼앗긴 일로 메이지 천황에 대한 마음의 빚을 지고 있었고 이러한 신하로서의 의리와 군인으로서의 자존심 때문에 자살을 했다고 한다. 일견 '선생님' 역시 친구에 대한 의리와 자기 자신의 비겁함을 뉘우쳐 오다가 드디어 자살을 결심하게 되었던 것으로 보인다. 그러나 과연 그것뿐일까? '내가 노기 씨가 죽은 이유를 잘 모르듯'(私に乃木さんの死んだ理由が能く解らないやうに) [하 56]이라고 하며 사실상 노기 대장의 순사를 비웃은 '선생님' 스스로가 이러한 구시대의 윤리에 얽매인 자살을 왜 결심했을까? '선생님'의 자살 결심은 좀 더 깊은 이유에서 나온 것이 아닐까? 즉 노기 대장과 같은 구시대의 인간들이 사라져가는 것을 보고 '선생님'은 자기 자신도 구시대의 인간으로서 새 시대를 열기 위해 사라져야겠다고 생각했던 것이다.

'선생님'의 비극은 단순히 그가 자살로써 생을 마감한다는 데에 있는 것이 아니라 자기 자신을 객관적으로 바라볼 줄 알면서도 시대적 성격에 기반한 자신의 숙명을 인정하고 그에 따를 수밖에 없다는 데에 있다고 볼 수 있다. 여기서 우리는 '선생님'의 자살의 결정적인 계기를 오히려 '나'와의 관계에서 찾을 수 있지 않을까 한다. 이 문제를 '선생님'이 자살을 하면서 왜 이렇게 긴 유서 편지를 굳이 써야 했는가? 그리고 자신의 유서를 왜 하필 '나'에게 주었는가? 하는 문제와 아울러 생각해 보기로 하자.

일반적으로 유서란 자신의 죽음을 의식하면서 쓰는 글이다. '선생님'도 자신의 죽음을 염두에 두고 유서를 썼다. 더구나 '선생님'은 스스로 자신의 목숨을 끊을 계획을 세우며 유서를 써간 것이다. '선생님'은 스스로 '자서전'이라 부를 정도의 긴 '유서'를 쓰게 된 동기를 '나(='선생님')는 나의 과거를 선이건 악이건 모두 다른 사람의 참고로 바칠 생각'(私は私の過去を善悪ともに他の参考に供する積) [하 56]에서라고 이야기하기도 한다. 그리고 유서를 쓰는 자신의 노력은 단지 '나'라는 젊은이와의 약속을 지키기 위해서만이 아니라 '반 이상은 스스로의 요구에 의한 결과'(半ば以上は自分自身の要求に動かされた結果) [하 56]라고 덧붙인다.

이렇게 볼 때 '선생님'은 사실상 인생을 매우 진지하게 살아가는 사람이다. 그렇기 때문에 '선생님'은 친구를 죽게까지 만든 배반 행위의 결과로 얻은 결혼 생활에서 궁극적으로 행복을 느낄 수 없을 만큼 도덕적으로 민감한 것이다. '선생님'은 스스로 양심의 가책을 느끼면서 자기 자신까지도 불신한다. 그래서 세상에 나가 사람들과 어울려 일하는 것을 부도덕한 자기 자신을 무책임하게 다루는 것으로 여겨서 아예 일을 하지 않았던 것으로 보인다. 그러다가 한 시대가 끝났다는 자각을 계기로 '윤리적으로 어두운'(倫理的に暗い) [하 2] 자신의 과거를 진지하고 진실하게 살아가려는 한 젊은이 즉 '나'에게 밝혀 인생의 교훈을 주고 자신의 생은 마감을 하려는 것이다.

'선생님'은 자신의 과거를 털어 놓을 상대로서 수천만이나 되는 일본인 중

에서 오로지 '나'를 선택한다고 했다. 그 이유는 '당신은 진실한 사람이니까' (あなたは眞面目だから) [하 2]라는 것이다. 그 진실함의 내용에 관해서 '선생님'은 '거리낌 없이 나의 뱃속에서 살아있는 어떤 것을 붙잡으려는 결심'(無遠 慮に私の腹の中から、或生きたものを捕まへやうといふ決心) [하 2] 또는 '나의 심장을 쪼개어 따뜻하게 흐르는 피를 핥으려'(私の心臟を立ち割つて、溫かく流れ る血潮を啜らうと) [하 2] 하는 의지라고 설명한다. 그래서 그러한 진실한 '나'에 대해 '선생님'은 '나는 지금 나 스스로의 심장을 깨뜨려 그 피를 당신의 얼굴에 뿌리려 하는 것입니다. 나의 고동이 멈추었을 때 당신의 가슴에 새로운 생명이 움틀 수 있다면 그것으로 만족합니다'(私は今自分で自分の心臟を破つ て、其血をあなたの顔に浴せかけやうとしてゐるのです。私の鼓動が停つた時、あな たの胸に新らしい命が宿る事が出来るなら滿足です) [하 2]라고 하며 유서를 '나'에 게 보낸 이유를 설명한다.

'K'의 자살 이후 스스로 목숨을 끊고 싶어도 용기가 나지도 않고 아내가 마음에 걸리기도 해서 목숨을 질질 끌며 살아오다가 '선생님'은 '나'를 만남으로써 비로소 자신의 과거에 대해 낱낱이 고백할 수 있는 상대를 얻었다. '선생님'에게 있어서 '나'는 그 고백의 상대가 되어줄 진실성 있는 젊은이로 인식되었고 그 젊은이가 자신의 과거 이야기를 인생의 교훈으로 받아들인다면 자신의 인생도 전혀 무가치하지 않은 삶이 되는 것이다. 그럼으로써 자신은 한 젊은이의 가슴에 새로운 생명으로 영원히 살아남을 희망이 보이기 때문이다. '선생님'은 이러한 치밀한 계산 하에 유서를 '나'에게 보내는 것이다.

이에 대해 유서를 받은 '나'는 어떤 차원에서 도쿄 행 열차를 타고 '선생님'의 유서를 읽어 가는가? '나'에게 있어서 '선생님'은 현대의 사상 등에 관한 토론을 통해 교수의 의견보다도 더 고마운 영향을 주신 분으로서 평소에 학문적으로 존경하는 스승이다. '나'로서는 그러한 '선생님'의 생사를 정확히 모르는 채 그의 신변에 있을 지도 모르는 위험한 상황에 대해 불길한 예감을 안고 열차를 타는 것이다. 그리고 이러한 불안감과 함께 과거를 털어 놓겠다는 약속을 성실히 지킨 '선생님'의 진실을 선과 악을 따지지 않고 성심껏 받아들이기 위해 한 자 한 자 정성들여 읽어가는 것이다. 즉 '선생님'의 진실과 '나'의 진실과의 만남이 『마음』의 전환점을 구성하는 중요한 요소라 할 수 있다.

주인공 '나'는 도쿄 행을 결심하면서 무엇을 포기하고 무엇을 받아들이는가? 우선 '나'에게 있어서의 도쿄 행 열차 탑승 행위의 의미부터 생각해보자.

'나'가 도쿄 행 열차를 탄 그 날은 '아버지'가 계속 혼수상태에 빠졌다가 깨어났다가 하는 것을 반복하는 등 어느 때보다도 특별히 병세가 위중했다. 어쩌면 수 시간 내에 돌아가실지도 모르는 상황이었다. '나'는 집을 떠나면서 도쿄에 갔다 오게 되면 적어도 2, 3일은 걸린다는 판단을 한다. 그래서 '아버지'가 며칠이나 더 살 수 있는가를 확인하고 만약 2, 3일 버티지 못할 것 같으면 주사든 무엇이든 써서 억지로라도 버티게 해달라는 부탁을 하러 '아버지'의 주치의에게 간다. 공교롭게도 주치의는 부재중이었고 돌아올 때까지 기다릴 마음의 여유가 없는 '나'는 '어머니'와 '형'에게 간단한 편지 한 장을 써서 남기고 도쿄 행 열차를 탄다.

'나'의 도쿄 행 열차 탑승 행위는 일분일초를 다투는 양자택일의 급박한 상황에서 '아버지'의 죽음과 '선생님'의 죽음 중에 '선생님'의 죽음을 더 중요하게 느꼈다는 것을 뜻한다. 만약 '나'가 도쿄 행 열차를 타지 않았다면 아마도 '아버지'의 임종을 지켰을 것이다. 도쿄 행 열차를 탐으로써 '아버지'의 임종을 못 하게 되었다. 임종을 지킨다는 것은 죽는 사람과의 작별 인사이다. 결국 '나'에게 있어서 도쿄 행을 결심한다는 것은 삶과 죽음의 경계에서 '아버지'와의 작별 인사보다 '선생님'과의 작별 인사를 더욱 중요하게 생각한다는 것을 의미한다.

이는 돌발 사태에 대한 순간적인 반응이기는 하지만 오히려 오랫동안 준비해온 '나'의 어떤 지향의지가 반영된 결과일 수가 있다. '나'가 대학을 졸업한 후 고향에 내려와 있는 동안 물리적으로는 '아버지'와 함께 있었지만 심리적으로는 줄곧 '선생님'을 자신에 가깝게 여긴다. '나'가 도쿄 행 열차를 탄 행위를 그러한 물리적 거리와 심리적 거리의 괴리를 해소하려는 무의식적 작용으로도 해석할 수 있을 것이다. 그렇다면 '나'는 왜 고향에 와서까지도 생각은 '선생님'과 도쿄에 가 있었는가? 이러한 물음에 대답하기 위해 우선 '나'의 공간이동 범위를 살펴볼 필요가 있다.

과거진행사건을 통해 주인공 '나'의 공간이동 범위는 맨 처음 가마쿠라에서 시작 하지만 주로 대학이 있는 '도쿄'와 집의 부모가 있는 '고향'으로 크게 양분할 수 있다. '나'는 이 두 장소를 과거진행사건 속에서 각각 두 번씩 오고 간다. 1911년 12월 아버지의 병환으로 도쿄에서 고향으로, 해가 바뀌어 1912년 1월초에 다시 도쿄로, 졸업식이 끝난 후 7월 초에 또 다시 고향으로, 그리고 9월말 경 '선생님'의 유서를 받고는 도쿄 행 열차를 타고 도쿄로 이동한다. 도쿄와 고향 이 두 곳은 주인공 '나'에게 있어서 각각 어떠한 곳인가?

'나'는 집에서 보내주는 학비로 대학을 다녔다. 대학을 졸업한 '나'는 당장 취직을 해야 할 만큼 경제적으로 곤궁하지는 않지만 「부모」는 '나'가 취직을 해서 일정한 지위를 갖기를 원한다. 그러나 '나'는 취직을 해서 남 보기에 버젓한 생활을 하는 것에는 별반 의미를 두지 않는 사람이다. '나'가 지향하는 것은 사상과 학문의 세계이지 관리가 되거나 해서 세속적인 출세는 하는 것이 아니다. 그러한 면에서 '나'에게는 부모의 기대가 짐이 되는 것이며 '나'는 될 수만 있다면 그 짐을 벗어 던져버리고 도쿄에 나가서 일단 자유롭게 사는 것에 관심이 있을 뿐이다. 한마디로 주인공 '나'에게 있어서 고향의 집은 물질적·경제적 기반이기는 하지만 부모의 기대가 자신을 붙들어 매고 있는 현실 세계이다.

그러나 도쿄는 '나'에게 있어서 대학이 있는 곳일 뿐만 아니라 언제든지 '선생님'을 만날 수 있는 곳이기도 하다. 그곳은 학문과 사상과 토론이 가능한 곳이며 현실의 가족적 속박을 벗어나 그야말로 '자유와 독립에 충만한' 개인의 삶을 누릴 수 있는 곳이다. '나'에게 있어서 도쿄는 정신적·학문적인 고향이자 개인의 자유가 보장되는 이상 세계이다. '나'가 고향의 집에서 끊임없이 '선생님'을 생각한다는 것은 현실 세계에 존재하면서도 끊임없이 이상 세계를 지향하고 있다는 것을 말해 준다.

사상과 학문 그리고 개인의 자유에 높은 가치를 두고 있는 주인공 '나'에 있어서 도쿄 행 열차를 탄 행동은 자신에게는 무의미한 일상의 공간인 고향의 집에서 탈출하도록 만든다. 그러므로 주인공 '나'가 도쿄 행 열차를 타기로 결심한 순간 그는 일상적·세속적·가정적 윤리에 속박된 '나'로부터 비일상적·탈세속적·개인적 자아로서의 '나'로 변화하는 것이라 하겠다. '나'는 도쿄 행 열차를 탐으로써 비로소 '나' 자신의 주인이 되는 것이다.

정리하자면 『마음』의 전환점인 '나'의 도쿄 행 열차 탑승 행위는 '나'의 일상과 현실을 지배하는 '아버지'에 대한 윤리적 의무보다도 '나'의 내면과 사상을 지배하는 '선생님'의 진실을 받아들이는 것을 중요하게 생각한다는 것이다. '나'는 생물학적으로 자신을 낳아 준 실제의 아버지를 버리고 정신적으로 나를 키워준 사상의 아버지인 '선생님'을 취하는 것이다. 즉 생물학적 삶을 버리고 정신적인 삶을 구하는 것이기도 하다. 그것은 육친의 정 등 가족적 윤리로 대표되는 사회의 속박을 끊고 개인의 자유를 바탕으로 한 자기 자신의 지향의지의 진실을 찾아 가는 일종의 자기 혁명인 것이다. 가족의 윤리에 얽매인 낡은 '나'를 버리고 개성의 윤리가 중심이 된 새로운 '나'를 찾아 가는 것이다. 이러한 의미에서 『마음』의 전환점은 세속적·가족적 윤리를 폐기하고 인간의 내면적 진실을 수용해가는 쪽으로 전환하는 과정의 두드러진 한 양상으로 볼 수 있다.

지금까지 『마음』이라는 소설 작품을 놓고, 텍스트의 서술형식과 스토리의 기본골격, 진행 사건과 전개 양상, 사건의 전환점과 전환양상을 파악해 보았다. 이제 이러한 것들을 토대로 작자가 이야기하려는 주제를 끌어내 보자.

작중세계의 배경이 되고 있는 시대는 주로 일본이 근대 국민국가의 형성에 성공하고 제국주의 팽창정책을 펴가던 메이지 시대(1868-1912)에 해당한다. 이 시대의 일본은 자국의 생존과 번영을 위해 적극적으로 근대화를 추진하고 있었다. 당시의 일본인들에게 있어서 근대화란 곧 서구화를 의미했다. 그러므로 이 시대의 '현대 사상'이란 결국 근대 서구 사상을 가리킨다. 근대 서구 사상은 주로 19세기를 풍미한 과학주의를 의미하며 그것은 인간의 내면보다는 눈에 보이는 객관적인 물질 형태를 중요하게 생각하는 사상이다. 이를 받아들인 당시의 일본인들은 과학주의를 물질만능주의로 이해하고 세속적 출세를 지고의 가치로 여기는 부박한 풍조가 근대화라는 미명하에 사람들의 관심을 지배하는 격심한 정신적 혼돈에 휘말려야 했다.

한편으로 메이지 시대는 급속한 근대화 즉 서구화와 국민국가 건설, 식민지 정책 등의 과제를 추진하기 위해, 강력한 중앙집권적 정부가 국민을 힘으로 통제하고 지배하던 시기였다. 그래서 사회의 각 분야마다 상명하복의 가부장적 권위주의가 존재하고 사람들은 그에 따른 잘 길들여진 윤리의식을 지니고 있었던 것이다. 이러한 윤리의식은 서구적이라기보다는 다분히 봉건적·가족적 색채를 띤 것이었다. 메이지 시대는 '세속적 출세주의'와 '가족적 봉건윤리'가 교묘하게 혼합되어 사람들의 생활원리를 지배해가던 시대였다.

'나'와 '선생님'이라는 두 인물은 현대의 사상의 문제와 인간의 내면에 관해 토론해 가며 진리를 추구해가는 사람들이다. 이 두 사람은 당시의 '세속적 출세주의'와 '가족적 봉건윤리'의 틈바구니에 끼여 사상적으로 고민하는 메이지 말기의 지식인들이다. 이들은 물질만능주의나 출세지향적 경향에 대해 대단히 비판적이다. 그렇기 때문에 그들은 가능한 한 출세하지 않고 소극적이나마 자신의 고고한 정신생활을 유지하며 살아가는 방법을 모색한다. '선생님'의 경우 직업을 갖지 않고 독서에 전념하는 생활을 해온 것도 반드시 'K'의 죽음에서 비롯된 자기불신 뿐만 아니라 이러한 반(反)출세지향의 소신을 갖고 있었기 때문인 것으로 이해된다. '나'의 경우 부모가 원하는 지위를 얻지 않고 학문과 사상에 매달리는 삶의 태도가 바로 그러한 것이다.

뿐만 아니라 '나'와 '선생님'은 '가족적 윤리'의 굴레로부터도 벗어나고자 한다. 일찍이 부모를 여의고 친척과도 등을 진 '선생님'에게 있어서 가족적 윤리란 아내에 대한 남편의 책임을 다하는 것이다. 그러나 '선생님'은 그것을 사실상 저버리고 만다. 유서의 마지막 부분에 자신의 과거를 아내에게 비밀로 해달라는 부탁을 덧붙인 것은 어차피 아내가 자신의 내면적 진실을 이해할 리가 없으며 자신의 자살 이유를 설명하는 것 자체가 구차해지기 때문이다. 이는 결과적으로 자신의 자살 이유를 숨기는 것이 되며 혼자 남게 된 아내에 대해 가족으로서 보호의 책임을 지지 않는다는 것을 의미한다. '나' 또한 '아버지'와의 작별인사 격인 임종을 과감히 포기함으로써 가족적 윤리를 저버린다.

'나'와 '선생님'은 '서구의 사상'의 지나친 세속화와 '가족적 윤리'의 지나친 속박에 대해 그것을 극복하기 위한 안티테제로서 '인간의 내면적 진실과 개인의 자유'라는 것을 신봉하게 된다. 이들이 추구하는 인간의 내면적 진실이 각 개인 간에 자유롭게 표현되고 수용될 수 있는 세계 그것이 바로 작품의 제목이기도 한 '마음'[192]의 세계인 것이다. '세속적·가족적 윤리'를 포기한 것은 이들에게 더욱 중요한 '인간의 내면적 진실'을 추구하기 위해서였

---

192) '마음'을 뜻하는 일본어의 '고코로'(こころ)는 인간의 내면, 심리, 심정, 의지 등 제반 정신 작용을 총칭하는 폭넓은 개념의 단어로서 한국어의 '마음'처럼 서양어나 한자어로 표현하기 힘든 고유어의 독특한 뉘앙스를 지니고 있다.

다. 이들은 무엇보다도 인간의 '마음' 속에 진실이 있다고 생각했고 그래서 '마음' 속의 진실이 가장 가치가 있으며 따라서 '마음'이 움직이는 대로 실천하고자 한다는 것이다. '선생님'은 유서를 통해 마음의 진실을 표현하려 했고, '나'는 이를 진실한 마음으로 받아들였다. '선생님'의 '마음의 진실'과 '나'의 '진실한 마음'이 개인 대 개인의 자유의지에 의해 교환되는 공간 그것이 바로 『마음』의 작중세계인 것이다. 『마음』의 작자는 허구를 통해 독자에게 현실에서의 이러한 공간의 의미를 되묻고 있다.

제6장

『꿈 열흘 밤』의 시점과 서술양식
-'꿈을 보는 눈'을 찾아서-

제1절 작중세계와 시점인물

나쓰메 소세키의 걸작 단편소설 『꿈 열흘 밤』(夢十夜, 1908)의 특징은 작품 전체가 꿈 이야기로 이루어져 있다는 점이다. 그렇기 때문에 그 특이한 서술 구조가 문제시되는 작품이다. 본 장은 『꿈 열흘 밤』을 대상으로 시점의 분석을 통해 텍스트의 표현양식에 내재하는 질서를 찾아 작품의 의미를 음미해 보는 데에 목적을 둔다.

많은 『소세키 전집』(漱石全集)에서 이 작품은 '소설'이 아닌 '소품'(小品)이라는 장르로 분류되고 있다.[193] 그러나 사실상 작품을 읽고 감상하는 독자의 입장에서 볼 때는 일반적인 소설 텍스트와 크게 다를 것이 없다. 왜냐하면

---

193) 1994년 岩波書店에서 출간된 『漱石全集』의 경우에도 『꿈 열흘 밤』은 『런던 소식』(倫敦消息), 『분쿄』(文鳥), 『에이지쓰 쇼힌』(永日小品), 『만주와 한국 여기저기』(滿韓ところどころ) 등과 함께 제12권 「소품」 편에 수록되어 있다. '소품' 또는 '소품문'(小品文)이란, 원래 중국의 명대 (明代) 말기 이후에 나타난 짤막한 잡문(雜文)의 총칭이다. 일본문학사에서 '소품'이라고 하면 1905년경부터 1910년대에 걸쳐 문단에서 유행한 산문 장르의 하나로 원고지 한두 장에서 길어 야 열 장 이내의 짧은 문장을 말한다. 내용적으로는 개인의 감상이나 서정 등을 자유롭게 써 나 가는 예술적 문장이며 오늘날의 수필과 단편소설의 중간적 성격이라 할 수 있다.

꿈 이야기가 주된 내용을 이루고 있으므로 텍스트 자체가 이미 소설이라고 불리기에 충분한 허구의 세계를 창출하고 있기 때문이다. 따라서 여기서는 『꿈 열흘 밤』을 하나의 소설로서 분석하고자 한다.

『꿈 열흘 밤』은 1908년 7월 25일부터 8월 5일까지의 『도쿄 아사히신문』(東京朝日新聞)과 7월 26일부터 8월 5일까지의 『오사카 아사히신문』(大阪朝日新聞)에 연재되었다.[194] 「첫째 밤」(第一夜)부터 「열째 밤」(第十夜)까지의 열 개의 장(章)으로 구성된 것은 원래 이 작품이 이와 같은 신문연재소설이었다는 점과 무관하지 않다. 한 개의 장이 정확히 신문연재의 일회(一回) 분에 해당되는 것이다.

각 장마다 비슷한 분량의 각기 다른 꿈이 이야기되고 있는 『꿈 열흘 밤』은 장 하나하나가 독립된 내용을 이루고 있다. 그래서 열 개의 짤막한 장편(掌篇) 소설들을 모아 놓은 것으로 볼 수도 있고 통일적으로 구성된 한 개의 단편 소설로 볼 수도 있다.[195] 본 논문에서는 『꿈 열흘 밤』 전체를 한 개의 단편 소설로 보고 분석하는 입장을 취하고자 한다. 그 이유는 한 사람의 주인공이 열 개의 꿈을 꾼다는 행위의 연속성과 한 명의 화자가 열 개의 꿈을 이야기해 간다는 방식 자체의 일관성이 갖는 의미까지도 아울러 생각해 보기 위해서이다.

---

194) 『東京朝日新聞』의 경우 7월 26일과 8월 1일, 『大阪朝日新聞』은 8월 1일을 제외하고 각 10회에 걸쳐 연재되었다.

195) 실제로 지금까지 나온 『꿈 열흘 밤』의 작품론적 연구는 전체를 통일적 관점에서 다룬 것과 어느 한 장의 개별성에 역점을 둔 것으로 크게 나뉜다. 서술구조에 관한 연구 중 전체를 다룬 것으로, 宮澤健太郎, 「『夢十夜』の文體論」, 『漱石の文體論』, (東京, 洋洋社, 1997). 石原千秋, 「『夢十夜』における他者と他界」, 『東橫國文學』16号, 1984.3. 室井尙, 「漱石『夢十夜』論-テクスト分析の試み」, 『文學理論のポリティーク』, (東京, 勁草書房, 1985). 藤森淸, 「夢の言說-『夢十夜』の語り」, 『名古屋近代文學硏究』5号, 1987.12. 등이며, 각 장별로 다룬 것으로는 李孝德, 「夢語りの審級・夢語りに儀式-夏目漱石『夢十夜』と近代文體の地坪」, 『超域文化科學紀要』2号, 1997.7. 山崎甲一, 「『夢十夜』の敍法, 一夜と四夜-讀者の想像力ということ」, 『文學論藻』65号, 1991.2. 등이 있다.

『꿈 열흘 밤』은 '이런 꿈을 꾸었다'(こんな夢を見た)로 시작되는 꿈 이야기의 형식을 취하고 있기 때문에, 시점의 문제는 더욱 중요하다. 즉 감각적(특히 시각적) 대상으로서의 꿈[196]에 관한 이야기를 논할 때 꿈의 내용이 무엇인가에 앞서서 꿈의 각 장면들이 어떻게 포착되는가 하는 것을 문제 삼지 않을 수 없는 것이다. 필자가 『꿈 열흘 밤』의 시점에 주목하는 것은 그러한 이유에서이다.

그러면 『꿈 열흘 밤』의 텍스트를 구체적으로 분석해 보겠다. 분석의 주안점은 다음 세 가지이다. 작중세계를 구성하는 요소는 무엇이며 시점인물은 어떤 존재인가, 시점은 작중세계의 어디에 위치하고 있으며 포착하는 대상의 어디에 초점을 맞추고 있는가, 그리고 꿈 이야기라는 특수한 형태의 소설에 있어서 그 시점구조와 서술양식과는 어떠한 관련양상을 띠고 있는가 하는 문제이다. 꿈 이야기의 형식을 취하고 있는 『꿈 열흘 밤』은, 각 장의 꿈의 내용이 곧 작중세계가 된다. 그렇다면 『꿈 열흘 밤』의 작중세계는 누구에 의해 포착되는가?

앞에서도 말했듯이 소설에 있어서의 시점은 화자에게 작중세계에 대한 시각을 제공하는 장치이다. 텍스트의 본문 첫머리가 '이런 꿈을 꾸었다'로 시작되는 『꿈 열흘 밤』의 작중세계는 전체적으로 꿈을 꾸는 '나'(自分)라는 작중인물에 의해 포착되고 있다. 그러므로 '나'를 『꿈 열흘 밤』의 시점인물로 일단 간주할 수 있다. 그런데 그 '나'는 열 개의 꿈에서 각기 다른 모습으로 등장한다. 좌선을 하는 사무라이가 되기도 하고 때로는 호기심 많은 어린아이

---

196) 「이런 꿈을 꾸었다」의 원문은 「이런 꿈을 보았다」(こんな夢を見た)이다. 「꿈을 꾸다」는 말을 일본어에서는 「유메오 미루」, 즉 「꿈을 보다」(夢を見る)라고 한다. 꿈이 시각(視覚)과 관련이 있다는 생각은 일본의 고대 시가집인 『만요슈』(万葉集, 759?~794?)에서도 찾아볼 수 있는데, 현대어의 「꿈」에 해당하는 「유메」라는 말을 「伊目」「伊米」로 표기하고는 「이메」라고 읽었다. 따라서 「이(잠) 메(눈)」는 「잠잘 때의 눈」이라고 풀이된다. 西郷信綱 『古代人と夢』(東京, 平凡社, 1993) p.49.

로 전쟁에 패한 포로로 배를 타고 있는 여행객으로 나타나기도 한다. 그런가 하면 어떤 사람인지 뚜렷하게 윤곽이 그려지지 않는 경우도 있다.

여기서는 우선 『꿈 열흘 밤』의 작중세계 즉 꿈의 내용에 대해 살펴보고, 시점인물인 '나'의 정체를 알아보기로 한다. 인물, 사건, 시공간 등 작중세계를 이루는 구성요소와 '나'와의 관계를 각 장별로 짚어보면 대략 다음과 같다.

「첫째 밤」의 꿈에서 '나'는 자기의 무덤 옆에서 백 년간 기다려 달라는 여자의 유언에 따라 셀 수도 없는 오랜 세월을 기다린다. 기다린 나머지 혹시 여자에게 속은 것이 아닐까 의심을 한다. 그때 바위 밑에서부터 새하얀 백합이 피어 올라오고 꽃잎에 이슬이 떨어져 무심코 먼 하늘의 별을 바라본 순간 벌써 백년이 왔다는 것을 스스로 깨닫는다. 이러한 내용의 전개를 통해 볼 때 작중세계의 주요 사건은, 여자의 죽음과 '나'의 기다림으로 이루어진다고 할 수 있다. 여기서 '나'는 여자가 말한 대로 무덤을 만들고 그 옆에서 묵묵히 기다리는 한 사나이이다.

「둘째 밤」의 꿈에서 '나'는 무사이다. 깨달음을 얻지 못하는 이유로 스님으로부터 무사가 아니라고 놀림을 당해 약이 오른 '나'는 괘종시계가 다음 시각을 치기 전까지 각성하면 스님의 목을 베고, 못하면 자결한다는 결심으로 좌선에 열중하려 한다. 그러나 잡념은 끊이지 않고 끝내 시계가 울리고 만다. 다시 말해 이 꿈 이야기는 주인공 '나'가 줄곧 각성을 해야 한다는 강박관념에 시달리면서 오히려 그 집착에 사로잡혀 '무'(無)라는 깨달음의 경지에 도달하는 것이 불가능해지는 것을 보여주고 있다. 이러한 작중세계가 각성에 대한 강박관념에 시달리는 '나'의 감각을 통해 포착되고 있다.

「셋째 밤」은 아들로 생각되는 여섯 살짜리 장님 어린아이를 등에 업고 걸어가는 꿈의 이야기이다. 그 어린아이는 목소리는 아이인데 말투는 어른이며 게다가 사람의 마음을 꿰뚫고 있다. '나'는 점점 꺼림칙해져서 숲 속에 갖다 버리려고 한다. 거의 다 왔을 무렵 '네가 나를 죽인 것이 꼭 백 년 전이지?'

(お前がおれを殺したのは今から丁度百年前だね) 하는 아이의 말을 듣고 자신이 살인자였다는 사실을 깨닫자마자 업고 있던 아이가 돌부처처럼 무거워졌다. 이 이야기의 시간적 배경은 비교적 확실하다. '분카 5년'(1808)[197]을 '백 년 전'이라 하는 것으로 미루어 작중세계의 현재는 1908년의 어느 비오는 밤임을 짐작할 수 있다. '나'는 자식을 업고 가는 부모인 동시에 백 년 전에 장님을 죽인 살인자이다. 시점인물 '나'는 아이와의 대화와 자신의 생각을 통해 몰랐던 전체 상황을 점차 포착하게 되는 셈이다.

「넷째 밤」의 꿈에서는 수염을 기른 홍안의 노인이 술을 마시다가 밖으로 나와 수건을 꼬아 놓고 뱀을 만들어 보이겠다고 하며 일직선으로 똑바로 걸어간다. 어린아이인 '나'는 뱀을 보려고 계속 따라가지만 강물 속으로 들어간 노인은 결국 보이지 않게 된다. 혹시나 건너편 강기슭으로 나오는가 하여 기다리지만 끝내 나오지 않는다. 그러므로 이 이야기는 수건이 뱀으로 변하는 신기한 광경을 보려고 하는 어린아이인 '나'의 기대가 좌절되는 꿈이라 할 수 있다. 작중세계는 시종일관 어린아이인 '나'의 시점에서 포착되고 있다.

「다섯째 밤」의 꿈 이야기는 다음과 같다. 아득한 옛날 포로가 되어 꿇어 앉혀진 '나'는 적장에게 죽기 전에 사랑하는 여인을 만나고 싶다고 부탁한다. 적장은 새벽닭이 울 때까지라면 기다리겠노라고 허락했다. 그런데 여인이 타고 오던 말이 닭 우는소리에 놀라 바위 밑의 깊은 못으로 굴러 떨어지게 되었다. 닭의 흉내를 낸 것은 '아마노자쿠'(天探女)라는 도깨비이며, 바위에 말발굽자국이 새겨져 있는 동안 그 아마노자쿠는 '나'의 원수라고 한다. 작중세계는 죽음을 앞둔 포로의 마지막 소원이 도깨비의 장난에 의해 이루어지지 못하는 이야기를 중심으로 전개된다. 기본적으로 '나'에 의해 포착되는 화톳불과 적장을 마주한 공간이 주무대가 되고 있다. 그러나 여인이 말을 타고

---

197) 분카(文化)는 일본 에도시대(江戸時代)의 연호. 1804년부터 1818년까지.

오는 장면 등 부분적으로는 '나'의 시야를 벗어난 공간이 포착되기도 한다. 작중세계의 시간 자체는 '신화의 시대에 가까운 옛날'(神代に近い昔)로 설정되어 있고, '나'는 전쟁에 패배하여 죽음을 눈앞에 둔 포로라는 것이 명확히 드러나 있다.

「여섯째 밤」의 꿈에는 운케이(運慶, ?-1223)라는 가마쿠라(鎌倉) 시대의 조각가가 등장한다. 운케이가 고코쿠지(護國寺)의 산문(山門)에서 정과 망치를 놀리며 인왕상(仁王像)을 새기고 있고 그것을 메이지(明治) 시대의 사람들이 보고 있다. 운케이의 솜씨를 두고 한 젊은이가 '저것은 새기는 것이 아니라 그저 흙 속에서 돌을 꺼내듯 나무속에 묻혀 있는 상(像)을 파내는 겁니다'(あれは作るんじゃない。木の中に埋まっているものを掘り出すようなものだ)라고 말한다. '나'도 집으로 돌아가 장작을 놓고 새겨본다. 그러나 요즘 나무에는 인왕이 묻혀 있지 않다는 것을 알고 운케이가 오늘날까지 살아있는 이유를 깨닫는다. 작중세계는 주인공 '나'가 인왕을 새기고 있는 운케이를 감탄의 눈길로 바라보고 있는 것과 자기 집에서 장작을 놓고 인왕을 새겨보는 것이 주 내용을 이루고 있다. '나'는 메이지 시대의 사람이다.

「일곱째 밤」에서 '나'는 커다란 배에 타고 있는데 배가 어디로 가는지도 언제 육지에 닿는지도 모르고 있다. 왠지 불안한 '나'는 죽을 결심으로 바다로 뛰어내린다. 그 순간 갑자기 목숨이 아까워져서 어디로 가는지 모르는 배라도 타고 있는 것이 나았다고 후회하면서, 검은 파도 속으로 떨어져 갔다. 이 꿈 이야기의 작중세계는 항해하고 있는 배 안의 광경과 그 배를 타고 있는 '나'의 심경을 중심으로 이루어져 있다. '나'는 이유는 알 수 없지만 하여튼 배를 타고 있는 사람이다.

「여덟째 밤」은 이발소의 거울에 비친 창 밖의 풍경을 보고 있는 꿈 이야기이다. 창밖에는 쇼타로(庄太郎), 두부장수, 게이샤(藝者), 떡장수가 지나간다. 거울을 통해 카운터에 앉아 있는 여자가 돈을 세는 것도 보이는데, 이발이 끝나 카운터 쪽을 돌아다보자 아무도 없다. 밖으로 나오니 금붕어장수가 꿈쩍도 않고 앉아 있었다. 작중세계는 이발소의 거울 앞 의자에 앉아 시야가 고정되어 있는 '나'가 주로 거울을 통해 보고 있는 세상이다. 그런데 창 밖의 사람들과 돈을 세고 있는 여자에 대한 호기심에도 불구하고 그 전모와 실재를 납득하거나 확인할 수 없는 안타까움이 짙게 깔려 있다.

「아홉째 밤」에는 전쟁터에 나간 '아버지'(父)를 기다리는 '어머니'(母)와 '아이'(子供)의 이야기가 나온다. '어머니'는 매일 밤 '아이'를 업고 신사(神社)에 가서 '아버지'의 무사 귀환을 빌지만 사실 '아버지'는 이미 떠돌이 무사들에 의해 죽임을 당한 후였다. 이런 슬픈 이야기를 꿈속에서 '어머니'로부터 듣는다는 것이다. 작중세계는 주로 신사의 모습과 '어머니'의 행동 및 심경, '아이'의 행동 등으로 이루어진다. 그런데 이 꿈에서부터 시점인물 '나'의 작중세계에 대한 포착방법이 달라진다. 지금까지처럼 '나'는 자신의 감각으로 작중세계를 직접 체험하는 것이 아니라, '어머니'의 이야기를 통해 내용을 전해 듣는 것이다. 즉 '나'는 이야기를 듣는 꿈을 꾸는 것이다.

「열째 밤」의 꿈은 「여덟째 밤」의 꿈에서 창밖으로 지나갔던 '쇼타로'에 관한 이야기이다. '쇼타로'는 파나마모자를 쓰고 과일가게 앞에 앉아서 지나가는 여자들의 얼굴을 바라보곤 했다. 어느 날 과일을 산 어떤 여자를 따라갔던 '쇼타로'는 7일 만에 돌아와 녹초가 되었다고 한다. '쇼타로' 자신에 따르면, 여자를 따라 전차를 타고 어느 벌판에 내렸는데, 절벽에서 뛰어내려보라는 여자의 명령을 거부하자 끝없이 몰려오는 돼지 떼를 못 이겨 결국은 쓰러지고 돼지가 자신을 핥았다는 것이다. 이 이야기를 '나'는 '겐 씨'(健さん)로부터 전해 들었다. 이번에도 「아홉째 밤」과 마찬가지로 작중세계가 '나'의 직접 체험에 의해 포착되는 것이 아니라 '겐' 씨의 이야기를 통해 간접적으로 파악되고 있다. 다만 「아홉째 밤」보다 한층 더 복잡한 구조를 이루는 것은 '겐 씨' 자신도 당사자인 '쇼타로'의 이야기를 듣고 전해주는 입장이라는

점이다. 여기서 '겐' 씨로부터 그 이야기를 전해 듣는 '나'는 어떤 사람인지 명확하지 않다.

지금까지 살펴본 바와 같이 『꿈 열흘 밤』의 작중세계는 대략적으로 꿈을 꾸는 장본인인 '나'의 시점에 의해 포착되고 있다고 말할 수 있다. 또 「아홉째 밤」과 「열째 밤」의 경우도, 각각 '어머니'와 '겐 씨'의 이야기를 통해 듣는 간접적인 형태의 시점을 취하고 있다. 따라서 『꿈 열흘 밤』 전체의 꿈 자체를 꾸는 주인공으로서의 '나'는 각 장마다 펼쳐지는 작중세계 즉 꿈의 내용을 직접적인 혹은 간접적인 시점을 통해 포착함으로써 시점인물의 역할을 겸하고 있다고 하겠다.

제2절 시점의 위치와 시점구조

『꿈 열흘 밤』에 있어서의 시점구조는 어떻게 되어 있는가? 다시 말해 시점인물은 어떠한 위치에서 작중세계를 포착하며 그 작중세계의 어떠한 면을 포착하는가? 구체적인 예를 통해 이러한 점들을 고찰해보자.

　　こんな夢を見た。
　　腕組をして枕元に坐つて居ると、仰向に寝た女が、静かな声でもう死にますと云ふ。女は長い髪を枕に敷いて、輪郭の柔らかな瓜実顔を其の中に横たへてゐる。真白な頬の底に温かい血の色が程よく差して、唇の色は無論赤い。到底死にさうには見えない。(……)　大きな潤のある眼で、長い睫に包まれた中は、只一面に真黒であつた。其の真黒な眸の奥に、自分の姿が鮮に浮かんでゐる。
　　(이런 꿈을 꾸었다.
　　팔짱을 끼고 머리맡에 앉아 있는데, 위를 향해 누워 있던 여자가, 조용한 소리로 이제 죽어요 하고 말한다. 여자는 긴 머리카락을 베개 위에 깔고, 윤곽이 부드러운 갸름한 얼굴을 그 속에 누이고 있다. 새하얀 뺨 밑으로 따뜻한 핏빛이 알맞게 비쳐 보이고, 입술 빛은 물론 빨갛다. 도저히 죽을 것같이 보이지는 않는다. (……) 길다란 눈썹에 싸여있는, 윤기 어린 커다란 눈은, 칠흑 같이 새카맣기만 했다. 그 새카만 눈동자 깊숙한 곳에 나의 모습이 선명하게 떠 있다.)[198]

위의 인용은 「첫째 밤」의 시작 부분이며, 『꿈 열흘 밤』 전체의 첫머리이기도 하다. 시점인물 '나'는 현재 죽어 가는 한 여자의 머리맡에 앉아 있다. 머리맡에 앉아 있는 만큼 아주 가까운 거리에서 여자의 모습을 관찰 묘사하고 있다. '새하얀 뺨 밑으로 따뜻한 핏빛이 알맞게 비쳐 보이'(真白な頬の底に温かい血の色が程よく差して)는 것은 물론 심지어는 '새카만 눈동자 깊숙한 곳에 나의 모습이 선명하게 떠 있'(真黒な眸の奥に、自分の姿が鮮に浮かんでゐる)는 것까지도 분명하게 볼 수 있을 정도의 거리이다. 시점인물 '나'의 공간적 위치는 적어도 여자의 '조용한' 목소리가 들릴 정도로 관찰 대상과 매우 밀접한 거리에 있는 작중세계의 사건 현장이다.

「첫째 밤」은 텍스트의 분량으로 볼 때 여인의 죽음을 기준으로 크게 둘로 나뉜다. 전반부는 근접한 거리에서 감지되는 여인의 모습과 목소리, 그리고 그녀를 바라보는 자신의 생각들을 포착한다. 이에 반해 후반부는 무덤을 만들고 백 년을 기다리는 자신의 행동과 그 동안 처해있는 시공간적 환경을 천문학적인 범위에서 포착하고 있다. 결국 시점인물 '나'가 작중세계의 대상을 외부에서 관찰하며 때때로 자신의 생각 내부를 들여다본다는 전반부의 시점 구조는 후반부에서도 똑같이 이어진다.

---

198) 텍스트로는 夏目金之助, 『漱石全集 第十二巻』, (東京, 岩波書店, 1994), pp.99-130. 을 사용했다. 번역은 박유하 역 『꿈 열흘 밤·마음』(서울, 웅진출판, 1995)을 참고하여 필자가 가능한 한 원문에 충실하게 직역했다. 쉼표는 모두 원문대로 붙였다. 텍스트 인용은 이하 같음.

「둘째 밤」의 시점구조도 마찬가지로, 좌선을 하고 있는'나'의 내면의 심리
상태 및 눈에 보이고 귀에 들리는 잡다한 주변사물들에 대한 관찰로 일관하
고 있다. 「셋째 밤」에서도 등에 업힌 자식의 말과 자신의 내면, 그리고 결국
에는 아득한 백 년 전의 사실까지를, '나'의 감각에 의한 관찰과 그에 의해
촉발된 자기 내부의 기억을 통해 포착하고 있다. 「넷째 밤」도 어린아이인
'나'의 눈은 줄곧 노인의 모습, 말과 행동, 수건들을 번갈아 관찰하고 있다.
「여섯째 밤」「일곱째 밤」「여덟째 밤」도 각각 운케이(運慶)의 모습과 행동과
구경꾼들의 말 및 '나'의 행동과 생각, 배 안에서 파악된 자연환경 및 배 안
의 광경들과 이것을 보고 있는 자신의 심경, 이발소의 거울을 통해본 광경
등이 포착되고 있다.

즉 이렇게 '나'가 시점인물이 되어 작중세계의 대상을 외부에서 관찰하며
때때로 '나' 자신의 생각 내부를 들여다본다는 점은『꿈 열흘 밤』전반을 지
배하는 특징이라 할 수 있다. 이것은 앞서 말한 시점구조의 형식 ①과 ②가
혼합된 형태라 할 수 있다. 다시 말해 작중인물의 시점이 대상의 내면 및 외
면에 초점을 맞춘다는 것이다. 그런데, ①과 같이 작중의 시점인물이 대상의
내면을 들여다본다는 것은 기본적으로 자기 자신의 내면을 들여다본다는 것
을 말하며, 다른 사람의 내면을 들여다보지는 못한다. 또 ②와 같이 작중의
시점인물이 대상의 외면을 관찰한다는 것은 어디까지나 자기 자신의 위치와
입장에서만 관찰한다는 것을 의미한다. ①이나 ②와 같이 내면을 들여다보
든 외면을 관찰하든 시점을 어느 한 작중인물에 고정하는 것은 대상의 포착
범위가 매우 제한되므로 작중세계를 주관적인 관점에서 보게 한다. 더욱이
『꿈 열흘 밤』과 같은 일인칭 '나'의 서술을 통한 소설의 경우는 주인공과 시
점인물, 화자가 모두 동일인물이기 때문에 주인공이 자신의 이야기를 오로지
자신의 관점에서 하고 있는 셈이 된다.

그런데 이『꿈 열흘 밤』의 시점구조에도 애매하거나 예외로 보이는 부분

들이 있다. 「다섯째 밤」의 일부분과 「아홉째 밤」, 「열째 밤」이 그것이다. 하나하나 살펴보기로 하자. 다음은 「다섯째 밤」의 한 장면이다.

> 此の時女は、裏の楢の木に繋いである、白い馬を引き出した。鬣を三度撫でゝ高い脊にひらりと飛び乗つた。(……)　誰かゞ簇りを継ぎ足したので、遠くの空が薄明るく見える。馬は此の明るいものを目懸て闇の中を飛んで来る。鼻から火の柱の様な息を二本出して飛んで来る。それでも女は細い足でしきりなしに馬の腹を蹴ってゐる。馬は蹄の音が宙で鳴るほど早く飛んで来る。女の髪は吹流しの様に闇の中に尾を曳いた。それでもまだ簇のある所迄来られない。

> (이때 여자는 뒤뜰 졸참나무에 매어놓은, 백마를 끌어냈다. 갈기를 세 번 쓰다듬고 높다란 등에 훌쩍 올라탔다. (……)누군가가 화톳불을 더 올렸기 때문에 먼데 하늘이 어렴풋이 밝아 보인다. 말은 이 밝은 곳을 향해서 어둠 속을 달려온다. 코에서 불기둥 같은 콧김을 두 줄기 내뿜으며 달려온다. 그래도 여자는 가느다란 다리로 자꾸만 말의 옆구리를 차고 있다. 말은 발굽소리가 허공에 울릴 정도로 빨리 달려온다. 여자의 머리카락은 깃발처럼 어둠 속에서 뒤로 흩날린다. 그래도 아직 화톳불이 있는 곳까지 오지 못한다.)

포로가 되어 죽음을 앞둔 주인공 '나'는 마지막 소원인 사랑하는 여자와의 해후를 애타게 기다리지만, '아마노자쿠'의 방해로 끝내 여자를 만나지 못하게 된다. 위에 인용한 부분은 여자가 말을 달려 '나'가 있는 곳으로 달려오는 장면이다. 여자가 말을 타고 달리는 행동과 모습이 포착되고 있다. 즉 초점이 외면의 대상에 대한 관찰에 맞춰지는 것이다. 그렇다면 이 장면의 시점은 누구에게 있는가? 인용한 부분의 바로 앞 장면까지는 적장 앞에서 여인을 기다리고 있는 '나'의 시점에 의해 포착되고 있다는 것이 확실하다. 그런데 '이때 여자는'(此の時女は)으로 시작되는 위의 인용문에서부터 장면이 바뀐다. 장면이 바뀐다는 것은 초점이 작중세계의 다른 시공간으로 이동한다는 것을 의

미한다. 문제는 초점의 이동에 따른 시점 주체의 변경 여부이다.

초점은 '나'가 있는 장소로부터 여자가 있는 장소로 이동한다. '나'와 여자와의 거리는 한참 동안 말을 타고 달려도 만나지 못 할 정도로 멀리 떨어져 있다. 『꿈 열흘 밤』과 같이 한 인물 특히 주인공 '나'라는 매우 제한된 일개인의 시점으로 작중세계를 포착해 가고 있는 소설에서 시점 주체의 변경 없이 갑자기 먼 곳으로 초점을 이동하는 것은 상당히 부자연스러운 느낌을 준다. 예를 들어 말에 올라타는 여자의 모습과 말의 움직임이나 뒤로 흩날리는 여자의 머리카락 등은, 적장 앞에 끌려나와 있는 포로의 눈에는 절대로 보이지 않는 장면이며, 이를 생생하게 포착하는 것은 포로 상태의 '나'로서는 도저히 불가능한 일이다. 그럼에도 불구하고, 이 장면의 시점은 밑줄 친 '달려온다'나 '오지 못 한다' 등의 표현에서 알 수 있듯이 계속해서 '나'에 속해 있는 것으로 드러나고 있다. 결국 이 부분에서도 『꿈 열흘 밤』전체의 기본적인 〈시점구조〉 a와 b는 유지되는 것으로 판명되는 것이다.

어떻게 해서 이러한 일이 가능한가? 그 대답은 매우 간단하다. 꿈 이야기이기 때문이다. 꿈의 세계는 현실에서와 같은 논리의 제약을 받지 않는다. 또 꿈은 정신작용의 일부이기 때문에 물리적인 시공간을 초월한다. 실제로 우리는 꿈속의 자기 자신이 그곳에 존재하지 않더라도 상황의 전개를 알고 있는 불가사의한 꿈을 꾸는 경우가 종종 있다. 그런 만큼 꿈 이야기를 그리고 있는 소설은 현실세계를 그리고 있는 소설과 다를 수 있다. 꿈을 이야기한다는 조건이기 때문에 상식을 벗어나 일견 반칙으로 보이는 이와 같은 초점의 자유로운 이동도 얼마든지 가능한 것이다.

다음으로 「아홉째 밤」과 「열째 밤」을 살펴보자. 이것은 둘 다 주인공 '나'가 누군가의 이야기를 듣는 꿈이다. 그러한 이유로 '꾼 꿈이 아닌 생각해낸 꿈'[199]이며 '꿈으로서의 리얼리티를 상실'[200]한 꿈답지 않은 꿈이라고 지적한 연구자들도 있다. 그러나 사실은 누군가의 이야기를 듣는 꿈 자체가 이상한 것이 아니라, 꿈속에서 들은 누군가의 이야기를 다시 전한다고 하면서도, 내용의 서술에 있어서는 마치 '나' 자신이 보고 체험한 것과 같은 인상을 풍기는 것이 문제이다.

「아홉째 밤」의 경우 맨 나중에 '이런 슬픈 이야기를 꿈속에서 어머니로부터 들었다'(こんな悲しい話を、夢の中で母から聞いた)라고 덧붙임으로써, 그때까지 '나'가 직접 목격한 꿈처럼 서술해오던 내용이 사실은 꿈 속에서 전해들은 이야기였다는 사실을 알린다. 이에 대해 「열째 밤」의 경우는 쇼타로의 체험담을 들은 겐 씨의 전언(傳言)임을 처음부터 밝힌다. 쇼타로에 관한 이야기가 다 끝나자 곧바로 '겐 씨는, 쇼타로의 이야기를 여기까지 하고'(健さんは、庄太郎の話しを此処迄して)라고 맺음으로써 지금까지의 이야기들이 어디까지나 겐 씨의 입을 통한 전언에 불과했음을 다시 한번 상기시킨다.

전체적인 틀로 보면 양쪽 다 이야기를 듣는 것은 '나'이기 때문에, 다른 꿈 이야기들과 마찬가지로 '나'의 시점을 통해 포착되는 이야기라는 것은 충분히 전제되어 있다. 그러나 여기에서 펼쳐지는 작중세계는 이야기를 듣는 시공간이라기보다는 그 이야기의 내용 자체가 전개되는 시공간이다. 그러므로 이 두 꿈 이야기에는 다른 부분들과 달리 시점인물 '나'가 작중세계의 안쪽에 존재하지 않고 바깥쪽에 존재하는 것이다. 문제가 되는 부분을 다음 텍스트의 인용을 통해 살펴보자.

> 鼠色に洗ひ出された賽錢箱の上に、大きな鈴の紐がぶら下つて昼間見ると、其の鈴の傍に八幡宮という額が懸つてゐる。八の字が、鳩が二羽向ひあつた様な書体に出来てゐるのが面白い。
>
> (회색으로 바랜 새전함 위에, 커다란 방울이 달린 끈이 매달려 있고 낮에 보면, 그 방울 옆에 하치만구(八幡宮)라는 현판이 걸려 있다. 여덟 팔자가, 비

---

199) 佐藤泰正「『夢十夜』―方法としての夢」『夏目漱石論』(東京, 筑摩書房, 1986) p.151.
200) 笹淵友一『夏目漱石―「夢十夜」論ほか』(東京, 明治書院, 1986) p.12.

둘기 두 마리가 마주 보고 있는 것 같은 서체로 쓰여 있는 것이 재미있다.)

위의 인용은 「아홉째 밤」의 꿈에 어머니로부터 들은 이야기 내용의 일부
이다. 어머니가 밤마다 아버지의 안전을 비는 신사의 모습에 대한 묘사이다.
우선 밑줄 친 부분에 주목해 보자. '낮에 보면'(昼間見ると)이라고 되어 있는
데 도대체 누가 낮에 본다는 말인가? 또 한 가지 전쟁 통에 어머니는 아버지
의 무사함을 경건한 마음으로 정성껏 빌고 있는 마당에, 여덟팔자의 서체가
'재미있다'(面白い)고 느낄 정도로 여유가 있는 것은 대관절 누구인가? 이러
한 두 가지의 사실을 놓고 볼 때 이 부분의 시점 주체는 누구인지가 궁금해
진다.

신사를 '낮에' 보고 여덟팔자의 서체를 '재미있게' 느끼는 존재를 '나'라고
보기는 힘들다. 왜냐하면 '나'는 어디까지나 이야기 밖에서 어머니로부터 이
야기를 듣는 입장이기 때문이다. 그렇다면 작중세계 안에 있는 존재일 수밖
에 없다. 그러나 작중인물의 어느 누구도 아닌 것 같다. 밤마다 여기에 와서
아버지의 안전을 빌고 있는 작중의 어머니일리도 세 살 난 아기일 리도 없
다. 이러한 경우 굳이 작중세계의 시공간에서 시점 주체를 찾아내자면 남편
이 전쟁터에 가고 난 가정의 비극을 천장에서 가만히 내려다보고 있는 집안
귀신(家靈)과 같은 존재로 볼 수도 있을 것이다.[201]

그러나 굳이 그렇게 무리한 논리를 동원하지 않아도 된다. 「아홉째 밤」이
라는 꿈 자체의 시점인물인 '나'는 어머니의 이야기 밖에 존재하는 만큼, 마
치 작중세계 밖에 존재하는 화자와 같은 태도를 취하는 것으로 생각하면 된
다. 다시 말해 시점구조 ④와 같이 작중세계의 밖에서 대상의 외면을 관찰하
는 것에 속한다.

여기서 주의할 점은 '재미있다'는 것을 내면을 들여다보는 것으로 오해해

---

201) 宮澤健太郎「『夢十夜』の文體論」『漱石の文體論』(東京, 洋洋社, 1997) p.142. 참고.

서는 안 된다는 것이다. '일반적으로 재미있을 수 있다'는 뜻으로 받아들여야 한다. '낮에 보면'의 '보다'라는 동사도 특정한 누군가가 보는 것이 아니라 일반 주어의 개념으로 생각할 수 있다. 내면을 들여다보는 것으로는 오히려 '묶어놓은 아이가 앙앙 울어대면 어머니는 안절부절 못 한다'(縛った子にひい ひい 泣かれると、母は気が気でない)와 같은 것이다.

　따라서 「아홉째 밤」의 작중세계를 포착하는 시점은 「여덟째 밤」까지와 같은 〈작중시점〉이 아니라 작중세계의 밖에 존재하는 '나'의 〈서술시점〉이라 할 수 있다. 다시 말해 「아홉째 밤」의 시점구조는 작중세계 밖에 있는 존재가 대상의 내면과 외면을 포착하는 ③과 ④로 이루어진다고 할 수 있다.

　「열째 밤」의 경우 '나'의 화자와 같은 〈서술시점〉은 좀더 철저해지고 폭이 넓어지면서 복잡해진다. 「아홉째 밤」에 비해 '나'의 시점이 큰 틀로 존재하고 그 속에 실제 작중세계에 존재하는 인물의 시점을 채용하고 있는 것이다. 그 양상을 인용문을 통해 살펴보자.

　　其の時女が庄太郎に、此処から飛び込んで御覧なさいと云った。①底を覗いて見ると、切岸は見えるが底は見えない。(中略)②けれども命には易えられないと思つて、矢つ張り飛び込むのを見合わせてゐた。所へ豚が一匹鼻を鳴らして来た。③庄太郎は仕方なしに、持つて居た細い檳榔樹の洋杖で、豚の鼻頭を打つた。豚はぐうと云いながら、ころりと引つ繰り返つて、絶壁の下へ落ちて行つた。(中略)此の④時庄太郎が不図気が附いて、向ふを見ると、遥の青草原の尽きる辺から幾万匹か数え切れぬ豚が、群をなして一直線に、此絶壁の上に立つてゐる庄太郎を見懸けて鼻を鳴らしてくる。⑤庄太郎は心から恐縮した。(中略)⑥覗いて見ると底の見えない絶壁を、逆さになつた豚が行列して落ちて行く。⑦自分が此の位多くの豚を谷へ落としたかと思ふと、⑧庄太郎は我ながら怖くなつた。

　　(그때 여자가 쇼타로에게, 여기서 뛰어내려 보세요 했다. ①바닥을 내려다보니, 벼랑은 보이지만 바닥은 안 보인다. (……)②하지만 목숨과는 바꿀 수

없다고 생각하고, 여전히 뛰어들기를 미루고 있었다. 그런데 돼지 한 마리가 콧김을 씩씩거리며 다가왔다. ③쇼타로는 할 수 없어서, 갖고 있던 빈랑나무로 만든 가느다란 지팡이로, 돼지의 콧등을 쳤다. 돼지는 꿀 하면서, 나동그라지더니, 절벽 아래로 떨어졌다. (……)이때 ④쇼타로가 문득 정신을 차리고, 맞은편을 바라보니, 멀리 푸른 초원이 끝나는 부근에서 몇 만 마리인지 셀 수도 없는 돼지가, 떼를 지어 일직선으로, 이 절벽 위에 서 있는 쇼타로를 향해 꿀꿀대며 오고 있다. ⑤쇼타로는 정말로 두려웠다. (……) ⑥들여다보니, 바닥이 보이지 않는 절벽을, 거꾸로 뒤집혀진 돼지가 줄지어 떨어져 간다. ⑦내가 이 정도로 많은 돼지를 골짜기로 떨어뜨렸나 하고 생각하자, ⑧쇼타로는 자기가 한 일이면서도 겁이 났다.)

이 부분은 겐 씨가 '나'에게 전한 쇼타로의 체험담의 일부이다. 쇼타로는 여자와 함께 사라진 후 7일간이나 나타나지 않은 이유를 겐 씨 등 여러 사람들에게 이야기했었다. 이 체험담은 전적으로 쇼타로의 시점을 통해 포착되고 있다. 특히 밑줄 친 ①, ④, ⑥은 쇼타로의 눈으로 자신이 처한 외면적 상황을 ②, ③, ⑤, ⑦, ⑧은 쇼타로가 자신의 내면적 심경을 각각 포착하고 있는 것이다. 그러나 쇼타로가 다른 꿈 이야기의 작중세계를 파악하고 있는 시점 인물 '나'와 크게 다른 점은, '나'라는 일인칭이 아닌 '쇼타로'라는 삼인칭으로 불리고 있다는 점이다. 내면의 심경을 그대로 옮겨 놓은 ⑦의 경우 「내가」라는 일인칭이 사용되었지만 곧바로 「(……)하고 생각하자, 쇼타로는(……)」으로 연결되어 어디까지나 단순한 인용에 불과하다는 것을 알 수 있다.

여기서 이렇게 삼인칭이 될 수밖에 없는 것은 이 부분이 쇼타로 자신의 말이 아니라 쇼타로에게 들은 이야기를 '나'에게 전하는 겐 씨의 말이기 때문이다. 겐 씨는 「아홉째 밤」에서 어머니의 이야기를 듣는 '나'처럼, 쇼타로의 체험담을 그 작중세계의 밖에서 화자와 같은 태도로 포착하고 있는 것이다. 이와 같이 포착된 쇼타로의 체험담을 겐 씨는 자신의 말로 바꾸어 '나'에게 전한다. 그런데 겐 씨의 서술방식은 위의 인용에서 확인한 바와 같이 전적으로 쇼타로의 시점을 채용하고 있다. 그래서 마치 서구의 언어에서 인칭만 바꾸고 인용부호 없이 인용하는 자유간접화법 free indirect speech과 같은 말투가 된 것이다.

이러한 겐 씨의 전언을 '나'는 그대로 옮기고 있다. 즉, 쇼타로의 체험담 즉 「열째 밤」의 작중세계는 '나'와 겐 씨와 쇼타로라는 삼중의 서술 구조 속에 들어가 있는 것이다. 작중세계 자체는 그 세계를 실제로 경험하고 있는 쇼타로의 시점으로 파악되고 있지만, 꿈 이야기 전체를 포착하는 시점인물은 여기서도 어디까지나 '나'이다. 결국 '나'는 작중세계를 직접 체험한 당사자의 경험담을 듣고 이를 다시 전하는 사람의 이야기를 듣는 꿈을 꾼다는 말이다. 즉, 이야기의 전달구조가 여러 겹으로 된 꿈을 꾸는 것이다. 이와 같이 「열째 밤」에 이르러 『꿈 열흘 밤』의 시점구조는 ①과 ② 즉 작중인물이 작중세계 안에서 내면과 외면을 포착하는 〈작중시점〉에서, ③과 ④ 즉 화자가 작중세계 밖에서 내면과 외면을 포착하는 〈외부시점〉 안에 ①과 ②의 〈작중시점〉을 감싸 안는 방식으로 완전히 전환된다고 할 수 있다. 텍스트의 분석에 기초한 지금까지의 논의를 정리해보면 대략 다음과 같다.

『꿈 열흘 밤』의 시점구조는 기본적으로 작중세계의 주인공 '나'가 시점인물이 되어 작중세계의 대상을 외부에서 관찰하거나 자기자신의 내면을 들여다보는 ①과 ②의 〈작중시점〉을 위주로 이루어져 있다. 때에 따라서는, 「다섯째 밤」에서 확인했듯이 시점인물 '나'가 초점을 멀리 떨어진 장소까지도 자유롭게 이동하는 경우도 있다. 그런데, 「아홉째 밤」에 와서 이러한 ①과 ②의 〈시점구조〉는 다른 사람의 이야기를 들음으로써 작중세계의 내면과 외면을 포착하는 ③과 ④를 위주로 한 〈외부시점〉으로 바뀐다. 그러한 흐름이 「열째 밤」에까지 연결되어, 이번에는 다른 사람의 이야기를 통해 작중세계의 내면과 외면을 포착하는 ③과 ④의 〈외부시점〉의 틀 속에서, ①과 ②의 〈작중시점〉을 채용하는 방식으로 〈시점구조〉가 달라진다. 그리고 이러한 〈시점구조〉의 전환과정을 서술양식의 면에서 볼 때는, 주인공과 시점인물과 화자를 겸한 '나'가 화자의 역할만을 전적으로 담당하는 쪽으로 전환해 온 것으로 생각할 수 있다.

제3절 꿈 이야기와 소설의 서술양식

인상적인 꿈을 꾸고 나면 그 꿈을 다시 생각해보거나 누군가에게 이야기하고 싶어진다. 다시 생각하면서 혹은 누군가에게 이야기하면서 그 꿈이 좀더 이야기답게 각색되고 새롭게 구성되는 것은 너무도 당연한 일이다. 그러한 점에서 꿈 이야기와 소설 특히 일인칭 소설은 몇 가지 유사한 면을 지니고 있다. 일인칭 소설에서는 '나'라는 화자가 허구의 세계를 서술해 간다. 꿈 이야기에서도 역시 꿈을 꾼 사람인 '나' 자신이 경험한 꿈의 세계를 서술해 간다. 일인칭 소설의 화자인 '나'는 작중세계의 주인공 혹은 관찰자로서의 입장을 취한다. 또 꿈 이야기의 주체도 자기 자신이 꿈의 내용과 직접적으로 관련된 당사자이거나 혹은 거리를 두고 관찰하는 방관자로서의 입장에서 있다.

사실상 꿈은 '개인'의 의식을 단위로 한 정신현상이기 때문에 꿈을 꾸는 주체인 자기 자신 즉 '나'가 어떤 형태로든 개입하지 않는 꿈을 꾸기는 어려운 것이다. 이러한 점을 고려해서 보면 '호접몽'(胡蝶夢)202)을 이야기하며 '만물제동'(萬物齊同)을 강조한 장주(壯周)에 대해서도, 꿈속의 자기 자신을 완전

---

202) 昔者莊周夢爲胡蝶。栩栩然胡蝶也。自喩適志與、不知周也。俄然覺、則蘧蘧然周也。不知周之夢爲胡蝶與、胡蝶之夢爲周與。周與胡蝶、則必有分矣。此之謂物化。(『莊子』「內篇, 齊物論」). 莊周『莊子』金學主 譯 (서울, 乙酉文化社, 1983) p.55. 참조

히 벗어나지 못했다는 지적이 가능하다. 꿈에 나비가 되어 장주 자신이 아닌 존재가 되었지만, 이번에는 나비라고 하는 새로운 개체로서의 자기 자신이 됨으로써 또 다른 일인칭적 존재가 된 것이다.

꿈속의 당사자나 방관자인 자기 자신은 일인칭 소설에 있어서의 '나' 즉 주인공이나 관찰자에 대응되며, 꿈의 내용은 소설의 사건, 꿈속의 시공간은 바로 소설의 작중세계에 대응된다고 할 수 있겠다. 그러므로 꿈을 이야기하는 것과 소설을 기술하는 것은 둘 다 허구의 세계를 다루는 매우 유사한 언어표현 행위인 것이다.

이 점에서 꿈 이야기를 소재로 한 『꿈 열흘 밤』이라는 소설은 우리로 하여금 일종의 기묘한 느낌을 갖게 한다. 소설 속의 꿈 이야기란 허구 속의 또 하나의 허구로 생각된다. 이 '이중의 허구'를 논한다는 것은 매우 복잡하고 까다로운 일이지만, 바로 이러한 구조적 조건 때문에 꿈 이야기는 소설 일반의 서술양식을 오히려 선명하게 보여주기도 한다. 이중의 허구를 분석함으로써 허구 일반의 구조가 한층 분명하게 드러난다는 것이다.

『꿈 열흘 밤』의 「첫째 밤」의 첫머리는 바로 이러한 점을 시사한다. '이런 꿈을 꾸었다'로 시작한 후 곧바로 '팔짱을 끼고 머리맡에 앉아 있으려니 (……)'라며 꿈의 내용으로 들어간다. 여기서 '이런 꿈을 꾸었다'는 언어표현 자체가 소설 텍스트의 일부인 이상 이것도 하나의 허구적 언명이다. 그리고 꿈의 내용인 '팔짱을 끼고' 이후는 이러한 허구 속의 허구에 속하는 것이다.

한편 꿈속의 주인공은 '나'(自分)라는 일인칭 대명사의 형태로 등장한다.[203] 꿈 이야기를 하는 사람이 자신의 이야기를 하는 것이므로, 그는 꿈을 꾼 사람인 동시에 꿈속의 주인공 '나'와 동일한 인물이다. 그러므로 이 작품

---

203) 한국어의 '나'에 해당하는 일본어는 「와타(쿠)시」(私), 「보쿠」(僕), 「지분」(自分), 「오레」(俺), 「오노레」(己れ), 「와시」(わし), 「와이」(わい), 「아타시」(あたし) 등 여러 가지가 있다. 이 중 소설에서 자주 쓰이는 것으로는 「와타시」, 「보쿠」, 「지분」 정도인데, 「지분」은 「와타시」나 「보쿠」에 비해 자기 자신을 다소 객관화해서 표현하는 느낌을 준다.

의 첫머리에 '나는'을 붙여서 '나는 이런 꿈을 꾸었다'로 해도 뜻은 마찬가지일 것이다. 그러나 여기서 이 '나'라는 대명사의 지시 내용에 관해 좀더 주의 깊게 생각해 볼 필요가 있다. 일상적으로 '나는 ~'이라고 말할 때에 '나'의 지시 내용은 적어도 두 가지이다. 하나는 그 문장의 주어 즉 담화 내용의 행위주체로서의 '나'이고 또 하나는 그 사실을 언급하고 있는 담화의 표현주체로서의 '나'이다.[204]

그런데 이와 같은 행위주체와 표현주체 사이에 '나'의 행위를 지각하는 인식주체로서의 또 하나의 '나'를 생각해 볼 수 있다. 사실은 이 인식주체인 '나'가 있음으로써 표현주체인 '나'의 표현을 가능케 하는 것이다. 더욱이 '(나는) 이런 꿈을 꾸었다'라는 식의 꿈 이야기의 경우라면, 그 인식주체의 존재는 더욱 명확해진다. 즉, 꿈속에 등장하는 '나'와 꿈을 이야기하고 있는 '나' 이외에, 꿈을 꾸고 기억하는 '나'가 있다는 것이다. 시간적인 선후관계로 말하자면 행위주체로서의 꿈속의 '나'와 이를 바라보고 있는 인식주체로서의 꿈을 꾸는 '나'가 먼저 있고, 꿈을 다 꾸고 나서 이야기를 하는 표현주체로서의 '나'가 나중에 존재하는 식이 될 것이다.

'나'는 이렇게 똑같이 '나'라고 불릴 수밖에 없지만 행위주체 · 인식주체 · 표현주체로서의 각기 다른 레벨의 존재로 세분할 수 있다. 이들은 바로 다름 아닌 『꿈 열흘 밤』의 주인공 · 시점인물 · 화자에 해당한다. 앞에서도 보았듯이 이러한 세 가지 레벨의 '나'들 간의 관련방식 그리고 이들과 작중세계와의 관련방식이야말로 『꿈 열흘 밤』이라는 일인칭 소설의 서술양식과 시점구조의 질서를 파악하는 데에 있어서 중요한 단서를 제공한다.

『꿈 열흘 밤』은 바로 이 두 측면 즉 꿈 이야기의 소설로서 이중의 허구라는 점과 일인칭 소설로서 세 가지 레벨의 '나'가 존재한다는 점을 두루 갖춤

---

204) 일인칭 대명사의 자기언급성에 관해서는 에밀 밴베니스트의 『일반언어학의 제문제 I 』, p.363 참고.

으로써 작품 자체의 표현양식에 있어서 매우 중요한 특징을 형성하고 있다. 소설 속의 꿈 이야기로서 허구의 이야기가 이중구조로 되어 있기 때문에 일반적으로 일인칭 '나'를 주인공으로 한 소설이 가지고 있는 시야의 제약을 자유롭게 벗어날 수 있었다. 또 한 가지 현실세계의 제반 법칙이 적용되지 않는 「꿈」을 소재로 하면서도 일인칭 '나'의 서술을 고수했기 때문에 초자연적인 세계를 다룬 환상소설과는 다른 인간 내면에 감추어진 근원적인 무의식을 그린 심리소설로서의 면모를 충분히 지닐 수 있었던 것이다. 일인칭 꿈 이야기 소설로서의 『꿈 열흘 밤』은 이와 같이 꿈 이야기와 같은 이중삼중의 허구를 통해 인간의 내면은 결국 꿈이나 소설과 같은 허구 그것도 몇 겹으로 첩첩이 감춰진 깊은 심연과 같은 것이 아닐까하는 생각을 우리에게 던져주고 있다.

　『꿈 열흘 밤』의 〈시점구조〉는 크게 보아 「아홉째 밤」에서 하나의 전환점을 맞는다. 앞에서 살펴본 바와 같이 작중의 시점인물이 작중세계를 포착하는 〈작중시점〉에서, 작중세계 밖의 존재가 작중세계를 포착하는 〈외부시점〉으로 바뀌는 것이 그것이다. 그럼으로써 「열째 밤」에서는 앞에서 필자가 제시한 소설일반의 〈시점구조〉 중 네 가지 유형을 모두 갖춘 형태가 되었다. 이러한 〈시점구조〉의 전환과 그에 따른 서술양식의 변화는 작품의 표현양식에 있어서 어떠한 의미를 갖는가? 또 나아가 작가 나쓰메 소세키에 있어서의 표현기법의 변천과는 어떻게 맥락이 닿아 있는가?

　〈작중시점〉 위주에서 〈작중시점〉을 채용하는 〈외부시점〉으로, 주인공·시점인물·화자를 겸한 '나'에서 서술만을 담당하는 '나'로, 각각 〈시점구조〉와 서술양식이 변화한 것은 작품 자체의 표현양식이 다채롭게 전개된 것으로 생각할 수 있다. 표현양식의 다채로운 전개에 의해 독자에게 전달되는 작중세계의 의미작용은 더욱 풍부해질 수 있다. 그런데, 한 작품 안에서 이렇게 다양한 〈시점구조〉가 구사되고, 여러 가지 서술양식이 시도된다는 것은, 작품을 쓴 작가의 표현의식에 있어서 어떤 내적 필연성이 있었던 것은 아닐까?

실제로 나쓰메 소세키의 『꿈 열흘 밤』은 시기적으로 『갱부』(坑夫)와 『산시로』(三四郞)의 사이에 집필된 것으로 생각되는 작품이다.205) 나쓰메 소세키 소설의 시점의 변천과정에 있어서 『갱부』에서 『산시로』로의 이행은 매우 중요한 의미를 갖는다. 『갱부』는 『꿈 열흘 밤』과 마찬가지로 일인칭 '나'(自分)를, 『산시로』는 삼인칭의 고유명 '산시로'(三四郞)를 주인공 및 시점인물로 하고 있다. 『갱부』의 화자는 『꿈 열흘 밤』의 「첫째 밤」부터 「여덟째 밤」까지와 같이 주인공·시점인물·화자를 겸한 '나'의 〈작중시점〉으로 작중세계를 포착하고 있다. 이에 반해 『산시로』는 「아홉째 밤」이나 「열째 밤」과 같이 작중세계 밖에 존재하는 화자의 〈외부시점〉이 큰 틀이 되고 주로 주인공인 「산시로」의 〈작중시점〉으로 작중세계를 포착하고 있다.

『꿈 열흘 밤』은 『갱부』까지의 초기작품과 『산시로』로 시작되는 중기작품들과의 중간에 위치하고 있는 과도기의 작품이다.206) 초기는 『나는 고양이이다』(吾輩は猫である, 1905.1-8)를 제외한 대부분의 소설에서 주인공·시점인물·화자의 3자가 일인칭 '나'(俺, 自分 등)라는 동일인물이다. 이 경우 주인공의 내면을 토로하기에는 적합하지만 작중세계를 포착하는 관점이 객관적이지 못하고 주인공의 입장이나 개성에 좌우되기 쉽다. 중기가 되면서 화자는 작중세계의 밖에서 별도로 존재하고 작중세계는 주인공의 시점으로 포착해 가는 방식을 취한다. 이는 작중세계를 밖에서 전체적으로 볼 수도 있고 안에

---

205) 『갱부』는 1908년 1월 1일부터 4월 6일까지, 『산시로』는 같은 해 9월 1일에서 12월 29일까지, 둘 다 『도쿄아사히신문』(東京朝日新聞)과 『오사카 아사히신문』(大阪朝日新聞)에 연재되었다.

206) 나쓰메 소세키 연구자의 한 사람인 아이하라 가즈쿠니(相原和邦)는, 노먼 프리드먼 Norman Friedman이 제시한 여덟 가지의 시점유형을 참고로 하여, 나쓰메 소세키 소설에 있어서의 시점의 변천 과정을 시기별로 구분하고 있다. 제1기는 『나는 고양이이다』(吾輩は猫である)부터 『갱부』까지(1905.1~1908.4), 제2기는 『산시로』부터 『문』(門)까지(1908.9~1910.6), 제3기는 『피안 무렵까지』(彼岸過)부터 『마음』(心)까지(1912.1~1914.8), 제4기는 『노방초』(道草)부터 『명암』(明暗)까지(1915.6~1916.12)로 보고 있다. 相原和邦, 『漱石文學-その表現と思想』, (東京, 塙選書, 1980) pp.8-9 참조.

서 자세히 볼 수도 있는 방법이다.

그런데 말기가 되어서는 주인공·시점인물·화자가 다시 동일인물이 되는 경향을 보인다. 그러나 이번에는 『마음』(心, 1912.4-8)에서 보듯, 화자인 '나'가 주인공이자 시점인물인 '나'에 대해 시간적 거리를 두고 포착함으로써 즉 자신의 과거를 회상하는 형식을 취함으로써 작중세계를 좀더 객관적으로 차분히 볼 수 있는 방향으로 변해 간다. 이것은 작중세계를 자세히 관찰하면서도 내면의 심리를 깊게 들여다볼 수 있는 방법인 것이다.

그렇다면 시점을 작중세계 안에서 밖으로 가져나간 나쓰메 소세키의 표현 기법은 그가 의식했든 의식하지 않았든 초기에서 중기로 이행하는 시기에 『꿈 열흘 밤』이라는 〈꿈 이야기 방식의 소설〉을 쓰는 과정에서 확립되어간 것이 아닐까? 『꿈 열흘 밤』은 작가에게 있어서 변화를 모색하는 하나의 실험이었으며 그 결과 새로운 창작기법을 정립하는 계기가 되었던 것이다.

제1절 원근법적 방법과 근대 과학정신

소설의 주제, 창작기법, 독서행위 등과 시점과의 상관관계에 대해 실제 텍스트를 통해 살펴봄으로써 시점은 이야기 형식만의 문제가 아니고 내용과도 깊게 관련되어 있다는 것이 밝혀졌다. 이러한 고찰을 통해서 시점은 또한 작가에 있어서는 창작기법의 하나로서 독자에 있어서는 해석의 단서로서 중요한 의미를 가지고 있다는 것도 확인할 수 있었다. 이 장에서는 근대소설의 '시점'을 낳은 서구의 원근법과 과학사상의 특징과 의미를 오늘날의 관점에 비추어 고찰하고자 한다. 그리고 일본의 독특한 시가 장르 중 하나인 '렌쿠' (連句)에 있어서의 이야기적 성격과 미적 특질로부터 근대적 시점과는 전혀 다른 '비(非)원근법'적 시점의 존재방식을 모색해 볼 것이다.

오늘날 우리가 간과할 수 없는 것은 '시점'이라고 하는 개념 자체가 역사적 산물이라고 하는 사실이다. 더 거슬러 올라가면 '본다'고 하는 행위 자체도 진화의 산물임은 말할 필요도 없다. 인간이 동물의 한 종으로서 다양한 단계를 경과하여 '시각'이라는 감각적 능력을 획득하고 '인간적'인 '눈'을 손에 넣은 것은 오랜 시간의 진화 과정에서 일어난 결과이다. 그런데 인간의 이러한 시각적 인지·인식 시스템을 평면적으로 이미지화해 놓은 것이 소위 '원근법'이라고 불리는 '시각의 구조화' 기술이었다.207)

한마디로 원근법이라고 해도 사실은 다 달라서 통틀어서 말할 수 있는 것이 아니다. 애초에 시각예술에 있어서 원근감을 표현하는 기법은 어느 시대 어느 지역에나 그 나름의 형태로 있었을 것이다. 실제로 역사상 다양한 원근법이 존재했다. 특히 시각예술 전반이 아니고 오로지 회화에 있어서의 깊이 표현이라는 의미로 한정하자면 서구 이외에도 이슬람이나 동아시아 문화권의 그림에서 다양한 원근법적 기법의 전통을 발견할 수 있다.208) 그렇다면 일반적으로 원근법이 서구 근대 이후의 발명품이라고 생각하게 된 것은 왜일까? 이는 단지 원근법의 개념을 지나치게 협소한 의미로 받아들임으로써 생기는 오해가 아닐까?

흔히 통용되는 좁은 의미의 원근법은 유럽의 르네상스시기에 나타난 '선원근법'(線遠近法)을 가리킨다. 정확하게는 15세기 피렌체 사람들의 발명에서 비롯된다. 1425년에 이탈리아 르네상스의 선구자적 건축가 필리포 브루넬레스키(Filippo Brunelleschi, 1377~1446)가 '단 하나의 시점에서 보여진 세계상'을 그려내는 기하학적 기술을 발명하고 레옹 밧티스타 알베르티(Leon Battista Alberti, 1404~472)의 『회화론』(De pictura)이 1435년에 그것을 정식화해 보였다.209)

근대 회화에 있어서의 선원근법적 표현은 소실점(消失点, vanishing point)의 설정이라는 화면 속 작도상의 조작에 의해 기대되는 원근감의 효과에 기초를 두고 있다. 여기서 문제가 되는 것은 이 원근감은 도대체 누가 어디에서 보았을 때의 원근감인가 하는 것에 답해야 한다는 것이다. 선원근법은 필연적

---

207) 伊藤俊治, 「見ることのトポロジー」, ジョン・バージャー, 『イメージ Ways of Seeing 視角とメディア』, 伊藤俊治訳, (東京, PARCO出版局, 1986), p.198. 참조.
208) 佐藤康邦, 『絵画空間の哲学 思想史の中の遠近法』, (東京, 三元社, 1992), pp.20-31. 참조.
209) 伊藤俊治, 「見ることのトポロジー」, p.199. 참조.

으로 원근을 느끼는 주체 즉 보는 사람의 위치를 확정하는 것과 결부되어 있다. 결국 근대 원근법의 출현이 초래한 것은 그림을 그릴 때 단지 풍경이나 인물을 대상화하는 것만으로는 완전하지 않고 그 풍경과 인물을 '누구의 눈으로 어느 지점에서 언제 보았다'고 하는 것을 명확히 하지 않으면 설득력을 가질 수 없다고 생각함으로써 비롯된 사태인 것이다. 보는 위치의 확정이라는 것은 궁극적으로는 보는 행위에 있어서의 주체와 객체 더 단적으로 말해 보는 측과 보여지는 측을 분리한 것이라고 말할 수 있다. 이 배경에는 사실 근대 과학사상의 전개가 있었다.

인간이 자연에 대해서 행하는 어떠한 인식이나 해석을 과학이라고 부른다면, 과학은 동서고금의 어떠한 문명사회에도 존재했다. 그러나 소위 '근대과학'이 탄생하기 위해서는 자연을 보는 태도에 있어서 특징적인 '시점'이 출현하지 않으면 안 되었다. 곧 자연을 인간에게서 분리하여 자연의 외부로부터 하나의 독립된 세계로 파악하는 관찰자적 시점이다. 중세까지의 유럽에 있어서 신에 의해 만들어진 것은 그대로 받아들여져야 하는 것일 뿐, 이용할 수는 있어도 결코 관찰의 대상은 아니었다. 그러나 종교 개혁 이후 비인격적인 신(impersonal deity) 개념의 영향을 받은 기계론적인 세계관과 르네상스 인문주의의 자연에 대한 왕성한 호기심 그리고 장인 기술의 발달 등에 의해 촉발되어 자연을 총체로서 파악하려는 관찰자의 시점이 형성된 것이다. 즉 근대 과학정신은 전지전능한 신의 눈에 의한 퍼스펙티브를 인간의 것으로 취하는 과정에서 생겨났다고 할 수 있다.[210]

근대 이후 이미 인간은 신으로부터의 계시를 기대하지 않고, 완벽한 신의 작품 즉 자연에 깃든 법칙을 스스로 탐구함으로써 신의 의도를 알아가야 했다. 그 때문에 자기들의 눈에 보이는 범위의 사물을 가능한 한 철저하게 관

---

210) 生越利昭,「視角の社会化―観察者視点の生成と変容」, 大林信治, 山中浩司,『視覚と近代 観察空間の形成と変容』, (名古屋, 名古屋大学出版会, 1999), pp.148-149. 참조.

찰하고 거기에서 어떠한 법칙을 발견하려고 했다. 이러한 경향이 학문에 있
어서는 자연과학이 되고 예술에 있어서는 원근법을 받아들인 회화가 된 것이
다. 자연과학과 예술 모두 지상의 한 점에 서 있는 '관찰자'를 전제로 하고
있다.

그런데 마치 신이 피조물과의 관계에서 굳이 자신의 위치를 부여할 필요
가 없는 것처럼, 자연과학에 있어서의 관찰자나 원근법에 있어서의 시각 주
체도 대상과의 상호성은 고려하지 않아도 된다고 생각했다. 이러한 존재 조
건 속에서 관찰자 및 시중심(視中心)은 하나의 중요한 근본적 모순을 내포할
수밖에 없다. 시중심으로서의 관찰자는 실제로는 신과 달리 어떤 특정한 시
간과 장소에 존재할 수밖에 없다. 그럼에도 불구하고 자신을 제외한 모든 현
실에 대해 상호성을 배제한 채 오로지 대상으로 이미지화해버린 것이다.211)

독일의 미술사가 에르빈 파노프스키 Erwin Panofsky(1892~1968)에 의하면,
근대 평면원근법의 작도에서는 대상의 절단면에 직각으로 교차하는 안쪽 깊
이 방향의 선은 모두 눈으로부터 투영면에 그어진 직선에 의해 결정되는 한
점 즉 '시중심'에 수렴하는 것이다. 이 '중심원근법' 전체는 완전히 합리적인
공간 곧 무한하고 연속적이고 등질적인 공간의 형성을 보증하지만 그것은 매
우 과감하게 현실을 왜곡해버린다는 것이다. 이렇게 순수하게 수학적 공간의
구조는 정신생리학적 공간의 구조와는 정반대이기 때문이다.212) 이와 관련
하여 파노프스키는 원근법에서는 대상을 입체적으로 포착할 수 있는 반면 물
체가 그림으로 해소되어버릴 가능성이 있으며 원근법의 이러한 본성을 '양날
의 칼'이라고 표현했다. 그의 말을 직접 인용해보자.

---

211) ジョン バージャー, 『イメージ Ways of Seeing 視角とメディア』, p.21. 참조.
212) E. パノフスキー, 『〈象徴形式〉としての遠近法』, 木田元監訳, (東京, 哲学書房, 1993), pp.10-
    11. 참조.

원근법은 또 인간과 물체의 사이의 간격을 만들어 내기도 하지만, 그러나 그것은 또 자립적으로 존재하는 인간과 대치하고 있는 사물의 세계를 이른바 인간의 눈 속에 끄집어 넣음으로써 역시 이 간격을 폐기해버리기도 한다. 원근법은 또한 예술적인 표현을 확고한 규칙 특히 수학적으로 정밀한 규칙으로까지 끌고 가기도 하지만 그러나 그것은 한편으로 이 표현을 인간 특히 개개인에게 종속시키기도 한다. 다시 말해 위의 규칙은 시각인상의 정신 물리적 제반조건에 관계되어 있는 것이면서 이 규칙이 작용하는 양식은 자유롭게 선택할 수 있는 주관적 시점의 위치에 의해 규정되기 때문이다. 이렇게 해서 원근법의 역사는 동등한 정당성을 가지고 거리를 설정하여 객관화 하려는 현실감각의 승리라고도 할 수 있고, 거리를 부정하는 인간의 권력지향의 승리라고도 할 수 있다. 외계를 확정하여 체계화하는 것이기도 하고 자아영역의 확장이라고 할 수 있는 것이다. 따라서 원근법의 역사는 이 양가적 방법이 어떠한 의미로 사용되어야 하는가 하는 문제 앞에서 끊임없이 예술적 사고를 되풀이하지 않을 수 없게 했다.[213]

위의 인용은 말할 필요도 없이 원근법이 가지는 양가적 측면에 대한 좋은 설명이 될 것이다. 원근법은 '시각인상의 정신 물리적 제반조건'과 '주관적 시점', '거리를 설정해 객관화 하려고 하는 현실감각'과 '거리를 부정하는 인간의 권력지향', '외계의 확정·체계화'와 '자아영역의 확장'이 앞뒷면의 관계에 있다고 하는 것이다. 원근법의 공간관은 '실체를 현상으로 바꿈으로써 신적인 것을 단순한 인간의 의식 내용으로 축소하지만 역으로 인간의 의식을 신의 그릇에까지 확장하기도 한다'[214]고 한 것처럼 어떤 의미에서는 인간을 신의 차원에까지 끌어올린 '인간 신 만들기'이기도 했다.

근대 이후의 이야기에 있어서의 〈중심적 시점〉도 똑같이 생각할 수 있는 것이 아닐까? 작중세계가 특정 지점에서 보여지는 세계를 그리는 회화 공간

213) 같은 책, pp.66-67.
214) 같은 책, p.74.

의 아날로지로서 이야기의 작중공간인 작중인물의 시점을 중심으로 혹은 작중세계 밖 화자를 중심으로 모든 사건이 수렴한다. 이야기의 작중세계는 단일한 원리가 통용되고 유일한 권력이 지배하는 그리고 질서정연하고 투명하고 순수한 등질적 공간으로 화한다. 이것이 근대의 이야기 작중공간일 것이다. 그러나 복잡하고도 풍요로운 현실세계가 작중세계로서 재현 표상 될 때 과연 어디까지 하나의 점으로 '중심화'될 수 있는 것일까? 파노프스키의 지적대로 이렇게 '중심화'된 작중세계는 어떤 의미에서 중요한 현실을 왜곡하는 것이 아닐까?

이러한 것을 염두에 두면서 다음 절에서는 일본이 독특한 문예 장르 중 하나인 '렌쿠'에 대해서 고찰한다. 렌쿠에 내재한 서사성이 근대 원근법의 시점 기법을 받아들여서 성립한 소위 근대소설의 그것에 비해 어떻게 다른 것일지를 검토함으로써 '중심화'된 근대적 작중세계의 지배력으로부터 이탈하여 보다 풍부한 의미의 세계를 발견하는 방법을 모색할 수도 있지 않을까 한다.

제2절 역(逆) 원근법과 렌쿠의 '시점적' 특질

소설이나 시 등 근대적 문예의 미학개념에 익숙해져 있는 현대인에게 있어서 전체를 일관하는 주제가 없고 여러 사람에 의해 창작되는 일본의 렌쿠(連句)는 일견 오락으로서라면 몰라도 예술로서는 가당치도 않은 장르처럼 생각되는 경향이 있다. 그렇지만 렌쿠는 고도로 조탁된 언어표현을 필요로 하는 언어예술의 하나임에 틀림없고 그 나름의 심미적 감동을 주는 것도 사실이다. 일관된 테마에 얽매이지 않고 자유로운 제재를 내용으로 하며 집단에 의해 창작된다고 하는 것은 내용과 형식 및 창작과 감상의 면에서 다른 문예 장르와는 구별되는 렌쿠의 가장 현저한 특징일 것이다.

렌쿠는 5·7·5와 7·7의 음수율로 만들어진 구를 번갈아 여러 사람이 정해진 순서대로 돌아가면서 짓는데 그 형식은 구의 수에 따라 다양한 종류가 있다. '만쿠'(万句, 1만구) '센쿠'(千句, 1천구) '햐쿠인'(百韻, 100구) '요네지'(米字, 88구) '시치주니코'(七十二候, 72구) '에키'(易, 64구) '겐지'(源氏, 60구 또는 54구) '고주인'(五十韻, 50구) '조카코'(長歌行, 48구) '요요시'(世吉, 44구) '가센'(歌仙, 36구) '니주핫슈쿠'(二十八宿, 28구) '니주시세쓰'(二十四節, 24구) '단카코'(短歌行, 24구) '주하치코'2 '한카센'(半歌仙, 18구) 등으로 나뉜다.

그 중에서도 '가센'(歌仙)은 종이를 반의반으로 접어 네 페이지짜리의 작은 책자 형태로 만든 가이시(懷紙, 후토코로가미)에 기록했는데 그 각각의 페이지를 '쇼오리노오모테'(初折りの表), '쇼오리노우라'(初折りの裏), '나고리노오모테'(名残折りの表), '나고리노우라'(名残折りの裏)라 하고 각각 6구·12구·12구·6구로 구성되며 첫 구인 홋쿠(発句)에서 마지막 구인 아게쿠(挙句)까지의 내용은 전체적으로 서파급(序破急)의 흐름을 갖는다. 가센 형식은 덴와년간(天和年間, 1681~83)에 시작된 하이카이(俳諧) 혁신의 움직임 속에서 마쓰오 바쇼(松尾芭蕉, 1644~94)에 의해 정착되었다. 실제로 모인 사람들 각자가 예술적 긴장감을 지속하여 앞에 나온 구를 거의 기억하면서 전체의 구성도 염두에 두고 변화와 통일성의 밸런스를 유지하면서 전개하기에는 36구의 가센이 가장 적합한 형식이었다.215)

렌쿠는 요리아이(寄合)라 불리는 마을 공동체나 동업자 조합의 회합 모임인 좌(座)에서 흥행되었기 때문에 '좌의 문예'라고 불린다. 그리고 렌쿠 제작을 위한 집회를 가이세키(会席)라고 한다. 그 구성원은 좌를 주재하는 소쇼(宗匠)와 구(句)를 음미하면서 가이시(懷紙)에 적는 서기 역할을 하는 슈히쓰(執筆), 그리고 일반 작자로서 복수의 렌주(連衆)에 의해 구성된다. 이들이 참여하여

---

215) 白石悌三, 『連句への招待』, (東京, 和泉書院, 1989), p.46-49. 참조.

렌쿠 한 권(卷)을 공동 제작하는 과정을 '이치자(一座)를 조교(張行)한다' 또는 '고교(興行)한다'고 표현한다. 이렇게 복수의 렌주가 모임을 갖고 창작과 감상을 모두 즐기는 이러한 형식은 봉건 시대의 생활 공동체에 기초를 둔 정신공동체의 산물일 것이다.216)

렌쿠는 또한 일정한 주제를 갖지 않을 뿐만 아니라 앞의 문맥으로부터 일탈하는 것을 오히려 생명으로 한다. 게다가 창작자와 향수자의 구별이 없고 앞 구의 독자가 다음 구의 작자가 되거나 하면서 집단적으로 문학 텍스트를 생산·소비한다. 문맥으로부터 일탈해서 새로운 변화를 추구하는 참신성과 창작현장에 있어서의 인간관계와 그 자리의 독특한 분위기가 빚어내는 즉흥성으로 대변되는 렌쿠의 특징은 실제 텍스트의 언어와 어떤 관계를 가지고 어떤 미학적 효과를 만들어 내고 있는 것인가?

> 市 中 は 物 の に ほ ひ や 夏 の 月
> (장거리에는 여러 가지 냄새들 여름의 달님)
> あ つ し あ つ し と 門 門 の 声
> ("덥구나 더워" 하고 집집마다 난리네)
> 二 番 草 取 り も 果 さ ず 穂 に 出 て
> (제초 작업은 아직 다 못했는데 벼가 익어서)
> 灰 う ち た ゝ く う る め 一 枚
> (재를 떨어내면서 먹는 정어리 반찬)
> 此 筋 は 銀 も 見 し ら ず 不 自 由 さ よ
> (이 마을에는 은도 못 알아보네 불편함이여)
> た ゝ と ひ や う し に 長 き 脇 指 (……)
> (갑자기 난데없이 긴 칼 찬 양아치가) (……)217)

---

216) 같은 책, p.7.

217) 井本農一, 堀信夫, 村松友次, 堀切実 校注·訳, 『松雄芭蕉集 ②』新編日本古典文学全集71, (東京, 小学館, 1994). 번역은 필자. 원시의 7·5조를 최대한 살리면서 옮겼으나 큰 의미는 없음.

위의 인용은 바쇼(芭蕉)가 무카이 교라이(向井去来, 1651~ 1704), 노자와 본초(野沢凡兆, 1640~1714)라고 하는 제자들과 셋이서 읊은(三吟) 가센식 렌쿠이다. 홋쿠렌쿠집 『원숭이도롱이』(猿蓑, 1691)에 수록된 「시중의 권」(市中の卷)의 앞부분 여섯 구이다. 렌쿠 중에서도 가센 형식의 경우 독립된 하나의 감상 단위인 홋쿠(發句, 첫 구)에 나머지 35개의 쓰케쿠(付句, 붙임구)를 각각의 마에쿠(前句, 앞 구)와 결합한 것을 맞추면, 36개의 감상 단위가 생긴다. 바꿔 말하면 가센에는 36종류의 장면이 설정된다고 할 수 있다. '장거리에는~'으로 시작되는 홋쿠가 먼저 하나, 그 다음 이 홋쿠와 '덥구나 더워~'의 구, 또 '덥구나 더워~'의 구와 '제초 작업은~'의 구라는 식으로 계속되어 아게쿠(擧句, 마지막 구)까지 총 36개의 장면이다.

인용된 부분만을 보자면 여섯 개의 장면을 읽어낼 수 있다. 맨 먼저 홋쿠의 경우, 한여름 초저녁 거리의 모습으로 낮 동안 내리쪼이던 불볕더위에 이런 저런 생활의 냄새가 떠돌고 있는 가운데 무심코 고개를 들어보니 청량한 달이 떠 있어서 색다른 관능미를 느끼게 해준다. 다음 장면으로는 홋쿠와 그 다음 구를 같은 단위로 읽어야 한다. 거리에는 저녁달이 떠 있고 생활의 냄새는 나는데 집집마다 더워서 문을 열어 놓고 있는 장면이다. 그 다음은 도회에서 농촌으로 풍경이 옮겨간다. 집집마다 더워서 문을 열어놓은 여름에 풀도 다 못 베었는데 뜨거운 태양 아래 곡식이 예상보다 빨리 익었다는 것이다. 그 다음은 가난한 농촌에서 일을 하다가 소박한 반찬으로 식사를 하는 장면, 그 다음은 나그네가 밥을 얻어먹고는 돈을 내는데 너무나 벽지라서 고액의 은을 쓸 수가 없어 곤란해 하는 장면이다. 인용 부분의 마지막 장면은 시골의 불편함을 비웃으며 거만하게 구는 야쿠자를 내놓고 있다.

이러한 식으로 전개되는 것인데, 매 장면은 물론 시간적으로나 공간적으로나 서로 아무런 관계가 없는(없어야 하는) 단편(斷片)들이다. 한 장면으로부터 다른 장면에의 비논리적 비인과적 전환이야말로 어쩌면 미래를 모르고 우연

에 의해 좌우되며 살아가는 인생 그 자체가 고스란히 반영되어 있는 것이 아
닐까? 위의 인용을 보듯이 장면은 전부 다 다르지만 크게 보아 지상(地上)에
서 펼쳐지는 인생의 장면들이라는 점에서는 공통 기반을 가지고 있다고 인정
하지 않을 수 없다. 모든 장면이 지상 다시 말해 자연에 밀착해서 그 날 그
날을 살아가는 사람들의 인생이고 그 단편들이다.

렌쿠의 재미로는 우선 창작의 과정을 즐길 수 있다는 것을 들 수 있다. 창
작하면서 감상하고 감상하면서 창작하는 전 과정을 즐기는 문예이다. 완제품
으로서 작품을 단지 소비하는 것뿐이 아니고 창조해 가는 기쁨을 느끼게 하
는 점에 있어서는 대단히 생산적인 장르일 수도 있다. 좌의 문예로서의 공동
체적 특성은 작자를 작자임과 동시에 독자이기도 하도록 만든다. 즉 창작자
와 향수자 그리고 배우와 관객이 확연히 구분된 장르가 주는 완성도 높은 예
술의 아름다움과는 다른 매력이 렌쿠에는 분명히 있다고 생각한다. 마에쿠의
의미를 특정할 수 있을 때까지 특정해 보고 아무리해도 특정할 수 없을 경우
는 모든 가능성을 열어 두는 점도 대단히 개방적이다. 그야말로 회석의 '흥
취'를 한껏 돋우는 것일 수도 있다.

여기서 필자는 렌쿠를 일종의 이야기로서 읽을 수는 없는 것인가를 생각
하게 된다. 그 이야기란 마에쿠와 쓰케쿠에 두 구만으로 이루어진 단편을 하
나의 단위로서 보는 것이기도 하고 홋쿠에서부터 아게쿠까지를 엮어서 하나
의 단위로서 보는 것이기도 한다. 이러한 것은 예를 들면 '장거리'(市中)란 어
느 도시인가 하는 것을 따져보기도 하고 '집집마다'(門門)는 또 어느 지역인가
라든지 '이 마을'(此筋)은 어느 시골 마을인가 등을 생각한다는 것이다. 그러
고는 텍스트 상에는 아무런 지정된 것이 없다면 특별한 줄거리에 얽매이지
않고 독자 스스로가 이야기를 만들어 내놓을 수 있는 것을 의미한다. 렌쿠와
같은 일본의 하이카이(俳諧) 문학이 연상케 하는 이미지와 관련하여 가와모토
고지(川本浩嗣, 1939~)는 다음과 같이 논한다.

한 단어 한 단어를 꺼내어 아무리 곰곰이 바라보아 보아도 그 이미지를 구
체화 특정화하기 위한 실마리는 보이지 않는다. 그렇다고 하더라도 물론 이
구(句)가 현실감이 결여되었다는 것은 아니고 오히려 모든 구가 정말로 눈에
보이는 것 같은 훌륭한 풍경을 그리고 있는 것이다. (……) 직접적인 서정의
표출을 피한다는 의미에서 구체적이고 사실적이기도 하지만 그 구상성이나
사실성을 지탱하고 있는 것은 현장 보고의 박력도 아니고 세부적인 묘사의
객관적인 정확함도 아니다. (……) 중요한 것은 그렇게 살짝 스치듯 터치하
고 지나가는 지극히 일반적이고 모범적인 이미지를 제시하는 어구끼리의 재
미난 조합 즉 구성과 그리고 리얼리티를 보장하는 '진부하지 않은' 낯선 표현
에 대한 노력이다.218)

그리고 미국의 일본문학자이면서 비교문학자인 얼 로이 마이너(Earl Roy
Miner, 1926~2004)는 '어떤 길이의 내러티브도 그 플롯은 단일한 것이 아니고
복잡한 것으로 구성'되지만 '그렇게 복잡하게 구성된 내러티브도 플롯으로만
만들어진 것은 아니다'라고 지적한다.219) 마이너는 또 '항상 변화되는 쓰케
쿠의 양식성과 다음에 다른 의미가 부가되어서 마에쿠로 변하는 쓰케쿠의 변
화는 (……) 인물·장소·시간이라는 모든 요소의 일련의 확장에 의해 얻을
수 있는 연속성이라는 내러티브의 기본원리를 강조하여 설명한다'220)라고
말했다.

서양어 narrative의 번역어인 '이야기'에 대한 정의는 서장에서 내러톨로지
논자들의 말을 빌려서 제시한 바 있다. 렌쿠에 있어서의 서사성에 관해서는
이렇게 생각하면 어떨까? 구를 덧붙여간다고 하는 것 자체가 앞의 사건으로
부터의 모종의 변화를 의미한다. 마에쿠에 쓰케쿠를 연결시키는 원동력은 결

---

218) 川本皓嗣, 『日本詩歌の伝統 七と五の詩学』, (東京, 岩波書店, 1991), p.83.
219) アール マイナー, 「連句は「リリック」か「ナラティブ」か―比較文学的な一考察」, 森晴秀訳,
    『国文学』, (1986年4月号), p.27.
220) 같은 책, p.31.

국 구를 덧붙여 가는 사이에 진행되는 '좌'의 시공간에서 분비되는 이야기적 상상력이 아니겠는가?

문학은 시간의 예술이다. 아리스토텔레스(Ἀριστοτέλης, 384~322 B.C.)는 고전적 극작법의 전거가 되고 있는 그의 저작 『시학』(Περὶ ποιητικῆς 330 B.C.?)에서 비극이란 '완결된 하나의 전체로서의 행위의 묘사'이며 그 '전체'란 '처음과 중간과 끝을 가지는 것이다'[221]라고 말했다. 이것은 지나치게 당연한 것이면서도 언어예술의 본질에 관한 뛰어난 통찰이라고 말하지 않을 수 없다. 단 아리스토텔레스의 경우는 '완결된 전체'로서의 비극만을 염두에 둔 것 같다. 그러나 이러한 것은 비단 씌어진 문학작품에 대해서뿐만 아니라 작자나 독자 즉 문학행위를 하는 주체에도 적용할 수 있다. 작자는 문학 텍스트의 창작에 있어서 쓰기 시작하고 써 가며 쓰기를 마친다. 완성되어진 구조물 즉 문학 텍스트를 앞에 한 독자의 독서 행위 역시 읽기 시작하고 읽어 가서 다 읽는다는 것이다. 문학 텍스트를 쓰는 행위도 읽는 행위도 일련의 프로세스를 통해 이루어진다.

렌쿠라는 장르의 경우도 하나의 과정으로 설명할 수 있다. 앞에서의 고찰을 통해서 렌쿠란 창작의 프로세스가 텍스트의 표면에 나와 있는 장르임을 알았다. 말의 배열에 의해 미적 공간을 구조화할 뿐만 아니라 출발점인 홋쿠에서부터 목적지인 아게쿠에까지 읊어 가는 과정과 그것을 충분히 즐기는 것이 렌쿠의 가장 중요한 특징이라고 할 수 있지 않을까? 현대인에게 있어서 렌쿠를 즐기는 방법은 구조물로서의 창작의 결과뿐만 아니라 창작의 과정을 음미해보는 것이다. 렌쿠는 구조적인 조형물이면서도 창작의 과정 자체이기 때문이다. 렌쿠의 미학적 본질은 구조적인 조형미보다도 〈과정의 아름다움〉을 즐기는 데에 있지 않을까?

---

221) アリストテレス, 『世界古典文学全集 ⑯ アリストテレス』, (東京, 筑摩書房, 1982), p.19.

　이러한 의미에서 렌쿠는 근대 이후의 원근법에 의한 이야기 제 장르의 퍼스펙티브 문제에 대해 전혀 다른 각도에서 새로운 관점을 제공하고 있다. 쓰케쿠를 자유롭게 덧붙일 수 있다고 하는 것은 이야기의 작중세계를 인식하는 정위치의 지점에서 항상 일탈하여 다른 시점으로 이동하지 않으면 안 된다는 것을 의미한다. 렌쿠는 '중심화'되려고 하는 작품의 시점을 마지막까지 어긋나고 벗어나고 비켜가지 않으면 안 되는 장르이다. 우치코시(打越, 마에쿠의 앞구)와 마에쿠에서 발생하는 한 개의 작은 이야기에서 일부러 벗어나서 전혀 별도의 시점에서 쓰케쿠를 붙이고 또 다른 한 개의 이야기를 전개시킨다. 게다가 그 이야기는 다양한 내용으로 해석될 가능성을 내포하고 있다. 또 이번에는 거기에 쓰케쿠를 붙이기 위해 또 다른 관점을 취한다. 이러한 탈중심화의 미학을 렌쿠는 갖고 있다고 생각한다.

　렌쿠에 있어서 일관성은 그다지 중요하지 않다. 다수의 아니 무수한 시점을 인정하는 방법이 아닌가? 이것이야말로 독자가 얼마든지 상상력을 발휘하고 자유롭게 의미를 끌어낼 수 있는 이야기의 참된 재미가 숨겨져 있는 것일지도 모른다.

제8장

구조에서 과정으로

제1절 구조와 구조주의

앞에서 근대소설의 시점 문제가 서구 르네상스 이후의 원근법이나 근대 과학정신에 근거하고 있다는 것을 이론적으로 살펴보았다. 그리고 균질적이고 투명한 근대적 이야기 공간과는 달리 원근법적 틀 안에서는 설명할 수 없는 비원근법적 이야기의 가능성을 일본 근세의 렌쿠(連句) 장르를 통해 생각해 보았다. 여기서는 문학에 있어서의 '구조'라는 문제를 놓고 논해보기로 한다. 이야기 전달 과정의 기본요소이며 이야기 행위의 주체인 작가와 독자, 이 양자의 관련방식에 관해 지금까지와는 다른 각도에서 살펴보고자 한다.

20세기 이후 자연과학이나 인문학을 막론하고 다양한 학문 분야에서 구조라는 말이 자주 사용되었다. '원자구조' '계층구조' '의식 구조' '사회 구조' 등 뒤에 '구조'가 붙는 합성어를 종종 듣는다. 생각해 보면 구체적 현상에서 추상적 관념에 이르기까지 연구의 가치가 있다고 믿어지는 대부분의 대상에 구조라는 말을 붙일 수 있다. 그만큼 구조라는 말은 학문 연구에 있어서 대단히 유효하고 편리한 개념처럼 생각된다.

실제로 물리학자에게 있어서 원자나 소립자의 구조를 밝히는 것은 우주

물리현상의 근본을 탐구하는 중요한 목표가 되기도 한다. 사회학자에 있어서 자신이 연구하는 사회의 계층구조를 조사하는 것, 그리고 심리학자에게 있어서 집단 혹은 개인의 의식 구조를 분석하는 것은 분명히 그들 각각의 연구에 크게 도움이 될 것이다. 이렇게 막연하던 연구 대상의 '구조'를 파악하고 나면 그 대상은 지식의 그물망에 잡혀서 체계화될 수가 있다. 이러한 의미에서 '구조' 개념은 연구에 있어서 그물과 같은 역할을 다하고 있다고 할 수 있다.

문학연구도 예외가 아니다. 구조주의 문학이론에서는 문학도 하나의 구조물로 다루어지고 있다. 특히 구조주의 언어학의 영향을 받은 내러톨로지가 그 대표적인 예일 것이다. 주로 이야기 텍스트의 이야기 형식을 연구의 대상으로 하고 있는 내러톨로지는 문학행위를 인간의 언어행동의 일부로서 문학작품을 거대한 발화문으로 간주하고 있다. 내러톨로지는 언어학자가 인간의 언어행동과 발화의 '구조'를 탐구하듯이 문학행위와 문학작품의 '구조'를 기술하는 것을 목표로 하는 방법론이다. 이 책 안에서 사용하고 있는 '시점구조'라는 용어도 이러한 인식의 기반 위에 성립한 조어이다. 여기서는 문학행위를 구성하는 기본요소인 작가와 독자와의 관련방식을 검토하여 이야기 연구에 있어서의 '구조'개념에 대해서 생각해보고자 하는 것이다.

구조라는 말은 주로 영어 'structure'의 번역어로서 사용되고 있다. 원래 '건축, 조립'의 뜻을 가지는 라틴어의 'structura'에 유래했다.[222] 어원적으로 이 'structura'나 '목재를 조립하여 집을 짓다'는 뜻인 '構'[223]는 모두 누군가에 의해 세워진 건조물의 이미지를 연상케 한다. 이렇게 '구조'는 일차적으로 '조립'을 의미한다.

또 이차적으로는 그 조립을 둘러싼 여러 가지 '관계'를 의미한다. '구조'의 사전적 의미로는 '조립' 이외에도 '사물로 성립시키고 있는 것 상호 간의 기

---

222) *Oxford English Dictionary X VI*, (Oxford, Oxford University Press, 1989), pp.959-960.
223) 諸橋轍次, 『大漢和辭典』卷六, (東京, 大修館書店, 1985), p.495. '構' 항목 '解字'.

능적 연관'[224) 또는 '전체를 구성하는 제요소에 있어서 의존·대립 관계의
존재방식 총칭'[225) 등이다. 이 '관계'의 내용은 내적인 관계와 외적인 관계로
나누어 생각할 수 있다. 내적관계는 대상 내부의 개별 현상을 구성하는 요소
들 간의 사이 관계, 외적관계는 대상과 대상의 외부 요소 및 전체와의 관계
이다. 그 때문에 학문 연구에 있어서의 '구조'란 어떤 자기완결적인 각각의
연구 대상을 구성하고 있는 구조 및 제반 요소의 내적 또는 외적관계를 설명
하기 위한 개념이다.

'구조'의 또 하나의 특징은 그것 자체는 객관적으로 실재하는 것이 아니라
는 것이다. 구조는 눈에 보이는 것이 아니고 인간의 머릿속에서 구성되는 것
이다. 예를 들면 '지붕의 구조'이라고 표현할 때, 지붕은 눈앞에 실재하지만
지붕의 구조는 실재하지 않는다. 물론 지붕의 구조는 지붕을 떨어져서 존재
하는 것은 아니며 동시에 지붕을 인식하는 우리들의 감각이나 인식과 분리해
서 생각할 수도 없다. 그러나 조립의 구조나 제요소들의 관계 등은 머릿속의
문제인 것이다. 즉 지붕의 구조란 실제의 지붕을 '추상화'한 산물이다.

이 특징을 정리하면 '구조'는 '어떤 실재하는 대상을 추상화한 조립이나,
제반 요소의 눈으로 보이지 않는 관계'라고 정의할 수 있다. 이러한 추상성
때문에 '○○의 구조'라고 하면 실재하는 대상의 복잡한 측면은 생략되고 명
징해 보이는 도식만이 전달된다. 구조라는 개념으로 어떤 대상에 대해 설명
할 때 유효하고 편리한 이유는 그 복잡한 현실을 지극히 단순명쾌하게 보여
주기 때문이다. 그 만큼 설명을 듣는 입장에서 보면 대상에 관해 대단히 이
해하기 쉬워진다.

그런데 문제는 '구조'에 관한 설명이 필연적으로 시간성을 배제하게 된다
는 것이다. 오로지 공시태(共時態) 안에서 설명이 되기 때문에 통시태(通時態)

---

224) 『日本国語大辞典 ⑦』, (東京, 小学館, 1974), p.537.
225) 『岩波国語辞典』, (東京, 岩波書店, 1994), 第5版, p.379.

나 역사성 그리고 과정적 측면은 고려되기 어렵다는 것이다. 그것은 특히 모든 대상을 도식화해버리기 때문이다. '도식'이란 문자 그대로 한 장의 그림이다. 그것은 대상을 한 장의 그림처럼 2차원적 평면으로 파악함으로써 모든 복잡한 요소들 간의 관계까지도 동시에 제시하고자 한다. 여러 요소의 관계를 같은 평면에 나타내자면 불필요한 부분은 삭제하고 대상을 가능한 한 단순화하게 된다. 즉 대상의 지도를 만드는 것과 같은 것이다. 당연한 일이지만 지도 위에 시간은 흐르고 있지 않다. 단지 일순간의 정지한 공간만이 존재하는 그림이다. 그 때문에 지도에는 대상의 실태적인 변화가 나타나지 않는다. 이러한 의미에서 지도라는 것도 일종의 허구적 공간이다.

소쉬르 언어학의 영향을 받아 20세기 중반에 성립한 구조주의는 대상에 내재하는 구조 혹은 대상과 외적조건과의 관계 구조를 밝혀서 대상의 본질을 탐구한다는 입장을 취했다. 앞서 제1장에서 언급했듯이 「이야기의 디스쿠르」에서 내러톨로지를 하나의 체계적인 학문으로서 성립시킨 주네트는 그의 초기 논문에서 다음과 같이 말했다.

> 구조주의적 방법은 내재적 구조의 분석을 통해서 끌어내어진 메시지를 발견하는 것이다. (……) 문학이란 문화라는 것 더 넓은 공간 속에서 다른 부품과 결합된 하나의 부품이며 거기서 문학 자체의 가치는 그 총체의 함수이다. 이 이중의 자격으로써 문학은 내적인 동시에 외적인 구조연구의 대상이 된다.[226]

이와 같이 문학에 대한 구조주의적 입장을 명확히 했다. 방법론의 역사로 보면 이러한 대상의 구조 즉 공시적 측면에 대한 관심은 모든 사물을 통시적

---

226) ジェラール ジュネット, 「構造主義と文芸批評」, 『フィギュール』, 平岡篤頼, 松崎芳隆訳, (東京, 未来社, 1993), p.191. p.206. 1964년초에 발표된 구조주의 문학비평의 마니페스토라고 불릴 정도로 당시로서는 선구적인 논문이었다.

으로 이해하려고 한 19세기 역사주의에 대한 반발에서 비롯되었다. 주네트는 '구조주의의 사고방식이란 다양한 단계에서의 공시적 단면도를 만들어 그 일람표끼리 비교함으로써 문학의 총괄적인 진화의 흔적을 더듬어 간다는 것이다.'[227]라고 했다. 그는 또 '문학사는 하나의 시스템의 역사이다. 중요한 의미를 갖는 것은 기능의 변천이지 요소의 변천이 아니며 공시적 관계를 인식하는 것이 과정을 인식하는 것에 우선한다.'[228]와 같이 말하기도 했다.

요컨대 주네트는 구조주의적 문학연구의 목적을 '문학의 총괄적인 진화'의 흔적을 더듬어 가는 것에 설정하면서도 그 수단으로서는 '공시적 단면도'를 만드는 것부터 시작한다고 강조하는 것이다. 즉 그는 공시적 단면도의 축적을 전체로서의 '문학' 혹은 '문학사'라고 보는 입장을 주장하고 있다. 그러나 실제의 문학 텍스트나 문학 행위 등 복잡한 문학현상을 시간성이 소거된 공시적 단면도만으로 나타낼 수 있는 것인가? 주네트가 말하는 것은 공시적 단면도를 단지 시간 순으로 늘어놓고 범위를 크게 잡은 도식화에 불과한 것이 아닐까? 시간을 아무리 촘촘하게 나누었다고 한들 현상을 적절하게 반영할 수 없는 공시태의 양적 축적만으로 진정한 의미의 '문학의 총괄적인 진화'를 더듬어가는 것이 과연 가능한 것일까? 하는 의문이 일어난다. 제2절에서는 이러한 구조주의적 연구 방법에 관해 이야기 장르의 경우를 예로 들어 고찰해 보겠다.

제2절 이야기는 '구조'인가

이야기 장르의 기본단위는 각각의 작품이다. 문학행위는 작가가 작품을 쓰

---

227) 같은 논문, p.208.
228) 같은 논문, p.210.

는 행위로부터 시작되고 독자가 읽는 행위로 완결된다. 당연한 말이지만 문학연구는 작품을 읽는 행위를 전제로 한다. 그런데 대부분의 언어에서 '읽다'(read, lire, lesen, 読む, 读, Чтение, هؤ, ᄆᄃᄒ 등)라는 동사에는 두 가지 이상의 의미가 있다. 적어도 '낭독'(朗讀)과 '묵독'(默讀)의 두 가지가 대비된다. 즉 목소리를 낼 것인지 말 것인지 하는 두 종류의 행위를 뭉뚱그려서 '읽다'로 표현하고 있다.

'읽다'라는 동사는 많은 언어에서 기본적으로 타동사이며 목적어를 필요로 한다. '상대의 마음을 읽다'와 같은 비유 표현을 제외하고는 일반적으로 글혹은 문자를 목적어로 하고 있다. 즉 '읽다'란 주로 글쓰기 행위의 결과에 의해 촉발되는 행위의 하나이다. '읽다'에 '낭독'과 '묵독'의 두 가지 의미가 있다고 하는 것은 목적어가 두 종류 있다는 것을 의미하지는 않는다. 둘 다 문자를 대상으로 하는데 양자의 차이는 동작의 대상이 아니고 동작을 수행하는 방법에 있다. 즉 '쓰여져 있는 문자의 소리를 발성기관을 작동하여 목소리로 내보내는 행동적 동작(낭독)'을 하는지 '문자 등을 눈으로 보아서 이해하는 인지적 동작(묵독)'을 하는지의 문제이다. 단적으로 말하면 입으로 읽는 것인지 눈으로 읽는 것인지 혹은 소리를 취하는 것인지 의미를 취하는 것인지의 문제인 것이다.

그런데 실제로 낭독과 묵독이라고 하는 두 가지 읽기 방법은 그다지 명백하게 구분을 할 수 있는 것도 아니다. 낭독이라고 하더라도 눈으로 보면서 의미를 취하지 않을 리도 없고 묵독이라고 해도 전혀 소리를 내지 않는 것이 아니다. 오히려 우리는 낭독을 할 때 목소리로 표현하는 물리적 행위를 통해서 말의 의미 차이를 확인한다. 묵독은 물리적으로는 소리가 없는 침묵의 읽기이지만 목소리를 연상하는 심리적 작용이 기초가 되어 있다. 그러면 이야기 텍스트에 대한 오늘날의 일반적인 독서법이라고 생각되는 묵독의 경우에 한해서 조금 더 자세히 생각해 보자.

종이에 인쇄된 (혹은 손으로 쓴) 문자의 상이 빛의 작용에 의해 우리의 망막에 투영된다. 그리고 시신경의 활동에 의해 뇌로 전달되어 의미 작용을 일으킨다. 그것은 정보를 전하는 기능을 수행할 뿐만 아니라 흥미를 느끼게 하거나 감동을 주기도 한다. 이러한 일련이 복잡한 과정을 단지 한마디로 '읽다(묵독하다)'라고 말한다. 그런데 망막에 비추어진 문자의 상이 시신경에 의해 뇌로 전해진 순간 우리는 저절로 그 문자를 자신의 혹은 누군가 남의 목소리로 바꾸어버린다. '묵독'이라고는 하는 목소리를 발하는 신체적 행위를 완전히 배제할 수는 없다. 묵독일 때에도 목소리를 연상해버리는 이 습관 때문에 '읽다'는 사실상 두 가지 동작을 가리키고 있음에도 불구하고 하나의 동사로서 구별 없이 사용되고 있다.

그러면 도대체 왜 우리는 눈으로 읽으면서도 자신의 입으로 읽는 혹은 남의 목소리를 귀로 듣는 상황을 연상하게 되는 것일까? 사실은 '읽다'라는 동사는 애초에 '낭독'만을 의미하고 있었겠지만 조금씩 조금씩 '묵독' 쪽으로 이행했기 때문이다. 도야마 시게히코(外山滋比古, 1923~)가 지적하듯이 '묵독에 있어서 마음속의 목소리가 더욱 적어진 독자가 오늘날 표현의 수용자'이며 '음성적 요소가 희박해진 독자야말로 참된 근대독자'라는 것이다.[229]

실제로 '묵독'의 습관이 일반화한 것은 그다지 먼 옛날의 일이 아니다. 마에다 아이(前田愛, 1932~87)에 의하면, 일본에서도 1880년대까지 '한 사람의 낭독자를 둘러싸고 여러 명이 듣는 공동체적인 독서 형식'이 '여전히 광범위하게 온존되고 있었다'고 말한다.[230] 지금의 우리도 속독법등 특수한 경우를 제외하고는 여전히 문자를 세세하게 음성언어로 바꿔 놓지 않으면 마음이 놓이지 않는 경향이 있다. 이 습관은 우리의 눈앞에 나란히 배열되어 있는 문자가 음성언어에 근거해서 생겼다고 하는 관념에 지배되고 있기 때문이다.

---

229) 外山滋比古, 『近代読者論』, (東京, みすず書房, 1969), p.55. 참조.
230) 前田愛, 「音読から黙読へ」, 『近代読者の成立』, (東京, 岩波書店, 1993), p.148. 참조.

내러톨로지의 문학연구는 이러한 음성중심주의에 근거하고 있으므로 문자에 의한 인간의 문학행위에 대해서도 음성에 의한 일상적 언어활동의 일부로 다루어 온 것이다. 그것은 문자언어보다도 음성언어를 주된 연구 대상으로 해온 소쉬르 언어학의 영향을 받았기 때문일 것이다. 즉 작가와 독자가 수행하는 문학행위에 대해 작가가 작품을 통해서 독자를 만나고 독자도 작품을 통해서 작가를 만나는 일종의 공시적 공간에서의 커뮤니케이션 현상으로서 포착하고 있다는 것이다. 롤랑 바르트는 「이야기의 구조분석 서론」이라는 논문에서 다음과 같이 말했다.

> 이야기의 내부에는 (증여자와 수익자로 분담된) 교환이라는 큰 기능이 작용한다. 그것처럼 동일하게 대상으로서의 이야기는 커뮤니케이션의 전달물이다. 이야기의 발신자가 존재하고 수신자가 존재하는 것이다. 주지하는 바와 같이 언어적 커뮤니케이션에 있어서 나와 당신은 절대적으로 서로를 전제한다. 마찬가지로 화자와 청자(또는 독자)가 없는 이야기는 있을 수 없다.231)

계속해서 바르트는 문학이론의 문제에 대해 '화자와 독자가 이야기 자체를 통해서 의미되는 그때그때의 코드를 기술하는 것이다.'라고 했다. 따라서 그는 이야기 내용의 발신자로서 화자를 수신자로서 청자를 각각 설정하고 문학행위를 화자와 청자의 커뮤니케이션 작용으로 간주한 것이다. 바꿔 말하면 이야기란 작자의 분신인 화자가 독자의 분신인 청자에게 말을 걸고 있는 것이라고 설명한다. 즉 작자가 독자에게 이야기를 하고 있다는 사고방식에 다름 아니다. 바르트는 이 이야기의 시스템 전체를 '이야기의 구조'라고 해서 '분석'의 대상으로 보았다. 그의 뒤를 계승한 토도로프나 주네트 등에 의해 이야기 텍스트를 화자의 '목소리'로 보는 이러한 입장은 더욱 구체화되었

---

231) ロラン バルト, 「物語の構造分析序説」, 『物語の構造分析』, 花輪光訳, (東京, みすず書房, 1979), p.36. 원저는 1966년 발표.

다.232) 이야기 텍스트를 화자의 '목소리'로 간주하는 음성중심주의는 자크 데리다(Jacques Derrida, 1930~2004)가 비판하는 서구의 뿌리 깊은 '표음문자언어의 형이상학'에 근거하고 있는 것이라고 생각된다.233)

이야기의 작자가 텍스트에 내재한 화자의 입과 청자의 귀를 통해 독자에게 이야기를 보낸다고 하는 사고방식은, 문학연구를 작가와 독자 사이의 언어전달 '구조'를 살피는 것으로 이해한 것에 기인한다. 그런데 과연 이러한 틀로 이야기를 읽고 분석하는 것이 타당한 것인가? 이와 같은 구조주의적 사고방식의 가장 큰 문제점은 대상의 공시태만이 부각되고 문제가 된다는 점일 것이다. 화자와 청자의 언어전달 구조란 양자가 마주보고 있는 공간을 전제로 한다. 즉 작가, 작품, 독자가 동시에 한 공간에 있어야만 성립된다. 그리고 그 공간은 시간의 흐름이 멈춘 정태적(情態的) 공간이다. 그래야만 작가와 독자가 서로 마주보는 커뮤니케이션이 이루어질 수 있다. 그러나 이렇게 3자가 동시에 늘어서서 서로 작용하는 공시적 공간은 실제로는 아무데도 존재하지 않는다.234)

물론 독자가 작품을 읽고 있을 때 작가를 전혀 떠올리지 않을 수는 없다. 오히려 작가에 관한 정보를 가능한 한 많이 얻음으로써 독자가 읽어낼 수 있

---

232) 토도로프는 러시아 포르말리즘의 파불라(fabula)와 슈제트(sjuzet)를 응용하여, 내러톨로지 분석의 단위를 이야기 내용(histoire)과 이야기 담화(discours)로 나누었다. 주네트는 이야기 담화를 더욱 세분하여 이야기 담화(récit)와 이야기 행위(narration)로 나누어 삼분법을 제창하고, 기존의 이야기 내용 중심의 연구를 비판하고 그 자신은 *FiguresⅢ*(일본어역은 花輪光, 和泉涼, 『物語の ディスクール』, (東京, 水声社, 1985)이 있다.)에서 이야기 담화의 연구에 초점을 맞추었다. 토도로프와 주네트 등 내러톨로지 논자들은 거의가 문학 행위의 혼적인 이야기를 화자의 이야기 전달 행위로 치환하여 생각하고 있다.

233) ジャック デリダ,『根源の彼方に―グラマトロジーについて(上)』, 足立和浩訳, (東京, 現代思想社, 1985), pp.15-16, p.33. 참조.

234) 화상을 통한 커뮤니케이션이나 녹음·녹화 등 현대의 미디어에 의해 이루어지는 대화 방식 등은 고려의 대상이 될 수 없다. 왜냐하면 지금의 논의는 글쓰기를 대상으로 하고 있기 때문이다. 또 인터넷을 통한 문학 행위라면 더더욱 작가와 독자가 한 공간에 있을 수 없다. '글쓰기를 통한 언어전달 또는 커뮤니케이션'이라는 것은 어디까지나 음성언어 행위의 비유적 적용이다.

는 작품의 내용이 풍부해지는 것도 사실이다. 예를 들면 우리가 플로베르의 『보바리 부인』을 읽을 경우, 작품 자체 이외에도 그 작품의 작가가 플로베르라는 것과 그가 그 작품 때문에 재판까지 받았던 것 등을 아는 것을 통해 『보바리 부인』을 더 재미있게 읽을 수 있다. 게다가 플로베르의 작품 초고나 재판 기록 등을 곁들여 읽으면 더 깊이 작품을 이해할 수 있을 지도 모른다.

그러나 그 이상으로 중요한 것은 내가 지금 『보바리 부인』을 읽고 있다는 사실이다. 작가의 의도나 창작 행위에 대하여 독자의 독서 행위가 수동적이어서는 작자가 서술한 것 이상을 읽어낼 수 없다. 즉 작품에 대한 독자 나름의 풍부한 의미 작용은 일어날 수 없다. 왜냐하면 작가라고 하는 존재는 일 개인으로서 기본적인 자신의 기호나 욕망, 정치적 이데올로기나 시대의 제약으로부터 자유로울 수 없기 때문이다. 실제로 『보바리 부인』의 묘사나 서술의 관점이라는 것은 철저하게 19세기 프랑스 근대시민사회의 가치관과 문제의식을 반영하고 있다. 그러나 우리는 어디까지나 내가 지금 서있는 시공간의 상황과 문제의식에서 『보바리 부인』을 읽고 감동하는 것이다.

이렇게 독자가 작가에게 공감 할 수 있다고 하더라도 양자가 커뮤니케이션을 하는 공간 따위는 없다. 지금 내가 작품을 읽고 있다면 그 독서 장소에도 혹은 그 작품의 어디에도 나에게 말을 걸고 있는 작가는 존재하지 않는다. 플로베르와 『보바리 부인』과 내가 동시에 존재하는 공간이 도대체 어디에 있을 수 있는가? 실제로 작가·작품·독자의 3자가 하나의 공시적 구조를 이루고 있다는 것은 문자언어에 의한 문학작품의 유통 과정을 음성언어에 의한 일상의 전달 구조로 비유한 것인데, 비유를 실제와 혼동한 오해에서 비롯된다. 따라서 문학연구에 있어서의 '작가와 독자' 혹은 '화자와 청자'의 커뮤니케이션 공간이라는 공시적 구조의 도식은 문자언어를 음성언어로 바꿔놓은 구조주의적 환상에 지나지 않는다.

또 문학행위를 작가와 독자(화자와 청자)의 커뮤니케이션으로 파악했을 경우 그 구조는 일방적 전달의 구조로밖에 이해가 가지 않는다. '목소리'라는 것은 그 속성이 문자와는 다르며 표현 주체의 의지를 듣는 사람에게 강하게 전하는 특징이 있다. 그러므로 작가의 표현 의지는 화자의 '목소리'를 통해서 독자의 수용을 강제하게 된다. 독자의 입장에서 보면 자신의 독서 의지는 묵살된 채 듣는 사람을 통해서 무조건적 수용을 강요당하는 것이다. 그러면 독자는 수동적인 존재가 되어버리고 보다 풍부한 의미작용은 바랄 수 없게 된다. 이는 진정한 의미에서 커뮤니케이션이라고 말할 수 없다. 작가의 독자에 (화자의 청자에) 대한 일방적 전달의 구도만이 있을 뿐이다.

그러나 원래 독자란 작품을 읽어 가는 과정에서 작가의 의도에 구애받지 않고 자신의 경험이나 상상력을 활용하여 무한히 풍요로운 내용을 만들어 낼 수 있는 존재이다. 이러한 독자 나름의 의미 작용을 하나의 고유 권한으로서 인정할 때 작가가 독자에게 말을 건다고 하는 틀은 별로 의미를 갖지 못한다. 작품을 더 깊게 이해하기 위해서라도 독자는 작자의 이야기를 들으면서 텍스트를 보다 적극적으로 자유롭게 읽어내려고 하는 것이다,

제3절 '과정'으로서의 이야기

여기서는 작가와 독자의 관련방식을 보다 정확하게 파악하기 위해 작가·작품·독자라는 3자간의 관계를 생각해 보고자 한다. 먼저 작가와 작품의 관계는 어떤 것인가?

작가와 작품의 관계 구조라는 것은 원래 존재하지 않는다. 작품은 단지 작가의 표현 행위의 결과로서 존재할 뿐이다. 작가가 작품을 다 쓰면 완성된 순간부터 그 작품은 당연히 작가의 손으로부터 떨어져서 독립적인 것이 된다. 작가와 작품의 관계는 과거의 역사로서 존재한다. 앞서 말했듯이 관계

혹은 구조라고 하는 말은 공시적인 개념이며 그것은 언제나 현재적인 의미만을 가지는 것이다. 작가와 작품의 관계라는 것은 창작 행위가 끝남과 동시에 해소된다. 일반적으로 '이 작품의 작가는 누구이다'라고 하는 것은 단순히 역사적 사실을 말하고 있는 것에 지나지 않는다.

그러면 작품과 독자의 관계는 어떤 것인가? 독자가 작품을 접하고 감각을 통해 문자를 인식하고 그 문자의 내용을 머리로 의식할 때 양자의 관계는 시작된다고 말할 수 있을 것이다. 일반적으로 독자가 작품을 읽을 때 누군가의 목소리를 연상하면서 읽어 간다. 하지만, 목소리를 연상한다고는 해도 실제로 듣고 있는 것은 아니다. 문자 자체가 기호이기 때문에 독서의 과정에서 독자는 그 기호를 풀어 가는 것이다. 목소리를 연상하는 것도 기호를 풀어 가는 과정의 첫 단계이다. 즉 작품과 독자의 관계는 기호와 기호를 풀어 가는 주체들 간의 상호작용 프로세스 안에 존재한다고 말할 수 있다.

그러나 독서를 커뮤니케이션의 구조로 간주할 경우 독자는 작품을 읽어 가는 것이 아니고 화자의 입으로부터 나오는 목소리를 단지 듣고 있는 것이 된다. 그렇다면 그 목소리는 독자가 작품의 기호를 풀어 가는 과정에 있어서 오히려 방해가 될 가능성이 있다. 이 경우 또 하나의 문제점은 독자가 대단히 수동적인 존재가 될 수밖에 없다. 왜냐하면 비유라고는 해도 화자의 목소리는 공기를 통해서 전해지는 일종의 소리이기 때문에 듣는 사람에게 내용을 음미할 시간적 여유가 주어지지 않기 때문이다. 듣는 사람으로서는 전후의 문맥을 면밀하게 조사하거나 나름대로 생각하거나 그 내용을 비판적으로 받아들이거나 할 수가 없다. 듣는 사람이 할 수 있는 일은 단지 화자가 말하는 것을 일단 놓치지 않고 빠짐없이 듣기 위해 귀를 기울이는 수밖에 없기 때문이다.

그런데 실제로 독자가 자기의 경험을 살려서 작품을 읽을 때야말로 작품 세계를 한층 깊이 있게 그리고 재미있게 감상할 수 있다. 따라서 작품과 독자의 관계에 있어서는 작가로부터 독자로의 일방적 전달 구조라는 사고방식을 버려야 한다. 독자는 더 주체적으로 문학행위에 참가하고 있기 때문이다. 그것은 망막에 비추어진 시각기호인 문자를 청각기호가 아닌 시각기호 자체로서 읽어내는 것에 의해 가능해지는 것이다.

이러한 것은 이미 데리다의 '탈구축'(déconstruction) 개념이나 바르트가 「작가의 죽음」(1967) 「작품에서 텍스트로」(1971)에서 선언한 '텍스트론' 및 볼프강 이저(Wolfgang Iser, 1926~2007)의 『행위로서의 독서-미적 작용의 이론』(Der Akt des Lesens. Theorie ästhetischer Wirkung, 1976)[235] 등의 '수용미학'에서 논해진 바 있다.[236] 이들은 화자가 있으면 반드시 청자가 있다고 하는 작품과 독자의 이항대립적 기호관이 아니라 작품과 독자를 분리할 수 없는 것으로 다루는 입장에 서 있다. 그들은 작품과 독자를 하나의 직물, 곧 하나의 텍스트(text)로 보고 그 텍스트가 가지고 있는 상관성을 연구대상으로 하는 것이다.

그러면 작가와 독자의 관계는 어떻게 생각해야 좋은가? 앞서 말한 바와 같이 작가와 독자가 동시에 존재하는 공간은 우선 없다. 작가는 작품을 다 쓰면 그 작품과는 별도의 존재가 되고 작품의 기호해독은 독자에게 위임되고 작가자신 역시 한 사람의 독자가 되어버린다. 독자는 필연적으로 작품의 창작이 끝나고 나서 나타나는 존재이다. 그 때문에 작가와 독자가 직접 마주치는 일은 없다. 단지 독자가 작품의 기호를 해독하는 과정에서 작가의 흔적을 발견할 수 있을 뿐이다. 이와 같이 문자를 음성언어의 한 변형으로 간주하고 문학 현상을 '구조'로 다루는 것은 작자가 독자에게 음성언어로 이야기하고 있다는 오해를 초래한다. 문자언어를 음성언어로 작품의 시각기호를 청각기호에 바꿔 놓을 이유는 어디에도 없다.

---

235) 『行為としての読書 ― 美的作用の理論』, 轡田收訳, (東京, 岩波書店, 1982).

236) '탈구축'(deconstruction)은 데리다의 『목소리와 현상』(1967), 『그라마톨로지』(1967), 『글쓰기와 차이』(1967)를 일관하는 기본개념으로, 종래에 철학에 있어서 신봉되어온 언어의 의미의 일관성이나 완결성에 대해 철저하게 회의적 자세를 갖고 접근한다는 것을 의미한다.

지금까지의 고찰에 의해 실제로 문학현상의 공간에는 기호만으로 구성된 텍스트와 그 해독자인 독자의 주체적 행위만이 존재한다는 것을 알았다. 그러한 이유에서 텍스트 이론이나 수용미학에 있어서는 작품과 독자와의 관계만이 문제가 되었다. 그런데 앞에도 말한 것과 같이 독서에 있어서의 작가에 관한 정보는 분명히 의미작용을 풍부하게 한다. 그렇다면 이러한 작가와 독자의 관련방식을 어떻게 적절하게 설명할 수 있는가? 하는 문제가 남는다. 텍스트론 등으로는 이러한 작가와 독자의 관련방식을 충분히 설명할 수 없다고 생각된다. 그렇다면 더더욱 과연 어떠한 방법에 의해 설명을 할 수 있는 것일까?

작가가 이야기 작품을 다 쓰면 작가의 손을 벗어난 작품은 서적이 되고, 독자에게 전해진다. 독자는 그 서적을 펼쳐서 작품을 텍스트로 놓고 기호를 해독한다. 이것을 하나의 과정으로 생각해도 좋을 것이다. 작가와 독자와의 관계라는 것은 오로지 '과정'이라고 하는 관점에서만 말할 수 있다. 우리는 항상 현재를 살고 있는 '과정적 존재'이기 때문이다. 현재는 과거부터 미래에 이동하는 경계선상에 있기 때문에 과거나 미래와 끊임없이 연결된다. 실제로 우리 인간은 과거 기억의 토대 위에 서서 미래에 대한 기대를 품고 현재와 일상을 살아간다. 오늘이라는 것은 어제의 결과물이며 내일의 전단계이다.

그렇다면 모든 사물을 구조라고 하는 관점에서가 아니고 과정이라고 하는 관점에서 볼 필요가 있는 것이 아닐까? 작가와 독자의 관계뿐만 아니라 이야기의 내용도 과정으로 파악했을 때 작중세계의 시간 변화에 입각해서 플롯을 파악할 수 있을 것이다. 구조가 입체적인 공간의 개념에 근거해서 생긴 3차원적 방법론이라면 과정은 3차원의 공간에 1차원 곧 시간이라고 하는 차원을 더한 4차원적 방법론이다.[237] 따라서 '구조'적 어프로치로부터가 아닌 '과정'이라는 방법론적 입장에 서면 대상의 동태(動態)를 보다 다이내믹하게 파악하는 것이 가능해질 것이다.

　이야기를 보다 깊고 정확하게 이해하기 위해 그리고 문학을 비롯한 모든 문화현상의 본질을 파악하기 위해 지금까지의 서구 구조주의의 방법론적 한계를 넘고 새로운 방법론을 모색해야 할 단계이다. 이야기를 단순히 화자로부터 청자로의 언어전달 혹은 텍스트의 기호에 대한 독자 나름의 수용과 의미작용으로 생각하면 되는 것일까? 독자가 보다 자율적이고 동시에 능동적인 주체가 되어 풍부하고도 생산적인 독서를 가능하게 하기 위해 지금까지의 방법에 얽매이지 않고 문학행위의 구성요소로서의 '작가' '독자'의 개념 자체를 탈구축할 필요가 있다. '작가' '독자'를 하나의 요소로서가 아니고 시간적 차이를 인정한 위에 문학현상의 총체적 프로세스의 일부로서 생각할 필요가 있다고 여겨진다.[238)

　지금까지 앞에서 생각해 온 이야기 장르에 있어서의 시점의 문제는 이 '과정'이라는 관점에서 다시 생각할 필요가 있을 것 같다. 서구 근대의 원근법은 공간을 정지시키고 공간의 요소를 한 점에서 바라본 것으로 구성한다는 점에 특징이 있다. 이것은 실제로는 입체인 세계를 시중심(視中心)의 한 점에서 정리된 평면으로 이해하는 것이며, 3차원의 공간을 2차원적으로 다루는

---

237) 金采洙,「グローバリズム時代の人文科学」, 赤祖父哲二編,『文化のヘテロロジー』, (東京, リベール出版, 1995), p.190. 참조. 한국의 일본문학자이자 문화이론 사상가인 김채수(1949~)에 의해 1990년대에 한국에 처음 등장한 '過程学'(Processology)이라는 문화연구이론은, 대상을 '구조'로서 파악하는 입장을 비판하고 '과정'으로 파악할 것을 주장했다. 그 논지는 사물의 단선적 인과관계를 따지는 19세기의 역사주의와 구성요소의 공간적 배치를 중시하여 그 기능적 상호관계를 탐구하는 20세기의 구조주의를 모두 극복해야할 패러다임으로 보고 있다. '과정'이란 그야말로 '역사'와 '구조'의 방법론적 결합을 보완하여 양자를 포괄하는 새 패러다임의 용어로 제시되고 있다. 이 책에서의 사용하는 '과정' 또는 '프로세스'라는 용어는 이 움직임에서 시사 받은 것임을 밝혀둔다.

238) 공간구조뿐만 아니라 시간을 고려에 넣은 '과정'에 주목할 것을 주장하는 '과정학'은 인간의 역사나 문화현상의 연구도 자연현상으로부터 떼려야 뗄 수 없는 것이고 지구가 우주공간을 이동해가는 변화 속에서 생겨난 전체적 '과정의 산물'로 파악한다. 이러한 문화연구의 입장은 어떤 의미에서 1980년대이후의 '신역사주의'(New Historicism)나 '복잡계이론'(Caotic Theory) 등의 '전관'(全觀, total view)을 특징으로 하는 방법론적 경향과 궤를 같이 한다고 할 수 있을 것이다.

것에 다름 아니다. 마치 이야기 자체의 작중세계 또는 작가와 독자의 기호 전달의 과정이 하나의 구조체로서 다루어지고 있는 것과 대단히 유사한 현상이라고 할 수 있다. 그림의 경우 3차원의 공간을 2차원으로, 이야기의 경우는 4차원의 시공간을 3차원의 세계로, 각각 한 차원씩 내려서 생각하고 있는 것이다. 여기에는 실체를 있는 그대로의 상태가 아니고 될 수 있는 한 단순화하여 이해하기 쉽게 하려는 의도가 반영된 것일지도 모른다. 그러나 이것은 동전의 양면처럼 대상에 대한 일종의 지배력이 작용한 결과이기도 한 것이다.

이렇게 보면 세계의 질서화라고 하는 수준에서는 근대원근법도 구조주의도 사물을 단순화한다는 면에서 공통점이 있다. 그림의 기법으로서의 근대원근법이나 이야기의 연구방법으로서의 구조주의적 방법은 모두 실제의 사물보다 한 차원 낮춘 도식화를 적용하고 있지만 이는 어떤 특정한 중심을 설정해 놓은 질서화의 결과라는 것을 알 수 있다. 그 중심이란 어느 한 점에 수렴하는 단일한 것으로 그림에 있어서는 세계의 관찰자이며 이야기에 있어서는 시점이다.

근대소설은 특정한 중심을 설정해서 작중세계를 파악한다는 면에서 그야말로 공간을 기반으로 한 구조적 발상과 결부되어 있다. 이에 대해 일본 중세의 이야기나 렌쿠 등과 같은 장르에서는 다양한 각도로부터 작중세계가 포착되고 있어서 특정한 시점을 하나의 중심으로 수렴할 필요가 없다. 진정한 의미의 '탈중심적' 시점의 이야기일 수 있다. 이것이야말로 인생이나 자연을 그대로 반영한 이야기의 흐름과 변화하는 모습을 본래 모습에 가장 가깝게 보여주는 양식일 수가 있지 않을까?

한편 소세키의 『마음』과 『꿈 열흘 밤』은 화자와 시점인물과 주인공을 일인칭으로 통합한 형태의 작품이지만 그렇다고 해도 시점은 철저하게 '중심화'되지 않고 이야기의 시공간과 작중세계의 사이를 항상 왕복 운동하고 있다. 그렇기 때문에 이 두 작품은 오히려 재미있게 읽혀질 수 있는 것이 아니었을까? 오히려 철저한 시점의 중심화·고정화야말로 사실상 있을 수도 없지만 이야기가 이야기로서 성립되기 위해서라도 작중세계에 대한 다양한 각도로부터의 파악이 필요하다. '중심화'된 것처럼 보이면서도 어느 사이에 그 중심에서 벗어나고 살짝 비켜간 듯 어긋나게 세계를 파악하는 묘미, 이것이야말로 이야기가 가진 진정한 매력이 아닐까? 이야기는 그리 간단히 공간화될 수 있는 것이 아니다. 이야기 본래의 존재방식은 시간에 따라 물처럼 흐르는 그러한 것이 아닐까? 그 때문에 동서고금을 막론하고 인간이 만들어낸 이야기 자체를 '과정의 예술'이라고 할 수 있을지도 모른다.

우리 인간은 유아기 때부터 기본적인 언어능력과 함께 기본적인 이야기 능력을 갖추고 있다. 이야기가 끝났는지 아닌지를 식별하는 능력, 그리고 관계가 없어 보이는 두 사건을 연결시켜서 플롯을 만드는 능력 등이다. 생각해 보면 우리는 흔히 우리가 처한 상황을 '이야기'로 이해한다. 예를 들면 시계 바늘 소리가 그러하다. 1초간 두 번의 소리를 내면서 돌고 있는 시계의 초침 소리에 대해 하나는 '똑'으로 또 하나는 '딱'으로 인식하여 이 둘을 하나의 단위로 받아들인다. 사실 '똑'이나 '딱'이나 물리적 음향으로는 거의 동일한 것일 텐데도 우리의 뇌는 이렇게 다른 것으로 취급한다. '똑'으로 시작하고 '딱'으로 끝나는 하나의 세트, 즉 '똑'은 앞의 것 '딱'은 뒤의 것으로 표현하고 스스로 '이야기를 구성'하는 것이다. 이렇게 자연의 물리현상에 형식을 부여하고 인간화된 형태로 이해함으로써 비로소 의미 있는 이야기가 만들어진다.[239]

이와 같이 우리는 자신을 둘러싼 환경을 어떤 이야기의 배경이나 소도구로서 또 일상의 사건을 인과관계를 지닌 이야기의 플롯처럼 인식하고 있다. 소설을 읽으면서 곧바로 주인공과 나 자신을 동일시하듯 나의 인생 자체가 하나의 '이야기'이며 나는 그 이야기의 '주인공'이라고 생각하는 것에 매우 익숙한데 이것은 지극히 자연스러운 일일 것이다. 적어도 나 자신의 인생을

---

239) Jonathan Culler, *Literary Theory: A Very Short Introduction*, (New York: Oxford, 1997), pp.83-85. 참조.

시간의 연쇄로서 기억하고 있는 이상 실제의 인생과 소설은 둘 다 머릿속에서 구성된 이야기로서 별반 차이가 없는 유사한 성질의 것이다.

이야기를 쓰거나 읽거나 하는 행위는 이러한 이야기 능력(많은 부분을 상상력에 의존하겠지만)이 있기 때문에 가능하다. 이 능력은 또 이야기 속에 이야기를 합리화하고 정교하게 하는 다양한 장치를 만들기도 한다. 그 가운데에서도 '시점'이라는 것을 통해 작가와 독자는 다양한 각도에서 좀 더 설득력 있는 이야기의 작중세계를 접한다. 정도의 차이는 있을지언정 어떠한 이야기에도 어떠한 형태로든 시점이 내재되어 있다.

본다고 하는 인간의 주체적 행위는 동물의 단계에서부터 무엇인가의 필요성에 의해 감각으로서 갖추게 된 것이다. 시각은 의식의 중요한 부분과 관련되어 어떤 구체적인 대상에 대해 하나의 입장을 형성하고 그 입장으로부터 특정한 사태에 대한 반응의 방법을 결정하게 된다. 우리가 뭔가를 볼 때에는 어떤 본능적 혹은 문화적 이유가 있어서, 반드시 그 특정한 지점에서 보는 것이다. 아니 오히려 언제나 특정한 지점에서 볼 수밖에 없는 것이다. 누군가가 뭔가를 말했다면 거기에는 반드시 그의 관심이나 욕망이나 입장 등 의식의 제반 조건이 반영되기 마련이다. 그것이 '시점'이다. 따라서 시점이 없는 이야기는 존재하지 않으며, 이야기는 시점 그 자체의 표현이기도 하다.

프랑스어의 savoir(알다), avoir(소유하다), voir(보다)의 관계를 놓고 흔히 지적되고 있듯이, 서구문화권에서 보는 행위는 단순한 시각행위에 그치지 않고 그것이 소유나 지식과도 연결된다는 것을 함의한다. 어떤 대상에 접근하는 방법으로서 서구근대의 원근법과 그것에 필연적으로 수반된 프레임은 시각에 의한 매우 강고한 위치 부여의 제도화이다. 그것은 세계를 물질화하고 시각을 통해서 세계를 정합적으로 이해하려는 것이다.

외부를 객관적으로 모사하고자 하는 서구근대의 원근법적 시각은 세상의 한 지점에 있어야 할 인간의 시각을 세상 밖에다 끌어 놓음으로써 그저 보는 사람으로서의 자신을 위치를 부여한다. 자신이 포함된 세계를 대상화하여 자신을 제외하고 밖에서 들여다보는 이 원근법적인 눈은 마침내 세계를 소유한다는 의식에까지 연결된다. 원근법에 의해 세계를 미니어처화하고 액자 속에 가두고 소유하고 싶다는 근대 특유의 눈에 의한 욕망이 생기는 것이다. 이 원근법적인 의식은 드디어 권력구조의 기반과 동화하고 지배의 도구가 되고 소유와 비소유를 억지로 결부시키고 서양식민지주의의 선봉적 역할을 다하게 된다.[240]

여기에서 주의할 것은 다음 문제이다. 원근법적으로 중심화된 한 점은 물론 세계를 이해하고 파악하기 위한 가장 적합한 위치일지도 모른다. 그러나 보통 '정상적인 시각(視覺)'이라고 부르고 있는 것은 그것 자체가 하나의 선발된 특수한 시각인데, 세계 자체는 우리가 생각하는 이상으로 유동적이고 풍요로운 모습을 하고 있다.

지금까지의 시점연구는 시점이 창작 기법으로서 인식된 이후의 근대소설을 그 주요 연구 대상으로 해 왔다. 그러나 시점이란 이야기 장르에 있어서 서술을 가능하게 하는 기본적인 요소이다. 따라서 근대 이전의 모든 이야기 장르의 텍스트에 대해서도 시점을 설명할 수 있어야 하는 것이 당연하다. 오히려 대부분의 근대소설에서 보이는 획일화된 원근법적 시점에서는 찾을 수 없는 다양하고 풍부한 시점의 존재방식을 발견할 수 있다. 제2, 제3, 제4장에서 확인했듯이 근대소설의 〈중심적 시점〉에 대하여 전근대의 소설로부터는 〈초월적 시점〉〈중층적 시점〉 등이 보인다.

근대소설의 시점은 근대의 선원근법적 사고가 문학에 그대로 반영된 것이다. 시점의 문제가 과연 화자나 특정한 작중인물의 위치에 하나의 점으로 '중심화'될 수 있는 것일까? 필자는 이 책을 통해서 시점 자체에 대한 이론적

---

240) 같은 책, pp.92-93. 참조.

고찰 및 실제 이야기 텍스트의 분석을 통해서 오랜 역사를 가진 일본의 이야기 문학의 다양한 시점과 그 존재방식을 확인했다.

　이야기는 원래부터 그 나름의 내용과 전달 구조를 가지고 있겠지만 이야기의 본질에 근접하기 위해서는 그것들과 함께 시간 축에 따른 이야기의 과정을 고려해야 하다. 이야기는 결국 끊임없이 변화되는 우주 안에서 쉬지 않고 움직이는 지구상의 사건 표상이기 때문이다. 그리고 이러한 시점연구가 일본의 이야기 텍스트 이외에도, 전세계 다양한 민족과 지역의 이야기 텍스트에 대한 이해를 깊게 하는 첫걸음이 될 수 있을 것이다.

　시점이란 과연 무엇인가? 이 이야기에는 어떤 시점이 내재하고 있는가? 하는 질문을 던지는 것은 인간이 발신하는 모든 담화나 텍스트 분석에 적용 가능하다. 메시지가 무엇인가? 발화자나 작가의 의도가 무엇인가? 하는 것을 가능한 한 정확하게 파악하고 가급적이면 풍부하게 이해하고자 하는 노력의 일환이다. 또 이러한 것은 우리들 자신의 인생뿐만 아니라 다른 사람의 입장을 보다 잘 이해하는 것이 되기도 한다. 시점연구를 비롯해 이야기 텍스트의 서술 양식을 연구하는 궁극적인 목적은 텍스트에 관한 보다 정확한 이해를 통해 타자(他者)의 생각을 받아들이고 보다 풍부한 해석을 만들어 내어 인생의 다양한 측면을 보다 깊이 보다 아름답게 맛보는 것에 있다고 할 수 있을 것이다.

에필로그

이 책의 내용은 필자가 1994년부터 2000년까지의 6년간 도쿄대학 대학원 총합문화연구과에서 유학하고 2000년도 9월에 수여받은 박사학위의 청구논문이었다. 유학을 마치고 귀국한 후 여러 기회를 통해 소논문의 형태로 나누어 발표를 해오다가 이번에 전체를 하나의 책으로 다듬어 내놓게 된 것이다. 박사논문의 집필 과정, 그리고 17년간의 간헐적인 수정보완을 거쳐 빛을 보게 된 이 책이 세상에 존재하기까지 필자는 너무나 많은 분들의 도움을 받았다.

일본에서의 유학 중 필자가 속한 고마바 캠퍼스 소재 총합문화연구과의 비교문학 비교문화코스 선생님들과 인접한 표상문화론코스 및 언어정보과학전공과 지역문화연구전공의 선생님들, 그리고 혼고 캠퍼스의 일본문화연구전공의 여러 선생님들로부터의 가르침을 받았다. 이미 작고하셨지만 지도교수 오사와 요시히로(大澤吉博) 선생님을 비롯하여 가와모토 고지(川本浩嗣) 선생님, 고노시 다카미쓰(神野志隆光) 선생님, 미스미 요이치(三角洋一) 선생님, 사이토 요시후미(斎藤兆史) 선생님, 후지이 사다카즈(藤井貞和) 선생님, 고모리 요이치(小森陽一) 선생님, 안도 히로시(安藤宏) 선생님을 비롯한 많은 선생님들의 도움을 받았다.

논문을 마무리해가던 1999년 12월 31일 밤에는 창 밖에서 새로운 천년 기를 맞이하여 여러 나라 출신의 유학생들이 외치는 제야의 카운트다운 소리가 시끄럽게 들리는데도 화면을 보면서 자판을 두드리던 기억이 난다. 완성하던 날 논문의 결론 마지막 부분에 피리어드를 찍고 부스스 일어나 거울을 보곤 깜짝 놀랐다. 평소의 필자와 조금 비슷하게 생긴 낯선 아저씨가 서 있었다. 이로써 젊은 날은 세월 속으로 사라져 버렸다. 필자에게 박사논문은 한마디로 젊은 날을 마무리하는 졸업논문이었다.

이렇게 청춘과 맞바꾼 박사논문은 반년 후 공개심사에서 통과되고 그저 몇 개의 오자만 수정하여 인쇄에 맡기고는 늘 조만간 손을 봐서 출판해야지 생각만 한 채 17년의 세월이 화살같이 흘렀다. 중간에 10년이 다 되어갈 무렵 심사위원 중의 한 분으로부터 "학문도 유통기한이 있으니 더 지체 말고 출판을 하라"는 말씀을 들었다. 그러나 공적인 혹은 사적인 여러 가지 사정으로 말미암아 시간만 흐르고 있었다. 그러다가 2017년 필자가 몸담고 있는 대학에서 저서출판을 위한 교비지원 제도가 새롭게 생겨서 이 책은 그 지원을 받아 세상의 빛을 보게 되었다. 대단히 고마운 일이다. 게다가 크게 상업적으로 유리하지도 않은 인문학 전문학술서적의 출간을 흔쾌히 결정해 주신 도서출판 역락의 이대현 사장님과 임직원 여러분께 심심한 감사를 드린다.

오래된 원고를 다시 정리하며 수정 보완을 하다 보니 잊고 있었던 유학 당시의 많은 일들이 주마등처럼 지나간다. 수많은 밤들을 날로 새며 이 글들을 구성했구나 생각하니 스스로 대견하기도 하다. 그래도 체력과 집중력으로 버틸 수 있었던 그때는 몸도 마음도 지금보다 젊었고 이제는 그 시절이 그립기만 하다. 학위논문이라는 것은 대개가 시간에 쫓겨서 나오는 경우가 많아 읽다보면 글 속에 어떤 기(氣)가 응축되어있음을 느낄 수 있다. 필자의 경우도 그랬다. 그것을 다시 펴서 누구나 읽기 편한 글로 다듬고자 했지만 과연 잘 고쳐졌는지에 대해 크게 자신이 없다. 특히 자신이 외국어로 쓴 것을 스스로 번역하는 일은 자꾸만 원문에서 벗어나고 싶어져서 쉽지 않은 일이었다. 무엇보다도 예전만큼 집중력과 체력이 버텨주질 못하니 생각보다 시간이 더 많이 들고 힘도 들었다. 그래도 끝까지 해낼 수 있었던 것은 지난 날 필자가 사랑하고 존경했던 모든 이들에 대한 추억과 지금 필자가 사랑하는 모든 사람들의 기대가 필자의 마음속에 있기 때문에 가능했다. 그 모든 분들께 이 책을 바친다.

2017년 12월

필자 박 진 수

참고문헌

일본어 문헌(가나순)

〈작품·텍스트〉(굵은 글씨는 본문인용 텍스트, 보통 글씨는 참고)

阿部秋生, 秋山虔, 今井源衛, 鈴木日出男 校注・訳, 『源氏物語①~⑥』新編日本古典文学全集
　　　　20~25, (東京, 小学館, 1994~98)

市古貞次校注・訳, 『平家物語①~②』新編日本古典文学全集45, 46, (東京, 小学館, 1994)

**井本農一, 堀信夫, 村松友次, 堀切実校注・訳, 『松尾芭蕉集②』新編日本古典文学全集 71, (東
　　　　京, 小学館, 1994)**

片桐洋一, 福井貞助, 高橋正治, 清水好子校注・訳, 『竹取物語 伊勢物語 大和物語 平中物語』新
　　　　編日本古典文学全集12, (東京, 小学館, 1994)

小島憲之ほか校注・訳, 『日本書紀①~③』新編日本古典文学全集2~4, (東京, 小学館, 1994)

逍遥協会編, 『逍遥選集 別冊第四』, (東京, 第一書房, 1977)

白石悌三, 上野洋三校注, 『芭蕉七部集』新日本古典文学大系70, (東京, 岩波書店, 1990)

玉井敬之, 鳥井正晴, 木村功, 『夏目漱石集「心」』, (大阪, 和泉書院, 1991)

田山録弥, 『定本花袋全集 第一巻』, 定本花袋全集刊行会編, (東京, 臨川書店, 1993)

夏目金之助, 『漱石全集 第九巻』, (東京, 岩波書店, 1994)

夏目金之助, 『漱石全集 第十二巻』, (東京, 岩波書店, 1994)

二葉亭四迷, 『二葉亭四迷全集 第一巻』, (東京, 筑摩書房, 1984)

二葉亭四迷, 『二葉亭四迷全集 第四巻』, (東京, 筑摩書房, 1985)

堀内秀晃, 秋山虔校注, 『竹取物語 伊勢物語』新日本古典文学大系17, (東京, 岩波書店, 1997)

柳井滋, 室伏信助, 大朝雄二, 鈴木日出男, 藤井貞和, 今西祐一郎校注, 『源氏物語 一~五』新日
　　　　本古典文学大系13~17, (東京, 岩波書店, 1993)

山口佳紀, 神野志隆光校注・訳 『古事記』新編日本古典文学全集1(東京, 小学館, 1997)

〈단행본〉

青柳悦子, 『デリダで読む『千夜一夜』文学と範例性』, (東京, 新曜社, 2009)

赤間啓之, 『ラカンもしくは小説の視線』, (東京, 弘文堂, 1988)

秋山公男, 『漱石文学考説 初期作品の豊饒性』, (東京, 桜楓社, 1994)

秋山公男, 『漱石文学論究 中期作品の小説作法』, (東京, 桜楓社, 1997)

秋山虔編, 『源氏物語事典』, (東京, 學燈社, 1989)

秋山虔編, 『新・源氏物語必携』, (東京, 學燈社, 1997)

秋山正幸, 『ヘンリー・ジェイムズの世界 アメリカ・ヨーロッパ・東洋』, (東京, 南雲堂, 1996)

浅田隆, 『漱石 作品の誕生』, (東京, 世界思想社, 1995)

芦原和子, 『ヘンリー・ジェイムズ素描』, (東京, 北星堂書店, 1995)

荒木正純, 『ホモ・テキスチュアリス 二十世紀欧米文学批評理論の系譜』, (東京, 法政大学出版局, 1997)

アリストテレス, 『世界古典文学全集⑯ アリストテレス』, (東京, 筑摩書房, 1982)

安東次男, 『連句入門 蕉風俳諧の構造』, (東京, 講談社, 1992)

安藤宏, 『自意識の昭和文学 現象としての「私」』, (東京, 至文堂, 1994)

飯田祐子『彼らの物語 日本近代文学とジェンダー』, (名古屋, 名古屋大学出版会, 1998)

井口時男, 徃住彰文, 岩山真『文学を科学する』, (東京, 朝倉書店, 1996)

テリー イーグルトン, 『アフター・セオリー――ポスト・モダニズムを超えて』, 小林章夫訳, (東京, 筑摩書房, 2005)

テリー イーグルトン, 『詩をどう読むか』, 川本皓嗣訳, (東京, 岩波書店, 2011)

W. イーザー『行為としての読書』, 轡田収訳, (東京, 岩波書店, 1998)

池上嘉彦, 『詩学と文化記号論』, (東京, 講談社, 1993)

池上嘉彦, 『「日本語論」への招待』, (東京, 講談社, 2000)

石井正巳, 『絵と語りから物語を読む』, (東京, 大修館書店, 1997)

石原千秋ほか, 『読むための理論 文学……思想……批評』, (東京, 世織書房, 1991)

石原千秋, 『反転する漱石』, (東京, 青土社, 1997)

石原千秋, 『漱石の記号学』, (東京, 講談社, 1999)

石原千秋, 『読者はどこにいるのか――書物の中の私たち』, (東京, 河出書房新社, 2009)

伊豆利彦, 『夏目漱石』, (東京, 新日本出版社, 1990)

糸井通浩, 高橋亨『物語の方法』, (東京, 世界思想社, 1992)

伊東俊太郎, 『文明の誕生』, (東京, 講談社, 1988)

乾裕幸, 白石悌三『連句への招待』, (東京, 和泉書院, 1989)

今井卓爾, 『物語文学史の研究 源氏物語』, (東京, 早稲田大学出版部, 1976)

イ ヨンスク, 『「国語」という思想 近代日本の言語意識』, (東京, 岩波書店, 1996)

上田博, 瀧本和成 編, 『明治文学史』, (東京, 晃洋書房, 1998)

B. L. ウォーフ, 『言語・思考・現実』, (東京, 講談社, 1993)

ボリス ウスペンスキー, 『イコンの記号学』, 北岡誠司 訳, (東京, 新時代社, 1983)

ボリス ウスペンスキイ, 『構成の詩学』, 川崎浹, 大石雅彦 訳, (東京, 法政大学出版局, 1986)

内田樹, 『街場の文体論』, (東京, ミシマ社, 2012)

内田道雄, 『夏目漱石 『明暗』まで』(東京, おうふう, 1998)

内田道雄編, 『論集 文学のこころとことば』, (東京, 『論集 文学のこころとことば』刊行会(発売元：七月堂), 1998)

梅本洋一, 『視線と劇場』, (東京, 弘文堂, 1987)

ウンベルト・エコ, 『テクストの概念 記号論・意味論・テクスト論への序説』, 谷口勇訳, (東京, 而立書房, 1993)

ウンベルト・エコ, 『エコーの文学講義 小説の森散策』, 和田忠彦訳, (東京, 岩波書店, 1996)

大浦康介編, 『文学をいかに語るか 方法論とトポス』, (東京, 新曜社, 1996)

大澤真幸ほか, 『知の社会学／言語の社会学』, 岩波講座 現代社会学 第5巻, (東京, 岩波書店, 1996)

大澤吉博, 『ナショナリズムの明暗』, (東京, 東京大学出版会, 1982)

大澤吉博編, 『テクストの発見』, (東京, 中央公論社, 1994)

大島尚, 『認知科学』, (東京, 新曜社, 1986)

J. L. オースティン, 『言語と行為』, 坂本百大訳, (東京, 大修館書店, 1978)

大林信治・山中浩司, 『視覚と近代 観察空間の形成と変容』, (名古屋, 名古屋大学出版会, 1999)

小判繁樹, 『小説の視点構造』, 岡山県科学紀要第16号抜刷(岡山, 岡山県科学協会)

尾形仂, 『芭蕉必携』, (東京, 學燈社, 1993)

小倉脩三, 『夏目漱石 ウィリアム・ジェームズ受容の周辺』, (東京, 有精堂, 1989)

W. V. オコナー編, 『現代小説のすがた』, 谷口陸男ほか訳, (東京, 南雲堂, 1961)

パトリック オニール, 『言説のフィクション』, 遠藤健一監訳, 小野寺進, 高橋了治 訳, (東京, 松柏社, 2001)

尾崎知光, 『近代文章の黎明』, (東京, 桜楓社, 1967)

小田亮, 『性』, 一語の辞典, (東京, 三省堂, 1996)

梶野啓, 『複雑系とオートポイエシスにみる文学構想力 一般様式理論』, (東京, 海鳴社, 1997)

加藤周一, 『日本文学史序説 上・下』, (東京, 筑摩書房, 1975~80)

加藤周一・前田愛編, 『文体』日本近代思想大系16, (東京, 岩波書店, 1989)

加藤周一・丸山真男編,『翻訳の思想』,日本近代思想大系15,(東京,岩波書店,1991)

亀井秀雄,『感性の変革』,(東京,講談社,1983)

金井景子,金子明雄,紅野謙介,小森陽一,島村輝 編,『文学がもっと面白くなる』近代日本文
　　学を読み解く33の扉,(東京,ダイヤモンド社,1998)

鹿野政直,『近代日本思想案内』,(東京,岩波書店,1999)

ジョナサン カラー,『文学と文学理論』,折島正司訳,(東京,岩波書店,2011)

柄谷行人,『日本近代文学の起源』,(東京,講談社,1988)

柄谷行人,『反文学論』,(東京,講談社,1991)

柄谷行人,『近代日本の批評 明治・大正篇』,(東京,福武書店,1992)

柄谷行人,『漱石論集成』,(東京,第三文明社,1992)

柄谷行人,『言葉と悲劇』,(東京,講談社,1993)

チャールズ ガラード,『ジョン・ファウルズの小説と映画―小説と映画の視点』,江藤茂博
　　訳,(東京,松柏社,2002)

川本皓嗣,『日本詩歌の伝統 七と五の詩学』,(東京,岩波書店,1991)

川本皓嗣,小林康夫編『文学の方法』,(東京,東京大学出版会,1996)

川本皓嗣,『アメリカの詩を読む』,(東京,岩波書店,1998)

姜尚中,『オリエンタリズムの彼方へ 近代文化批判』,(東京,岩波書店,1996)

菅野圭昭,『文学の表現分析と作者の認識 宮沢賢治の表現世界』,(東京,教育出版センター,
　　1989)

岸文和,『江戸の遠近法 浮世絵の視覚』,(東京,勁草書房,1994)

木田元,『現代の哲学』,(東京,講談社,1991)

木下善貞,『英国小説の「語り」の構造』,(東京,開文社,1997)

木村直人,『漱石異説『こゝろ』反証』,(東京,武蔵野書房,1995)

木村洋二,『視線と「私」鏡像のネットワークとしての社会』,(東京,弘文堂,1995)

ロバート キャンベル 編,『読むことの力』,(東京,講談社,2004)

ドナルド キーン,『日本文学の歴史』全18巻,徳岡孝雄訳,(東京,中央公論社,1994~98)

近代作家用語研究会,教育技術研究所編,『作家用語索引 夏目漱石 第二巻 坊っちゃん』,(東京,
　　教育社,1984)

工藤庸子,『小説というオブリガード ミラン・クンデラを読む』,(東京,東京大学出版会,
　　1996)

工藤庸子,『恋愛小説のレトリック『ボヴァリー夫人』を読む』,(東京,東京大学出版会,1998)

久野すすむ,『談話の文法』,(東京,大修館書店,1978)

G. クラーク,『空間,時間,そして人類 時空認識の人類史』,服部研二訳(東京,法政大学出版

局, 1995)

ジョナサン クレーリー, 『観察者の系譜 視覚空間の変容とモダニティ』, 遠藤知巳訳, 叢書 近代を測量する1, (東京, 十月社, 1997)

乾裕幸, 白石悌三, 『連句への招待』, (東京, 和泉書院, 1989)

神野志隆光, 『古事記の達成』, (東京, 東京大学出版会, 1983)

神野志隆光, 『古事記 天皇の世界の物語』, (東京, 日本放送出版協会, 1995)

ヘルマン ゴチェフスキ 編, 『知の遠近法(Perspectiva)』東大駒場連続講義, (東京, 講談社, 2007)

小西甚一, 『日本文芸の詩学 分析批評の試みとして』, (東京, みすず書房, 1998)

小林秀雄, 『小林秀雄全集』第八巻, (東京, 新潮社, 1967)

小林英雄, 『一般言語学講義』, (東京, 岩波書店, 1965)

小森陽一, 『構造としての語り』, (東京, 新曜社, 1988)

小森陽一, 『文体としての物語』, (東京, 筑摩書房, 1988)

小森陽一, 『緑の物語 『吉野葛』のレトリック』, ドナルド・キーン, 中西進, 芳賀徹 編,叢 刊・日本の文学22, (東京, 新典社, 1992)

小森陽一, 中村三春, 宮川健郎 編, 『総力討論 漱石の『こゝろ』』, (東京, 翰林書房, 1994)

小森陽一, 石原千秋 編『漱石研究』第6号, 『こゝろ』特集, (東京, 翰林書房1996)

小森陽一, 紅野謙介, 高橋修 編, 『メディア・表象・イデオロギー 明治三十年代の文化研究』, (東京, 小沢書店, 1997)

小森陽一, 『〈ゆらぎ〉の日本文学』, (東京, 日本放送出版協会, 1998)

小森陽一, 高橋哲哉, 『ナショナル・ヒストリーを超えて』, (東京, 東京大学出版会, 1998)

小森陽一, 『世紀末の預言者・夏目漱石』, (東京, 講談社, 1999)

小森陽一, 『ポストコロニアル』, (東京, 岩波書店, 2001)

小森陽一, 富山太佳夫, 沼野充義, 兵藤裕己, 松浦寿輝 編, 『物語から小説へ』岩波講座 文学 3, (東京, 岩波書店, 2002)

小森陽一, 富山太佳夫, 沼野充義, 兵藤裕己, 松浦寿輝 編, 『フィクションか歴史か』岩波講座 文学 9, (東京, 岩波書店, 2002)

小森陽一, 富山太佳夫, 沼野充義, 兵藤裕己, 松浦寿輝 編, 『文学理論』岩波講座 文学 別巻, (東 京, 岩波書店, 2004)

小森陽一, 『漱石論─21世紀を生き抜くために』, (東京, 岩波書店, 2010)

小谷野敦, 『夏目漱石を江戸から読む 新しい女と古い男』, (東京, 中央公論社, 1995)

小山清夫, 『遠近法 絵画の奥行きを読む』, (東京, 朝日新聞社, 1998)

小山慶太, 『漱石が見た物理学 首縊りの力学から相対性理論まで』, (東京, 中央公論社, 1991)

小山慶太, 『星はまたたき 物語は始まる』, (東京, 春秋社, 2009)

近藤耕人,『眼と言葉』,(東京, 創樹社, 1995)

レオン サーメリアン,『小説の技法 視点・物語・文体』, 西前孝訳,(東京, 旺史社, 1989)

ジョン R・サール,『言語行為』,(東京, 勁草書房, 1986)

西郷竹彦,『西郷竹彦文芸教育著作集 第17巻 文芸学講座(Ⅰ) 視点・形象・構造』,(東京, 明治図書出版株式会社, 1975)

西郷信綱,『古事記研究』,(東京, 未来社, 1973)

西郷信綱,『日本古代文学史』,(東京, 岩波書店, 1996)

齋藤晃編,『テクストと人文学 知の土台を解剖する』,(東京, 人文書院, 2009)

佐伯胖, 藤田英典, 佐藤学 編,『言葉という絆』,(東京, 東京大学出版会, 1995)シリーズ「学びと文化」2

榊敦子,『行為としての小説 ナラトロジーを超えて』,(東京, 新曜社, 1996)

坂部恵,『かたり』,(東京, 弘文堂, 1990)

佐々木正人,『からだ：認識の原点』認知科学選書15,(東京, 東京大学出版会, 1987)

笹淵友一編,『物語と小説 平安朝から近代まで』,(東京, 明治書院, 1984)

笹淵友一,『夏目漱石―「夢十夜」論ほか』,(東京, 明治書院, 1986)

佐藤忠良,『遠近法の精神史 人間の目は空間をどうとらえてきたか』,(東京, 平凡社, 1992)

佐藤康邦,『絵画空間の哲学 思想史の中の遠近法』,(東京, 三元社, 1992)

佐藤泰正,『これが漱石だ』,(東京, 櫻の森通信社, 2010)

澤田治美,『視点と主観性 日英語助動詞の分析』,(東京, ひつじ書房, 1993)

ヘンリー ジェイムズ,『ヘンリー・ジェイムズ作品集』全8巻, 工藤好美監修, 行方昭夫編,(東京, 国書刊行会, 1983~4)

しかたしん,『文学と演劇の間 語りの世界が砕くもの』,(名古屋, 愛知書房, 1998)

篠田浩一郎『竹取と浮雲 説話はいかに書かれるか』,(東京, 集英社, 1981)

清水道子『テクスト・語り・プロット チェホーフの短編小説の詩学』,(東京, ひつじ書房, 1994)

清水好子,『源氏物語論』,(東京, 塙書房, 1966)

清水好子,『源氏物語の文体と方法』,(東京, 東京大学出版会, 1980)

フランソワ・ジャコブ,『可能世界と現実世界 進化論をめぐって』, 田村俊秀, 安田純一訳,(東京, みすず書房, 1994)

F. シュタンシェル,『物語の構造』前田彰一訳(東京, 岩波書店, 1989)

ジェラール ジュネット,『物語のディスクール 方法論の試み』, 花輪光・和泉涼一 訳,(東京, 水声社, 1985)

ジェラール ジュネット,『物語の詩学 続・物語のディスクール』和泉涼一・神郡悦子 訳,

（東京，書肆風の薔薇，1985）

ジェラール ジュネット，『フィクションとディクション』，和泉涼一，尾河直哉 訳，（東京，
　　　水声社，2004）

ハルオ シラネ，鈴木登美『創造された古典 カノン形成国民国家日本文学』，（東京，新曜社，
　　　1999）

絓秀実，『日本近代文学の〈誕生〉言文一致運動とナショナリズム』，（東京，太田出版，1995）

菅原克也，『小説のしくみ 近代文学の「語り」と物語分析』，（東京，集英社，2016）

鈴木貞美，『日本の「文学」概念』，（東京，作品社，1998）

鈴木日出男，『源氏物語の文章表現』，（東京，至文堂，1997）

鈴木日出男，『源氏物語への道』，（東京，小学館，1998）

鈴木日出男，『源氏物語 ハンドブック』，（東京，三省堂，1998）

ジョージ スタイナー，『バベルの後に 上 言語と翻訳の諸相』，（東京，法政大学出版局，
　　　1999）

荘周，『荘子』第一冊，金谷治訳注，（東京，岩波書店，1971）

高橋亨，『源氏物語の対位法』，（東京，東京大学出版会，1982）

高橋亨，久保朝孝編，『新講 源氏物語を学ぶ人のために』，（東京，世界思想社，1995）

高城修三，『小説の方法』，（東京，昭和堂，1998）

高橋文二，『源氏物語の時空と想像力』，（東京，翰林書房，1999）

田窪行則編，『視点と言語行動』，（東京，くろしお出版，1997）

竹内泰宏，『視点と非存在』，（東京，現代思潮社，1962）

立川健二，山田広昭『現代言語論 ソシュール フロイト ウィトゲンシュタイン』，（東京，新
　　　曜社，1990）

田中克彦，『言語の思想 国家と民族のことば』，（東京，日本放送出版協会，1975）

田中克己，『白楽天』漢詩大系 第十二巻，（東京，集英社，1964）

田中邦夫，『二葉亭四迷「浮雲」の成立』大阪経済大学研究叢書第32冊，（東京，双文社，1998）

田中実，『小説の力 新しい作品論のために』，（東京，大修館出版，1997，初版は1996）

玉井敬之，藤井淑禎編，『こゝろ』漱石作品論集成 第十巻，（東京，おうふう，1991）

玉上琢弥，『源氏物語研究』『源氏物語評釈』別巻一，（東京，角川書店，1966）

ロビン ダンバー，『ことばの起源 猿の毛づくろい，人のゴシップ』，松浦俊輔，服部清美訳，
　　　（東京，青土社，1998）

R チャップマン，『言語学と文学の接点』，山本嶺雄訳，（札幌，愛育社，1992）

シーモア チャトマン，『小説と映画の修辞学』，田中秀人訳，（東京，水声社，1998）

辻茂，『遠近法の誕生 ルネサンスの芸術家と科学』，（東京，朝日新聞社，1995）

辻原登, 『東京大学で世界文学を学ぶ』, (東京, 集英社, 2010)

坪内逍遙, 『小説神髄』, (東京, 岩波書店, 1936)

土田知則, 神郡悦子, 伊藤直哉, 『現代文学理論 テクスト・読み・世界』, (東京, 新曜社, 1996)

ジャック・デリダ, 『根源の彼方に グラマトロジーについて(上)』, 足立和浩訳, (東京, 現代
　　　思想社, 1985)

ジャック・デリダ, 『視線の権利』鈴村和成訳, (東京, 哲学書房, 1988)

時枝誠記, 『国語学への道』博士著作選Ⅱ, (東京, 明治書院, 1976)

時枝誠記, 『文章研究序説』博士著作選Ⅲ, (東京, 明治書院, 1977)

時枝誠記, 『日本文法 口語篇』岩波全書114, (東京, 岩波書店, 1950)

東京大学教養学部国文・漢文学部会編, 『古典日本語の世界—漢字がつくる日本』, (東京, 東京
　　　大学出版会, 2007)

東京大学教養学部国文・漢文学部会編, 『古典日本語の世界[二]—文学とことばのダイナミッ
　　　クス』, (東京, 東京大学出版会, 2011)

T・トドロフ, 『小説の記号学』, 菅野昭正, 保苅瑞穂訳, (東京, 大修館書店, 1974)

外山滋比古, 『近代読者論』, (東京, みすず書房, 1969)

鳥井正晴, 藤井淑禎, 『漾虚集・夢十夜』漱石作品論集成 第四巻, (東京, 桜風社, 1991)

中村光夫, 『二葉亭四迷伝 ある先駆者の生涯』, (東京, 講談社, 1993)

中村三春, 『フィクションの機構』, (東京, ひつじ書房, 1994)

中山真នន , 『物語構造論』, (東京, 岩波書店, 1995)

長沼美香子, 『訳された近代—文部省『百科全書』の翻訳学』, (東京, 法政大学出版局, 2017)

西川長夫, 『国民国家論の射程 あるいは〈国民〉という怪物』, (東京, 柏書房, 1998)

西田谷洋, 『認知物語論とは何か？』, (東京, ひつじ書房, 2006)

新田博衛, 『詩学序説』, (東京, 勁草書房, 1980)

沼野充義編, 『世界は文学でできている』, (東京, 光文社, 2012)

根岸正純編, 『近代小説の表現 ― 明治の文章』, (東京, 教育出版センター新社, 1988)

野家啓一, 『物語の哲学 柳田國男と歴史の発見』, (東京, 岩波書店, 1996)

野口武彦, 『小説の日本語』, (日本語の世界13, 東京, 中央公論社, 1980)

野口武彦, 『近代小説の言語空間』, (東京, 福武書店, 1985)

野口武彦, 『三人称の発見まで』, (東京, 筑摩書房, 1994)

野口武彦, 『小説』一語の辞典, (東京, 三省堂, 1996)

G・バークリ, 『視覚新論 付：視覚論弁明』下條信輔, 植村恒一郎, 一ノ瀬正樹訳, 鳥居修晃解
　　　説, (東京, 勁草書房, 1990)

ジョン・バージャー, 『イメージ Ways of Seeing 視角とメディア』, 伊藤俊治訳, (東京,

PARCO出版局, 1986)

橋本治,『言文一致体の誕生』, (東京, 朝日新聞出版, 2010)

橋本萬太郎,『現代博言学』, (東京, 大修館書店, 1981)

橋本陽介,『物語における時間と話法の比較詩学―日本語と中国語からのナラトロジー』, (東京, 水声社, 2014)

E・パノフスキー,『〈形式〉としての遠近法』, 木田元監訳, (東京, 哲学書房, 1993)

馬場辰猪,『馬場辰猪全集 第一巻』, (東京, 岩波書店, 1987)

ユヴァル ノア ハラリ,『サピエンス全史―文明の構造と人類の幸福』(上)(下), 柴田裕之訳, (東京, 河出書房新社, 2016)

ロラン・バルト,『S/Z』沢崎浩平訳, (東京, みすず書房, 1973)

ロラン・バルト,『物語の構造分析』花輪光訳, (東京, みすず書房, 1979)

エミール・バンヴェニスト,『一般言語学の諸問題』, 岸本通夫 외 訳, (東京, みすず書房, 1983)

東明雅,『連句入門』, (東京, 中央公論社, 1978)

土方洋一,『物語のレッスン 読むための準備体操』, (東京, 青簡舎, 2010)

イルメラ 日地谷=キルシュネライト,『私小説』, (東京, 平凡社, 1992)

D・ビッカートン,『ことばの進化論』, (東京, 勁草書房, 1998)

平川祐弘,『和魂洋才の系譜 うちと外からの明治日本』, (東京, 河出書房新社, 1987)

平川祐弘, 鶴田欣也編『日本文学の特質』, (東京, 明治書院, 1991)

平川祐弘,『夏目漱石 非西洋の苦闘』, (東京, 講談社, 1991)

平川祐弘, 鶴田欣也編,『漱石の『こゝろ』, どう読むか, どう読まれてきたか』(東京, 新曜社, 1992)

平野謙,『平野謙全集 第一巻』, (東京, 新潮社, 1975)

平野謙,『平野謙全集 第七巻』, (東京, 新潮社, 1975)

廣野由美子,『視線は人を殺すか―小説論11講』, (東京, ミネルヴァ書房, 2008)

スタンリ フィッシュ,『このクラスにテクストはありますか 解釈共同体の権威3』, 小林昌夫訳, (東京, みすず書房, 1992)

ジャン プイヨン,『現象学的文学論』, (東京, ペリカン社, 1966)

ミシェル フーコー,『作者とは何か?』, 清水徹, 豊崎光一訳, (東京, 哲学書房, 1990)

E. M. フォースター,『E・M・フォースター著作集8 小説の諸相』, 中野康司訳, (東京, みすず書房, 1994)

ゲアハルト フォルマー,『認識の進化論』入江重吉訳, (東京, 新思索社, 1995)

福岡隆,『日本速記事始』, (東京, 岩波書店, 1978)

福田孝,『源氏物語のディスクール』, (東京, 風の薔薇, 1990)

福田由紀,『物語理解における視覚的イメージの視点の役割』, (東京, 風間書房, 1996)

藤井貞和,『物語文学成立史』, (東京, 東京大学出版会, 1987)

藤井貞和,『物語の方法』, (東京, 桜風社, 1992)

藤井貞和,『源氏物語』古典講読シリーズ, (東京, 岩波書店, 1993)

藤井貞和,『日本〈小説〉原始』, (東京, 大修館書店, 1995)

藤井貞和,『源氏物語入門』, (東京, 講談社, 1996)

藤井貞和,『物語の起源 フルコト論』, (東京, 筑摩書房, 1997)

藤井貞和, エリス俊子,『創発的言語態』シリーズ言語態2, (東京, 東京大学出版会, 2001)

藤井貞和,『物語理論講義』, (東京, 東京大学出版会, 2004)

藤森清,『語りの近代』, (東京, 有精堂, 1996)

ベルナール フランク,『風流と鬼 平安の光と闇』, 仏蘭久淳子ほか訳, (東京, 平凡社, 1998)

ジェラルド プリンス,『物語論の位相 物語の形式と機能』, 遠藤健一訳(東京, 松柏社, 1996)

ジェラルド プリンス,『物語論辞典』遠藤健一訳, (東京, 松柏社, 1991)

ピエール ブルデュー,『話すということ 言語的交換のエコノミー』, 稲賀繁美訳, (東京, 藤原書店, 1993)

ロラン ブルノフ, レアル ウエレ,『小説の世界』, (東京, 駿河台出版社, 1993)

ギュスターヴ フローベール,『フローベール全集 1 ボヴァリー夫人』, (東京, 筑摩書房, 1965)

ギュスターヴ フローベール,『フローベール全集 9 書簡Ⅱ』, (東京, 筑摩書房, 1968)

ロジャー. B. ヘンクル,『小説をどう読み解くか』, 岡野久二, 小泉利久訳, (東京, 南雲堂, 1986)

前田愛,『文学テクスト入門』, (東京, 筑摩書房, 1988, 増補版1993)

前田愛,『近代読者の成立』, (東京, 筑摩書房, 1989)

前田愛, 長谷川泉編,『日本文学新史〈近代〉』, (東京, 至文堂, 1990)

前田愛,『都市空間のなかの文学』, (東京, 筑摩書房, 1992)

前野直彬,『中国文学史』, (東京, 東京大学出版会, 1975)

前田彰一,『物語の方法論 言葉と語りの意味論的考察』, (東京, 多賀出版, 1996)

前田彰一,『物語のナラトロジー──言語と文体の分析』, (東京, 彩流社, 2004)

益岡隆志,『命題の文法』, (東京, くろしお出版, 1987)

増田繁夫, 鈴木日出男, 伊井春樹 編,『源氏物語研究集成 第三巻』, (東京, 風間書房, 1998)

松元寛,『夏目漱石 現代人の原像』, (東京, 新地書房, 1986)

三谷邦明,『源氏物語の〈語り〉と〈言説〉』双書〈物語学を拓く〉1, (東京, 有精堂, 1994)

三谷邦明, 『近代小説の〈語り〉と〈言説〉』双書〈物語学を拓く〉2, (東京, 有精堂, 1996)

三谷邦明, 東原伸明, 『源氏物語 語りと表現』日本文学研究資料新集5, (東京, 有精堂, 1991)

三田村雅子, 『源氏物語 物語空間を読む』, (東京, 筑摩書房, 1989)

港千尋, 『映像論〈光の世紀〉から〈記憶の世紀〉へ』, (東京, 日本放送出版協会, 1998)

港千尋, 『記憶「創造」と「想起」の力』, (東京, 講談社, 1996)

宮崎清孝, 上野直樹, 『視点』認知科学選書1, (東京, 東京大学出版会, 1985)

宮澤健太郎, 『漱石の文体』, (東京, 洋々社, 1997)

村井章介, 『中世日本の内と外』, (東京, 筑摩書房, 1999)

村上陽一郎, 『宇宙像の変遷』, (東京, 講談社, 1996)

村田純一, 『「わたし」とは誰か』, 岩波 新・哲学講義4, (東京, 岩波書店, 1998)

室井尚, 『文学理論のポリティーク ポスト構造主義の戦略』, (東京, 勁草書房, 1985)

本居宣長, 『古事記伝』, (東京, 岩波書店, 1940)

物語研究会編, 『物語研究 特集・語りそして引用』, (東京, 新時代社, 1986)

物語研究会編, 『物語研究 特集・視線』, (東京, 新時代社, 198)

森谷宇一, 山縣熙, 天野文雄, 『文芸・演劇の諸相 芸術学フォーラム7』, (東京, 勁草書房, 1978)

ジョルジュ モリニエ, 『文体の科学』, (東京, 白水社, 1994)

クレマン モワザン, 『文学史再考』, (東京, 白水社, 1996)

矢代幸雄, 『日本美術の特質』, (東京, 岩波書店, 1943)

安田敏朗, 『植民地のなかの「国語学」 時枝誠記と京城帝国大学をめぐって』, (東京, 三元社, 1997)

柳田泉編, 『明治政治小説集(一)』明治文学全集5, (東京, 筑摩書房, 1966)

柳父章, 『翻訳の思想』, (東京, 筑摩書房, 1995)

山形知美, 岡本靖正, 岩元巌 編, 『小説の語り』, (東京, 朝日出版社, 1974)

山口明穂, 『国語の論理 古代語から近代語へ』, (東京, 東京大学出版会, 1989)

山口仲美, 『日本語の歴史』, (東京, 岩波書店, 2006)

山口謡司, 『日本語を作った男 上田万年とその時代』, (東京, 東京大学出版会, 2017)

山下宏明, 『語りとしての平家物語』, (東京, 岩波書店, 1994)

山下宏明編, 『平家物語 研究と批評』, (東京, 有精堂, 1996)

山田孝雄, 『平家物語』, (東京, 宝文館, 1933)

山中桂一, 『日本語のかたち 対照言語学からのアプローチ』, (東京, 東京大学出版会, 1998)

山中桂一, 石田英敬, 『言語態の問い』シリーズ言語態1, (東京, 東京大学出版会, 2001)

山本正秀, 『近代文体発生の史的研究』, (東京, 岩波書店, 1965)

山本正秀, 『近代文体形成資料集成 発生篇』, (東京, 桜楓社, 1988)

山本正秀, 『近代文体形成資料集成 成立篇』, (東京, 桜楓社, 1989)

有精堂編集部編, 『日本文学史を読むⅡ 古代後期』, (東京, 有精堂, 1991)

吉田城, 『テクストからイメージへ──文学と視覚芸術のあいだ』, (京都, 京都大学学術出版会, 2002)

李孝徳, 『表象空間の近代 明治「日本」のメディア編制』, (東京, 新曜社, 1996)

G. レイコフ, M. ジョンソン, 『レトリックと人生』, 渡部昇一, 楠瀬淳三, 下谷和幸訳, (東京, 大修館書店, 1996, 初版は1986)

Yu. M. ロトマン, 『文学と文化記号論』, 磯谷孝編訳, (東京, 岩波書店, 1979)

Yu. M. ロトマン, 『映画の記号論』, 大石雅彦訳, (東京, 平凡社, 1987)

Yu. M. ロトマン, 『文学理論と構造主義』, 磯谷孝訳, (東京, 勁草書房, 1978)

ジョン ロック, 『人間知性論(一)』, 大槻春彦訳, (東京, 岩波書店, 1972)

デイヴィッド ロッジ, 『小説の技巧』, 柴田元幸, 斎藤兆史 訳, (東京, 白水社, 1997)

〈논문〉

秋山虔, 「状況と会話・内話」, 『國文学』, (1977年1月号)

阿部好臣, 「源氏物語の視点」, 『国文学 解釈と教材の研究』, (1995年2月号)

今村龍一, 「逆遠近法余説」, 『畫説』, (1942年9月号)

榎本正純, 「源氏物語の語り手・構造・表現」, 中古文学研究会編, 『源氏物語の表現と構造』論集中古文学1, (東京, 笠間書院, 1979)

大久保典夫, 「小説の文体──近代小説文体史概説」, 宮地裕ほか編, 『講座日本語学8 文体史Ⅱ』, (東京, 明治書院, 1982)

大澤吉博, 「『新しい女』の衝撃──漱石, 泡鳴, イプセン」, 『講座夏目漱石』第4巻, (東京, 有斐閣, 1982)

岡一男, 「日本における長編小説の伝統とその特質──旧辞・物語・小説」, 日本文学研究資料刊行会編, 『日本文学研究の方法 古典編』, (東京, 有精堂, 1977)

亀井秀雄, 「「小説」の発見──視点の発見を中心に」, 『国文学 解釈と鑑賞』, (1988年6月号)

亀井秀雄, 「近代文学における「語り」の意味──文体というアイデンティティの根拠を問うために」, 『国文学 解釈と鑑賞』, (1991年4月号)

亀井秀雄, 「『坊っちゃん』──「おれ」の位置・「おれ」への欲望」, 『国文学 解釈と鑑賞』, (1992年5月号)

金采洙, 「グローバリズム時代の人文科学」, 赤祖父哲二編, 『文化のヘテロロジー』, (東京, リベール出版, 1995)

千種 キムラ－スティーブン, 「『三四郎』における語りの構造」, 関根英二編, 『うたの響き・ものがたりの欲望―アメリカから読む日本文学』, (東京, 森話社, 1996)

久保由美, 「近代文学における叙述の装置―明治初期作家たちの"立脚点"をめぐって」, 小森陽一編, 『近代文学の成立―思想と文体の模索』日本文学研究資料新集11, (東京, 有精堂, 1986)

熊代荘蓬, 「東洋画の逆遠近法に関する観察」, 『畫説』, (1942年1月号)

熊代荘蓬, 「角度が示唆するもの」, 『畫説』, (1942年3月号)

熊代荘蓬, 「再出発を要する逆遠近法」, 『畫説』, (1942年9月号)

小森陽一, 「近世小説から近代小説へ」, 野山嘉正ほか編, 『日本文学史 第11巻 変革期の文学Ⅲ』, (東京, 岩波書店, 1996)

小山清男, 「逆遠近法試論」, 『東京芸術大学美術学部紀要』第1号(1965)

小山清男, 「絵巻の空間―日本, その図学的考察」, 川田, 山本編, 『口頭伝承の比較研究3』, (東京, 弘文堂, 1986)

佐藤泰正, 「『夢十夜』―方法としての夢」, 『夏目漱石論』, (東京, 筑摩書房, 1986)

ヘンリー ジェイムズ, 「小説の技法」, 岩元巌訳, ヘンリー ジェイムズ, 『ヘンリー ジェイムズ作品集8 黄金の盃』, 工藤好美監修, (東京, 国書刊行会, 1984)

ヴィクトル・シクロフスキイ, 「手法としての芸術」, 磯谷孝訳, シクロフスキイ, ヤコブソン, エイヘンバウムほか, 『ロシア・フォルマリズム論集 詩的言語の分析―奥付』, 新谷敬三郎, 磯谷孝 編訳, ロシア群書6, (東京, 現代思潮社, 1971)

下店静市, 「俯瞰法の研究」, 『畫説』, (1942年8月号)

田窪行則, 「言語行動と視点―人称詞を中心に」, 『日本語学』, (1992年8月号)

田中喜作, 「假山法の研究」, 『畫説』, (1942年10月号)

谷川恵一, 「他者へのまなざし―『浮雲』の世界」, 小森陽一編, 『近代文学の成立 思想と文体の模索』, (東京, 有精堂, 1986)

谷川恵一, 「行為の解読―『浮雲』の場合」, 『高知大国文』, (1989年12月)

辻茂, 「逆遠近の原理」, 『東京芸術大学美術学部紀要』第29号, (1994)

ユーリー トゥイニャーノフ, 「文学の進化――ボリス・エイヘンバウムに」, 小平武訳, トマシェフスキー, トゥイニャーノフほか, 『ロシア・フォルマリズム文学論集2』水野忠夫ほか編訳, (東京, せりか書房, 1982)

ボリス トマシェフスキー, 「テーマ論」, トマシェフスキー, トゥイニャーノフほか, 『ロシア・フォルマリズム文学論集2』水野忠夫ほか編訳, (東京, せりか書房, 1982)

中村明, 「小説の文章近代から現代へ」, 『国文学 解釈と鑑賞』, (1989年7月号)

中山真彦, 「物語テクストにおける「視点」の意味―フランス語の場合・日本語の場合」, 『東

京工業大学人文論叢』, (1991年3月)

沼田善子, 「とりたて詞と視点」, 『日本語学』, (1992年8月号)

野村純一, 「〈語り手〉の発生―語りの場に触れて」, 『国文学 解釈と鑑賞』, (1989年1月号)

原子朗, 「二葉亭四迷, 内面の言語へ」, 『国文学 解釈と教材の研究』, (1980年8月号)

ロラン バルト, 「歴史の記述」, マイケル レイン編, 『構造主義』, 篠田一士(東京, 研究社, 1978)

イルメラ 日地谷=キルシュネライト, 「自然主義から私小説へ」, 野山嘉正ほか編, 『日本文学 史 第12巻 二○世紀の文学1』

ミシェル フーコー, 「物語の背後にあるもの」, 竹内信夫訳, 『ミシェル・フーコー思考集成 Ⅱ 1964-1967文学/言語/エピステモロジー』, 小林康夫, 石田英敬, 松浦寿輝編, (東京, 筑摩書房, 1999)

福田由起, 「物語理解と視点」, 『日本語学』, (1992年8月号)

藤井貞和, 「かぐや姫―竹取物語主人公の誕生」, 『国文学 解釈と教材の研究』, (1985年7月号)

藤井貞和, 「表現としての日本語 文法的時間の挑発」, 『批評空間』 Ⅱ－2, (1994年7月)

藤井貞和, 「日本文学の時制―「た」の遡及とその性格」 物語研究会編, 『書物と語り』, (東京, 若草書房, 1998)

藤井貞和, 「源氏物語と文体―主体の時間」源氏物語研究集成 第三巻, 『源氏物語の表現と文体 上』, (東京, 風間書房, 1998)

藤井貞和, 「書記言語の成立―「けり」文体におよぶ」, 『国文学 解釈と教材の研究』, (1999年4 月号)

アール マイナー, 「連句は「リリック」か「ナラティブ」か―比較文学的な一考察」, 森晴秀訳, 『国文学 解釈と教材の研究』 特集 連句のコスモロジー 31巻4号, (1986年4月号)

益岡隆志, 「表現の主観性と視点」, 『日本語学』, (1992年8月号)

松本正恵, 「「見ること」と文法研究」, 『日本語学』, (1992年8月号)

丸山茂, 「日本近代小説の出発―江戸小説「春水人情本」からの展開を視点として」, 『盛岡大学 紀要』, (1992年3月)

三角洋一, 「草子地」, 『國文学』, (1983年12月号)

三谷邦明, 「源氏物語における〈語り〉の構造」, 『日本文学』, (1978年11月号)

三谷邦明, 「物語文学の〈視線〉―見ることの禁忌あるいは〈語り〉の饗宴」, 『物語文学の言説』, (東京, 有精堂, 1992)

三原健一, 「「視点の原理」と従属節時制」, 『日本語学』, (1991年3月号)

村上孝之, 「ロマンティック・ラヴの成立と崩壊――二葉亭四迷の場合」, 『比較文学研究』 第 46号, (1984)

メイナード K. 泉子, 「文体の意味――ダ体とデマス体の混用について」, 『言語』, (1991年2月号)

守屋三千代, 「指示語と視点」, 『日本語学』, 1992年8月号

室伏信助, 「物語の語り手」, 今井卓爾ほか編『語り・表現・ことば』源氏物語講座 第六巻, (東京, 勉誠社, 1992)

森晴秀, 「視点と文体をめぐって」, 『言語と文体』東田千秋教授還暦記念論文集, (大阪, 大阪教育図書, 1974)

ローマン ヤーコブソン, クロード レヴィ＝ストロース, 「シャルル・ボードレールの猫たち」, 花輪光訳, 花輪光編, 『詩の記号学のために』, (東京, 書肆風の薔薇, 1985)

山本正秀, 「言文一致體小説の創始者に就いて」, 『国語と国文学』, (1933年8月号)

米澤嘉圃, 「いわゆる逆遠近法について」, 『東方学論集』, (1972)

米澤嘉圃, 「日本古代絵画の逆遠近的図形」, 『国華』 1013, (1973年6月号)

脇本十九郎, 「逆遠近法について」, 『畫説』, (1942年7月号)

한국어 문헌 <가나다순>

김성곤 편, 『21세기 문예이론』, (서울, 문학사상, 2005)

김채수, 『동아시아 문학의 기본구도』, (서울, 박이정, 1995)

김채수, 『21세기 문화이론 과정학』, (서울, 교보문고, 1996)

H. 포터 애벗, 『서사학 강의 이야기에 대한 모든 것』, 우찬제, 이소연, 박상익, 공성수 역, (서울, 문학과지성사, 2010)

이광호, 『시선의 문학사』, (서울, 문학과지성사, 2015)

서양어 문헌 <알파벳순>

〈단행본〉

Bal, Mieke, *Narratologie: Essais sur la signification narrative dans quatre romans modernes*. Paris: Klincksieck, 1977.

_____, *Narratology: Introduction to the Theory of Narrative*. 1978. Trans. Christine van Boheemen. Toronto: University of Toronto Press, 1985.

Barnet, Sylvan, Morton Berman, and William Burto. *An Introduction to Literature*. Boston: Boston University Press, 1967.

Booth, Wayne. *The Rhetoric of Fiction*. 2nd ed. Chicago: The University of Chicago Press,

1983.

Branigan, Edward. *Narrative Comprehension and Film.* London and New York: Routledge, 1992.

Brooks, Cleanth, and Robert Penn Warren. *Understanding Fiction.* New York: Crofts, 1943.

Chatman, Seymour. *Story and Discouse: Narrative Structure in Fiction and Film.* New York: Cornell University Press, 1978.

Culler, Jonathan. *Literary Theory: A Very Short Introduction.* New York: Oxford, 1997.

Eagleton, Terry. *After Theory.* New York: Basic Books, 2003.

Ehrlich, Susan. *Point of View: A Linguistic Analysis of Literary Style.* London and New York: Routledge, 1990.

Futabatei, Shimei. *Japan's First Modern Novel: Ukigumo,* Trans. Marleigh Grayer Ryan, New York and London: Columbia University Press, 1967.

Genette, Gérard. *Narrative Discourse Revisited,* Trans. Jane E. Lewin. Ithaca: Cornell University Press, 1988.

_____. *Fiction & Diction,* Trans. Catherine Porter. Ithaca and London: Cornell University Press, 1993.

Theodore, W. Goossen. *The Oxford Book of Japanese Short Stories.* Oxford: Oxford University Press, 1997.

Grimes, Joseph E., *The Thread of Discourse.* Berlin, New York, Amsterdam: Mouton, 1975.

Jong, De Irene J. F. *Narrators and Focalizers : The Presentation of the Story in the Iliad.* Amsterdam: B. R. Gruner Publishing Co., 1989, First Published 1987.

Lamarque, Peter, and Stein Haugom Olsen. *Truth, Fiction, and Literature.* New York: Oxford University Press, 1994.

Lamarque, Peter. *Fictional Points of View.* Ithaca: Cornell University Press, 1996.

Lanser, Susan Sniader. *The Narrative Act : Point of View in Prose Fiction.* Princeton: Princeton University Press, 1981.

Leech, Geoffrey N, and Michael H. Short. *Style in Fiction.* New York: Longman Inc., 1981.

Lintvelt, Jaap. *Essai de typologie narrative: le "point de vue": theorie et analyse.* Paris : J.Corti, 1981.

Lodge, David. *The Art of Fiction.* London: Penguin Books Ltd, 1992.

Lubbock, Percy. *The Craft of Fiction.* 1921. Rev. ed. Northampton: John Dickens & Co. Ltd, 1963.

Miner, Earl. *Comparative Poetics.* Princeton: Princeton University Press, 1990.

Onega, Susana, JoséAngel Garcia Landa. *Narratology*. London & New York: Longman, 1996.

Pouillon, Jean, *Temps et Roman*, Paris: Gallimard, 1946.

Rico, Francisco. *The Spanish Picaresque Novel and the Point of View*, Trans. Charles Davis with Harry Sieber. Cambridge: Cambridge University Press, 1984.

Rimmon-Kenan, Shlomith. *Narrative Fiction: Contemporary Poetics*. London and New York: Routledge, 1983.

Romberg, Bertil. *Studies in the Narrative Technique of the First Person Novel*. Stockholm: Almqvist & Wiksell, 1962.

Saussure, Ferdinand de. *Cours de linguistique générale*. Paris: Payot, 1973.

Simpson, Paul. *Language, Ideology and Point of View*. London and New York: Routledge, 1993.

Suzuki, Tomi. *Narrating the Self: Fictions of Japanese Modernity*. Stanford: Stanford University Press, 1996.

Thwaites, Tony, Lloyd Davis, and Warwick Mules. *Tools for Cultural Studies: An Introduction*. South Melbourne: Macmillan Education Australia Pty. Ltd., 1994.

Todorov, Tzvetan. *Grammaire du "Decameron"*. The Hague: Mouton, 1969.

Twine, Nanette. *Language and the Modern State : The Reform of Written Japanese*. London and New York: Routledge, 1991.

Uzzell, Thomas. *Narrative Technique*. New York: Crofts, 1934.

〈논문〉

Booth, Wayne. 'Distance and Point of view', *Essays in Criticism 11*, 1961.

Chatman, Seymour. 'Narration and Point of View in Fiction and the Cinema', *Poetica*. Tokyo: Sanseido, 1974. 4.

Duchet, Claude. 'Pour une socio-critique ou variations sur un incipit', *Litterature* No.1, 1971

Friedman, Norman. 'Point of View in Fiction', *PMLALXX*, 1955, rpt. in Stevick ed. *The Theory of the Novel*. New York: The Free Press, 1967.

Jones, Sumie. 'Natsume Soseki's Botchan: The Outer World through Edo Eyes', Kinya Tsuruta & Thomas E. Swann ed. *Approaches to the Modern Japanese Novel*. Tokyo: Sophia University, 1976.

Rossum-Guyon, Françoise Van. 'Point de vue ou perspective narrative', *Poétique*. Paris:

Seuil, 1970.4.

Malarkey, Stoddard, Barbara Drake, and Donald Macrae. 'Viewpoints in Literature', Kitzhaber, Albert R., *Concepts in Literature*. New York: Holt, Rinehart and Winston, Inc., 1969.

Viglielmo, V. H. 'Soseki's Kokoro:A Descent into the Heart of Man', Kinya Tsuruta & Thomas E. Swann ed. *Approaches to the Modern Japanese Novel*. Tokyo: Sophia University, 1976.

Wu, Laura Hua. 'From Xiaoshuoto Fiction: Hu Yinglin's Genre Study of Xiaoshuo', *Harvard Journal of Asiatic Studies* vol.55-2, Harvard-Yenching Institute, 1995.

찾아보기

ㄱ

가라타니 고진 134
가와모토 고지 220
가토 슈이치 86
「거리와 시점」(웨인 부스) 36
게사쿠문 25
『겐지모노가타리』(무라사키 시키부) 63,
　64, 85, 88, 89, 96, 100, 101, 102,
　103, 104, 105, 106, 107, 108, 111,
　113, 114, 120, 121
고노시 다카미쓰 69
고모리 요이치 128, 152
고바야시 히데오 117
『고사기전』(모토오리 노리나가) 69
『고사기』(오노 야스마로) 63, 64, 67,
　70, 71, 72, 74, 76, 77, 78, 79, 80,
　81, 82, 83, 84, 86, 88, 92, 93
『곤자쿠모노가타리집』 90
공시태 227
과정 235, 238, 241
과정학 239
구노 스스무 53
『구성의 시학』(우스펜스키) 40
구조주의 225, 226, 228, 229
군기 모노가타리 120

『그라마톨로지』(데리다) 237
근대소설 24, 51, 63, 64, 143, 151
『글쓰기와 차이』(바르트) 237
김채수 239
『꿈 열흘 밤』(나쓰메 소세키) 151, 187,
　188, 189, 194, 195, 196, 198, 203,
　205, 206, 207, 208, 209, 240

ㄴ

나쓰메 소세키 151, 152, 155, 169,
　187, 207, 208, 209
나카야마 마사히코 106
낭독 230
내러톨로지 7, 19, 46, 50, 51, 226,
　228, 232
내러티브 19, 121
내면초점 59, 60
내적초점화 39, 44, 47, 48, 50
노자와 본초 219

ㄷ

다마가미 다쿠야 107
다야마 가타이 123, 133, 134
다이라노 기요모리 115

다카하시 도루 105

『다케토리모노가타리』 63, 64, 86, 88, 89, 90, 91, 92, 93, 95, 100, 102, 104, 120

『대사들』(제임스) 31, 33, 34

데리다, J. 237

도네리 친왕 73

도야마 시게히코 231

도쿄외어학교 26

『뜬 구름』(후타바테이 시메이) 24, 25, 26, 28, 63, 64, 123, 124, 126, 132, 133, 136, 139, 142, 143, 144, 145

ㄹ

러복, P. 31, 32, 34, 41, 42

『런던 소식』(나쓰메 소세키) 187

렌쿠 216, 217, 218, 219, 220, 221, 222, 223, 240

로트만, Ю. М. 40

롬버그, B. 36

ㅁ

마쓰오 바쇼 219

마에다 아이 231

마에쿠 219, 220, 221, 223

『마음』(나쓰메 소세키) 151, 152, 154, 155, 156, 158, 159, 160, 161, 162, 163, 165, 166, 174, 177, 181, 183, 184, 186, 208, 240

마이너, E. R. 221

『만주와 한국 여기저기』(나쓰메 소세키) 187

모노가타리 19, 63, 64, 85, 86, 88, 89, 106, 111, 115, 120

모노가타리론 7

모노가타리학 7

모토오리 노리나가 69

『무상이라는 것』(고바야시 히데오) 117

무카이 교라이 219

묵독 230, 231

「문답5칙」(후타바테이 시메이) 25

문체혁명 142

『문학서론』(버토) 37

『문화의 유형론』(로트만) 40

미스미 요이치 114

『미야코노하나』 124

미타니 구니아키 104

「밀회」(투르게네프) 26

ㅂ

바네트, S. 36, 37

바르트, R. 29, 50, 232

발, M. 48, 49

발자크, H. 33

백낙천 101

버먼, M. 36

버토, W. 36

밴베니스트, E. 105

『보바리 부인』(플로베르) 31, 32, 33, 234

복잡계이론 239

브루넬레스키, F. 212

브룩스, C. 35

부스, W. C. 36

『분쿄』(나쓰메 소세키) 187

비인격적인 신 213

비초점화 39, 44, 50

ㅅ

사가노야 오무로 144

『사기』(사마천) 74
『사냥꾼의 일기』(투르게네프) 26
사마천 74
『삼오력기』 77
상호텍스트성 103
서기언어 86
서사문학 19
서사이론 7
서사학 7
선원근법 51, 212
『소설 형식의 유형』(슈탄첼) 39
소설 19
「소설과 영화에 있어서의 서술과 시점」
　(채트먼) 37
『소설과 영화의 수사학』(채트먼) 37,
　46
『소설에 있어서의 서술의 유형』(슈탄첼)
　39
소설에 있어서의 시점 35
『소설의 기술』(러복) 31, 34
『소설의 수사학』(부스) 36
『소설의 이해』(브룩스, 워렌) 35
『소세키 전집』 187
소쉬르, F. 135, 228, 232
소시지 114
슈탄첼, F. K. 39
스가와라노 미치자네 103
스탕달 33
슬랜트 37
시게마쓰 야스오 168
시니피앙 135, 136
시니피에 135, 136
시선 54, 55
시점 7, 8, 20, 21, 22, 31, 32, 33, 43,
　48, 52, 53, 54, 55, 56, 57, 58, 59,
　122, 136, 137
시점구조 54, 59, 60, 64, 67, 82, 88,
　115, 120, 142
시점구조의 혁명 142
시점론 38, 40, 42, 43, 51, 52
시점인물 22, 141
시점혁명 142
「시중의 권」(마쓰오 바쇼) 219
『시학』(아리스토텔레스) 222
신비평 34
『신소설』 133
신역사주의 239
신화 63, 64, 84
심내어 113, 114
쓰보우치 쇼요 19, 24, 25, 124
쓰케쿠 219, 220, 221, 223

○
아게쿠 222
아리스토텔레스 222
아리와라노 나리히라 103
아키야마 겐 113
알베르티, L. B. 212
야마다 다카오 118
야마다 비묘 24, 144
야마모토 마사히데 24, 143
어젤, T. 34
언문일치체 23, 24, 27, 86, 123, 139,
　142, 143
『에이지쓰 쇼힌』(나쓰메 소세키) 187
역사서술 63, 64, 84, 87
역사주의 239
오노 야스마로 67, 73
오사와 요시히로 159
오자키 고요 144

오자키 도모미쓰 144
『오치쿠보모노가타리』 90
왕조 모노가타리 120
외면초점 59, 60
외부시점 59, 60
외적초점화 39, 44, 47, 48, 50
우스펜스키, Б. А. 40
우치다 로안 24
우치코시 223
워렌, R.P. 35
원근법 211, 212, 213, 214, 215, 216,
　223, 225
『원숭이도롱이』(마쓰오 바쇼) 219
음성중심주의 232
『이불』 63, 64, 123, 133, 134, 135,
　136, 137, 139, 141, 142, 145
이야기 19, 120
『이야기와 서술―소설과 영화의 서술
　구조』(채츠먼) 37, 45
「이야기의 구조분석 서론」(바르트) 232
『이야기의 기술』(어젤) 34
「이야기의 디스쿠르」(주네트) 39, 42,
　228
『이야기의 시학 속편 이야기의 디스쿠
　르』(주네트) 45
이야기인칭 121
이야기인칭적 시점 121
이저, W. 237
이토이 미치히로 105
인간 신 만들기 215
『일본 근대문학의 기원』(가라타니 고진)
　134
일본 자연주의 133
『일본문학사 서설』(가토 슈이치) 86
『일본서기』(도네리 친왕) 63, 73, 74,

76, 77, 78, 79, 80, 81, 82, 83, 84,
　86, 88, 92, 93
일본서사문 64, 85, 86, 87, 88
『1인칭 소설의 서술 기법 연구』(롬버그)
　36

ㅈ

자크 데리다 233
작중시점 59, 60
장 푸이용 38
「장한가」(백낙천) 101
전관 239
전기 모노가타리 120
주네트, G. 39, 41, 42, 43, 44, 45, 47,
　48, 49, 52, 105, 106, 228, 229, 232,
　233
제로인칭 121
제로인칭적 시점 121
제임스, H. 31, 34, 36, 132
주네트 39, 41, 42, 43, 44, 45, 47, 48,
　49, 52, 105, 106, 228, 229, 232
중심적 시점 123, 142
중층적 시점 85, 122, 142

ㅊ

채트먼, S. 37, 42, 45, 46, 47, 48
초월적 시점 63, 72, 84, 122, 142
초점 54, 55, 56, 57, 58, 59, 122, 136,
　137
초점혁명 142
초점화 8, 43, 44, 45, 47, 48, 49, 50,
　105
초점화론 48, 105
초점화자 49
초점화제로 39, 43, 44, 49, 50, 51

ㅌ

탈구축 237
토도로프, T. 7, 38, 39, 232
통시태 227
투르게네프, И. С. 26

ㅍ

파노프스키, E. 214
퍼스펙티브 43, 45, 46, 50, 51, 132,
　213, 223
표현고 25, 26
푸이용, J. 38, 39
프리드먼, N. 35
플로베르, G.31, 32, 33, 234
『피귀르 제3권』(주네트) 42
피쉬, S. 21
피초점화자 49
필터 8, 37

ㅎ

하이카이 220
한문훈독문 64, 86
한문훈독체 88
『행위로서의 독서-미적 작용의 이론』
　(이저) 237
『헤이추모노가타리』 90
「헤이케모노가타리」 117
『헤이케모노가타리』 63, 64, 88, 115,
　117, 118, 119, 120, 121
호모 나란스 5
홋쿠 219, 222
화자 20, 43, 55, 58
화자중심성 105
화자중심주의 159

『회남자』 77
『회화론』(알제르티) 212
후지이 사다카즈 86, 98, 121
후쿠다 다카시 105, 106
후타바테이 시메이 24, 25, 26, 27,
　123, 132, 143, 144

저자 박진수(朴眞秀)

약력
고려대 일어일문학과 졸업
고려대 대학원 일어일문학과 석사
도쿄대 대학원 총합문화연구과 석사 · 박사
도쿄대 대학원 총합문화연구과 외국인객원연구원
현 가천대 동양어문학과 교수 · 아시아문화연구소장
가천대 인문대학장 · 한국일본문학회장 역임

저서
『동아시아의 반전-사상, 운동, 문화적 실천』(공저), 혜안, 2008
『고바야시 다키지 선집 I 』(공역), 이론과 실천, 2012
『근대 일본의 '조선 붐'』(공저), 역락, 2013
『일본 대중문화의 이해』(공저), 역락, 2015

소설의 텍스트와 시점
일본어 서사 양식의 근대적 전환

초판 인쇄 2017년 12월 21일
초판 발행 2017년 12월 28일

지은이 박진수
펴낸이 이대현
편 집 권분옥
디자인 안혜진
펴낸곳 도서출판 역락
　　　　서울시 서초구 동광로46길 6-6 문창빌딩 2층
　　　　전화 02-3409-2058(영업부), 2060(편집부)
　　　　팩시밀리 02-3409-2059
　　　　이메일 youkrack@hanmail.net
　　　　등록 1999년 4월 19일 제303-2002-000014호

ISBN 979-11-6244-125-1 93830

* 책값은 표지에 있습니다.
* 파본은 교환해 드립니다.

이 저서는 2017년도 가천대학교 교내연구비 지원에 의한 결과임. (GCU-2017-0218)